凝煉知識品味閱讀

漢語詞彙學

竺　家　寧　著
國立中正大學中文系所教授

五南圖書出版公司 印行

〔自　序〕

語言研究是沒有國界的，如果只研究西方語言，忽略了龐大的漢語資料，那麼，任何有創意的語言理論，都是有缺陷的。反過來說，如果像古人一樣，只知孤立的浸淫於漢語的天地裡，沒能伸出頭來看看外面的世界，也會造成許多盲點，削弱了研究的成果。本書的目標即在會合兩方面的方法與觀念，嘗試結合傳統與現代，給漢語詞彙學開出一點新天地。

詞形問題是傳統訓詁學最貧弱的一環，本書用了最多的篇幅來介紹這方面的知識。第二章「複音節詞的結構」正是討論這方面，份量佔了全書的二分之一以上。有了詞彙「結構」的概念，很多語言問題都能得到一個更清晰的認識。不僅僅是訓詁問題而已。詞義研究是詞彙學的另一個重心，也是傳統中國語言學者最關注的部分。過去學者經常談的同源詞、引伸假借、求本義等問題，可以參考的資料很多，我們就省略不談。在詞義部分，我們介紹了同義、反義現象，以及義素分析、詞義場等方面的知識。這些都是漢語學者很少討論的新方法。有助於從新的角度來認識漢語的詞彙。

常聽研究生為寫論文，找研究題目而苦惱，老是嘆可作的題目都讓前人作光了，遺憾自己為什麼不早生幾年。其實，同樣的材料，用不同的方法，就能產生嶄新的成果，只要你換個角度看問題，就能在舊成果上獲得突破，左右逢源，永遠有做不完的研究課題。研究工作是不能在舊格局裡打轉，陳陳相因的。一般總是說，比起西方語言，漢語是一種缺乏形態變化的語言，本書第四章特別介紹了漢語的「形態音變」，拿西方語言來作為對比，由此了解語言的共通性。此外，「詞典學」是詞彙學裡很重要的一環，我們平常總免不了要使用詞典，有時候還可能參與詞典的編纂，那麼，本章或可提供一些幫助，從中還能領略到如何去評鑑、選擇詞典，如何認識各詞典的特色。與詞典相關的，還有對成語的認識。本書也作了專章的介紹。本書的末章，介紹了新詞的概念，過去的研究者往往不自覺的會有貴古賤今的觀念，忽視現代的語言現象，更認為新詞俚俗，不登大雅，故棄之不顧。其實，新詞現象是最活潑的語言樣本，透過這項活的資料，所掌握的知識，所觀察得到的規律，大大提高了我們對語言本質的認識，大有助於處理文獻語言。因此，我們介紹了台灣的校園新詞，也比較了海峽兩岸的詞彙狀況。這是本書的另一項特色。

本書的完成，前後經歷了近十年的時間。其間曾先後在淡江大學、成功大學、中正大學各碩士班講授「詞彙學」課程，本書即是由講稿整理而成。由於教學工作的忙碌，一直沒能作最後的定稿。1998 年中，承蒙五南圖書出版公司副總編輯李郁芬小姐約稿，並定下交稿期限，這樣才破釜沈舟，利用半年的時間，把稿子整理出來，親自輸入電腦。尤其 1999 年初的寒假期間更是足不出户，終日在電腦面前工作十小時以上，如今總算定稿了。也對一直期盼這本書早日問世的友人們和學生們有了交代，心裡不覺鬆了一口氣。書中有些內容是這幾年來個人的研究成果，在國內外學術會議或學術期刊發表過的論文，例如佛經詞彙部分、「打」前綴的構詞等。把它融入書中，主要是讓內容深淺併陳，讓不同階段的讀者可以各取所需。同時也能反映一些最新的詞彙學訊息。定稿的這段期間，讀過很多次，也改過很多次。每次都會發現一些疏漏，每次都會有一些不滿意之處，我想，到這本書交到讀者手中時，必然還會有許多疏漏存在。希望讀者們能給予指正。書的寫作過程中，給我生活上協助最多，使我能心無旁騖，專心全力工作的，是賢妻鄭秀蓉，沒有這樣無微不至的細心照顧，這本書的完成必是遙遙無期。在此除了無限的感激之外，謹以此書獻給賢妻。

竺家寧

序於台北內湖，民國八十八年二月

〔目 次〕

第七章 新詞的衍生與發展／425

第一章　詞彙學的基本概念

我們日常生活中離不開語言，從早晨起床到一天結束，沒有人會閉口一整天，或者耳朵不聽到別人講話。其實，就算半夜作夢，夢境裡仍然會接觸語言。我們也許可以一天不喝水，三天不吃飯，一個月不接觸文學，但是，我們不太可能一天脫離語言。語言可以說是我們生活中須臾不離的伙伴。對這樣一位忠實的伙伴，我們應該不僅是使用它，還應該了解它。詞彙學正是我們了解語言的一環。「語言」是由三部分組成：語音、詞彙、句子。有關這三部分的知識就是語音學、詞彙學、句法學。

詞彙學是一門既古老又新鮮的學科，所謂古老，是因爲在語言學的幾個領域裡，它是第一個受到重視，並產生專著的學科。《爾雅》正是一部詞義學的專著，《方言》則是一部詞彙調查的總集，所以我們說它古老。其他學科：文字、聲韻、語法都在《爾雅》、《方言》之後才有專著出現。所謂新鮮，是因爲傳統的詞彙學只局限在資料的收集和分類上，一直沒有建立科學的、嚴密的理論體系，此其一；其目標不外在通讀經書，因而免不了成爲經學之附庸，缺乏獨立的生命，此其二；又把重點放在詞義問題上，而忽略構詞、詞形、詞法、詞用諸方面，未能全盤的處理詞彙問題，此其三；不分歷時與共時，使兩者糾纏不清，模糊了語言的眞象。例如《爾雅》中的同義詞混雜了古今、方言、雅俗不同的系統，此其四；而今天的詞彙學已逐漸擺脫上述的束縛，建立起自己的體系。所以它是一門嶄新的學科。

第一節　詞彙學的內容

一套完整的詞彙學應包含四個方面：詞形、詞義、詞變、詞用。「詞形」就是詞的形態，也就是構詞學。「詞義」談詞的共時意義系統、同義詞和反義詞的分析技術、義素分析法和詞義場理論。「詞變」論詞的歷時演化，敘述演化規律。「詞用」闡明詞在具體使用上的特性、它和別的詞的搭配關係，詞典的編纂也是詞用學的範圍。如果作個譬喻，好比你對一位從不相識的陌生人，你要怎樣去了解他呢？首先當然是從外表的接觸開始，看看他長的什麼樣子？個子是高還是矮？體形是胖還是瘦？頭上的髮型如何？有沒有戴眼鏡？鼻子是否尖尖的？有沒有兩撇鬍子？戴不戴帽子？穿什麼樣的衣服？鞋子是否擦得雪亮？走路姿勢有何特徵？表情是否常帶微笑？……這些方面的掌握，提供了有關此人的許多重要訊息，使你對他產生清楚深刻的印象。這就是「詞形」的認識。

然而僅止於外表是不夠的，你還不算眞正認識這個人，你還得了解他的作人處世、學問品德、氣質涵養、個性習慣、談吐風度、思想抱負等等。這樣，你又掌握了他的內在，你對他的認識就更進了一層。此外你還得了解一下這個人的過去種種：他有沒有交過女朋友？他有沒有欺騙過別人？有沒有前科或不良記錄？有沒有做過什麼好人好事？念書時代的功課怎麼樣？有沒有翹過課？還是當選過班長和模範生？再早一點，小時候身體怎麼樣？是否常生病？是否有一個溫暖幸福的家？他是否早產兒？他的父母家世背景如何？……這種種訊息，使你對他有了更全面的認識。這就如同我們說的「詞變」。此外，你還希望知道他的社交狀況：他交些什麼朋友？在哪裡工作？職位如何？他如何處裡工作上的挫折？他還參加哪些社團組織？慈善組織？或學術團體？……這些是動態的了解，不同於前幾項靜態的了解。這就是我們說的「詞用」。

上述的四個領域正是提供你了解「詞彙學」這個新學科全部內容的途徑。做爲新學科的詞彙學，是發展中的學科，它的體系逐漸完整，它的內容逐漸充實。可惜的是目前出版的十幾種詞彙學專書，多半把重點放在詞義問題上發揮，因此，只是傳統訓詁學的延伸，就詞彙學本身獨立的生命內容看，完全是不夠的、不完備的。但是這些論著卻是詞彙學發展的重要里程碑，學問是累積的，所謂「前修未密，後出轉精」，在這樣的基礎上，今天我們才有可能建立起比較完整獨立的詞彙學系統。

詞彙學的幾個主要內容，過去都分散在不同的學科裡。例如詞形、詞法的問題，歸入了語法學當中。我們認爲在語言的三個層次：語音、語詞、語法當中，語音很早就有了獨立的領域，語詞和語法也不應混爲一談。過去認爲漢語沒有形態的觀念，已經被修正，漢語只是沒有西方式的形態而已。漢語也有自己的詞形詞法。因此我們應把「語法」區分爲兩部分：詞形詞法、句形句法。把「詞形詞法」放在詞彙學裡討論，把「句形句法」放在句法學裡討論。因爲它們處理不同的語言層次，是不同的研究範疇。因此，凡是處理「詞」的問題，都應該從句法學中分離出來。

至於詞義方面，過去一直歸入訓詁學當中，而訓詁學的目標和方法，和現代詞學顯然不同。因此我們把詞義問題從訓詁學抽出，改用現代語言學的方法和理論來處理，嚴格區分歷時與共時，引用義素分析法和詞義場理論，把詞義問題由零散的、片斷的考據，變爲系統的語言學的一支。

再說詞變方面，過去的研究有相當的局限性，只注意到個別詞義上的擴大、縮小、轉移，而未建立起詞變的理論體系，沒有區別「字」和「詞」的不同，更沒有顧及詞形演化的問題。不曾思索詞的各種結構形式是如何發展起來的？變遷的機制與規律又如何？在傳統訓詁學中，這方面都呈現一片空白。

再看詞用方面，這是詞彙學系統中的新內容，傳統上只注意詞的靜態研究，近世受了語用學興起的影響，學者開始注意詞用的問題，把詞放在動態的社會語境中進行測試。例如某人的車子熄火了，你幫他推到路邊去，他很感激的說：「很謝謝你的幫助！」或者說：「很謝謝你的幫忙！」，其中的「幫助」或「幫忙」是同義詞，可是你在使用這個詞的時候，可以說：「他幫了我一個忙！」卻不能說：「他幫了我一個助！」爲什麼呢？這是詞用的問題。有許多詞在詞典裡的意義是相同的，或者某幾個義項是相同的，這只是就靜態的詞義描寫而言，一旦應用到實際的語境中時，卻有不同的運用方式。這就需要涉及詞彙的動態研究了。詞可以如何扭曲、插入、變化，和語言環境有密切關係，包括上下文的語境和言談周圍的客觀環境。這方面的研究我們還顯得十分貧弱。詞典學是編輯、整理、和詮釋詞彙的學問，詞典是工具書，如何才能發揮工具書的最佳使用效能，是編輯者應思考的課題。其目標是在應用上，所以我們把這方面的知識歸入詞用裡。

有的學者主張區分構詞法與構形法，也有學者認爲，對漢語而言，這樣的分別是不必要的。所謂構詞法，是研究詞素構成詞的方法，例如有偏正式、動補式、派生詞……等等。而構形法是研究詞的屈折變化。前者仿自英文的 derivation，後者則仿英文的 inflection 。英文有這樣的構形屈折：

1. 第三人稱單數動詞加－ s
2. 複數名詞加－ s
3. 過去式加－ ed
4. 進行式加－ ing
5. 過去分詞加－ en
6. 所有格加－'s
7. 比較級加－ er
8. 最高級加－ est

於是，有些學者主張，漢語的動詞後頭加詞綴「了、著、過」不也表示「時態」嗎？指人名詞後加詞綴「們」不也表示複數嗎？因而比照英文，把這些狀況歸入「構形法」。但是，英文是屈折語，上述的詞形變化遍及於英文的所有詞彙。中文同樣的屈折現象就少得多了，並不足以視爲一個獨立的範疇。因此，漢語實質上應否作此分別，仍有商榷的餘地。

張壽康在《構詞法和構形法》（湖北教育出版社，1985）一書中主張區分構詞法和構形法。他認爲構形法主要的研究對象是詞形變化。由於現代漢語「缺少發達的型態」，所以，構形法主要研究詞的重疊、增添輔助詞（大部分是助詞）、嵌音等方式所表示的語法意義。構詞法和構形法同是型態學（詞法）的研究內容，構詞法研究詞素構成的方法，而構形法則研究詞形的變化。在現代漢語中，構詞法和構形法是有密切的關係的。

接著他介紹了名詞的構形法，他舉出指人的名詞如「英雄」、「模範」、「兒童」、「工人」、「朋友」、「作家」、「水手」等等都可以借輔助詞「們」來表示名詞的「數」的變化。指人名詞加「們」後即成爲指人名詞的複數（概數）形式（加「們」不是一般複數形式而是概數形式，因而不能說「三位代表們」，但可以說「諸位先生們」，「諸位」是概數，與「們」一致）。指人名詞的數的變化，就是名詞的構形法。在文學作品中也有非指人名詞加「們」的情況，這種用法是修辭上的擬人用法。

至於動詞的構形法，有下面幾個特性：

1. 動詞可以用重疊的方式表達語法意義。現代漢語中單音節的動詞幾乎都可以重疊。

2. 單音節動詞和支配合成動詞重疊後，還可以在當中嵌入「一」這個輕音節或嵌入「了」這個輕音節表示語法意義。「說說」可以變化成「說一說」，「鼓鼓掌」可以變化成「鼓一鼓掌」，表示加強的「嘗試即行」的情態。「說說」可以嵌入「了」變成「說了說」，「鼓鼓掌」可以說成「鼓了鼓掌」，表示「嘗試完成」的情態。

3. 多數動詞可以增添輔助詞，利用輔助詞來表示語法意義（輔助

詞都是虛詞素構成的），例如：

⑴加趨向動詞「起來」，如「他愉快地笑起來」。

⑵加動詞「著」，如「他笑著過來了」、「他注意著這個人」。

⑶加趨向動詞「下去」，如「他說下去」、「我用心地看下去」。

⑷加助詞「過」，如「我去過學校」。

⑸加助詞「了」，如「我看了」、「我讀了這本書」。

⑹用「被」表示被動態，如「他被批評了」。

這些成分就是一般所謂的漢語構形法。

第二節　詞彙的三個層次

詞彙學研究的範圍，上不及句型，下不及音素音位，而是在兩者之間的一個語言層次。這個層次又可以再區分爲三個小層次：詞素、詞、詞組。這三個「層」都是詞彙學研究的對象。

什麼是「詞素」呢？簡單說，詞素就是構詞要素，或造詞成分。它是語言中具有意義的最小單位。例如「民」是個詞素，它可以用來造詞：人民、民衆、國民、公民、民兵……等。它已經是具有意義的最小單位，如果把它再分割得更小，成爲〔m〕、〔i〕、〔ng〕，就只有聲音而沒有意義，那就進入語音學的層次了。

詞素又分自由詞素和附著詞素。自由詞素是既能作構詞成分，又能單獨成詞的詞素，例如前述的「民」。附著詞素只能作構詞成分，本身不能單獨成詞，必須和其他成分相結合。例如「鞠躬」、「領袖」中的每一個詞素「鞠」、「躬」、「領」、「袖」都不能單獨成詞，在實際使用中必須相互結合起來。又如「第二」、「我們」中的

「第」和「們」也都不能單獨成詞，「第」必與數詞相結合，「們」必與指人的名詞相結合，這些都是附著詞素。再如「語」這個詞素，我們總說成「語言」、「漢語」、「母語」……等，「語」字從不單用，至於「不言不語」、「語無倫次」、「一語驚人」，其中的「語」雖單獨成詞，卻都是古代語法的殘留，不是現代漢語的普遍規律，時代不同，語言的構詞規律也不同。就現代漢語而言，「語」完全是個附著詞素。

每個詞素的結合能力不同，有的詞素十分活潑，可以跟很多的其他詞素結合，有的詞素結合能力很弱，只能跟有限的幾個字結合，甚至只能跟一個字結合。就是所謂的「一用詞素」。例如「曖」字只能和「昧」字結合。「盎」字只能和「然」字結合。又如：

前一字是「一用詞素」的有：鏖戰、繽紛、嘈雜、懺悔、鱷魚、鞏固、皈依、鞠躬、磊落、黎明、沐浴、拇指、蘋果、痊癒、嫵媚、呻吟、酗酒、窒息、掙扎等。

後一字是「一用詞素」的有：陷阱、針灸、蹂躪、器皿、泥濘、介紹、貪婪、流氓、商榷、淘汰、恐怖、馳騁、煙囪、驚訝、花卉、別墅、閃爍、灌溉、賄賂等。

相反的情況是構詞能力非常活潑的詞素。例如「石」字，可以組成「寶石、岩石、隕石、磐石、化石、礦石、礁石、墊腳石、鵝卵石、金剛石、石榴、石灰、石膏、石英、石油……」。還有一類是結合能力不強不弱的詞素，不像「石」字那麼活潑，也不像「一用詞素」那麼孤獨。能結合的字是可以列舉得盡的幾個。例如「恍」可以組成「恍惚、恍然、恍如」；「樊」可以組合成「樊籬、樊籠」。就這麼有限的幾個詞而已。

詞素的結合能力會受到地區和時代的影響，而有所不同。某些方言裡結合性很活潑的詞素在另外一個方言裡也可能是「一用詞素」，反之亦然。就時代來看，古代結合力很強的詞素，後世也可能變得很弱，反之亦然。

一個詞素若有不同的幾個意義，那麼，每個義項的結合能力也會有不同。例如「往」字，有「到」和「過去的」兩個義項。前者可以組成「往返、往來、前往」等，後者可以組成「往常、往年、往事、往昔、以往、既往」等。我們可以由這個角度觀察詞素的組合狀況。

什麼是詞呢？詞是在實際運用語言時，可以獨立使用的成分。我們也可以稱之爲「造句成分」。詞素不能組成句子，詞才能組合成句子。詞可以是單音節（用一個字代表），例如「人」、「車」、「走」、「好」……等，也可以是雙音節，例如「猿人」、「火車」、「奔走」……等，也可以是多音節，例如「影評人」、「自行車」、「民族主義」、「阿彌陀佛」……等。

詞素也不一定是單音節（不一定只有一個字），有時具有兩個或更多的音節，例如「窈窕」、「玻璃」、「崎嶇」、「徘徊」、「般若」、「三溫暖」、「壓克力」、「香格里拉」……等。

舊日的訓詁學，往往忽略「字」與「詞」的區別。事實上，前者是書寫單位，重在形體；後者是語言單位，重在音、義。故有所謂同形詞，指一個「字」（符號）代表幾個不同的「詞」。例如「行」字，可以表示「行爲」義、「行業」義，這二義原本是不同的詞，卻使用同一個符號「行」來表示。又如「輸」，有「失敗」義、「運送」義；「儀表」有「人的外表」義、有「測溫度、壓力、電量的儀器」義。所以，「輸」、「儀表」都是同樣的符號卻代表幾個不同的詞。又有所謂「異形詞」，指一個詞卻具有好幾種不同的書寫形體（符號），例如「個、箇」、「隕、殞」、「亡、無」、「捨、舍」……等。

由上可知，在現代詞彙學裡，「字、詞、音節」是不同的概念，不能混淆。下表可資比較：

	字數	音節數	詞素數	詞數	
玻璃	2	2	1	1	
火車	2	2	2	1	
紅花	2	2	2	2	
鳥兒	2	1	2	1	
包子	2	2	2	1	
哩	1	2	2	1	(念作「英里」)
升	1	1	1,1	1,1	(升斗，升降)
行	1	1,1	1,1	1,1	(銀行，行為)
考，攷	2	1	1	1	(異形詞)

什麼是詞組呢？詞組也有人稱爲「仂語」、「短語」，都不如「詞組」明白。詞組就是幾個「詞」組成的語言單位，但還不能成爲句子，不能在交際任務中傳達完整的概念或訊息，否則就侵入了句法學的領域了。詞組是詞彙學中最大的語言單位。例如「紅花」、「飛鳥」是由「紅」和「花」、「飛」和「鳥」四個「詞」組成的兩個「詞組」。它不像「黃瓜」、「黑板」各只是一個「詞」，因爲詞的結合是緊密的，表達的是單一的概念。而「紅花」卻是「紅的花」，很明顯的是兩個概念的組合。至於「壯麗的大霸尖山」、「剛走進教室那位戴眼鏡的女同學」、「語言與文字」、「兄弟姊妹」……也都是詞組。

詞和詞組是詞彙結構的兩個不同層次。「詞」是組成句子的最小意義單位。「詞組」是詞和詞構成，卻還不成爲句子的語言單位。要鑑定什麼是「詞」，可以採用陸志韋的「同形替代法」。可是這個方法不容易用到複合詞方面，因而不能幫助我們解決詞和仂語的界限問題。王力在《漢語語法綱要》中提出了一種擴展法來鑑定「詞」和「詞組」，他說：《孟子》書裡說「兄弟妻子離散」，「兄弟」、「妻子」都是仂語，因爲是「兄和弟」，「妻和子」的意思。

王力的定義是：凡兩個字的中間還可以插得進別的字者，就是仂語，否則只是單詞。這是因爲詞組的結構比較鬆散。

在現代漢語裡，我們有語言習慣、現成的語感作爲測試鑑別的憑藉，所以詞和詞組的區別並不困難，可是古代漢語的材料有限，又沒有實際語感的輔助，使得複音詞和詞組的界限往往難以確認。周法高《中國古代語法．構詞篇》第四章複詞（頁 308-315）提出了五項鑑別的途徑：

一、由出現頻率判斷

複詞構成分子間結合性較強，詞組則不然，因此複詞出現次數較詞組多。如：「天下」在《孟子》中出現 173 次。「天子」在《孟子》中出現 35 次。「君子」在《孟子》中出現 81 次。「夫子」在《孟子》中出現 35 次。所以這些應視爲複合詞看待，而非詞組。

二、由「鑒定字」判斷

如「形容詞＋端語」的詞組，中間可加「之」字；平行的兩個名詞中間，可加「與」「及」等字；平行的兩個謂詞間，可加「而」「且」等字。

例如「先知」「先覺」在《孟子》中不是複詞，是詞組。《孟子萬章下》「天之生斯民也，使先知覺後知，使先覺覺後覺。予，天民之先覺者也。」「先知」「先覺」後面可加「者」變成「先知者」「先覺者」。

三、由可否分用判斷

可以從上下文看是否有把這個二字拆開使用，來證明其爲詞組。如：

「未有『仁』而遺其親者也，未有『義』而遺其君者也。王亦曰『仁義』而已矣，何必曰利。」（梁惠王上）

「『恭』者不侮人，『儉』者不奪人。『侮奪』人之君，惟恐不順焉；惡得為『恭儉』？『恭儉』，豈可以笑貌為哉？」（離婁上 17）

「好貨財，私『妻子』，不顧父母之養，三不孝也。出『妻』屏『子』，終身不養焉。」（離婁下 30）

「齊人有一『妻』一『妾』而處室者。驕其『妻妾』，其『妻妾』不羞也不相泣者，幾希矣。」（離婁下 33）

這幾個例子裡的「仁義」「恭儉」「妻子」「妻妾」都是詞組，不是複合詞。但是這個辦法的使用也是很有限制的，有時原著者也會把某些複詞拆開來解釋。如：

「流連荒亡，為諸侯憂。從流下而忘反謂之流，從流上而忘反謂之連，從獸無厭謂之荒，樂酒無厭謂之亡。先王無流連之樂，荒亡之行。」（梁惠王下 4）

「人有恆言，皆曰『天下國家』。天下之本在國，國之本在家，家之本在身。」（離婁上 5）

四、由意義上判斷

如《詩經》中的「黃鳥」（出現十四次）即是黃鸝鳥，而不解作

「黃色的鳥」。由此可看出複詞的意義往往比詞組要受到限制而特殊化。有時同樣的詞，在《孟子》中可以有複詞和詞組不同的解釋，如：

「爲政不難，不得罪於巨室。」《離上 6》，朱注：「巨室」，世臣大家也。「巨室」的意義特殊化。

「苟求其故，千歲之日至，可坐而致也。」《離下 26》此「日至」謂「冬至」，是複祠。「至於日至之時，皆熟矣。」《告子上七》，朱注：「日至之時」解作「成熟之期」。此「日至」非複詞，而是子句。若據《正義》把「日至」解作「夏至」則可算作複詞。

「皮冠」《萬章下 7》。如泛泛地解作「用皮作的帽子」，則不可作複詞；如解作「田獵用的一種皮冠」，則可以算複詞。

有些古雅費解的二字組合，可能構成複詞。如：「喬木」、「世臣」、「天吏」、「達尊」、「兼金」、「公田」、「經界」、「洪水」、「洚水」、「營窟」、「乘矢」、「閔天」、「典刑」、「袗表」「疏食」、「貳室」、「獵較」、「稟夷」、「法家」、「拂士」、「嚴牆」、「鄉愿」。

五、由語法上判斷

例如「孔子先簿正祭器，不以四方之食供簿正。」《萬章下 4》前一個「簿」是修飾「正祭器」；後一個「簿正」是複詞。

我們研究漢語詞彙由單音節詞發展爲複音節詞，首先就得確定「詞」的定義，才有立論的基礎。研究先秦諸子語言的新創詞，當然也應當對「詞」與「詞組」有個鑑別的依據，在這方面而言，周法高先生的理論提供了我們很大的方便。然而，由此途徑鑑別所得的，是否就能絕對地分清複合詞和詞組呢？連周先生對這個問題也是持保留的態度。他在《構詞編》341 頁說：「在後代所構成的平行的同義複詞，在《詩經》也可以看出一些；不過其結合的程度是否有後代的複詞那樣強，則尚是一個問題。」周氏所列出的各種《詩經》詞彙往往不區分開詞和詞組，只在最後案語說：「某某似乎都可算作複詞」、「上列例子中，大多數都可以構成複詞」、「有時甚至於不容易在複詞和仂語之間找出明顯劃分的界限來。」這完全是因爲古代漢語只是有限的紙上材料，無法和可以反覆驗證的現代活語言等量齊觀。因此，本文所探討的複合詞也只是一個「最大可能性」，而不能視爲絕對的，其間或有可能仍應分析爲詞組的例子。

詞和詞組古今往往不同。現代的某些詞，在古代也可能是詞組。例如：「妻子」古代指「妻和子」，是詞組，現代指「丈夫」的相對概念，是單一的詞；「地方千里」的「地方」，古代是兩個詞，指土地、方圓，現代是一個詞。這是詞彙演變的結果。古代以單音節爲主，而現代以複音節爲主。因此，我們辨別詞和詞組還需要看就那個時代平面來說。

第三節　詞彙學與訓詁學

古代的詞彙研究和訓詁學分不開關係，而現代的詞彙學已遠遠超過了舊日訓詁學的格局，發展成科學的、精密的體系。這種改變，一方面是學術發展由粗疏含混邁向精密完備的自然趨勢，一方面是受了近代西方語言學的啓示和影響。學術研究不能故步自封的躲在象牙塔裡，總得打開窗子看看外邊的世界，看看別人努力的成果。西方語言學從十九世紀末以來，有了迅速的進展，他們不僅關心自己的語言，也研究別人的語言，於是在比較中發現許多原先所不曾注意的語言現象，在比較中了解了語言的共性與殊性，在比較中更深入的體察了語言的本質。於是從歷史語言學進而結構語言學、生成語言學，把人類對語言的知識帶入了一前所未有的巔峰。對這些成果，我們若視而不見，是多麼可惜的事。今天我們要建立詞彙學的新體系，不能不把中西學者的研究成果融合起來，除了承襲傳統，更需有充分的現代語言學訓練。

如前所述，傳統訓詁學的詞義研究成果，我們應該吸收進來，但僅止於訓詁式的詞義研究是不夠的，在處理詞義問題上，今天我們有了更新的分析技術，例如義素分析法和詞義場理論等，都應善加運用。而詞彙學所觸及的領域比舊日訓詁學更周延完備，不但要解決詞彙意義的問題，還要探索詞彙結構，即詞形詞法的問題，更要考察詞變和詞用的問題。它們之間形成一套緊密的關聯，一套完整的系統。因此，詞彙學和訓詁學是相當不一樣的。

第四節　詞彙學未來的發展

詞彙學是一門快速發展中的學科，目前大陸上已有十多種頗具水平的專著刊行，各大專院校也在文科課程中廣泛的介紹詞彙學的常識，例如「現代漢語」、「古代漢語」、「中國語言史」、「語言學概論」……等。台灣方面起步較遲，但也在積極的迎頭趕上。有的書局取得了大陸詞彙學書籍的台灣版發行權，中文研究所以此為專題的博碩士論文開始出現，值得注意的是各大學中文研究所紛紛開設了「詞彙學」的課程，例如東海大學、淡江大學、清華大學、成功大學、中正大學、高雄師大等。因而培養了一批批的年輕後進，接受新方法新觀念的訓練，未來這批生力軍都將投入詞彙學的研究陣容，帶動台灣地區語言學的發展。所以，詞彙學可以說是一門有潛力的學科。在這樣的趨勢下，可預見的將來，會有更多的學校開設這門課程，因而也必然會有更多的博碩士論文或專著出現，這是可以預期的。

這裡，我們願意爲詞彙學的未來發展提出幾點意見：

1. 詞彙學的研究必須結合傳統與現代，缺一不可。

2. 分清歷時與共時，縱向的演變和橫向的描寫是不同的。

3. 充分運用新的理論和分析技術。

4. 不能孤立的只面對自己的語言，也要從不同語言的比較中獲取啓示。

5. 重視構詞問題，包括平面系統和來源發展。

6. 嚴格區別字、詞素、詞、詞組，這幾個不同的範疇。

7. 要注意漢語的特色，不能生吞活剝地把西方語言的概念硬往漢語身上套，也不宜盲目地把漢語作爲某些時髦的西方理論的實驗品，運用新理論的同時，也應正視漢語的特質。

第二章　複音節詞的結構

在古代漢語裡，多半是一個字即是一個詞，也就是單音節詞居於優勢。現代漢語逐漸轉變爲多音節詞居優勢。不論古代或現代，這些多音節詞都有一定的結構方式，分析起來，不外「衍聲」和「合義」兩大類型。「衍聲」是把漢字當作音標來使用，所重在音，而不管每一個字的意義如何；「合義」則是會合兩個字的意義（或兩個以上），而形成的一個新的詞。下面就把單詞（單音節詞）之外的情況分別舉例說明其結構。

第一節　衍聲詞

這類詞又可細分爲三類：連綿詞、音譯詞、擬聲詞。

壹、連綿詞

什麼是「連綿詞」呢？王國維在〈古文學中連綿字發題〉一文中說：「連綿字，合二字而成一語，其實猶一字也。」他所謂的「其實猶一字也」正充分說明了連綿詞的特徵。

王力《中國語法理論》說：「所謂連綿字，就是聲音相同或相近的兩個字，疊起來成爲一個詞。」這裡的「成爲一個詞」，是連綿詞的最基本特質。原來，連綿詞有三個特性：

一、兩個音節間往往有雙聲、疊韻的關係

我們日常使用的雙聲連綿詞，例如：

崎嶇　彷彿　躊躇　玲瓏　惆悵　流連　恍惚　踴躍　零落
伶俐　嘹亮　含糊　猶豫　浩瀚　琳瑯　冒昧　唐突　慷慨
陸離　轆轤　磅礡　枇杷　琵琶　蜘蛛　鞦韆

有些連綿詞過去是雙聲，後世音變而成爲不雙聲了，例如「滑稽」、「憔悴」、「蕭瑟」、「蚍蜉」等。

日常使用的疊韻連綿詞，例如：

蕭條　嘮叨　囉唆　哆唆　荒唐　蹣跚　矇矓　莽撞　須臾
倥傯　盤桓　徘徊　伶仃　徬徨　燦爛　從容　慫恿　雍容
抖擻　詭隨　葫蘆　玫瑰　蜻蜓　橄欖　螳螂　蜥蜴　蝦蟆
侏儒

此外，「支離」是古疊韻，現代音變而不疊韻了。

連綿詞還有一類是「非雙聲疊韻」的，例如：

絡繹　模糊　孟浪　崢嶸　低徊　鹵莽　傴僂　浩蕩　扶搖
勃谿　薔薇　芙蓉　蚯蚓　茉莉　玻璃　葡萄　蝴蝶　蚱蜢
鸚鵡　蚇蠖　茱萸　蝌蚪　珊瑚　窟窿　胡同

像這樣按音韻的分類，我們必需要了解的，是古今語音不同，古代的雙聲疊韻未必是今天的雙聲疊韻，當我們爲某一個連綿詞歸類時，應該考慮的是依古音爲標準呢？還是依今音爲標準？

二、不可分訓

因爲連綿詞的整體是一個「詞素」，已經是具有意義的最基本單位，再分割就沒有意義了。它的組成和原有的兩個字義全然無關，昔日有些學者不明此理，遂把「窈窕」、「逍遙」、「猶豫」、「滑稽」、「狼藉」等連綿詞分開兩字訓釋，這是錯誤的。

例如《毛詩注疏》引揚雄云：「善心爲窈，善容爲窕」這是誤以爲詞彙中的每一個字都有含意，而主觀的把「窈窕」拆開解釋，說成內在美就是「窈」，外在美就是「窕」，二者兼備就是一位淑女。這完全是想當然耳的解釋。

又《莊子・序》（成玄英）引顧桐柏云：「逍者銷也，遙者遠也。銷盡有爲累，遠見無爲理，以斯而游，故曰逍遙。」也是主觀的把連綿詞「逍遙」分訓了。

又顏之推《家訓・書證》引了兩個說法來解釋「猶豫」：（例也見《漢書・高后紀》顏師古注）「人將犬行，犬好豫在人前。待人不得，又來迎候。如此往還，至於終日，斯乃豫之所以爲未定也，故稱猶豫。」

另一個說法是：「猶，獸名也。既聞人聲、乃豫緣木，如此上下，故稱猶豫。」這是見到「猶」字從犬部，而把這個詞的來源想像成和獸有關。

又華視《每日一字》第二輯釋「滑稽」云：「滑是亂的意思，稽是同的意思，一個口才便佞的人，能夠說非成是，擾亂同異，也叫做滑稽。」這是把原本屬雙聲連綿詞的滑稽（兩字原本都屬ㄍ聲母），割裂分訓了。

又翟灝《通俗編》引《蘇氏演義》云：「狼藉草而臥，去則滅亂。」這也是用一個想像的故事來訓釋連綿詞。

上面的幾個例子，照各字義來解說，都讓人有窒礙牽強的感覺，主要原因就在於不明連綿詞不可分訓的基本特性，而望文生義的去作解說。

三、字形不定

由於連綿詞是衍聲的，因而只要音相近，隨便寫成哪個字形，往往不固定。例如「委蛇」一詞就有下面幾種寫法：

逶迤　倭遲　倭夷　威夷　委移　逶蛇　威遲

又如「踟跦」一詞也有下面幾種寫法：

蹢躅　踟蹰　躊躅　躊躇　彳亍

「彷彿」一詞也可以寫作多種形式：

仿佛　肪胇

另外，還可以把「彷彿」改爲從「口」旁、上從「髟」部的寫法。

就是「連綿詞」本身，字形也不定，可以稱爲「聯綿詞」，也可以單稱爲「連語」、「謰語」。

至於連綿詞是怎樣產生的呢？張壽林〈三百篇聯綿字研究〉（燕京學報，第 13 期）分析有三點：

1. 由於古代造字自然之趨勢

張氏云：「一人之口齒喉舌，不能萬差，而天下之事物，則歷千數百萬而不能盡也。單音之用既窮，則連綿之字生矣。蟋蟀所以狀其鳴聲，單文不足以表其德，乃別爲謰語，用成其名。故此類謰語，名詞爲多。」

2. 由於聲音之緩急

張氏云：「蓋字本單音，曼言之則爲二語，浸假而另造新字，遂成謰語。」並舉例云：「嬛」（《廣韻》仙韻許緣切，「便嬛」，輕麗貌，又音娟，音瓊）曼言之則爲「繾綣」（《廣韻》獮韻「繾」，去演切。「繾綣」，不相離貌，又黏也。）；「雚」曼言之則爲「芄蘭」；「別」曼言之則爲「仳離」。

3.由於歌詠之曼聲

張氏云：「詩歌興而聲律定，聲律既定，則辭句之修短，不容增減。創作之士，乃添字以爲聲容，曼聲，而協音律。凡此之類，或字屬散聲，本無實義，或字取比連，聲同義近，連綴以成，遂爲連語。」例如「沃若」、「猗儺」中的「若」和「猗」都是曼聲，並無實義。

除了張氏所說的，還有許多疊韻連綿詞是由上古的複聲母失落而形成的。例如「角」（上古音 kl-）變爲「角落」，「孔」（上古音 kl-）變爲「窟籠」，「筆」（上古音 pl-）變爲「不律」。杜其容教授曾撰〈部分疊韻連綿詞的形成與帶 l 複聲母之關係〉一文（香港聯合書院學報，第 7 期，1970）闡明此類演變。杜氏云：

> 「複聲母趨簡之初，可以隨即產生疊韻連綿詞，也可以產生兩個不必連貫使用的單詞，……如果蠃、蜾蠃、螟蛉、來牟屬於前者；其他如命令、揀練、勉勵則可以獨立使用，屬於後者。……可以獨立使用的兩個單音詞，與由複聲母演變而來的一字二讀者相彷彿。一字二讀者，讀甲即不同時讀乙，讀乙即不同時讀甲；可以獨立使用的兩個單音詞，用甲即不用乙，用乙亦不必同時用甲。然而後人合甲乙二字連貫使用而形成疊韻連綿詞，溯其本源仍由一具複聲母之單音詞演變而來。」

連綿詞的上下二字在字形演化上，常有偏旁同化的趨勢。例如王引之《經義述聞》曾舉出，堯典「在璿機玉衡」，「機」字本從木，因「璿」字而變爲從玉。盤庚「烏呼」，「烏」字因「呼」字而加口。關雎「展轉反側」，「展」字因「轉」字而加車。魏風伐檀「河水清且漣猗」，「猗」字因「漣」字而加水。小雅采薇「玁允之故」，「允」字因「玁」字而加犬。

連綿詞在文學上起著很大的修辭作用，無論描繪形貌、動作，特別是透過連綿詞雙聲疊韻的特性，使文句表現得更爲逼眞、靈活，充滿著鏗鏘節奏之美。因此，中國最早的文學作品——詩經、楚辭，即大量的運用了連綿詞。在這些古代作品中，有時還把連綿詞拆開來用，中間塡上一些虛字，例如：

《邶風・燕燕》：燕燕于飛，頡之頏之。
《鄭風・子衿》：挑兮達兮，在城闕兮。
《小雅・巷伯》：萋兮斐兮，成是貝錦。
《小雅・采菽》：優哉游哉，亦是戾矣。
《邶風・谷風》：其虛其邪，既亟只且。
《邶風・北風》：有洸有潰，既詒我肄。

甚至還有把連綿詞拆開，分屬兩句的，例如：

《小雅・隰桑》：隰桑有阿，其葉有儺。

這裡的「阿儺」（猗儺）和上面的「挑達」、「萋斐」、「優游」、「虛邪」、「洸潰」都是連綿詞。拆開來是爲了吟詠上音韻節奏的需要，意義上它們還是完整的一體，不能分開訓釋。

在文學上對連綿詞的運用，有時爲修辭的靈活變化，還有「倒言」的現象。例如「落拓」，《漢書・揚雄傳》云：「何爲官之拓落也？」顏師古注：拓落，不耦也。又如「痀僂」（傴僂）又作「僂痀」，曲瘠也。

下面我們分類舉出一些連綿詞的例子。先從中國最早的詩歌總集

《詩經》說起。所注的上古音讀參考周法高先生《中國古代語法構詞編》。擬音不同的都加上按語。

1.雙　聲

觱沸　pjət　pjuəd（泉出貌）
觱發　pjət　pjat（風寒也）
蔽芾　pjæd　pjuəd（小貌）
厭浥　ʔjap　ʔjəp（濕意也）
荏染　njəm　njam（柔貌，按：稍改周氏擬音）
契闊　k'æt　k'uat（隔遠之意）
輾轉　tjæn　tjuæn（反側也）
間關　kæn　kuan（猶輾轉也）
繾綣　k'jæn　k'juan（反覆也）
燕婉　ʔiæn　ʔjuan（好貌）
匍匐　b'uag　b'uək（手足並行）
黽勉　mjeŋ　mjan（猶勉勉也）
踟躕　d'jeg　d'jug（猶躑躅也）
栗烈　ljet　ljæt（寒氣也）
參差　ts'əm　ts'a（長短不齊之貌）
拮据　kiet　kjag（手操作勞苦也）
游衍　gjog　gjæn（放散之義）
邂逅　geg　gug（不期而會，按：稍改周氏擬音）
熠燿　djəp　djog（鮮明也）
苾芬　b'jet　p'juən（香也）
蠨蛸　siog　sog（昆虫名）
伊威　ʔjed　ʔjuəd（昆虫名）
蟋蟀　sjet　sjuət（昆虫名）

流離 ljog lja（鳥也）
蝤蠐 dz'jog dz'ied（木虫之白而長者）
鴛鴦 ʔjuan ʔjan（鳥名）
霢霂 mek muk（小雨）
萑葦 guan gjuəd（即蒹葭也，按：稍改周氏擬音）
唐棣 d'aŋ d'iəd（花名）
蒹葭 kliam kag（草名）
權輿 g'juan gjag（始也）
常棣 d'jaŋ d'iəd（按：稍改周氏擬音）
戚施 st'iok sdja（按：稍改周氏擬音）

2.疊 韻

優游 ʔjog gjog （閑暇之貌）
窈糾 ʔiog kjog （美好）
懮受 ʔjog djog （美好，按：稍改周氏擬音）
夭紹 ʔjog djog （美好）
綢繆 d'jog mljog （纏綿）
逍遙 sjog gjog （遊息也）
沮洳 tsjag njag （潤澤之處，按：稍改周氏擬音）
虺隤 xuəd d'uəd（病也）
猗儺 ʔa na（柔順也）
伴奐 b'uan xuan（優游閑暇之貌）
判渙 p'uan xuan（即伴奐也，自縱弛之意）
鞅掌 ʔjaŋ tjaŋ（事多貌，按：稍改周氏擬音）
炰烋 b'og xjog（自矜氣健貌，即咆哮）
婆娑 b'ua sa（舞也）
差池 ts'a d'ja（不齊之貌）

委蛇　ʔjua　dja（委曲自得之貌）
倉兄　ts'aŋ　xjuaŋ（悲閔之意）
棲遲　sied　d'jed（遊息也）
畔援　b'uan　gjuan（拔扈也）
窈窕　ʔiog　d'iog（好貌）
倭遲　ʔjuər　d'jed（歷遠之貌）
掘閱　g'juət　djuæt（小蟲剛從土中孵化而出）
蒙戎　muŋ　njoŋ（按：稍改周氏擬音）
蜉蝣　b'jog　djog（昆虫名）
勺藥　d'jok　gljok（按：稍改周氏擬音）
樸樕　b'uk　suk（小木也）
果蠃　klua　lua（果實名）
蜾蠃　kua　lua（即細腰蜂）
螟蛉　mieŋ　lieŋ（桑虫也）
菡萏　gAm　d'Am（荷華也，按：稍改周氏擬音）
籧篨　g'jag　d'jag（醜惡之通稱）
崔嵬　dz'uəd　ŋuəd（高而不平也）
扶蘇　b'juag　suag（小木名）
倉庚　ts'aŋ　kaŋ（黃鳥）
騶虞　tsug　ŋjag（義獸也，白虎黑文不食生物）
萇楚　d'jaŋ　ts'ag（草名）
脊令　tsjek　lieŋ（鳥名）

貳、音譯詞

不同的文化、不同的語言，互相接觸，就會帶入大量的外來語，這種現象叫作「移借」。移入的新詞彙叫作「借詞」。借詞多半採取音譯的型式，少數是意譯的，例如：

鐵幕 iron curtain
馬力 horsepower
熱狗 hot dog

這種意譯來的新詞，必需符合漢語的構詞規律，它是合義複詞的一種，因此這裡不談，這裡只談借詞中的音譯詞。音譯詞也不是把外語的念法赤裸裸地搬進來，通常會經過一番本土化的改造，納入本土的音位體系裡。也就是用本土語言熟悉的音去念它。日語的外來詞特別多，也都是經過這樣改造過的念法。

現代漢語中，有些詞是由日語借入的，跟古代日語常借入漢語詞彙，正好換了個方向。例如：

便所　服從　保健　倉庫　總計
大本營　派出所　化粧品

這些詞都合乎漢語的合義複詞構詞規律，雖是外來語，卻不是音譯詞，所以也不在這裡談。

音譯詞經過本土化的改造，通常透過下面幾種方式：

*1.*加上義符以強調詞義：如玻璃、駱駝、袈裟等。

*2.*兼顧字義的音譯詞：如繃帶、基因、系統（system）等。

*3.*加上漢語的類名：如啤酒、卡車、卡片、卡帶等。

因此，漢語的音譯詞就呈現了豐富多樣的局面。

通常，外來語產生的因素有兩方面：一是由於文化的仰慕，這種情況多為文化高的民族向文化低的民族輸送詞彙。二是自己語言裡所沒有的陌生事物，因而必需借助外來語表達。英語中的漢語借詞往往是這種狀況，例如：tea、silk、kungfu、kowtow（叩頭）、sampan

（舢舨）、ketchup（茄汁，即蕃茄醬）。

漢語有悠久的歷史，因此，在不同的階段和各民族接觸，帶入了各種不同語言的借詞，豐碩了漢語詞彙的內容。例如：

1. 上古的匈奴語借詞

匈奴地處中國的北方，商代稱為「鬼方」；周代稱「混夷」、「獯鬻」、「玁狁」、「獫狁」；春秋稱「戎」、「狄」；戰國始稱「匈奴」。漢代的匈奴十分強大，長期與漢帝國對抗競爭，一直到魏晉六朝才逐漸和漢民族融合。因此，匈奴可說是和漢民族接觸最久的異族之一。長時間的接觸必然會為漢語帶來一些借詞。例如：

單于（匈奴語謂君主也）
閼氏（匈奴語謂皇后）
祁連（匈奴語「天」之義）
焉支（匈奴語「色」之義，又作「胭脂」）
甌脫（匈奴語「土室」之義）
駃騠（匈奴語「騾」之義）

方壯猷有〈匈奴語言考〉（北大國學季刊第二卷第四號，民 19 年）一文，舉出這樣的借詞 26 條。事實上當時的漢語中必然還有更多的此類詞彙，只是沒有一一被記錄保存下來而已。

2. 上古的其他各族借詞

除了匈奴之外，周秦兩漢還跟西域的許多民族往來，帶入了一些借詞，例如：

駱駝（本稱「橐駝」。）
猩猩（又作「生生」、「狌狌」。）

師比（胡人使用的一種金屬帶鉤子。又稱「犀比」、「胥紕」、「犀毗」。）

琵琶（胡樂器名，本作「枇杷」。）

觱篥（bili，胡樂器名。）

苜蓿（又作「目宿」，張騫通西域時傳入中國的食用植物，俗稱「金花菜」。）

葡萄（又作「蒲陶」、「蒲萄」，漢代由西域傳入。）

石榴（爲「安石榴」簡稱，「安石」即「安息」，爲古波斯國。）

菠菜（爲「菠稜菜」的簡稱，又作「菠薐菜」，唐太宗時由尼泊爾傳入。）

沒藥（又作「末藥」，來自波斯，爲阿拉伯文 mur 之音譯。）

祖母綠（即「綠柱玉」、「翠玉」，又作「助木刺」、「子母綠」，由阿拉伯文 zumunrud 音譯而來。）

可汗（唐代回紇、突厥稱君主之名，後世蒙古再簡稱爲「汗」。）

3.東漢以後的梵語借詞

佛教從東漢開始，由印度傳入中國，這是中國歷史上首度接觸的高文化民族，雙方長期交流的結果，影響了中國的宗教、哲學、文學、美術、雕刻，帶來廣大層面的衝擊，促成了唐代中國式佛教的勃興，也促成了宋代理學的誕生。當然，在語言上也帶來了巨大的影響。由於佛經的大量翻譯，和佛教信仰的普遍，梵語詞彙充斥於中古社會的每一個階層。下面只能舉出一些到今天還常見的例子作代表，要全部舉出，那就得一部專門的詞典才能容納了。

般若（prajna，「智慧」之義。）

南無（namah，亦作「那謨」，「禮敬」之義。）

阿彌陀佛（Amita bhah）

佛（buddha，「覺者」之義，又譯爲「浮屠」、「佛陀」。）

一剎那（ksana）

伽藍（saingharama，爲「僧伽藍摩」的簡稱，「佛寺」之義。）

羅剎（raksasa，惡鬼之總名。）

身毒（sindhu，印度之古名。）

偈（gatha，「偈陀」之簡稱，又作「伽陀」，義爲四句之頌。）

塔（stupa，《大唐西域記》譯爲「窣堵波」，或譯爲「率都婆」、「兜婆」、「塔婆」。「塔」字《說文》無，大徐始收入《說文新附》中。）

僧（saingha，爲「僧伽」之略。「僧」字《說文》無，始見於大徐《說文新附》。）

比丘（bhiksu，出家之男子。）

比丘尼（bhiksunu，出家之女子，簡稱「尼」。）

沙門（sramana，出家修道之人。）

優婆塞（upasaka，在家修行者，又作「伊蒲塞」。）

優婆夷（upasika，在家修行之女子，又作「鄔波斯迦」。）

菩薩（bodhisattva，爲「菩提薩埵」的簡稱，意爲「大覺衆生」。）

羅漢（arhat，爲「阿羅漢」的簡稱，意爲「聖者」。）

蘭若（aranya，爲「阿蘭若」的簡稱。意爲遠離市鎮適於修行之寂靜處。）

魔（mara，爲「魔羅」之簡稱。「奪命」、「破壞」之義。）

劫（kalpa，爲「劫波」之簡稱，意爲「長時」。）

禪（dhyana，爲「禪那」之簡稱，「靜心思慮」之義。）

三昧（samadhi，或作「三摩提」，「正定」之義。）

涅槃（nirvana，意爲「寂滅」、「圓寂」。）

4.元代蒙古語的借詞

蒙古是第一個統治全中國的異族（自西元 1280 年至西元 1368 年，共 88 年）。其帝國橫跨歐亞大陸，武功之盛，版圖之遼闊，在人類歷史上幾乎無可匹敵者。但是其人口稀少，文化不高，因此蒙古語輸入漢語的借詞雖然藉著元曲作品保留了不少，但是多屬一時的流傳，能夠維持至後世，延續於活語言中的，爲數極少。元曲中例如：

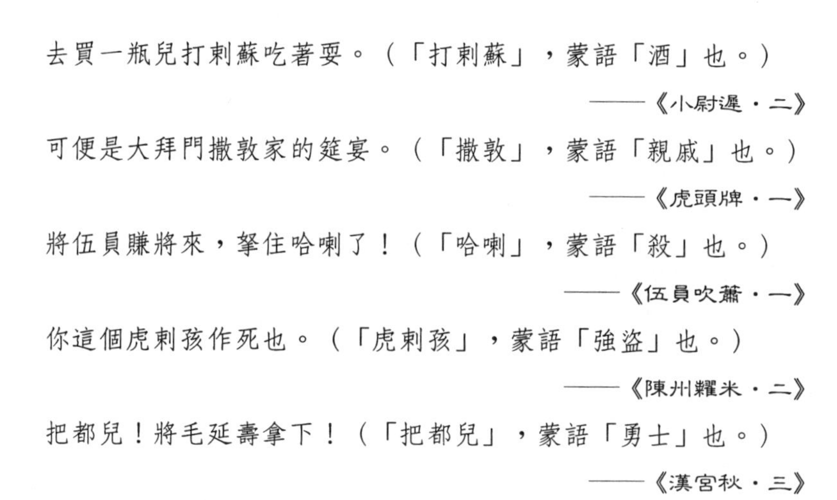
去買一瓶兒打剌蘇吃著耍。（「打剌蘇」，蒙語「酒」也。）

——《小尉遲・二》

可便是大拜門撒敦家的筵宴。（「撒敦」，蒙語「親戚」也。）

——《虎頭牌・一》

將伍員賺將來，拏住哈喇了！（「哈喇」，蒙語「殺」也。）

——《伍員吹簫・一》

你這個虎剌孩作死也。（「虎剌孩」，蒙語「強盜」也。）

——《陳州糶米・二》

把都兒！將毛延壽拿下！（「把都兒」，蒙語「勇士」也。）

——《漢宮秋・三》

這些詞彙都沒有維持至後世的活語言中。今天我們仍然使用的元代借詞，例如「站」字作爲「驛站」、「車站」講，即由蒙語 Jam 借來。又稱爲「站赤」。又如「歹」字，作「好歹」講，也是蒙語的借詞。

5.清代滿州語的借詞

清代滿族人統治中國 268 年（西元 1644 年至西元 1912 年），也由於人口少，文化不高，雖然建立了廣大的版圖，其語言對漢語並未產生太大的影響，至今還常聽到的，只有下列少數幾個滿語借詞：

福晉（貴族「夫人」之義）

貝勒（爵位名）

格格（「公主」之義）

沙其馬（滿語 sacima，是一種用麵粉加冰糖、奶油等製成的糕點。）

滿語詞彙沒有大量的文學作品爲之保留，所以不能像蒙語借詞那樣，還可以透過元曲作品加以考察，因此，滿族雖然支配中國的時間長，所處時代又較近現代，借詞資料反而比蒙語貧乏。

6. 近代及現代的外語借詞

自從鴉片戰爭後，西力東漸，西方文化大量湧入，於是大量的外語借詞進入漢語的詞彙裡。例如：

鴉片	opium	磅	pound
咖啡	coffee	沙發	sofa
噸	ton	托辣斯	trust
圖騰	totem	摩登	modern
雪茄	cigar	羅曼史	romance
奎寧	quinine	盤尼西林	penicilline
打（量詞）	dozen	雷達	radar
法西斯	fascist	幫浦	pump
凡士林	vaseline	檸檬	lemon
芒果	mango	納粹	Nazi
模特兒	model	尼龍	nylon
威士忌	whisky	白蘭地	brandy
可口可樂	Coca Cola	可可	cocoa

引擎	engine	幽默	humor
卡通	cartoon	加答兒（黏膜炎）	catarrh
香檳	champagne	閥（活門）	valve
木乃伊	mummy	泵	pump
基督	Christ	幾何	geometry
安琪兒	angel	撲克	poker
阿摩尼亞	ammonia	吉普	jeep
麥克風	microphone	巧克力	chocolate
坦克	tank		

其中有許多不止是音譯，也兼顧了字義，如「圖騰」、「芒果」、「可口可樂」、「閥」、「幾何」、「安琪兒」、「香檳」等。像這類兼顧音義的又如：

雷達	radar	聲納	sonar
雷射	laser	幽浮	UFO
培基	basic	引得	index
維他命	vitamin	俱樂部	club
烏托邦	utopia	脱口秀	talk show
保齡球	bowling	倍力橋	Bailey bridge
迷你裙	miniskirt	霓虹燈	neon lamp
三溫暖	sauna	披頭	Beatles
繃帶	bandage		

這種兼顧音義的外來語，最普遍的是表現在廣告上的外國產品，例如：

百事可樂	Pepsicola	拍立得	Polaroid
飄雅	Pure	保時捷	Porsche
富豪	Volvo	標緻	Peugeot

愛快羅密歐	Alfa Romeo	飛雅特	Fiat

也有一些音譯詞可以加上漢語的類名，例如上舉的「坦克＋車」、「幾何＋學」、「吉普＋車」、「撲克＋牌」、「沙發＋椅」、「納粹＋黨」、「尼龍＋布」、「白蘭地＋酒」、「可可＋粉」、「鴉片＋煙」、「雪茄＋煙」、「凡士林＋膏」、「卡通＋片」、「香檳＋酒」等，加上類名的動機，是使詞義更爲明確，雖是外語譯音，也能一看就明白是什麼意思。這類狀況還有：

卡車	car	卡片	card
卡式帶	cassette	卡賓槍	cabine
道林紙	dowling	來福槍	rifle
啤酒	beer	車胎	tyre
酒吧	bar	爵士樂	jazz
拓樸學	topology	嘉年華會	carnival
沙丁魚	sardine	加農砲	cannon
高爾夫球	golf	巴蕾舞	ballet
可蘭經	koran	奇異果	kiwi
愛滋病	AIDS	沙皇	czar

還有一種狀況，是根據原文一半音譯，一半意譯，例如：

倍力橋	Bailey bridge	冰淇淋	ice cream
愛克司光	x-ray	劍橋	Cambridge
新英格蘭	New England	綠卡	green card
摩托車	motor car	信用卡	credit card
沙拉油	salad oil	登格熱	dengue fever
淋巴腺	lymphatic glands	加馬射線	gamma ray
吧女	bar girl	迷你裙	miniskirt
法西斯主義	Fascism	公噸	metric ton

蘋果派	apple pie	霓虹燈	neon lamp

這一類例子中，新詞特別多，可見現代新輸入的西方借詞有朝這個方向發展的趨勢。其他流行於現代社會的音譯詞（現代新詞）還有：

三溫暖	sauna（芬蘭語）	壓克力	acrylic
休克	shock	杯葛	boycott
馬達	motor	披頭	Beatles
開麥拉	camera	拷貝	copy
蒙太奇	montage	荷爾蒙	hormone
瓦斯	gas	乒乓	ping-pong
土司	toast	達令	darling
沙拉	salad	迷你	mini
迷地	midi	雷射	laser
嬉皮	hippy	雅痞	yuppy
幽浮	UFO	馬拉松	marathon
拍擋	partner	聖代	sundae
三明治	sandwich	馬殺雞	massage
秀	show	馬賽克	mosaic
繃帶	bandage	布丁	pudding
托福	TOEFL	樂普	loop
邏輯	logic	咖哩	curry
恤	shirt	漢堡	hamburger
聲納	sonar	蘇打	soda
派對	party	撒旦	Satan
速克達	scooter	巴拉松	parathion

現代的外來語遍布的層面極廣，除了日常生活中的用語外，在自然科學、社會科學及人文學科中，更是多得無法計算。不過，漢語若

和世界其他語言比較起來，例如英語、日語，借詞的比例還是很低的。外來的事物，漢語還是多半採用了本土詞彙去構詞，利用漢語原有的詞素創造代表新概念的詞彙，這點說明了漢語言具有極優越的彈性和適應力，也說明了漢民族具有極豐富的創造力。

除了來自西方語言的借詞外，現代漢語中還有部分詞彙是來自日語的音譯詞，例如：「歐巴桑」、「榻榻米」、「沙西米」、「甜不辣」（天婦羅）、「麻薯」、「卡拉 OK」、「烏龍麵」等。至於「壽司」、「便當」等詞也是來自日本的外來語，但是這些詞在日文的漢字寫法中，就是固定這樣寫的，我們只是把文字原樣移入，所以不屬於本文所謂的「音譯詞」。

有些借詞（外來語）中的音譯詞並沒有進入漢語的共同語中，只在地區性的方言中使用，例如香港粵語中的英語借詞：

呔	tie（領帶）	士巴拿	spanner（扳手）
的士	taxi	波	ball
甫士咭	postcard	遮喱	jelly（果凍）
溫拿	winner	士敏土	cement（水泥）
菲林	film（軟片）	燕梳	insurance（保險）
嘜	mark（商標）	巴仙	percent（百分比）
恤衫	shirt		

吳語中也有不少地區性的借詞，主要是上海和外界接觸所造成的，例如：

那摩溫	number one（工頭）	戳士林	gasoline（汽油）
太妃糖	toffee（奶油糖）	白塔油	butter（奶油）
撲落	plug（電燈插頭）	水汀	steam（暖氣）

新加坡的閩南語中有許多來自馬來語的借詞，例如：

雪文	savon（肥皂）	洞葛	tongkat（手杖）
黎瓏	lelong（拍賣）	濫斧	lampu（大型美術燈）
巴刹	pasar（市場）		

台灣的閩南語中也有一些是來自日語的音譯詞，由於沒有適當的漢字，下面用諧音的方式注出：

歐多麥	otobai（機車）	來打	raita（打火機）
托拉骨	torakku（卡車）	注文	chubuen（預訂）
胖	pan（麵包）	內枯泰	nekutai（領帶）

這些音譯詞是日本統治台灣半個世紀所遺留下來的痕跡。有趣的是其中多半還不是日本自己的詞彙，而是由英語借入的，如 lighter（打火機）、truck（卡車）、necktie（領帶）等。那麼，再借到閩南方言裡已經是二手貨了。

參、擬聲詞

這是模仿大自然聲響的詞彙。又稱爲「象聲詞」、「狀聲詞」、「摹聲詞」。它可以跟著人們的音感衍生多樣的變化，例如「丁當」、「丁丁當當」、「丁當丁當」、「丁令當瑯」……。在字形上它完全不受拘束的，這一個特性比連綿詞、音譯詞更要顯著。有些人喜歡在擬聲詞旁加個「口」字邊，例如寫成「叮噹」，藉以表明它是個聲音詞。

擬聲詞是摹擬自然界聲音的一種詞彙。通常是把漢字當成「音標」符號，來構成擬聲詞。它和音譯詞、連綿詞在性質上是同類的，漢字只用來表音，而無關乎字義，因此，它們都是「衍聲詞」，和

「合義詞」爲相對的概念。

因爲擬聲詞多半用來描繪、形容，因而有人把它歸屬形容詞。也有人把主觀的感情、情緒所興發的聲音（例如：唉！啊呀！烏乎！）歸入擬聲詞。都是不妥當的。

形容詞和擬聲詞仍有界限存在，前者的重疊形式有強調意味和感情色彩，擬聲詞的重疊形式是純表音的，不產生任何附加意義。擬聲詞在語法上不像形容詞可以受程度副詞和否定副詞的修飾，例如我們不會說「雨點十分嘩拉嘩拉地下著」，也不會說「風不呼呼地吹著」。擬聲詞也不能用「A 不 A」的方式表示疑問。擬聲詞可以和數量詞結合，而形容詞不能。雙音節的重疊，擬聲詞可以是ＡＡＢＢ式（叮叮噹噹），也可以是 ABAB 式（叮噹叮噹），形容詞通常只是 AABB 式。擬聲詞在句中的位置比較靈活，有較大的獨立性，形容詞則不具備這樣的特性。

擬聲詞和感嘆詞也有明顯的界限，除了前者是外在客觀的聲音，後者是內在主觀的情緒之外，嘆詞沒有與其他詞組合的能力，擬聲詞可以。嘆詞總是個獨立成分，不做句子成分，擬聲詞可做獨立成分外（「碰！碰！槍響了兩聲」），常做定語、狀語，還可做謂語（「車轔轔，馬蕭蕭」、「小鳥在枝上嘰嘰喳喳」）。嘆詞可以單獨回答問題，例如「你去過了吧？」「嗯！」，擬聲詞則不能。因此，把嘆詞、問答詞歸入擬聲詞是不妥的。

我們把擬聲詞定義爲「客觀事物的聲音」。正如

《劍橋百科全書》（Cambridge Encyclopedia）說的：

「*The imitation of a natural(or mechanical)sound in language. This may be found in single words (screech, babble, tick-tock) or in longer units.*」

《孔頓百科全書》（Compton's Encyclopedia）定義爲：

「*formation of words in imitation of natural sound as cuckoo , hum.*」

《世界百科全書》（World Book）云：

「*Onomatopoeia is the formation of words to imitate natural sounds. The buzz of a bee, the hoot of an owl, and the fizz of soda water are examples of words created from the natural sound.*」

這些資料都強調了「模擬自然之聲」這個特徵。這正是本文探索的範圍。擬聲詞的研究興起於五〇年代，例如褚四荊《象聲字》、任銘善《談象聲詞》、廖化津《說象聲字》、劉秉文《再談象聲詞》等。至八〇年代達於高潮，除了一般談語法的專著外，單篇論文如邵敬敏〈擬聲詞初探〉、趙金銘〈元人雜劇中的象聲詞〉、張博〈象聲詞簡論〉、李樹儼〈也談象聲詞的語法地位〉、炳南、文同〈象聲詞應該自一成類〉、党懷興〈談象聲詞的歸類〉、邵敬敏〈擬聲詞的修辭特色〉、阮顯忠〈擬聲詞及其修辭作用〉、鄭德剛、汪凡〈現代漢語的象聲詞〉、孟琮〈北京話的擬聲詞〉、徐慧〈試論現代漢語象聲詞的語法地位〉等。

然而，向來擬聲詞的研究多重在語法和修辭方面，很少對擬聲詞的內部結構，特別是語音結構進行深入探索的，但國干、劉金華〈摹聲的結構類型及摹聲詞的語法特點〉曾觸及內部結構問題，他分為：

1. A 式（咚！）
2. AA 式（潺潺，汪汪）
3. AB 式（轟隆）
4. ABB 式（嘩拉拉、淅瀝瀝）
5. AAB 式（劈劈啪）

6. AABB 式（嘀嘀嗒嗒）

7. A 里 AB 式（哇里哇啦）

8. A 里 BC 式（嘰里咕嚕）

9. ABBB 式（咕嚕嚕嚕）

10. AABA 式（噠噠嘀噠）

11. AAAB 式（嘀嘀嘀噠，以上兩種較少）

12. ABCD 式（丁鈴當郎）

孟琮〈北京話的擬聲詞〉則分為：

1. A 式（唰！）及其疊用式

2. AB 式（樸通），可重疊為 ABAB 式，或部分重疊為 ABB 式

3. A ＋ B 式（雙音複合，如丁當），可重疊為 AABB 式，此式的兩字聲母相同，前音節元音為 i，後音節元音為 a 或 u

4. ABCD 式（嘰里呱拉），A 與 C，B 與 D 為雙聲，韻母 CD 與 AB 也有對應關係，聲母 b ／ p，d ／ t，j ／ q 可互相換用

孟氏分為四類，不是平面的展開列舉，而是觀察分析了彼此各類的結構關係，作了層次的歸類，也提出了些規律的描述，分析十分允當。

擬聲詞是模擬自然界聲響而造的，幾乎世界上所有的語言都存在著這種詞類。一般來說，語言中音與義的關係是偶然的、約定俗成的，什麼事物用什麼音來表示它，最初都沒有必然的關聯。但是，擬聲詞的聲音和意義之間，卻有著某種程度的聯繫，因此，雞叫漢語是「咕-咕咕」，英語是 cocka-a-doodle-doo，法語是 coquerico；貓叫漢語是「喵」，英語是 meow；漢語「咯咯」的笑，英文是 cackle；漢語的「咳」，英文是 cough。因為無論哪個語言，模擬的都是同一件客觀事物。

然而，我們比較各種語言的擬聲詞，發覺不一致的情況更多。例如：

漢語羊叫爲「咩」，英文卻是 baa 或 bleat，法文是 belemnet；

漢語蜜蜂叫爲「嗡嗡嗡」，英文卻是 buzz，法文是 bourdonner；

漢語說「噓」，英文是 hiss，法文是 siffler；

漢語的「布穀」，英文是 cuckoo；

漢語「吱吱」爲鼠叫，英文卻是 squeak，法文是 couic；

漢語說「鳥鳴嚶嚶」，英文是 chirp，法文是 pepier；

漢語說「蕭蕭馬鳴」，英文卻說 neigh，法文是 hennir；

漢語說「潺潺流水」，英文說 murmur；

漢語說「叮噹」，英文是 clank， 法文是 cliqueter；

漢語說抱怨不滿之聲爲「嘰咕」，英文卻是 grumble，法文是 bougonner；

漢語說打「嗝」，英文是 hic-cup，法文是 hoquet；

漢語笑「嘻嘻」，英文是 chuckle，法文是 glousser；

漢語說「喋喋」不休，英文是 chatter，法文是 bavarder；

漢語說「牙牙」學語，英文是 babble，法文是 gazouiller。

既然模擬的對象相同，爲什麼在不同的語言裏會有這樣的差異呢?

擬聲詞和善於口技者之摹仿客觀事物的發音，表面上看來是一樣的道理，實質上卻大不相同。在口技表演中，我們可以聽到模仿豬叫、牛叫、雞叫等各種動物的叫聲，也可以聽到模仿風吹、下雨、山崩等各種自然界的聲響，還可以聽到模仿洗衣機轉動、門鈴作響、嬰兒哭泣、老人咳嗽、快步下樓梯等日常生活中的聲響。所發的聲音都唯妙唯肖，和眞實的沒有兩樣。那是客觀事物的完整複製，沒有加入一點人爲的因素。擬聲詞則不然，它雖然也是摹擬客觀事物的聲音，卻有很大的主觀性，主觀音感每個人不會完全一樣，每個民族差異就更大了。

因此，客觀存在的音響，通過我們耳朵和大腦的詮釋，主觀音感的辨識，而有了擬聲詞，此為其特性之一。自然界的聲音無限，而任何語言的音位系統卻是有限的幾個，我們聽到的聲音，還得在有限的這幾個音位中去選擇，找出適合的音和適合的字來表達，這樣的模擬，必然會失眞，此為擬聲詞特性之二。因此，它和口技的聲音摹仿，似同而實異。也因為如此，同一客觀事物，各語言用以描繪的擬聲詞不會相同。上述中、英、法語的差異，正是主觀音感和語言音位系統不同所致，有限的音位，把無限的自然界聲音作了選擇。

我們如果再進一步看，同為漢語，描寫相同事物，用的擬聲詞也未必相同。例如《詩經》描寫馬車奔行的聲響就用了如下的擬聲：

*1.*四牡龐龐（小雅車攻）

*2.*四牡騤騤（小雅采薇、六月、大雅桑柔、烝民。孔疏：騤騤，馬行之貌。）

*3.*四牡彭彭（小雅北山、大雅烝民）

*4.*駟騵彭彭（大雅大明）

*5.*載驟駸駸（小雅四牡。毛傳：駸駸，驟貌。盧紹昌云：毛傳釋擬聲之詞，往往不言其為聲，而言某某貌，……是則「駸駸」本當為聲也。）

*6.*四牡騑騑（小雅四牡、車牽。毛傳：騑騑，行不止之貌）

*7.*駟介陶陶（鄭風清人。毛傳：陶陶，驅馳之貌）

*8.*駟介麃麃（鄭風清人）

*9.*駟介旁旁（鄭風清人。朱熹：旁旁，馳驅不息之貌）。

至於「鳥聲」，《詩經》中用了「關關」、「喈喈」、「雝雝」、「膠膠」、「交交」、「嚶嚶」等擬聲詞。「鼓聲」則用了「坎坎」、「淵淵」、「逢逢」、「咽咽」、「簡簡」等擬聲詞。各詞的發音狀況往往相去甚遠，描繪的卻是同事物的聲音。這就是主觀音感的詮釋有不同了。

了解此理，我們就不致疑惑，到底是「嗡嗡」比較像蜜蜂？還是

buzz 比較像蜜蜂？對本民族的音感而言，一定是自已的語言比較像。我們也不會再懷疑同樣的馬聲、鳥聲、鼓聲，卻有如此不同的擬聲之詞出現。音感還會有個人差異啊。

我們分析現代漢語的擬聲詞聲音結構，發現普遍存在著夾帶邊音成分 l-的現象，例如：

嘰里咕嚕	叮零咚隆	唭里硿嚨	淅瀝淅瀝
希里嘩啦	辟里啪拉	嗚里哇啦	丁鈴當郎
嘟嚕嘟嚕	樸隆樸隆	嗶里嗶里	呼嚕呼嚕
當郎當郎	啪拉啪拉	卡拉卡拉	唰拉唰拉

四個音節中，除了其中某些字相互間有雙聲疊韻的關係外，元音多半選用了〔i〕、〔a〕、〔u〕幾個基本元音，有時後頭接上舌根鼻音-ng 韻尾，造成共鳴效果，使得音節格外響亮。然而，最顯著的特徵，是偶數音節都是〔l-〕母字。

馬慶株〈擬聲詞研究〉曾統計：第一個音節是塞擦音聲母的雙音節單純擬聲詞，第二個音節的聲母 80％以上是邊音。第一個音節爲 h 聲母的雙音節單純擬聲詞，第二個音節是邊音的占三分之二。第一個音節聲母是〔s〕、〔sh〕、〔h〕（注音符號ㄙ、ㄕ、ㄏ）的擬聲詞，第二個音節的聲母全是邊音。又統計說：疊韻擬聲詞占全部雙音節單純擬聲詞的 43％，其中第二個音節聲母爲邊音的達 57.7％。

其實，這種現象不止存在於現代漢語。我們且看看元曲語言中的擬聲詞。

1. 七林林低隴高丘（七林林，腳步聲。硃砂擔二）

2. 他土魯魯嗓內涎潮（土魯魯，喉間痰上下聲。硃砂擔二）

3. 支楞楞扯出霜鋒（支楞楞，劍出鞘聲。單鞭奪三）

4. 那馬不剌剌（不剌剌，跑馬聲。看錢奴一）

5. 我則見必律律狂風颯（必律律，狂風聲。合汗衫二）

6.一遞裏古魯魯肚裏雷鳴（古魯魯，饑餓肚鳴聲。殺狗勸夫二）

7.各刺刺雕輪碾花（各刺刺，車輪聲。張天師二）

8.合刺刺轆轤響，可正和著各瑯瑯的搗碓聲（硃砂擔一）

9.屹刺刺撒開紫檀（屹刺刺，撒開檀板聲。梧桐雨二）

10.我當你扢刺刺直踐到墳頭（扢刺刺，馬跑聲。范張雞黍三）

11.足律律遶定階痕（足律律，風聲。袖奴兒四）

12.吸力力雷霆震半壁崩崖（來生債三）

13.吸哩哩提提了斗拱（吸哩哩，刮壞斗拱聲。柳毅傳書一）

14.赤力力操動松韻（赤力力，風聲。劉行首一）

15.赤律律起一陣劣風（赤律律，風聲。東坡夢三）

16.我則道忒楞楞宿鳥在花陰串（忒楞楞，鳥飛聲。連環計二）

17.忽喇喇的繡旗開（忽喇喇，旗幟飄揚聲。小尉遲二）

18.忽嘍嘍酣睡似雷鳴（忽嘍嘍，鼾聲。陳摶高臥一）

19.忽魯魯風閃得銀燈爆（忽魯魯，風聲。梧桐雨四）

20.則聽的淅零零雪糝瓊沙（淅零零，下雪聲。燕青博魚一）

21.則見那西門骨刺刺的開了（骨刺刺，開門聲。漁樵記三）

22.你可不怕那五六月的雷聲骨碌碌只在半空裏響（骨碌碌，雷聲。看錢奴三）

23.骨嚕嚕潮上痰涎沫（骨嚕嚕，痰上湧聲。貨郎旦一）

24.搖幾下桑琅琅蛇皮鼓兒（桑琅琅，搖小鼓聲。貨郎旦四）

25.那土坑在後面速碌碌、速碌碌跟將您孩兒來（速碌碌，土塊撒地聲。生金閣三）

26.疏刺刺寒風起（殺狗勸夫二）

27.是誰人懲般酣睡喝嘍嘍（喝嘍嘍，鼾聲。硃砂擔二）

28.見董卓廝琅琅將酒盞躬身放（廝琅琅，金屬相碰聲。連環計三）

29.喒也曾緝林林劫寨偷營（緝林林，步聲。氣英布二）

30.撲剌剌馬攢蹄（撲剌剌，馬跑聲。謝金吾二）

31.把孩兒撲碌碌推出門（撲碌碌，推滾聲。薛仁貴一）

32.您幾時學得俺勾嘍嘍一枕頭雞叫（勾嘍嘍，鼾聲。誶范叔一）

33.那蹇驢兒柳陰下舒著足乞留惡濫的臥（乞留惡濫，驢入水臥下聲。黃粱夢四）

34.支楞楞爭紘斷了不續碧玉箏（支楞楞爭,紘斷聲。倩女離魂四）

35.只古裏聒絮，我知道了也（古裏聒絮，話多的聲音。老生兒楔子）

36.口裏必力不剌說上許多（必力不剌，話多的聲音。灰闌記二）

37.相公將必留不剌柱杖相調戲（必留不剌，杖著地聲。謝天香三）

38.怎當他只留支剌信口開合（只留支剌，話多的聲音。爭報恩二）

39.又被這失留屑歷的雪片兒偏向我密濛濛墜（失留屑歷，下雪聲。殺狗勸夫二）

40.更和這失留疏剌風（失留疏剌，風聲。魔合羅一）

41.伊哩烏蘆的這般鬧吵（伊嘿烏蘆，多言而含混的聲音。凍蘇秦楔子）

42.則被這吸里忽剌的朔風兒那裏好篤簌簌避（吸里忽剌，風聲。殺狗勸夫二）

43.更和這失留疏剌風，擺希留急了樹（希留急了，風憾樹木之聲。魔合羅一）

44.將水面上鴛鴦，忒楞楞騰分開交頸（忒楞楞騰，鳥飛聲。倩女離魂四）

45.直殺的馬頭前急留古魯（急留古魯，人頭亂滾聲。氣英布三）

46.更和一個字兒急留骨碌滾（急留骨碌，銅錢滾轉聲。燕青博魚二）

47.疏剌剌沙備雕鞍撒了鎖程（疏剌剌沙，撒下鞍鎖聲。倩女離魂四）

48.他這般壹留兀淥的睡（壹留兀淥，鼾聲。李逵負荊二）

49.廝琅琅湯偷香處喝號提鈴（廝琅琅湯，鈴聲。倩女離魂四）

50.我可敢滴溜撲活攛那廝在馬直下（滴溜撲活，摔倒聲。燕青博魚一）

上面共有五十個擬聲詞，都是第二字帶〔l-〕聲母的。佔了黃氏書中所引的八十個擬聲詞中的 62.5%。也就是說，元曲的擬聲詞大多數都是帶〔l-〕音的。

從聲音結構上分析，前三十二例都是 ABB 式。其中的 A，有 15 個塞音，11 個擦音，6 個塞擦音。以響亮的塞音爲數最多。塞音中又以〔k-〕聲母獨佔了 8 次，是所有聲母中出現最多的。因此，元曲 ABB 式擬聲詞出現頻率最高的，是 k-l-型式。

在韻母結構方面，以〔a〕音的「剌」爲成分的，共九次，佔 28%。A 和 B 的元音都是〔i〕，或都是〔u〕的共十二次，佔 37.5%，這是一種元音諧和的現象，成爲元曲擬聲詞形成的主要方式。以上二類佔了 ABB 式的大部分。可見元曲擬聲詞的結溝有相當高的規律性。

上述第 33 至 50 例爲四音節擬聲詞。其中：

1. ABCD 式（B 爲〔l-〕母字）共 2 例，佔 11%。

2. ABCD 式（B、D 爲〔l-〕母字）共 12 例，佔 66%。

3. ABBC 式（B 爲〔l-〕母字）共 4 次，佔 22%。

可知元曲四音節擬聲詞以第 2 類結構爲主。

如果就其中的非〔l-〕母字觀察，聲母相互一致的有 12 例，佔 66%。可見四音節擬聲詞不僅以安置兩個〔l-〕母字爲慣例，且另兩個非〔l-〕母字通常也要有雙聲關係。

我們再看看《詩經》擬聲詞的情況。《詩經》的擬聲詞以疊字寫主。而這些擬聲詞多半是「二等字」，依據音韻學的研究，知道先秦二等字都帶有〔-r-〕介音成分。〔r〕和〔l〕都是流音，性質相近。

1. 淮水湝湝（小雅鼓鐘，湝爲皆韻古諧切）

2. 螽斯羽詵詵兮（周南螽斯，詵爲臻韻所臻切）

3. 關關雎鳩（周南關雎，關爲刪韻古還切）

4. 其鳴喈喈（周南葛覃，喈爲皆韻切）

雞鳴喈喈（鄭風風雨）

倉庚喈喈（小雅出車）

雝雝喈喈（大雅卷阿，毛傳：鳳皇鳴也）

彭鐘喈喈（小雅鼓鐘）

八鸞喈喈（大雅烝民）

5. 雞鳴膠膠（鄭風子衿，膠爲肴韻古肴切）

6. 交交黃鳥（秦風黃鳥，交爲肴韻古肴切）

交交桑扈（小雅小宛、桑扈）

7. 鳥鳴嚶嚶（小雅伐木，嚶爲耕韻烏莖切）

8. 四牡龐龐（小雅車攻，龐爲江韻薄江切）

9. 四牡彭彭（小雅北山，大雅烝民，彭爲庚韻薄庚切，開口二等）

駟騵彭彭（大雅大明）

行人彭彭（齊風載驅）

出車彭彭（大雅出車）

百兩彭彭（大雅韓奕）

以車彭彭（魯頌駉）

10. 駪駪征夫（小雅皇皇者華，駪爲瑧韻所瑧切）

11. 大車檻檻（王風大車，檻爲檻韻胡黤切，開口二等）

12. 椓之丁丁（周南兔罝，丁字舊注爲陟耕反，爲二等耕韻的念法）

伐木丁丁（小雅伐木）

13.約之閣閣（小雅斯干，閣爲鐸韻一等字，但毛傳：閣閣猶歷歷（l-）也，顯示閣字原屬〔kl-〕聲母。且閣從各聲，各的聲系（格、路、洛）爲〔kl-〕聲母。閣閣爲「版築搗實之聲」）

14.奏鼓簡簡（商頌那，簡爲產韻古限切，開口二等）

《詩經》中還有許多非疊字的擬聲詞，其中也有大量的二等字。由此看來，先秦擬聲詞的聲音結構也多半是第二音素帶〔-r-〕〔-l-〕的。由上面14例看來，聲母是〔k-〕的有8個，佔57.1%，屬其他各聲母的有6個，佔42.8%。可見先秦擬聲詞也以〔kl-〕爲基本型態。

由上述的討論，漢語言由古至今的擬聲詞，在語音結構上呈現了很大的共性，即次一成分總是帶舌尖邊音〔l〕，而首一成分多爲〔k〕。

其實，不止漢語如此，其他語言也可以看到類似的現象。例如英語裏的擬聲詞：croak（蛙鳴）、crow（公雞叫），growl（狗咆哮），grunt（豬叫），screech（尖叫），bray（驢叫），creak（開門吱吱聲），trumpet（象叫聲），shriek（尖喊聲），clank（金屬碰聲），cling-clang（器物連撞聲），click（關門聲），splash，plump（皆物落聲），flop（落水聲），crack（樹枝斷聲）……等等。

在日語中例如：chili-chili（小鈴聲）、chiling-chiling（鈴鐺、電鈴聲）、tslu-tslu（用力吸啜表面光滑東西的聲音）、dolo-dolo（擊鼓或雷鳴由遠方傳來的聲音）、bali-bali（剝東西，用爪或用牙咬的聲昔）、pali-pali（剝開材質薄而輕的東西，或此類東西破裂的聲音）、pili-pili（連續吹哨子的聲音）、beli-beli（把粘上的紙、布、板等撕開的聲音）、holo-holo（山鳩的鳴聲）、lelo-lelo（舌頭不聽使喚，發音不清的聲音）、meli-meli（大樹支撐不住而慢慢碎裂、折斷的聲音）……等等。

在同族語言中，也有類似的現象。藏語 sha-ra-ra 爲風聲、si-li-li

爲雨聲、chi-li-li 爲水沸聲……等等。苗語 S 方言中，「水流聲」復員作 qlu、楓香作 ntlu，「滾石聲」先進作 tlau、石門作 tlo，「撕布聲」先進作 tlua、石門作 tla，「呻吟聲」高坡作 mplong，「扁擔折斷聲」復員作 klu……等等。

由這些現象知道〔l〕（或〔r〕）成分作爲擬聲詞的次一發音成分，似乎是某些語言的共通性質。爲什麼會有這樣的現象呢？從發音性質看，〔l〕是舌尖抵住上齒齦，氣流由舌兩邊流出。這個動作比氣流爆發的塞音、氣流擠出的摩擦音要輕鬆自然得多，因此，全世界的語言幾乎都可以找到這個輔音（〔r〕可視爲它的變體），它可稱爲「基本輔音」。它和基本元音〔a〕、〔i〕、〔u〕結合，構成用力度最小，複雜性最低的音節。當我們不唱歌詞，而要哼出歌來時，往往發出的就是這樣的音節。因而，表達自然聲音的擬聲詞順理成章的就會選了這些音節來組成。當我們要把這種帶〔l〕的音節變得比較多樣，以描繪各種不同的聲音時，人們自然會把〔l〕成分作爲一個安排於中間的關鍵性聲音，在它的前面、後面配上其他的聲音。於是，就形成了擬聲詞語言結構中，第二成分往往是〔l〕的現象。在有複聲母的語言裏，它成爲一個音節的第二個音素，在沒有複聲母的語言裏，它成爲第二個字（音節）的聲母。這就是擬聲詞語音結構共通性的眞象。

我們對擬聲詞的性質，以及聲音結構作了介紹，並對帶有〔l〕成分的普遍共通性，提出了描述和解釋。有關擬聲詞的研究是語言研究中的一個重要課題，這方面的探索目前還顯得不足，將來特別應由語言比較著手，由此揭開語言共性的奧秘，必大有助於我們對語言現象的認識與了解。

在文學作品中，爲了描寫上的逼眞肖似，擬聲詞便成爲表達特殊效果的利器，普遍的被運用起來。郭紹虞所著的《語文通論》曾舉了這樣的例子：

宋王梅溪〈九華山〉詩：鳥聲依樹「克丁當」。
白仁甫〈梧桐雨〉雜劇：「吉丁當」玉馬簷頭鬧。
明崔涯〈嘲妓〉詩：更著一雙皮屐子，「紇梯紇榻」出門前。
董解元〈西廂〉：晚風兒「淅溜淅冽」。
唐任華〈懷素上人草書歌〉：飄風驟雨相激射，「速碌颯拉」動簷際。

在元曲中，擬聲詞的運用尤為普遍：

無名氏〈神奴兒〉雜劇：他兩個一上一下，「直留支剌」唱叫揚疾。
無名氏〈殺狗勸夫〉雜劇：則被這「吸里忽剌」的朔風兒那裏好篤敕敕避，又被這「失留屑歷」的雪片兒偏向我密濛濛墜……。
鄭光祖〈倩女離魂〉雜劇：將水面上鴛鴦「忒楞楞騰」分開交頸，「疏剌剌沙」備雕鞍撇了鎖裎，「嘶琅琅湯」偷香處喝號提鈴，「支楞楞爭」絃斷了不續碧玉箏，「吉丁丁噹」精磚上摔破菱花鏡，「撲通通東」井底墜銀瓶。

這四種音節組成的擬聲詞成為元曲的特色之一。這些詞彙都有相當的新創性，多半不是現成的，或前有所承的。在音韻結構上，四個音節間往往存在著十分密切的關聯，或者雙聲，或者疊韻，相互交叉的配置起一組韻律協調的音串。

有的學者把擬聲詞分為兩類，一是模仿外在的聲音，一是興發內在的情感，即所謂之「感聲詞」。例如「烏乎」、「嗚呼」、「於乎」、「烏虖」等，它也是衍聲的詞彙，所以在字形上有時也不固定。古代漢語裡有許多這樣的詞彙，例如：「噫嘻」、「吁嗟」、「于嗟」、「已矣」等，有的贅加個「口」旁，來表示它是個聲音詞，情況和模仿外在聲音的擬聲詞相似。現代漢語的「哇」、「啊」、「呀」、「喏」也屬這類。不過，我們仍採狹義的說法，把擬聲詞定義爲模仿大自然聲音的詞彙。至於這些感聲詞，我們把它歸之於「感嘆詞」裡頭。

第二節　合義複詞

合義詞重在字義，不像衍聲詞重在字音。漢語把詞素的意義會合起來，產生新的意義，共有五種方式：並列式、主從式、動賓式、動補式、主謂式。下面分別介紹這五種構詞方式。

壹、並列式複合詞

也稱爲「聯合式合義複詞」，這是由兩個詞素以平行的關係組合而成，兩個詞素的作用是相等的，誰也不附屬於誰。例如現代漢語中的並列複合詞有：

纖細　粗糙　和平　形象　考試　牆壁　意義
顏色　村莊　偵察　正直　旅遊　評估　改革
組織　隊伍　語言　聲音　兒童　完全　舞蹈
建築　比如　禁止　駕駛　婦女　身軀　面目
朋友　舉行　生產　破爛　清潔　愛護　增加
動作　干戈　保養　巨大　裁縫

古代漢語中的並列式複合詞，例如《詩經》：

葛藟　福履　腹心　條枚　威儀　泣涕　衣裳

籩豆　寤寐　思服　還歸　傷悲　瞻望　照臨
劬勞　顛覆　說懌　跋涉　戲謔　艱難　碩大
壽考　憂傷

《孟子》中的並列複合詞，例如：

畎畝　版築　心志　筋骨　體膚　曾益　憂患
安樂　社稷　園囿　城郭　丘陵　田疇　封疆
溝壑　市井　朝廷　道路　庠序　學校　門戶
倉廩　府庫　宮室　塗炭　繩墨　規矩　符節
器皿　耒耜　棺槨　禽獸　土芥　膏粱　犧牲
考妣　鄉黨　寇讎　商賈　口腹　爵祿　刑罰
面目　手足　歡樂　負載　嘗試　彫琢　係累
流行　閒暇　暢茂　學問　稼穡　充塞　安息
荒蕪　教育　靡爛　空虛　進取　馳驅　橫逆
耆老　謳歌

看了上面這些例子，應該可以了解並列複合詞的特性了。還有一種並列式複合詞的兩個詞素意義是相反的，是對立的，而不是像大多數情況是同義的。例如上舉的「干戈」「寤寐」即是，又如：

反正　橫豎　好歹　東西　彼此　呼吸　開關
來往　睡覺　消息

這些詞的構成詞素都是反義對立的。有的正反兩個詞素結合的並不緊密，只能看作詞組（或稱仂語、短語），是兩個詞的結合，並非單一的詞，例如：

利害　多少　長短　大小　早晚　是非　上下
左右　高矮　遠近　父母　老幼　成敗　虛實
禍福

當我們說「利害」時，顯然指的是「利」和「害」兩個概念，說「這是什麼東西？」時，其中的「東西」並非方向的「東」和「西」，說「它們仍保持來往」的「來往」，也只是「交情」、「聯繫」的意思並不著重在「來」和「往」的具體動作上。「呼吸」是一種生理現象，「開關」是電器的操作紐，並不專指「呼」和「吸」、「開」和「關」的具體動作。所以它們已是單一的詞，跟「是」和「非」、「上」和「下」由兩個概念組合而成的情況並不相同，這是詞和詞組的分野，不可混淆。

並列式複合詞的意義有時偏向於其中的某個詞素，而忽略另一個詞素的意義，這樣就叫作「偏義詞」。例如上面例中的「睡覺」，意義偏在「睡」字，「覺」本來是「醒」的意思，在這個詞裡被忽略掉了。又如「今天由兄弟來作東」，其中的「兄弟」其實指的是「弟」的意思。「把這扇窗戶擦乾淨」，指的只是「窗」的意思，沒有「戶」的意思。在古代漢語中常有這類偏義的用法：

《史記．游俠傳》：緩急人所時有也。（緩急，急也。）

《後漢書．何進傳》：先帝常與太后不快，幾至成敗。（成敗，敗也。）

《三國志．吳志．孫皓傳》：蕩異同如反掌。（異同，異也。）

《禮記．玉藻》：大夫不得造車馬。（車馬，車也。）

《史記．李斯傳》：歌呼嗚嗚快耳目者眞秦之聲也。（耳目，耳也。）

有些並列式複合詞的意義並不是原來詞素的含意，而衍生爲另外一個新的意思，例如「骨肉」並不是指身體組織上的部分，而是「親人」的意思。同樣，「血汗」指的是「辛勞」，「領袖」、「頭目」指的是「群中之首」，「薪水」指的是「工資」，「背心」指的是「無袖上衣」，「春秋」指的是「歷史」，「手足」指的是「兄弟」。

下面我們以西晉時代的佛經爲例，來看看古代漢語的並列結構。

一、名詞＋名詞組成的並列結構

(一)這是由兩個名詞詞素組成的複合詞，其中多數沿用至今。例如:

沙土、年壽、帝王、志趣、師徒、本末、手足、瓦石、刀杖、聖賢、妖怪、首尾、魚鱉、日月、凡俗、災患、壽命、身體、志願（500 羅云忍辱經）

因緣、根本、本末（103 佛說聖法印經）

色像、衣裳、靜默、閨閣、道德、父母、民衆、江河、左右、生死、塵土、衣食、醫藥、衣服（118 佛說鴦掘摩經）

東西、母子、禽獸、身體、憂患、志節、效應、功德（182 佛說鹿母經）

功德、財寶、形像、彼此、燈火、語言、是非、心意、智慧、衣服、中外、吉祥、塵垢、生死（334 佛說須摩提菩薩經）

(二)有些詞彙見於西晉佛經中，卻很少用於今日的。若依詞素意義的關係觀察，這種狀況又可歸納爲三種型式。

第一類是「同義並列」，例如:

殃禍、魂神、宗家、衢路、顏貌（500 羅云忍辱經）

空無、吾我（103 佛說聖法印經）

志性、顏彩、年齒、水漿、危厄、色貌、飯食、寇虜、鬚髮、黎庶、刀斫（118 佛說鴦掘摩經）

癡冥、徵驗（182 佛說鹿母經）

讎怨、經法、念欲、空無、讎冤（334 佛說須摩提菩薩經）

有些詞在不同的佛經中出現，例如「空無」。

第二類是「類義並列」，組成的詞素之間屬同類的事物。例如：

痛毒、旬月、龍象（500 羅云忍辱經）

儀幹、疑礙、名色、步騎（118 佛說鴦掘摩經）

信誓（182 佛說鹿母經）

頭面、殃罪、塔寺、華實（334 佛說須摩提菩薩經）

第三類是「反義並列」。例如：

忠佞、終始（500 羅云忍辱經）

天人（334 佛說須摩提菩薩經）

(三)在佛經中使用而現代漢語不使用的並列結構

在竺法護的譯經中，有許多詞彙是現代漢語中已經淘汰不用的。這是因爲詞彙是語言中最具變動性的成分，它總是隨著社會環境、運用習慣、語言本身的發展而不斷變遷。下面舉幾個例子分析在佛經中的詞義與語法功能：

1. 頭面

據《佛學大辭典》冊 3，頁 2712 云：頭面作禮（術語）以我頭面頂禮尊者之足也。智度論十曰、「何以曰頭面禮足。答曰。人身中第一貴者頭。五情所著而最在上故。足第一賤。履不淨處最在下故。是故以所貴禮所賤。貴重供養故。」

接著再看看西晉佛經裡的用法：

佛說如是，莫不歡喜。各以頭面著地。爲佛作禮。

世尊聞即以頭面爲禮，威請普賢。其請之頃，普賢菩薩，與爲感動。

行到佛所，前以頭面稽首佛足。禮畢卻住一面。叉手白佛言，願欲有所問。

由例中用法可知「頭面」仍作爲名詞使用，在佛經中表示虔誠行禮之義。「頭面」之前，總是加介詞「以」。形成介賓結構，作其後動詞的狀語。

*2.*華實

《漢語大詞典》冊 9，頁 407 云：

⑴花和果實。《列子．湯問》：「珠玕之樹皆叢生，華實皆有滋味，食之皆不老不死。」

⑵開花結果。《漢書．五行志中之下》：「僖公三十三年，十二月，李梅實。劉向以爲周十二月，今十月也，李梅當剝落，今反華實，近草妖也。先華而後實，不書華，舉重者也。」《素問、四氣調神大論》：「天地氣交，萬物華實。」西晉佛經裡的用法如下：

枝葉華實，具足茂好。

威神巍巍，華實茂盛。其香芬馥，柔軟悅人。

直億百千，所睹園觀。樹葉華實。

設無華實，則無果名字也。

國土所有，七寶池水，樹及華實，皆當如是。

句例中的「華實」皆是作名詞用，指花和果實。在句中的語法功能卻有幾種不同狀況。「枝葉華實」、「樹葉華實」、「樹及華實」都是並列詞組，在句中作主語或賓語。「華實茂盛」則是一個主謂結構。「設無華實」中的「華實」作賓語。

*3.*疑礙

《漢語大詞典》冊 8 ，頁 518 云：⑴遲疑掛礙。⑵猜疑隔閡。⑶困頓的環境。分爲三義。

西晉佛經裡的用法如下：

聰慧才辯，志性和雅。安詳敏達，一無疑礙。

這是上述的第一義。一無疑礙，就是沒有任何疑惑不通的地方。詞素「疑」和「礙」是同類的意思。在這一句中，「疑礙」作為「無」的賓語。

二、形容詞＋形容詞的並列結構

(一)這是由兩個形容詞詞素組成的複合詞，其中沿用至今的，例如：

清淨、窮苦、醜陋、貧窮、恐怖、尊貴、清濁、威猛（500羅云忍辱經）
清淨、柔順、歡喜（103佛說聖法）
剛猛、安詳、清涼、貞潔、靜默、周密、懊惱、勇猛、光明、兇暴、恐懼、安隱（118佛說鴦掘摩經）
奸詐、狡猾、悲喜、勤苦、忠信（182 佛說鹿母經）
歡喜、富有、愚癡、微妙、久遠、真誠、堅固、安定、方便（334佛說須摩提菩薩經）

(二)這些詞語雖然詞形與今相同，然而詞義與用法卻未必同。例如「方便」一詞，乃梵語 upaya 之意譯。其意義有二：

1.與「般若」相對

達於真如之智為「般若」，通於權道之智為「方便」。方者方法，便者便用。便用契於一切眾生之機之方法也。又「方」為方正之理，「便」為巧妙之言辭。又「方」者眾生之方域，「便」者教化之便法。

2.與「眞實」相對

究竟之旨歸爲眞實，假設暫廢爲方便。刊物有則云「方」，隨時而施曰「便」。西晉佛經裡的用法如下：

諸行當具足智慧有方便。

愍傷憐之。以何方便。而令豐饒。

王又詔曰：此人方便，獨一無雙，久捕不得。

吾之一國。智慧方便。無逮卿者。

百五十騎在後，甥在其中，躬執甥出。爾爲是非，前後方便。捕何叵得。

以善權方便，示一切智。言行相應，所問諸佛，常以巧便，得諸佛意。

諸導師尊。行權方便。大釋師子。

佛言：或有愚人，不別如來善權方便，不覺眞實誠諦之言。

這是一個佛經中十分普遍的用語。「方便」一詞常與「善權」連文，可知「方便」是變通的意思。和今天的意思並不相同。在佛經中，這個詞的語法功能是十分多樣的。它可以作動詞用，例如：「此人方便」。也可以作形容詞，例如：「一切方便之行」。其它大部分狀況是作名詞用，例如：「以何方便」、「現斯方便」。

(三)有些出現於西晉佛經，卻很少用於今日的。若依詞素意義的關係觀察，這種狀況又可歸納爲三種型式。

第一類是「同義並列」，例如：

貢高、凶虐、愚惑、煒曄（500羅云忍辱經）

愚癡、憍慢（103佛說聖法）

敏達、顏彩、慞惶、怖懼、柔仁、逆慢、穢染、愕懼、愁戚、迸

怖、迷謬、窮頓、疲弊(118 佛說鴦掘摩經)

悵怏、愚惑、癡冥(182 佛說鹿母經)

苦痛、毀敗、缺減(334 佛說須摩提菩薩經)

我們再看看這些詞彙的詞義和語法功能。

1. 貢高

是佛經的常見詞,《漢語大詞典》貢高:驕傲自大。

百喻經:方求名譽,憍慢貢高,增長過患。

《敦煌變文集·維摩詰經講經文》:貢高我慢比天長,折挫應交虛見傷。

蔣禮鴻通釋:貢高,驕傲自大。

明李贄《復宋太守》:如以為大言不慚,貢高矜己,則終將緘默,亦容易耳。

章炳麟「讀佛典雜記」,貢高傲物,視不己若者不比方人,此我慢意識也。

「貢高」的構詞類型可能是同義複詞,貢和高都有向上、朝上的意思,因而引伸為驕傲自大。不過也可能是雙聲連綿詞。朱慶之《佛典》與《中古漢語研究》認為是個方言詞。因為它見於支讖的譯品,而不見於安世高的譯品。在西晉的佛經中,它出現的頻率極高。例如:

無一眞諦,唯道可依。貢高即除,不計吾我。

佛告賴吒和羅。菩薩有四事法得苦痛之罪。何等為四。一者以智慧自貢高懷憎嫉意。

不以諛諂為菩薩行。不以貪著衣食為供養佛。不謂貢高者為清淨智慧。

在醜惡中無力勢。墮於貢高愚癡地。

為諸貢高。卑下謙順。

由上下文可以看出「貢高」總是和「憎嫉」、「愚癡」、「憍慢」、「愚冥」等詞並列，要不然就是以否定的語氣作教誨之意。可證驕傲自大一解是完全正確的。它在句中的語法功能有下面幾項：

⑴作名詞用，例如「貢高即除」(主語)、「不謂貢高者為清淨智慧」(主語)、「故為卑賤愚冥貢高」(賓語)、「又外異學貢高自由」（賓語）。

⑵作動詞用，例如「以智慧自貢高」、「興邪貢高」、「憍慢自貢高」、「不以貢高」（「不以」是當時的慣用語，為否定義，「以」是否定詞「不」的後綴）。

2.憍慢

《漢語大詞典》冊 7，頁 738 云：即傲慢。《戰國策．中山策》：「撫其恐懼，伐其憍慢，誅滅無道，以令諸侯。」西晉佛經裡的用法如下：

消除自大憍慢之心，禪定之業，此可致矣。
尚未得捨，憍慢自大。禪定清淨，所見業也。
憍慢自貢高。自在心走不安。
不自憍慢。是為菩薩，善權方便。

「憍慢」與「貢高」並論，可知皆有驕傲自大之義。它在句中主要作形容詞用。只有在「則懷憍慢」一語中作名詞賓語。

第二類是「類義並列」。例如：

狂愚、狂悖、凶愚、頑鈍、慈慧、和興、香潔（*500*羅云忍辱經）
貪婬（*103*佛說聖法）
和雅、滅裂、悲怒（*118*佛說鴦掘摩經）

飢疲、巧偽、虛華、慈信（*182* 佛說鹿母經）

軟妙（*334* 佛說須摩提菩薩經）

其中「和雅」一詞《漢語大詞典》冊 3，頁 273 云：⑴溫和文雅；⑵樂曲的聲調和諧雅正。西晉佛經裡的用法如下：

聰慧才辯，志性和雅。安詳敏達，一無疑礙。色像第一，師所嘉異。

永除眼色耳聲鼻香口味身受心法，積眾德本，恭順和雅。

珍寶自然，諸果芬馥，伎樂和雅。

恬淡玄默，和雅其性，如水澄渟。

「和雅」在佛經中作形容詞用，是溫和文雅之義。例如在「志性和雅」中是形容詞謂語，在「和雅其性」中是主語（主題），在「恭順和雅」中作爲並列詞組。

第三類是「反義並列」。例如：

明愚（*500* 羅云忍辱經）

以上三類狀況中，「反義並列」的構詞形式最少見，遠不如同義並列的普遍。

三、動詞＋動詞的並列結構

這是由兩個動詞詞素組成的複合詞，其中沿用至今的，例如：

驚怪、往來、消滅、燒煮、布施、毒害（*500* 羅云忍辱經）

思念、消除、休息、解脱、分別、思惟、毀壞、別離（*103* 佛說聖法印經）

裸露、順從、姦暴、進退、施行、耗亂、去來、往返、危害、侍

衛、履行、救護、破裂、奔走（118佛說鴦掘摩經）

驚怪、識別、交流、追尋、別離、射獵（182佛說鹿母經）

積累、解說、分別、別離、信從、思念、布施、勸勉、斷絕、諛諂、作為、誹謗、震動、感應、譬如、稱揚、墮落、教授（334佛說須摩提菩薩經）

有些詞在不同的佛經中出現，例如「驚怪」。

其中「教授」一詞《佛學大辭典》冊3，頁2026云：（術語）教法授道也。宋譯楞伽經一曰：「現方便而教授。」輔行四之三曰：「宣傳聖言，名之爲教。訓誨於義，名之爲授。」西晉佛經裡的用法如下：

發遣辯才，光明徹照。入一切智，教授眾生。

已見無數勤苦人，善權教授令開解。

爾時有佛，號吉義如來無所著等正覺，在世間教授。

爲眾說法，不勸令生天上，學是行以，教授一切人及中宮眷屬，使爲沙門。

時無有及逮者，尊貴無有能過者，飛無有能過者，所教授無有能過者。

顯然西晉的佛經中，「教授」一詞的意義和今天不同。不是名詞，而是動詞。

有些是古代漢語獨有，很少用於今日的。若依詞素意義的關係觀察，這種狀況又可歸納爲三種型式。

第一類是「同義並列」，例如：

執持、分衛、愍傷、作行、喻誨、澡浴、秉操、惡憎、祐助（500羅云忍辱經）

唯諾、興發、依猗、曉了、解知、放逸（103佛說聖法印經）

疑滯、欽敬、起豎、牽掣、摧捽、穢染、沒墮、噴叱、遺脫、分衛、畢訖、荷負、載乘、馳迸、繫縛、投捭、攝持、稱舉、消伏、奉遵、稱計、往到、釋置（118 佛說鴦掘摩經）

嗚唫、嗚啼、戀慕、求索、愍傷（182 佛說鹿母經）

奉敬、稱計、度脫、計數、合會、諷誦、習持（334 佛說須摩提菩薩經）

幾個較常見的詞，分析其詞義和用法如下：

1.「分衛」一詞，梵語 Pindapata，或譯爲「乞食」。音譯「儐荼波多」。有二義：

⑴謂以乞得之食，分與僧尼而衛護之，令修道也。

⑵又爲佛分身保護衆生之義。僧祇律：乞食分施僧尼，衛護會修道業，故云分衛。嘉祥大經疏：能分身護物機，故言分衛。

西晉佛經裡的用法如下：

唯願天王，爲民除患。時諸比丘，入城分衛，見諸告者，恐怖如是。分衛還出，飯食畢訖，往詣佛所，稽首足下，白世尊曰。

爾時賢者指鬘，處於閑居，服五納衣。明旦持缽入舍衛城，普行分衛。

爾時指鬘入舍衛城，群小童敝，見之分衛，或瓦石擲，或以箭射，或刀斫刺，或杖捶擊。

「分衛」的語法性質，通常是個動詞，例如：「入城分衛」、「不懈分衛」 、「諸比丘衆不得分衛」，但是它的前面又往往帶個「行」字，例如：「時行分衛」、「而行分衛」、「捨家行分衛」、可知有轉爲名詞的跡象，作「行」的賓語。

2.「疑滯」一詞《漢語大詞典》冊 8，頁 517 云：

⑴遲疑不決；猶豫不定。三國魏曹操《與荀彧書追傷郭嘉》：「又以其通達，見世事無所疑滯，欲以後事屬之。」

⑵指疑難之處。《後漢書．儒林傳下》：「河東人樂詳條『左氏』疑滯數十事以問，該皆為通解之。」

⑶停滯；停止。《楚辭．九章．涉江》：「船容與而不進兮，淹回水而疑滯。」《中文大辭典》冊6，頁740云：「疑滯」疑惑滯留也。一作「凝滯」。

西晉佛經裡的用法如下（118佛說鴦掘摩經）：

舍衛城中有異梵志。博綜三經，無所疑滯。

此處「疑滯」用作名詞。是「無」的賓語。

3.「省錄」一詞《漢語大詞典》冊7，頁1178云：

⑴省察。《後漢書．班超傳》：「故超萬里歸誠，自陳苦急，延頸踰望，三年於今，未蒙省錄。

⑵視察并登記。《漢書．雋不疑傳》：「每行縣錄囚徒還」。唐顏師古注：「省錄之，知其情狀有冤滯與不也。」

⑶記憶；注意。唐柳宗元〈寄京兆許孟容書〉：往時讀書，自以不至抵滯，今皆頑然無復省錄。」

西晉佛經裡的用法如下：

世尊告曰：設使三界盡為寇虜，吾不省錄，況一賊乎。

「省錄」依佛經用法，應是「在意」的意思。這是由「省察、注意」的意義演變引伸而來。在此句中，用作謂語動詞。

4.「消伏」一詞，《漢語大詞典》冊5，頁1202云：即消除。《後漢書．明帝紀》：「今何以和穆陰陽，消伏災譴？」。西晉佛經裡的用法如下：

消伏患逆，使充法會。亦令黎庶，逮斯調定。無常之力，計為最勝，多所消伏。

「消伏患逆」即消除患逆，「消伏」在句中作及物動詞。但在「多所消伏」中卻是不及物動詞。

5.「度脫」一詞《漢語大詞典》冊 2，頁 1575 云：（術語）超度解脫生死之苦也。法華經序品曰：「諸仙之導師。度脫無量衆。」西晉佛經裡的用法如下：

吾從無數劫以來，精進求道，初無懈怠，愍傷眾生，欲度脫之。
王當知我意。欲度脫此輩。
願度脫我生死道。斷絕去吾諸所愛。
能奉行佛尊妙道。度脫人民生死惱。
神通無極哀。度脫我眾苦。

「度脫」主要作及物動詞用，例如：「欲度脫之」、「欲度脫此輩」、「度脫人民生死惱」等。偶而也作爲不及物動詞，例如：「我悉當度脫」、「以佛慧度脫」。

6.「合會」一詞《漢語大詞典》冊 3，頁 156 云：

⑴聚合；組合。《列子．湯問》：「王諦料之，內則肝、膽、心、肺、脾、腎、腸、胃，外則筋骨、支節、皮毛、齒髮，皆假物也，而無不畢具者，合會復如初見。」

⑵聚集；聚會。漢桓寬《鹽鐵論．水旱》：「家人合會，褊於日而勤於用。」

西晉佛經裡的用法如下：

當知之我處樹。不應與君共合會。
啼泣悲哀。憂惱之患。合會有離。適有所愛。必致惱患。
合會有別離。無常難得久。
與如是人俱合會。
合會行正直離邪。佛者如來所說善。

「合會」的語法性質是多方面的。它可以作不及物動詞，例如：「與如是人俱合會」、「亦不與合會」，它可以作及物動詞，例如：「合會衆寶」，它還可以作名詞，例如：「合會有別離」（作主語），它可以作形容詞，例如：「亦無合會處」、「無合會行」。

7.「作行」一詞在西晉佛經裡，十分常見，但各種詞典都沒有收入。其用法如下：

我等於是亦當作行供事三寶，由是三寶得立而不斷絕。

設有所歷無敢當。則說前世所作行。

緣是所作行。終始斷不生。

於是悉識念。我本所作行

由上下文歸納其詞義，可知西晉佛經裡「作行」一詞，屬複合動詞結構，義爲「作爲實踐」。「作行供事三寶」就是力行實踐三寶。佛經中「作行」的前面往往帶一個「所」字，使「作行」轉化爲名詞。例如：「則說前世所作行」、「緣是所作行」、「我本所作行」等。

8.「釋置」一詞，各種詞典也都沒有收入。其用法如下：

殺人之罪，罪莫大焉，不加楚酷，必就辜戮。現受危沒，沒墮地獄。不可釋置，縱使滋甚也。

六者釋置惡趣非法之患。七者攝取安樂天上善處。

由上下文歸納其詞義，可知西晉佛經裡「釋置」一詞，屬複合動詞結構，義爲「放過不問而遠離之」。「不可釋置」就是不可放過不問。「釋置惡趣非法之患」就是放過惡趣非法之患而不去做。和下文的「攝取」義正相反。「釋置」一詞皆作及物動詞用。

第二類是「類義並列」。例如：

愧恨、掠治、遮截、取殺、省錄、跳度、討捕（*118* 佛說鴦掘摩經）

殺獵、欺偽（*182* 佛說鹿母經）

侵嫉、毀敗、缺減、鬥亂、退轉（*334* 佛說須摩提菩薩經）

1.「掠治」一詞《漢語大詞典》冊 6，頁 699 云：拷打訊問。《史記．酷吏列傳》：「還而鼠盜肉，其父怒，笞湯。湯掘窟得盜鼠及食肉，劾鼠掠治。」西晉佛經裡的用法如下：

是以受辱，不能自起。師聞悵然，意懷盛怒。欲加處罰，掠治姦暴。慮之雄霸，非力所伏。

佛經中的詞義只是處罰的意思，沒有《史記》中的拷打之義。「掠治姦暴」就是懲處姦暴的意思，「掠治」用作及物動詞。

2.「遮截」一詞《漢語大詞典》冊 10，頁 1158 云：猶攔截。《後漢書．烏桓傳》：「烏桓寇雲中，遮截道上商賈車牛千餘兩。」西晉佛經裡的用法如下：

入趣王宮，告有逆賊。遮截要路，害人不少。唯願天王，爲民除患。

這裡的「遮截要路」就是攔截重要的道路，「遮截」作及物動詞用。

3.「鬥亂」一詞《漢語大詞典》冊 12，頁 717 云：紛亂。張相《詩詞曲語辭彙釋》卷二：「鬥亂，猶云紛亂也。」

蔣禮鴻《敦煌變文字義通釋》頁 242：「鬥亂，挑撥是非，使生瑕隙。」引法苑珠林用法爲證。334 經有鬥亂一詞：「何等爲四?一者不傳惡說，鬥亂彼此」。又 182 經偈文：「世若有惡人，鬥亂比丘僧。」這兩句中，都是擾亂心志的意思。都是及物動詞。

4.「退轉」一詞《漢語大詞典》冊2，頁1762云：（術語）言既退失所修證而轉變其位地也。法事讚曰：「五濁修行多退轉。不如念佛往西方。」法華經序品曰：「於阿耨多羅三藐三菩提不退轉。」西晉佛經裡的用法如下：

皆發無上正眞道意。應時皆得立不退轉之地。

說此經時，三十那術天及人，發無上正眞道意，皆得立不退轉地。

時兒髮墮，成爲沙門。即亦得立不退轉地。

佛經中多以否定詞與「退轉」連文，來表示一種修爲之境界，不致動搖。可知「退轉」指修道之心的墮落，不能堅持而有所退縮與轉變也。

在語法上，「退轉」是一個不及物動詞，例如：「自然幻變而不退轉」、「亦不退轉」等。大部分情況是前面帶一個動詞「立」字：「立不退轉」，這是由「得立不退轉地」省略「地」字而成。所以它可以看作是一個形容詞。但另外一個漢語語法上較通行的看法是把「退轉」視爲「動詞作定語」，修飾「地」字。至於作及物動詞的情況極少見，例如：「應時退轉女人身」，此例出現在偈中，受詩歌體的影響，應屬例外。作名詞的也少見，例如：「名曰退轉」。

5.「跳度」一詞，各種詞典都沒有收入。其用法如下：

竭力奔走，亦不能到，則心念曰：我跳度江河，解諸繫縛。

其中「跳度」一詞，衡其文意，應是「超越」之義。在句中作述語動詞用，帶賓語「江河」。

第三類是「反義並列」。例如：起滅（103　佛說聖法印經），「起」和「滅」兩個詞素意義正相反。

貳、主從式複合詞

這一類又稱「偏正式複合詞」。組成的兩個詞素，前一個是修飾成分，後一個是主體詞。二者間有主從之分，一偏一正。例如：

火車 飛機 淑女 小姐 公園 鐵路 馬路
粉絲 股票 西瓜 萬歲 期貨 水貨 貨櫃
熱線 明牌 公害 個案 問卷 帥哥 雞湯
粉筆 茶杯 風箏 大門 晚餐 捐款
中立國 望遠鏡

表示行業的詞，往往採用這種結構方式：

醫生 護士 伶人 學者 園丁 木匠
馬夫 教員 記者 工人

表示地點、機構的詞，也往往採用主從式結構：

米店 工廠 茶館 戲院 藥房 舞廳
雜貨舖 交誼廳 美容院

上面所舉的例子，主體詞都是名詞，也有些是以動詞或形容詞作主體詞的，例如：

痛恨 熱愛 瓜分 粉碎 外銷 死當 傾銷
影印 乾洗 痛擊 預見 理解 自動 粉飾
質問 粉紅 漆黑 雪白 筆直 死硬 冰冷
火熱 癡肥 膚淺 雪亮

在古代漢語中，也普遍存在著主從式的構詞型態，例如《詩經》：

淑女　好逑　高崗　武夫　素絲　小星　白茅
吉士　行潦　飛蓬　束薪　寡人　凱風　大夫
東宮　庶士　羔裘　錦衣　桑野　黍苗　家人
峨眉　公庭　鵲巢

《孟子》中的例子如：

良人　孺子　匹夫　士師　處士　黎民　世臣
時雨　宗廟　民賊　明堂　喬木　重器　公田
洪水　赤子　巨室　餓莩　怨女　與國

古代漢語的主從式複合詞在出現頻率上要比並列式複合詞少，在現代漢語中，二者是無分軒輊的。由此可以看出詞彙發展的消長。

參、動賓式複合詞

這類複合詞的兩個詞素，前一個是動詞，後一個是其賓語，例如：

出版　動員　示威　得手　失禮　失守　埋頭
刻意　徹底　出力　生氣　為難　鞠躬　動粗
將軍　打仗　知音　披風　扶手　靠山　吃驚
請教　請示　得罪　進步　懷孕　開心　關心
畢業　列席　司令　折節　留級　效勞　有司
進口　當道　起草　司儀　司機　主席　造謠
留神　提議　抱歉　抱怨　結婚　掛勾　套匯

來電	當機	崩盤	表態	蹺課	穿幫	趕場
招標	標會	跳槽	挖角	飆車	泡妞	拉風
換班	革命	傷心	屏風	認真	掣肘	聊天
懸壺	接吻	受傷	開業	作弊		

這類詞通常作名詞用時，兩個詞素間的結合比較緊密，中間塞不進任何其他字。例如「將軍」、「司令」、「主席」、「司機」等。作動詞用的，兩個詞素間往往可以塞入旁的字，例如「出了第三版」（出版）、「出一點力」（出力）、「她懷過孕」（懷孕）、「請起一份草」（起草）、「掛上了鉤」（掛鉤）、「造他的謠」（造謠）、「效一點勞」（效勞）、「動起粗來」（動粗）、「鞠一個躬」（鞠躬）。

在古代漢語裡，動賓式的結構比並列式、主從式要少得多，例如《詩經》中只能找到下列幾個：

充耳	總角（結髮也）	牽牛	啓明	司徒
司空	趣馬（官名）	鉤膺（馬具）	甘心	得罪
從事	稽首			

因此，從詞彙的結構發展歷程上看，動賓式複合詞是一種較晚發展的形式。

一、動賓式複詞結構的發展

目前能看到的最早語言記錄是殷商甲骨文和金文。由這些資料看來，只能找到並列與主從兩種複合結構，而沒有動賓式複合結構。動賓式到西周才出現，在所有經籍和金文資料中共有下列幾個詞：

1. 無疆（史頌毆）

2. 反目（易小畜九三）

3.無妄（易無妄初九）

4.盡瘁（小雅四月）

5.罔極（大雅民勞）

6.稽首（書顧命）

7.乍冊（吳彝）

8.走馬（又戠殷）

9.后稷（周頌思文）

10.御事（書大誥）

11.司馬（書梓材）

12.司徒（書梓材）

13.司空（書梓材）

這類結構到了東周，在諸子語言的新詞中大量出現：

1.有窮

2.無止（《莊子．天運》：吾止於有窮，流之於無止。）

3.無方（《莊子．秋水》：兼懷萬物，其孰承翼？是謂無方。）

4.伐樹

5.削跡（《莊子．天運》：故伐樹於宋，削跡於衛，窮於商周，是非其夢邪？）（《莊子．山木》：孔子問子桑雽曰：吾再逐於魯，伐樹於宋，削跡衛。）（《莊子．讓王》：夫子再逐於魯，削跡於魏，伐樹於宋。）（《莊子．盜跖》：子自謂才士聖人邪？則再逐於魯，削跡於魏。）（案：「伐樹」「削跡」在《莊子》中出現頻率甚高，已指涉特定的含義，顯然是複合詞，而非一般之詞組結構。）

6.無有（《莊子．庚桑楚》：萬物出乎無有。）

7.移是（《莊子．庚桑楚》：披然曰移是，嘗言移是，非所言也。……爲是舉移是，請嘗言移是。）（移是者，是非無定，隨時地而移易。）

8.齊物論（王先謙《莊子集解》：天下之物之言，皆可齊一觀之。案：「物論」即「衆論」，所謂「天下之至紛，莫如物論」齊者，一也，欲合衆論爲一也。）

9.應帝王（郭象：夫無心而任乎自化者，應爲帝王也。林希逸：言帝王之道合應如此也。）

10.胠篋（案：胠，從旁開物；篋，箱子。此爲《莊子》外篇之篇名。外篇往往取文章首句之某兩字組成篇名，如何湊成，亦有關乎構詞。如「山木」取「莊子行於山中，見大木……」；「至樂」取「天下有至樂無有哉？」；「天運」取「天其運乎？地其處乎？」；在宥取「聞在宥天下，不聞治天下也。」既組成篇名，即表示單一的概念，成爲結合緊密之專有術語，故可視爲詞，而非詞組。至於內篇之篇名完全依文意另立。）

11.刻意（《莊子．外篇》篇名，磨鍊意志之義。）

12.繕性（《莊子．外篇》篇名，修治本性之義。）

13.達性（《莊子．外篇》篇名，通達本性之情實。）

14.讓王（《莊子．雜篇》篇名，辭讓王之名位。雜篇多以人名作篇名，部分以篇首二字爲篇名，此皆未經構詞經營者，「讓王」則爲另立之篇名。）

15.說劍（《莊子．雜篇》篇名，以劍術諷諫。篇名依文意另立者）

16.守中（《老子．第五章》：多言數窮，不如守中。）

17.貴生（《老子．第七十五章》：夫唯無以生爲者，是賢於貴生。）（亦見呂氏春秋仲春紀）

18.貴言（見《尸子》篇名）

19.發蒙（見《尸子》篇名）

20.勸學（見《尸子》篇名，又見《荀子》、《呂氏春秋．孟夏紀》篇名）

21.指物（見《公孫龍子》）

22.通變（見《公孫龍子》，通達各種變化。）

23.修身

24.非相（批評看相定吉凶之說）

25.富國

26.致士（致賢士）

27.議兵　　　　28.解蔽

29.正名

（以上爲《荀子》篇名，「修身」亦見《墨子》篇名，「正名」亦見《呂氏春秋》。）

30.存韓　　　　31.有度

32.揚權　　　　33.備內

34.飾邪　　　　35.解老

36.喻老　　　　37.觀行

38.用人

39.定法

（以上爲《韓非子》篇名，凡以句首字爲篇名者不取）

40.登遐（《墨子·節葬下》：秦之西，有儀渠之國者，其親戚死，聚柴而焚之，熏上謂之登遐。）

41.將軍（《墨子·尙同中》）（又見《孟子告子下》）

42.戮力（《墨子·尙賢中》，勉力也）

43.造言（《墨子·非命中》。訛言惑衆也，即造謠之義。）

44.親士（《墨子》篇名，畢沅引《倉頡篇》曰：親，愛也，近也。）

45.用民（《墨子·親士》：此之謂用民。孫詒讓：能用其民也。）

46.待武（《墨子·七患》：紂無待武之備。王引之云：禦敵謂之待）

47.辭過（《墨子》篇名）
48.尙賢（《墨子》篇名。《經典釋文》：尙者，上也。）
49.尙意（《墨子·尙賢》：莫不競功而尙意）
50.非攻 51.節用
52.節葬 53.明鬼
54.非樂 55.非命
56.非儒
（以上皆《墨子》篇名）
57.作戰 58.行軍
59.用間
（以上爲《孫子》篇名）
60.圖國（規劃國家）
61.料敵
62.治兵（用兵之道）
63.論將（討論指揮官的重要）
64.應變 65.勵士
（以上爲《吳子》篇名）
66.本生（論生之本）
67.重己 68.貴公
69.去私
（以上見《呂氏春秋·孟春紀》）
70.盡數（數指陰陽之數）
71.先己 72.論人
（以上見《呂氏春秋·季春紀》）
73.尊師 74.誣徒
75.用衆
（以上見《呂氏春秋·孟夏紀》）

76.制樂 77.明理

（以上見《呂氏春秋・季夏紀》）

78.蕩兵（用兵也）

79.懷寵

（以上見《呂氏春秋・孟秋紀》）

80.論威 81.決勝

82.愛士

（以上見《呂氏春秋・仲秋紀》）

83.順民 84.知士

85.審己

（以上見《呂氏春秋・季秋紀》）

86.節喪

87.安死

（以上見《呂氏春秋・孟冬紀》）

88.去尤（消除埋怨）

89.聽言 90.務本

91.諭大（討論「大」的道理）

（以上見《呂氏春秋・有始覽》）

92.愼人（一作順人）

93.必己（嚴格約束自已）

94.本味（推本美味之理）

（以上見《呂氏春秋・孝行覽》）

95.下賢（禮賢也）

96.貴因 97.察今

98.愼大（愼於大利、小利，大忠、小忠之辨）

（以上見《呂氏春秋・愼大覽》）

99.觀世

100.知接（了解相接之理）

101.悔過

102.樂成（樂其成功）

103.察微

104.去宥（宥同囿，「有所宥」即有所拘礙而識見不廣也。）

（以上見《呂氏春秋．先識覽》）

105.審分

106.任數（修其數，行其理）

107.勿躬

108.知度　　109.慎勢

110.不二　　111.執一

（以上見《呂氏春秋．審分覽》）

112.知道（《呂氏春秋．勿躬篇》：名實相保之謂「知道」。）

113.審應（人主出聲應容不可不審）

114.重言（人主之言不可不慎即重言之義）

115.應言（應人之言）

116.精諭（聖人相諭不待言，即精諭之義）

117.離謂（遠離言謂）

（以上見《呂氏春秋．審應覽》）

118.離俗

119.高義（高尚其義）

120.上德

121.用民（凡用民，太上以義，其次以賞罰。此詞又見《墨子》，參前第45條。）

122.適威（適其威罰）

123.爲欲（處理「欲」的問題）

124.貴信（以上見《呂氏春秋．離俗覽》）

125.知分　　126.恃君

127.召類（類同相召，氣同則合）

128.達鬱（病之留，惡之生也，精氣鬱也。故水鬱則為污，樹鬱則為蠹，草鬱則為蕢，國亦有鬱，生德不通，民欲不達，此國之鬱也。）

129.觀表（觀其表徵）

（以上見《呂氏春秋・恃君覽》）

130.開春　　131.察賢

132.期賢　　133.審為

134.愛類　　135.貴卒

（以上見《呂氏春秋・開春論》）

136.慎行　　137.無義

138.求人

139.察傳（明察傳聞）

（以上見《呂氏春秋・慎行論》）

140.貴直　　141.知化

142.過理　　143.原亂

（以上見《呂氏春秋・貴直論》）

144.贊能　　145.博志

（以上見《呂氏春秋・不苟論》）

146.似順　　147.別類

148.有度　　149.分職

150.處方　　151.慎小

（以上見《呂氏春秋・似順論》）

152.務大

153.上農（古先聖王之所以導其民者，先務於農）

154.任地

155.辯土（論土地與農業）

156.審時

（以上見《呂氏春秋・士容論》）

157.輔行（孟子公孫丑下：王使蓋大夫王驩爲輔行。朱注：輔行，副使也。）

158.容光（《孟子・盡心》上：日月有明，容光必照焉。趙注：容光，小隙也。）

159.巡狩（《孟子・梁惠王下》：天子適諸侯曰巡狩，巡狩者，巡所守也。）

160.述職（《孟子・梁惠王下》：諸侯朝於天子曰述職，述職者，述所職也。）

161.經界（《孟子・滕文公上》：夫仁政必自經界始。經界不正，井地不均，穀祿不平。是故暴君汙吏必慢其經界。經界既正，分田制祿，可坐而定也。朱注：經界，謂治地分田經畫其溝塗封植之界也。）

162.終身（《孟子・梁惠王上》：樂歲終身飽，凶年免於死亡。……樂歲終身苦，凶年不免於死亡。又〈離婁上〉：苟爲不畜，終身不得；苟不志於仁，終身憂辱。〈萬章上〉：大孝終身慕父母。〈盡心上〉：終身由之而不知其道者，衆也。在〈孟子〉裡，「終身」一詞共使用 11 次（註二十），頻率甚高，應屬結合緊密之複詞。）

163.司徒（〈滕文公上〉）

164.司馬（〈萬章上〉）

165.司城（〈萬章上〉）

166.司寇（〈告子下〉）

167.有司（〈梁惠王下〉）

（以上官名皆見〈孟子〉）

以上先秦諸子語言中的動賓式複合詞共 167 條，比起西周的 13

條，增加十倍以上。而這些詞又主要在表達各家各派的特殊思想內容，可知這種新構詞法的蓬勃發展和諸子哲學的百家爭鳴有著密切的關係，學術思想的興盛刺激了語言的變革，推動了詞彙的發展。

上列詞彙有很多是諸子書中的篇名，篇名往往總結了全文的主題思想，用一個合義複詞標示出來。它的意義已經專有化、特殊化，已不能視爲一個普通的詞組，而應視爲一個基本的語言表達單位—複詞了。

例如提到「兼愛」，「非攻」，我們就認識它是墨子的思維概念；提到「達生」，「貴生」，我們就認識它是老莊的思維概念；提到「行軍」，「用間」，我們就認識它是兵家的思維概念。有時，某些概念用語成了當時的流行用語，有較高的使用頻率，例如第 4、5 條的「伐樹」，「削跡」，在《莊子》各篇中一再使用，可見它已不是普通的「砍伐樹木」、「削去形跡」之義，而是結合緊密，成了單一的複詞，具有了特殊的含義；又如「勸學」一詞（第 20 條）既見於《尸子》，又見於《荀子》、《呂氏春秋》；「正名」一詞（第 29 條）既見於《論語》，又見於《荀子》和《呂氏春秋》等等。有些新詞，諸子之間相互模倣，使此種構詞方式更爲普通化，產生更大的影響力，例如《老子》「貴生」，《尸子》「貴言」，《呂氏春秋》「貴公」、「貴因」、「貴信」、「貴直」等。

動賓式可以說是繼已有的並列式、主從式之後，最先發展起來的新構詞類型，而這個發展的關鍵就在先秦諸子語言。

二、承襲先秦兩漢用法的西晉動賓詞

在上古漢語裡，動賓式構詞極少見。然而在中古佛經中大量發展起來，下面我們把佛經詞彙中歸納出來的動賓結構嘗試作一分析。所謂「承襲先秦兩漢用法的西晉動賓詞」是指由上古到西晉時代，意義沒有發生任何主要的改變，也就是說在佛經中的用法是承襲早先的詞義而來。這些詞大部分現代漢語中已經淘汰不用。因此其意義和用法需要作一番考察。這些詞字典或辭典都有收錄，表示它們都是結合比較緊密的複合詞，而不是臨時組合的詞組。下面的探索主要著眼於訓詁的角度，觀察其詞義狀況。

1. 起意

布施一切所有，起意出家學道爾已。（323 郁迦羅越問菩薩行經）

起意一詞有萌發意念，動念頭之意。

漢李尤《動書枕銘》：「聽政理事，怠則覽書。傾倚偃息，隨體興居。寤心起意，猶愈宴娛。」

《元典章・戶部六・鈔法》：「諸僞造寶鈔，首謀起意之人，並雕版抄紙，收買顏色，書塡字號，窩藏印造，但同情者並行處死。」

由此可知，「起意」是一個使用歷史很長的動賓式複合詞。在近代漢語裡仍然使用。例如：

《水滸傳》第二七回：「孫二娘道：一者見伯伯包裹沈重，二乃怪伯伯說起風話，因此一時起意。」

蔡東藩《前漢通俗演義》第九五回：「長明知此事難言，只因見財起意，不忍割捨，乃想出一法，詭言將乘間入請，立爲左皇后，使靡如言轉告。」

在現代漢語裡也可以有這樣的句子：「這門親事是祖父起意，而由他的父親親手辦理的。」《漢語大詞典》（冊 9，頁 1103）

佛經的例子：

一三／長阿含十報法經

意不墮愛欲，意便縮，意便縮意不起，便出念道，欲行已出，意生意堅意不意出意解意不縮意不惡意起意無所礙無所用，意安隱爲意行故熟行故。

二〇一／大莊嚴論經

菩薩微笑而答之言，終不以痛違我誓心，假設有痛過於是者，終無退想，今以小苦方於地獄不可爲喻，故應起意於苦惱眾倍生慈悲，作是念已，即說偈言。

2. 執事

從此以來，實懷恚恨，每欲規圖，執事靡由。（534佛說月光童子經）

佛經中的執事一詞指執掌事務者。據長阿含經卷一所載，以阿難常隨侍釋迦牟尼佛，稱之爲執事弟子。增一阿含經卷四十五則稱之爲侍者。又大智度論卷六所說之執事比丘即指維那。於禪宗，乃指屬於東序，主掌寺中諸事務之知事的別稱。（《佛光大辭典》）

丁福保《佛學大辭典》冊4，頁1018云：（職位）禪林之知事又云執事。見象器箋七。

不過，上引的佛經句例應做「處理其事」講。而不作專有名詞。這個詞在上古漢語中就已經出現，例如：

⑴從事工作；主管其事。

《周禮．天官．大宰》：九曰閒民，無常職，轉移執事。鄭玄注引鄭司農云：閒民，謂無事業者，轉移爲人執事，猶今傭賃也。

《史記．蒙恬列傳》：及武王有病甚殆，公旦自揃其爪以沉於河，曰：王未有識，是旦執事。有罪殃，旦受其不祥。

⑵有職守之人；官員。

《書、盤庚下》：嗚呼！邦伯師長百執事之人，尚有隱哉。孔穎達疏：其百執事謂大夫以下，諸有職事之官皆是也。

《漢書・王莽傳下》：朝之執事，亡非同類。

⑶對對方的敬稱。

《左傳・僖公二十六年》：寡君聞君親舉玉趾，將辱於敝邑，使下臣犒執事。杜預注：言執事，不敢斥尊。

漢蔡邕《獨斷》卷上：陛下者，陛階也……群臣與天子言，不敢指斥天子，故呼在陛下者而告之，因卑達尊之意也。上書亦如之。及群臣庶士相與言殿下、閣下、執事之屬，皆此類也。（《漢語大詞典》冊2，頁1184）

這樣的用法到了佛經以後仍然存在。例如：

宋蘇徹《梁惟簡供略庫使誥詞》：況其左右侍御之臣，朝夕執事之勞，而有不被其賜者乎？

唐元稹《范季睦授尚書部員外郎制》：新熟之時，豈疑無備，乃詔執事，聿求其才，乘我有秋，大實倉廩。後以指供役使者，仆從。

金董解元《西廂記諸宮調》卷一：法本令執事準備。紅娘辭去。

清黃鈞宰《金壺浪墨・鹽商》：左右執事，類皆綺歲俊童。

《明史・徐一夔傳》：僕素謂執事知我，今自審終不能副執事之望。

此外，後世又產生了新的義項，例如：作「差事，工作講」。

《水滸傳》第一〇一回：王慶五更入衙畫卯，幹辦完了執事，閑步出城南，到玉津圃遊玩。

《西遊記》第五回：朕見你身閑無事，與你件執事，你且權管那蟠桃園，早晚好生在意。

此外，後世還可以做「儀仗」講。例如：

《醒世姻緣傳》第一回：買了副執事，刻了封條，順便回家到任。

《儒林外史》第一回：次早，傳齊轎夫，也不用全副執事，只帶八個紅黑帽夜役軍牢。

佛經其他的例子還有：

一九六／中本起經

佛從本國，與比丘僧千二百五十人俱，遊於王舍國竹園中，長者伯勤承佛降尊，馳詣竹園，五心禮足，逡巡恭住，整心白佛，唯願世尊，顧下薄食，佛法默然，已爲許可，長者欣悦，接足而退，還家具膳，莊嚴幢幡，親自執事，極世之味，在昔屈辱臨顧傾企之情，有兼來趣，明請大賓，執事自逼。

二一二／出曜經

如來說偈三業具足，端坐一意多誦無厭執事勸佐，是謂三，復有三業，一者惠施，二者持戒，三者思惟，是謂三。

3.造行

在佛經中是一個出現頻率很高的詞；例如：

何謂陰盛？……從造行轉因于四大。（481 持人菩薩經）

其人具足，戒之禮節，身所造行，與衆殊特。（310 大寶積經之寶髻菩薩會）

是謂無作，則為造行。（310 大寶積經之寶髻菩薩會）

若遊郡國縣邑……，造行亦不種作自然生粳米。（815 佛昇忉利天為母說法經）

「造行」謂修養品行。

《漢書．王吉傳》：寡人造行不能無惰，中尉甚忠，數輔吾過。

宋王安石《未復舊官光祿寺丞趙瑾改大理寺丞》：爾造行不謹，陷於法理，比吏赦宥，復序故官。（《漢語大詞典》冊 10，頁 901）

佛經其他的例子還有：

一五四／生經

今世與子不和，前世亦然，福德殊異，有所造行，無所違失，不可其心，比丘且觀於此，其子智慧殊特，德不可量，不可其心，不欲聞其聲，復欲思得。

一八四／修行本起經

十神力者諸佛悉見知，深微隱遠，是處非處，明審如有，一力也，佛悉明知來今往古所造行地，其受報處，二力也，佛悉分別天人眾生彼彼異念，三力也，佛知眾生若干種語及度世語，四力也。

*4.*無雙

生得此女，顏容實好，世間無雙。（332 佛說優填王經）

無雙意爲「獨一無二。沒有可比」。

《莊子．盜蹠》：生而長大，美好無雙。

《史記．李將軍列傳》：李廣才氣，天下無雙。

唐溫庭筠《照影曲》：桃花百媚如欲語，曾爲無雙今兩身。

陳毅《在志願軍司令部度春節》詩：雄豪盡是無雙士，衛國保家子弟兵。（《漢語大詞典》冊 7，頁 159）

這個詞在中古漢語裡十分通行，甚至有作爲人名的。

佛經其他的例子還有：

一五二／六度集經

王夫人者，本大國王女，端正無雙，手足柔軟，生長深宮不更寒苦，又復重身懷妊數月。

一五四／生經

佛告比丘，此諸人等，不但今世各自稱譽常歎己身第一無雙，前世亦然，生生所歸，皆伏吾所。

5.開心

法澤普潤，弘覆三界，開心受者，皆逮正覺。（318 文殊師利佛土嚴淨經）

開心可以有兩個解釋，一是開通思想，啓發智慧。例如：

漢王充《論衡．意增》：經增非一，略舉較著，令恍惑之人，觀覽采擇，得以開心通意，曉解覺悟。

北齊顏之推《顏氏家訓．勉學》：讀書學問，本欲開心明目。

宋孫光《北夢瑣言》卷十：與汝開心，將來必保聰明。

另一個解釋是開露心意，坦誠相待。這個意義的產生較晚。例如：

唐李白《扶風豪士歌》：原嘗春陵六國時，開心寫意君所知。

《明史．周忱傳》：其馭下野，雖卑官冗吏，悉開心訪納。

清嚴有禧《漱華隨筆．徐翁》：汝往當以吾言開心告之，盡捐夙嫌。

佛經中用的是第一義。至於近代漢語中，指心情舒暢、快樂，始於清代文獻。例如《兒女英雄傳》第三三回：普天下的婦道，第一件開心的事無過丈夫當著他的面贊他自己養的兒子。由此引申爲取笑的話，或指取笑、開玩笑。例如《二刻拍案驚奇》卷十二：唐太守一時取笑之言，只道他不以爲意，豈知姊妹行中心路最多，一句開心，陡然疑變。《官場現形記》第三回：老哥，你別拿人開心！

在中醫裡指開通心竅。

宋蘇軾《睡起聞米元章到東園宋零門冬飲子》詩：開心暖胃門冬

飲，知是東坡手自煎。

又《石菖蒲贊》：《本草》：菖蒲味辛溫無毒，開心補五臟，通九竅，明耳目。（《漢語大詞典》冊 12，頁 41）

佛經其他的例子還有：

六三八／佛說超日明三昧經

開心受學，其信樂者倍令堅進而不迴轉。

一九九七／圓悟佛果禪師語錄

只言卜度下語要求合頭，此豈是要透生死，要透生死除非心地開通，此箇公案乃是開心地鑰匙子，只要明了言外領旨，始到此無疑之地矣。

6. 塗炭

佛為大慈三界之救，愍念眾生濟其塗炭。（534 佛說月光童子經）

塗炭比喻極困苦的境遇。

《書・仲虺之誥》：有夏昏德，民墜塗炭。孔傳：民之危險，若陷泥墜火。

晉潘岳《西征賦》：竭股肱於曾主，歇飢赴塗炭而不移。

太平天國汪潭《建天京於金陵論》：於是龍車光降金陵，日馭威臨建業。後舞前歌，出軍民於塗炭。

另外亦借指陷入災難的人民。

南朝梁沈約《梁鼓吹曲・道亡》：救此倒懸拯塗炭，誓師劉赫靈斷。

清呂守曾《經史法戒詩》之十：治安共說梁天監，南北通和救塗炭。佛經所用的正是此義。（《漢語大詞典》冊 2，頁 1178）

佛經其他的例子還有：

一五二／六度集經

答曰，斯婦豈有惡耶，婦人之惡斯都無有，婦人之禮斯爲備首矣，然其父王唯有斯女，盡禮事婿不避塗炭，衣食趣可不求細甘，勤力精健顏華踰輩，卿取吾喜除患最善。

三二二／法鏡經

然時干戈未戢，志士莫敢或遑，天道陵遲，內學者寡，會覩其景化，可以緣塗炭之尤嶮，然義擁而不達，因閑竭愚，爲之法義，喪師歷載，莫由重質，心憤口悱，亭筆愴如，追遠慕聖，涕泗并流，今記識闕疑，俟後明哲，庶有暢成，以顯三寶矣。

7. 下意

未曾自大，謙恪下意，禮敬眾生。（310 大寶積經之密跡金剛力士會）

這句以「下意」與「衆生」對舉，顯見二者都是複合詞。

《漢語大辭典》冊 1，頁 327 云：謂屈意；虛心和順。

《漢書．蒯通傳》：「彼東郭先生、梁石君，齊之俊士也，隱居不嫁，未嘗卑節下意以求仕也。」

《後漢書．皇后紀上．和熹鄧皇后》：「諸兄每讀經傳，輒下意難問。」周壽昌注補正：下意，猶《禮》「下氣怡色」之謂也。難問，辨難詰問也。

由此可見「下意」是東漢六朝間流行的用語。

後世這個詞的意義發生一些改變，轉爲「出主意；作決定」之意。

南朝宋劉義慶《世說新語．政事》：「賈充初定律令，與羊祜共咨太傅鄭沖……羊曰：『上意欲令小加弘潤。』沖乃粗下意。」

《梁書．元帝紀》：「〔元帝〕初生患眼，高祖自下意治之，遂盲一目，彌加愍愛。」

《魏書．崔休傳》：「休久在臺閣，明習典禮，每朝廷疑議，咸取正焉。諸公咸相謂曰：崔尚書下意處，我不能異也。」

佛經其他的例子還有：

一八六／佛說普曜經

無清淨行有外無內，不修道法不別尊卑，各自謂尊獨言隻步，不能下意，不順法教，不服高德，以是之故不可屈尊。

一九八／佛說義足經

本邪學致辭意　語不勝轉下意　已見是尚守口　急開閉難從生

*8.*合度

忖察此師，自眷屬財賄，尚不合度。（*345* 慧上菩薩問大善權經）

合度一詞《漢語大辭典》冊 2，頁 151 云：合於尺度；適宜。

漢陸賈《新語．思務》：「進退循法，動作合度。」

三國魏曹植《洛神賦》：「襛纖得衷，脩短合度。」

《舊唐書．辛替否傳》：「故天地憐心，神明祐之，使陰陽不愆，風雨合度。」

清昭槤《嘯亭雜錄．吳留村》：「及邸造成，公適進簾榻古玩諸物，價逾萬金，設之庭寢，無不合度。」

佛經其他的例子還有：

二六六／佛說阿惟越致遮經

亦不勸人入于正道，亦不化人，於布施持戒忍辱精進一心智慧，亦不教人，導奉四恩，惠施人愛利人，等利一切，救濟合度，無所猗動，不想人種，無念父母兄弟妻子及與男女，釋除親友夙夜日月。

二〇〇一／宏智禪師廣錄

心緣不得其方隅，實參眞到底人，信是我本有田地，佛魔侵不得，塵垢染不得，方圓適中，履踐合度，則妙用河沙，恰恰相濟，從箇田地發生，從箇田地及盡，底事人人皆具，但向前爲我討一討看，知有漢點頭相悉。

9.守心

不為禁戒，不為守心。（395佛說當來變經）

守心一詞《漢語大辭典》冊 3，頁 1298：堅守節操之心。

《左傳．昭公二十八年》：「戊之爲人也，遠不亡君，近不偪同，居利思義，在約思純，有守心而無淫行。」亦指守志不移。

唐元稹《分水嶺》詩：「君門客如水，日夜隨勢行，君看守心者，井水爲君盟。」佛經所用當係此義。

佛經其他的例子還有：

一五〇／佛說七處三觀經

何等不守不守身，何等不守不守口聲，何等不守不守意，佛便說，給孤獨家意不守身行，亦不得守口聲行，亦不得守心行，亦不守已行不守身已行不守口聲已行不守心身行便腐，聲說便腐，心行亦腐，已腐身行聲行心行便不善，死亦不善受亦不善處。

一九〇／佛本行集經

猶如諸鳥自相娛　欲心一發難止息　時至且可共受樂　　何故守心不觀我

10.守眞

質朴守真，宣傳正經。（395 佛說當來變經）

守眞《漢語大辭典》冊 3，頁 1303：保持眞元；保持本性。語出《莊子・漁父》：「愼守其眞，還以物與人，則無所累矣。」

《後漢書・申屠蟠傳》：「安貧樂潛，味道守眞，不爲燥濕輕重，不爲窮達易節。」

晉葛洪《抱朴子・道意》：「患乎凡夫，不能守眞。」

唐錢起《過曹鈞隱居》詩：「之子秉高節，攻文還守眞。」

宋阮閱《增修詩話總龜》卷四五：「元眞子張志和，會稽人，守眞養氣，臥雪不冷，入水不濡。」

佛經其他的例子還有：

一五二／六度集經

奉五淨戒爲清信士，終身守眞，胞罽聞之，心開結解，其喜無量。

一八六／佛說普曜經

昔錠光佛時我爲佛，名釋迦文，今果得之，從無數劫勤苦所求，適今成耳，自念宿命諸所施爲，道德慈孝仁義禮信，忠正守眞虛心學聖，柔弱淨意行六度無極，布施持戒忍辱精進，一心智慧行四等心，慈悲喜護四思隨時，養育眾生如愛赤子。

*11.*曲躬

適坐飯頃，尋時諸樹曲躬作禮。（*815* 佛昇忉利天為母說法經）

曲躬《漢語大辭典》冊 5，頁 568：折腰。形容恭順。

漢王符《潛夫論．本政》：「而欲使志義之士匍匐曲躬以事己，毀顏諂諛以求親，然後乃保持之。」

《北史．郭祚傳》：「於時領軍於忠恃寵驕恣，崔光之徒，曲躬承接。」

明王衡《有輪袍》第一折：「待永榜後，自來曲躬低首，謝恁岐王。」

佛經其他的例子還有：

一八六／佛說普曜經

爾時日照樹曲覆菩薩身，樹木一切曲躬向閻浮樹而稽首禮，菩薩不移，疾往啓王，其光明相樹不可蔽，曈日照樹，傾覆太子身不能蔽相。

一九〇／佛本行集經

爾時淨飯王，在宮殿內，諸臣百官，左右圍遶，太子忽然，入到王邊，合十指掌，曲躬而立，白父王言，唯願大王，今可聽我，我欲出家。

*12.*居業

無堅固想，不念居業，心中所懷，不思清濁。（*813* 無希望經／偈）

居業《漢語大辭典》冊 4，頁 26：保有功業。

《易．乾》：「脩辭立其誠，所以居業也。」孔穎達疏：「辭謂文教，誠謂誠實也，外則脩理文教，內則立其誠實，內外相成，則有功業可居，故云居業也。」佛經所用當係此義。

佛經其他的例子還有：

一五四／生經

諸行當具足　智慧有方便　曉了家居業　未曾有我比

二一一／法句譬喻經

其人聞偈自知憍癡，即承佛教歡喜還歸，思惟偈義改悔自新，孝事父母尊敬師長，誦習經道勤修居業，奉戒自攝非道不行，宗族稱孝鄉黨稱悌，善名遐布國內稱賢。

*13.*承事

亦能恭敬消息承事，諸兩足聖威神無極。（*433*佛說寶網經）

承事《漢語大辭典》冊 1，頁 772：治事；受事。

《左傳．成公十二年》：「百官承事，朝而不夕。」

《國語．魯語下》：「大夫有貳車，備承事也。」

《漢書．韋玄成傳》：「立廟京師之居，躬親承事，四海之內各以其職來助祭。」

《南史．顧琛傳》：「琛不能承事劉湛，故尋見斥外。」

佛經其他的例子還有：

二三／大樓炭經

佛言，人身行惡口言惡心念惡，死後墮此閻羅王泥犁中者，泥犁旁便反縛罪人，以見閻羅王白王言，此諸人悉不孝於父母，不承事沙門道人，不畏後世禁忌，願王隨所知而罰之。

一五一／佛說阿含正行經

佛言，諸比丘，轉相承事，如弟事兄，中有癡者，當問慧者，展轉相教，問慧者，如冥中有燈火。

14.審實

假令我今審實，能行四十事者，……皆當為我六反震動。（334 佛說須摩提菩薩經）

審實《中文大辭典》：「眞實也。《後漢書．東平憲王蒼傳》臣前頗謂道路之言，疑不審實」（冊 3，頁 604）這是漢代以後通行的詞彙。

佛經其他的例子還有：

二三／大樓炭經

願王隨所知而罰之，王即呼人前安諦審實問其人，汝昔在世間時，不見人年老百二十，頭白齒落，面皺皮緩，氣力衰微，持杖而行，身體戰慄。

一五二／六度集經

婆羅門復語王言，審實爾不，吾今欲去，王白道人，我生布施未曾有悔，從道人耳，逝心曰，汝當隨我皆悉徒跣，不得著履，當如奴法，莫得不捲。

15.質疑

吾聞無數世乃有一佛耳，今詣質疑，而不以聞吾之所疑，唯佛而釋。（005 佛般泥洹經）

質疑《中文大辭典》：「質問疑惑也。《漢書．陳遵傳》竦居貧無賓客，時好事者，從之質疑問事，論道經書而已。【注】師古曰，質、正也」（冊 8，頁 1409）

佛經其他的例子還有：

二六三／正法華經

應答四部不以厭惓，顯諸梵行悉令歡喜，捨除如來菩薩大士辯才質疑，未曾有如滿願子者，於比丘眾所取云何。

一九九六／明覺禪師語錄

起恭孝　終苴縗　銑落髮　瑩質疑　漢之東　得我師　抉盲瞶　柞荒菑

*16.*積習

諸族姓子，佛無數劫而積習是無上正真道。（481 持人菩薩經）

積習《中文大辭典》：「積久所成之習染也。《春秋繁露．天道施》積習漸靡，物之微者也，其入人不知，習忘乃爲常然。《蔡邕．述行賦》常俗生于積習。《福惠全書．編審部．首改前弊》積習錮陋，諸弊逐欵開列」又謂：「猶言嫻習。《文選．左思．魏都賦》剞劂罔掇，匠斲積習」（冊 6，頁 1688）

佛經其他的例子還有：

一九九二／汾陽無德禪師語錄

汾州大中寺，太子禪院長老，釋善昭者，本太原人，積習聞薰，孤貞絕俗，自去飾受具，即杖策巡。

二一〇二／弘明集

今則獨絕其神，昔有接麁之累，則練之所盡矣，神之不滅，及緣會之理積習而聖，三者鑒於此矣。

17.應瑞

這個詞在佛經中出現的頻率極高。例如：

自然化風，名曰迴轉，吹之令變，更成四應瑞。（317 佛說胞胎經）

吹其胎裡，令其身變化，成四應瑞。（317 佛說胞胎經）

吹其堅精，變為體形，成五處應瑞。（317 佛說胞胎經）

應瑞《中文大辭典》：「謂應祥瑞也。《周禮．春官．序官．典瑞．疏》若受天之應瑞然。《李覯．紫玉見南山賦》德表玉而應瑞，玉用德而降休」（冊 4，頁 283）

佛經其他的例子還有：

一九九二／汾陽無德禪師語錄

人施無角牛，應瑞有來由，果熟誠難避，因圓業已周，儀相人皆訝，藏角不藏頭，孫賓遇方朔，始可識張稠。

18.應節

夙夜精進，經行應節，其無言辭，是乃為安。（813 無希望經／偈）

應節《中文大辭典》：「謂合節度也。《列子．湯問》巧夫鎖其頤則歌合律，捧其手則舞應節，千變萬化，惟意所適。《虞世南．詠舞詩》一雙俱應節，還似鏡中看。」又謂：「應季節也。《後漢書．郎顗傳》王者崇寶大，順春令，則雷應節。《魏文帝．讓禪令》風雨

應節，禎祥觸類而見。《傅亮．感物賦》憐鳴啁之應節，惜落景之懷東」（冊 4，頁 284）

佛經其他的例子還有：

一五四／生經

在家行禮，威儀悉備，不失婦禮，出入應節，時其家中，耗損不諧，當行毒害，乃得富耳。

三九八／大哀經

章粲麗滋味具足，無有獷言無疾病思而後語，自護己身，所爲應節，心念隨時，滅其貪欲而除瞋恚，燒其愚癡降伏諸魔，危害眾惡療治諸疾，別其義理悅智者意，音如哀鸞聲如天帝。

19.懷居

二曰：所聞法樂，不貪家懷居。（324 佛說幻士仁賢經）

懷居《中文大辭典》：「謂懷思安處也。《論語．憲問》子曰，士而懷居，不足以爲士矣。《集注》居，謂意所便安處也。」（冊 4，頁 299）

三、與古同形而義變的西晉動賓詞

所謂「與古同形而義變的西晉動賓詞」是指這個動賓詞原本就存在，可是到了西晉時代，詞義或用法產生變化，使得古今雖同形，內涵卻不一致。

1. 問訊

當問訊禮敬承事供養，無有害心向。（*119* 佛說鴦崛髻經）

問訊一詞來自梵語 pratisa modana。爲敬禮法之一。即向師長、尊上合掌曲躬而請問其起居安否。大智度論卷十，載有二種問訊法，若言是否少惱少患，稱爲問訊身；若言安樂否，稱爲問訊心。至後世之問訊，僅爲合掌低頭。

《佛光大辭典》云禪宗所用之作法有九種：

⑴三巡問訊，於方丈小座湯（衆僧坐於方丈室慢吮湯）之際，行揖坐、揖香、揖湯（揖即行禮）之三回問訊。

⑵四處問訊，對僧堂之四板頭（四板之頭首）燒香問訊。

⑶七處問訊，就僧堂內七處之爐燒香問訊。

⑷座下問訊，在法堂之須彌座前問訊請法。

⑸借香問訊，當維那於出班上香之際借住持香時，先向住持問訊，待燒香之後，再向住持行問訊禮，其時則稱謝香問訊。

⑹趺坐問訊，秉拂人（持拂子代住持上法座向大衆開示說法者）請住持趺坐，令侍者問訊。

⑺請座問訊，於方丈行茶禮時，先由侍者行至住持前問訊。

⑻普同問訊，又作普問訊、普通問訊，即普向大衆問訊，或大衆一時問訊。

⑼略問訊，又作小問訊，僅爲合掌低頭。

此外，一般所行之問訊法，以兩手相屈，曲腰至膝，操手下去，合掌上來，兩手拱齊眉。我國佛教徒多於拜佛將結束時，以問訊作結。

丁福保《佛學大辭典》問訊：（雜語）合掌而問安否也。但敬揖以表問安否之心亦云問訊。僧史略上曰：「如比丘相見，曲躬合掌。

口曰不審者何。此三業歸仰也。」（曲躬合掌身也。發言不審口也。心若不生崇敬，豈能動身口乎）謂之問訊。其或卑問尊而不審少病少惱起居輕利不。上下慰則不審無病惱，乞食易得，住處無惡伴，水陸無細蟲不。後人省其辭，止曰「不審也。」釋氏要覽中曰「善見論云。比丘到佛所問訊云。少病少惱安樂行否。僧祇律云。禮拜不得如羊。當相問訊。」

《漢語大詞典》云：僧尼等向人合掌致敬。

晉法顯《佛國記》：阿那律以天眼遙見世尊，即語尊者大目連，汝可往問訊世尊，目連即往，頭面禮足，共相問訊。

《景德傳燈錄・迦毗摩羅》：尊者將至石窟，復有一老人素服而出，合掌問訊。

《警世通言・假神仙大鬧華光》：魏公，走不多步，恰好一個法師，手中拿著法環搖將過來，朝著打個問訊，走入正殿，去敲打木魚。

問訊這個詞在佛經以前也有，但是含意不同。大致可以歸納爲以下幾種含意。

⑴互相通問請教。

漢劉向《說苑・談叢》：君子不羞學，不羞問。問訊者，知之本，念慮者，知之道也。

⑵打聽。

《玉台新詠・古詩（爲焦仲卿妻作）》：幸可廣問訊，不得便相許。

⑶問候，慰問。

《後漢書・清河孝王慶傳》：慶多被病，或時不安，帝朝夕問訊，進膳藥，所以垂意甚備。

佛經以前的這類用法一直延續到佛經以後。例如：

宋姜夔《惜紅衣》詞：牆頭喚酒誰問訊，城南詩客。

康濯《水滴石穿》第五章：他已經找有根問訊過，有根答應了，說說社里雇用。這是打聽的意思。

宋陸游《次季長韻回寄》：野人篷戶冷如霜，問訊今唯一季長。

何其芳《畫夢錄．丁令威》：丁令威引頸而望，寂寞得很，無從向昔日得友伴致問訊之情。這是問候的意思。

2.執心

在佛經中這是一個出現頻率很高的詞，例如：

立在一處，亦無合離，使永執心，莫知所存。（315 佛說普門品經）

自今執心，尚沙門德，遠女親賢，唯道是尊。（005 佛般泥洹經）

達士睹之，了無所有，便自執心，無念無求。（315 佛說普門品經）

聽受尊言，順教跪拜，執心柔軟，而制其志。（310 大寶積經之寶髻菩薩會）

執心較早的意思猶秉性。例如：

漢劉向《列女傳．趙將括母》：父子不同，執心各異。

《北史．趙肅傳》：肅久在理官，執心平允，凡所處斷，咸得其情。

在佛經裡面謂心志專一堅定。這個用法自晉以後出現，非佛經資料。例如：

晉袁宏《後漢記．光武帝紀一》：彭爲郡吏，執心堅守，是其節也。

唐顧況《瑤草春》詩：執心輕子都，信節冠秋胡。（《漢語大詞典》冊 2，頁 1132）

丁福保《佛學大辭典》執心：（雜語）固執事物而不離之心也。

廣百論釋曰：「非唯空有，亦復空，空遍遣執心。」中論疏三末曰：「方廣之流聞無生。乃更增其執心。」

佛經其他的例子還有：

一五二／六度集經

天地無常，虛空難保，盡內穢垢，無貪愛念，志淨如斯，應眞可得，二三至四，執心當如一禪，志存一禪未得應儀，命終可趣。

一五四／生經

使心開解，奉受五戒，修行十善，塞惡三塗，道心稍前，遂至無極，入佛正眞，於時世尊，告諸比丘，解其本末，執心當堅，無得後悔，佛說如是，莫不歡喜。

3.推步

譏謗聖道……，噓天推步，慕于世榮。（770 佛說四不可得經）

推步一詞有兩個義項：

⑴推算天象曆法。古人謂日月轉運於天，猶如人之行步，可推算而知。

《後漢書．馮緄傳》：緄弟允，清白有孝行，能理尙書，善推步之術。李賢注：推步謂究日月五星之度，昏旦節氣之差。

晉葛洪《抱朴子．塞難》：意不爲推步之苦，心不爲藝文之役。

《明史．曆志一》：臺官言日當食，已而不食。帝喜，以爲天眷，然實由推步之疏也。

⑵猶推命。

宋錢愐《錢氏私志．求嗣》：大父寶閣善推步，午時遣人來報光玉云：得數七十有九，若今日酉時生，是箇有福節度使。伯兄果酉時生，平生淡薄，壽享正七十有九。

明楊循吉《蓬軒吳記》卷下：弘治庚戌春試，予與番禺顧均實同邸，顧善推步，自云必第。

清陳其元《庸閑齋筆記．李善蘭星命論》：余最不信星命推步之說。（《漢語大詞典》冊 6，頁 672）

第二個義項時代較晚，由佛經的證據顯示可知這個「推求天命」的意義在西晉時代就已經產生。。

佛經其他的例子還有：

一四二八／四分律

自大教東流，幾五百載，雖蒙餘暉，然律經未備，先進明哲，多以戒學爲心，然方殊音隔，文義未融，推步聖蹤，難以致盡，所以怏怏終身，西望歎息。

二〇五九／高僧傳

去年夏末見上人波若無知論，才運清俊旨中沈允，推步聖文婉然有歸，披味慇懃不能釋手，眞可謂浴心方等之淵，悟懷絕冥之肆，窮盡精巧無所間然。

4.散意

諸根應法，有方便根，……悉能知之，散意根，寂靜根……。（481 持人菩薩經）

散意一詞原來指表白心意。例如：

漢阮瑀《爲曹公作書與孫權》：常思除棄小事，更申前好，兩族俱榮，流祚後嗣，以明雅素中誠之效。抱懷數年，未得散意。（《漢語大詞典》冊 5，頁 482）

西晉佛經指一種修爲的境界。爲諸根之一。

佛經其他的例子還有：

一八四／修行本起經

端坐六年，形體羸瘦，皮骨相連，玄精靜寞，寂默一心，內思安般，一數二隨三止四觀五還六淨，遊志三四出十二門，無分散意，神通妙達，棄欲惡法，無復五蓋，不受五欲，眾惡自滅，念計分明。

二一一／法句譬喻經

昔佛在世時有一道人，在河邊樹下學道十二年中貪想不除，走心散意但念六欲，目色耳聲鼻香口味身更心法身靜意遊曾無寧息，十二年中不能得道。

5.傳號

佛告舍利弗：「是經名頂王，當共傳號。」（477大方等頂王經）

傳號本謂子孫襲封。

《漢書．吳芮傳》：「唯吳芮之起，不失正直，故能傳號五世，以無嗣絕，慶流支庶。」另外也指舊時藏族地區一種爲土司、守番、土官傳達號令的人。隸屬於土司、守番、土官，並在他們直接指揮下的，尚有興人、千總、把總、管家、譯字房、傳號、差人和寨首（越是前者地位越高，活動範圍越廣。）《漢語大詞典》

佛經中卻是「傳其名號」之義。

6.遊步

於諸經典，遊步世間，平等獨歡。（813無希望經/偈）
若有眾生信樂斯法，舉動進止如象遊步。（813無希望經）
進止康強，遊步輕利，力勢安乎？（401佛說無言童子經）

遊步本來是隨意走走的意思。

漢劉向《列仙傳．疏》：人以百年，行邁身輕，寢息中嶽，遊步仙庭。

晉陸雲《與陸典書書》之六：遊步八素之林，逍遙德化之囿。

宋吳自牧《夢粱錄．孟冬行朝飨禮遇明禋歲行恭謝禮》：歡聲盈萬戶，慶景陵禮畢，鑾輿遊步，西郊煖風布。（《漢語大詞典》冊10，頁1050）

西晉佛經引申爲「活動生息」之意。已不指具體的走路。

佛經其他的例子還有：

二〇二／賢愚經

阿毘曇爲目視世善惡，恣意遊步八正之路，至　槃之妙城，以是義故，放人出家，若自出家，若老若少，其福最勝。

二一二／出曜經

尋往佛所頭面禮足在一面坐，斯須退坐前白佛言，伏惟天尊興居輕利遊步康彊，閒僑在此得善眠乎。

7.存命

若族姓子，若學工巧以自存命，若耕田若販賣……。（55佛說苦陰因事經）

存命一詞《漢語大辭典》（冊4，頁188）：保全生命。

《魏書．田益宗傳》：「初代之日，二子魯生、魯賢、從子超秀等並在城中，安然無二，而桃符密遣積射將軍鹿永固私將甲士，打息魯生，僅得存命。」

《水滸傳》第五五回：「今者朝廷差遣將軍前來收捕，本合延頸就縛。但恐不能存命，因此負罪交鋒，誤犯虎威。」

佛經的用法由「保全生命」引申爲「經營生活」。

佛經其他的例子還有：

一五四／生經

譬如世尊眼識非常，耳識有異，不共合同，如是世尊，沒生死，如是所見無厭，而以存命，佛言，善哉善哉長者，於今長者，一切所問，報答如應，審實不虛，寧是不實。

二○八／衆經撰雜譬喻

兄比丘者，值世大儉遊行乞食七日不得，末後得少麤食殆得存命，先知此象是前世兄弟，便往詣象前，手捉象耳而語之言，我與汝俱有罪耶，象便思惟比丘語，即得自識宿命，見前世因緣。

*8.*沒身

是時五百比丘尼便皆於座中沒身，從東方出在虛空中。（144 佛說大愛道般泥洹經）

是時摩訶卑耶題俱曇彌，便自現神足從座中沒身，去從東方出在虛空中。（144 佛說大愛道般泥洹經）

沒身《漢語大辭典》（冊 5，頁 984）：終身。

《老子》：「沒身不殆。」

《漢書．息夫躬傳》：「今單于以疾病不任奉朝賀，遣使自陳，不失臣子之禮。臣祿自保沒身不見匈奴爲邊境憂也。」

隋王通《中說．問易》：「劉炫問『易』，子曰：聖人於『易』，沒身而已，況吾儕乎？」

明沈鯨《雙珠記．獄中冤恨》：「飲痛唧冤，沒身難泯。」

這個詞另外一義是「猶言將自身沒官」。例如：

《隋書．東夷傳．倭國》：「其俗殺人強盜第姦皆死，盜者計贓酬物，無財者沒身為奴。」

這個詞另外又有「猶投身」之義。

《梁書．處士傳序》：「與夫沒身亂世，爭利干時者，豈同年而語哉！」

以上三義都不是佛經中的意思。佛經「沒身」是「隱沒其身」的意思。佛經其他的例子還有：

一八六／佛說普曜經

咸成大勢力　像力三十二　學術度無極　沒身無有害

一九〇／佛本行集經

尊者目連，作是念已，譬如力士屈伸臂頃，從王舍城，沒身不現，至於淨居諸天宮所，忽然立住。

四、西晉新生的動賓詞

這一類詞不見於先秦兩漢的文獻資料中，卻普遍出現在魏晉以後的佛經或非佛經語料裡。有些雖然是佛門用語，但是隨著佛教的盛行和普及於社會大衆，這些詞也跟著成為口語中的基本詞彙，正如同我們今天的用語，充斥著來自佛經的詞彙一樣（例如：「現在、一剎那」之類），成為我們習焉而不察的語言成分。這些當時新生的詞語，雖活躍於中古漢語裡，然而由於語言的變遷，有些已經沒有保留到現代了。

1. 授決

授決一詞在佛經中十分普遍。例如：

（園監）聞佛說經一心歡喜，即以所持華悉散佛上，花皆住於空中當佛頭上，佛即授決曰：……。（509 阿闍世王受決經）

乃能逮得無所從生法忍，為定光佛所見授決。（425 賢劫經/偈）

因是德本，彼土授決見億數佛普蒙斯法。（481 持人菩薩經）

佛時授決適竟，王及旃陀和利，前為佛作禮便霍然不見佛所在。（509 阿闍世王受決經）

丁福保《佛學大辭典》授決：（術語）同於授記。於眾生授與決定作佛之記別也。大日經疏一曰「定光之授決。」

可知授決是佛教的專有術語。屬動賓結構造詞。上古時代還沒有這個詞。

2.割愛

毀形守志節，割愛無所親。（683 佛說諸德福田經/偈）

割愛是捨棄所愛的意思。

晉葛洪《抱朴子・用刑》：必有罪而無赦，若石之割愛以滅親。

宋黃庭堅《送夏君玉赴零陵主簿》詩：青雲已迷津，濁酒未割愛。

這個詞到近代漢語仍然使用。例如：

清蒲松齡《聊齋誌異・連瑣》：今願割愛相贈，見刀如見妾也。（《漢語大詞典》冊 2，頁 734）

一直到現代漢語意義沒有太大改變。但是這個詞在上古時還未出現。這裡所舉的西晉佛經是最早的資料。

佛經其他的例子還有：

二一〇／法句經

學能捨此彼　知是勝於故　割愛無戀慕　不受如蓮華

二一一／法句譬喻經

夫人白王自念少福稟斯女形，情態穢垢日夜山積，人命促短懼墜三塗，是以日月奉佛法齋，割愛從道世世蒙福，王聞歡喜便以香瓔以與末利夫人。

3.無著

在佛經中是一個出現頻率很高的詞；例如：

有名稱，無恐怖，無著天，大燈明。（425 賢劫經/偈）

於是菩薩……，心自念言，刈習苦垢植無著根，斷不退流通泥洹原。（623 如來獨證自示三昧經）

為眾會分別要義，敷演微妙無著之業。（315 佛說普門品經）

堅精進，無損稱，離於畏，無著天。（425 賢劫經/偈）

無著一詞音譯爲阿僧伽。生於西元四、五世紀頃。爲古代印度大乘佛教瑜伽行派創始人之一。又稱無障礙。

北印度健馱邏國普魯夏普拉人。依婆藪槃豆法師傳，父名憍尸迦，爲國師婆羅門。有兄弟三人，皆稱婆藪槃豆。師初於小乘薩婆多部（說一切有部）出家，因思惟空義，不能得入，欲自殺，時東毘提訶有賓頭羅前來爲說小乘空觀。師初聞悟入，然對此猶不滿意，乃以神通往兜率天從彌勒菩薩受大乘空觀，歸來如說思惟，遂達大乘空觀。後又數往兜率天學瑜伽師地論等大乘之深義，並集衆宣說之。由是大乘瑜伽之法門傳至四方。師致力於法相大乘之宣揚，又撰論疏釋諸大乘經。其弟世親本習小乘，後依其勸遂歸大乘，竭力舉揚大乘教義。著有金剛般若論、順中論、攝大乘論、大乘阿毘達磨雜集論、顯揚聖教論頌、六門教授習定論頌等。〔金剛仙論卷十、瑜伽師地論釋（最勝子）、大唐西域記卷五阿踰陀國條、南海寄歸內法傳卷四長髮

有無條、往五天竺國傳〕《佛光大辭典》

丁福保《佛學大辭典》冊 3，頁 1094：（術語）無執著於事物之念也。（人名）菩薩名。梵名阿僧伽 Asanga 天親菩薩之兄也。皆爲法相宗之祖。見阿僧伽條。禪師名。唐杭州無著。禪師名文喜，年七歲出家，習律聽教，宣宗初，往五臺禮文殊。遇一老翁牽牛而行，迎師入寺，翁縱牛引師陞堂，翁曰，近由何處來。師曰，南方，翁曰，南方佛法如何住持。師曰，末法比丘奉戒律者不少。翁曰，有幾何。師曰，或三百或五百。師卻問，此間佛法如何住持。翁曰，前三三後三三。翁呼童子均提出茶，又進酥酪。翁拈起玻璃盞問曰，南方還有這個否。師曰，無。翁曰，尋常得什麼喫茶。師無對。辭別。翁令童子相送。師問童子前三三後三三是幾許。童子呼大德，師應諾。童曰，是幾許。師曰，是爲何處。童曰，此金剛窟般若寺，師憬然悟彼翁是文殊。懿宗咸通三年，師至洪州觀音院，參仰山寂禪師，頓悟心要，光化三年寂，壽八十。見五燈會元宋僧傳二十。

這個詞除了做專有名詞之外，佛經中通常用作「無執著於事物之念」或「無所羈絆無所執著」的意思。上面所引的例子都是這個意思。至於非佛經的例子都是出現於西晉以後，可見這個詞實際上是受到佛經影響而產生的。例如：

《藝文類聚》卷七引南朝梁元帝《梁安寺剎下銘》：有識之所虔仰，無著之所招提。

唐鄭谷《蔡處士》詩：無著復無求，平生不解愁。

後世逐漸演變爲「無所依託。沒有著落」的意思。例如：

前蜀韋莊《出關》詩：危時祇合身無著，白日哪堪事有涯。

《宋史・蘇軾傳》：讀其文，浩然無當而不可窮，觀其貌，超然無著而不可挹。

明唐順之《答陳澄江應事村居韻》之四：出處兩無著，空慚大隱名。（《漢語大詞典》冊 7，頁 131）

4.發意

在佛經中也是一個出現頻率很高的詞，例如：

三者，適發意行，所見用任我故。（323 郁迦羅越問菩薩行經）
未曾發意不滿一切願。（816 道神足無極變化經）
長者乃能發意，廣問如來如此之義。（323 郁迦羅越問菩薩行經）
誰今發意於佛道，誰坐樹下降伏魔。（178 前世三轉經/偈）

發意，丁福保《佛學大辭典》（1038、2）：（術語）同於發心，無量壽經上曰：「發無上正眞道意。棄國捐王。行做沙門。」

發意有產生某種意念的意思。

晉道安《道行般若波羅蜜經序》：從始發意，逮一切智曲成決，著八地無染，爲之智也。

宋蘇軾《東坡志林．記遊廬山》：僕初入廬山，山谷奇秀，平生所未見，殆應接不暇，遂發意不欲作詩。

《元典章．戶部六．僞鈔》：據石治民所招，即係自行發意雕版印造僞鈔。

《醒世姻緣傳》第九二回：自從姜氏居莊，伺候的人雖然不敢欺心侮慢，只是欠了體貼，老人家自己不發意梳梳頭，旁人便也不強他。又做表現心意講。

張彥遠《法書要錄》卷二引南朝梁陶弘景《與梁武帝論書》：所奉三旨，伏循字跡，大覺勁密。竊恐既以言發意，則應言而新，手隨意運，筆與手會，故意得諧稱，下情歡欣，寶奉愈至。（《漢語大詞典》冊 8，頁 568）

由以上可知這個詞最早出現於西晉佛經，爲中古漢語的流行詞語。佛經其他的例子還有：

一五二／六度集經

僉曰善哉，求佛之志爾爲得之，吾於往昔始發意時亦皆然也，已逝甫來現在諸佛，皆如爾索矣。

一五三／菩薩本緣經

我今遇之尚無愁苦，汝今何緣生是苦惱，王即答言，汝本發意欲造彼王，是汝薄相正值不在，汝今若往必不得見故令我愁。

5. **發願**

如來從阿僧祇劫，發願誠諦，殞命積德，誓為眾生。（683 佛說諸德福田經）

此女人乃有如是大威德神足力，能發大願，既發願已隨願皆成。（310 大寶積經卷一百）

發願，發起誓願之意。又作發大願、發願心、發志願、發無上願。總指發求佛果菩提之心（菩提心）；別指完成淨土，以救濟衆生之心（即誓願）。蓋菩薩所發之願，有總願、別願、淨土成佛願、穢土成佛願等，種類甚多。於淨土宗，誓願往生淨土者發遣自己修善，此發願往生之心，稱爲迴向發願心。唐代善導於觀經疏玄義分解釋六字名號（南無阿彌陀佛），稱南無有發願迴向之意。親鸞謂此乃阿彌陀佛發救度衆生之願，而爲衆生得救之因；或解作遵行釋迦、彌陀二尊之發遣招喚，而欲生於淨土之心。

這個詞始用於佛經中，上古未見。屬於中古新生詞。在佛經中願心大體可分爲二：⑴發求菩提之願，⑵發度化有情之願。

又四弘誓願、十大願皆屬於發願。此外，有關修善作福等皆須先發願，而記其趣旨之文稱爲發願文，又作願文、誓願文。如南朝梁代沈約之千僧會願文、隋代智者大師之發願文、善導之發願文等皆是。

《佛光大辭典》

丁福保《佛學大辭典》（1038、3）：（術語）發起誓願也。阿彌陀經曰：「應當發願生彼國土。」

《漢語大詞典》（冊 8，頁 588）：謂普渡衆生的廣大願心。後亦泛指許下願心。

《法華經．提婆達多品》：於多劫中常作國王，發願求於無上菩提，心不退轉。

唐白居易《香山寺新修經藏堂記》：先是，樂天發願修香山寺，既就，迨今七八年。

元無名氏《連環計》：第二折：還待要花言巧語將咱騙，你恰纔個焚香拜告青天，深深頂禮親發願。

《西遊記》第五八回：就是發願齋僧的，也齋不著這等好人！

《花月痕》第八回：後來癡珠解館，心印以心疾，發願朝山，航南海，涉峨眉。

近世又變爲「表達願望」之意。

明梁辰魚《步步嬌．秋日別情》套曲：發重願，願年年相見，勝似今年。

《初刻拍案驚奇》卷二七：大娘子大怒，發願必要置妾死地。

佛經其他的例子還有：

一五三／菩薩本緣經

是故汝等應修善法，善法因緣生天人中，雖人道中有諸苦惱劇於諸天，猶當發願願生人中，譬如官法爲犯罪者造作土窖，凡有三重。

6.經心

無有垢穢，奉行十善，於婬怒癡，不以經心。（349彌勒菩薩所問本願經）

經心即耤心，煩心之義。這個詞最早見於西晉佛經。之後成爲常用語。例如：

晉葛洪《抱朴子・崇敬》：貴游子弟，生乎深宮之中，長乎婦人之手，憂懼之勞，未常經心。

南朝宋劉義慶《世說新語・賢媛》：汝何以都不復進，爲是塵務經心？天分有限？

金王萬鐘《春宵》詩：人在西軒愁不寐，十年間事總經心。

明卓爾堪《漁婦吟》：一生離合未經心，錦帳佳人多夢想。

這個詞另外還有留心，著意之義。

南朝梁陶弘景《冥通記》凡好書畫，人間雜伎，經心即能。

唐杜甫《春日江村》詩之三：經心石鏡月，到面雪山風。

《紅樓夢》第五八回：一應藥餌飲食，十分經心。（《漢語大詞典》冊9，頁860）

佛經其他的例子還有：

一五四／生經

唯以愚伴迷惑之眾以爲徒類，嗜酒博戲，高抗華飾，有表無裡，放恣情欲，嘘天雅步，不以孝順，修德經心，當用立身，身犯眾惡，口言麤，心念毒害，不念所生親之遺教，唯以非法亂行爲業，母甚患之。

7.叉手

佛經中「叉手」一詞的出現頻率很高。例如：

叉手而自歸，歡悦遙散花。（477 大方等頂王經/偈）

一心叉手，禮佛而立。（401 佛說無言童子經）

三萬二千菩薩即從坐起，叉手而住。（310 大寶積經之密跡金剛力士會）

文殊師利便從座起……，右膝著地，叉手問佛。（813 無希望經）

王阿闍世正殿夫人，字旃羅廅，於坐起，叉手自嗟歎心。（337 佛說阿闍世王女阿術達菩薩經）

禮畢卻住一面，叉手白佛，言願欲有所問。（334 佛說須摩提菩薩經）

這些句子中的「叉手」有兩手交叉之意。是印度致敬法之一種。

丁福保《佛學大辭典》：「（雜語）叉手乃吾國之古法，即拱手也。」（頁 448）又稱金剛合掌。即合掌交叉兩手之指頭。

中阿含經卷三（大一・四三八中）：「彼伽藍人或稽首佛足，卻坐一面；或問訊佛，卻坐一面；或叉手向佛，卻坐一面；或遙見佛已，默然而坐。」

在密教中，叉手又稱歸命合掌，乃表示生（左手）佛（右手）二界，亦即衆生（左）歸命於諸佛（右）之意。二手合之，亦表示能所不二、生佛一如。以其代用於一切印相，故又稱普印。

叉手也是禪林禮法之一。又稱拱手。原爲我國俗禮，後爲禪門採用。即以左手把住右手，其左手小指則向右手腕，右手皆直其四指，以左手拇指向上。如以右手掩胸，不得著胸，須令稍離。

敕修百丈清規卷下：「途中雲水相逢，彼此叉手，朝揖而過。」

8.化佛

今汝為誰從何而來？於時化佛以何發遣？（565 順權方便經）

化佛一詞，《佛光大辭典》（頁 1324）：梵語 nirma-buddha。又作應化佛、變化佛。佛陀爲救度衆生而變現另一種姿態，即稱爲變化身。〔楞伽阿跋多羅寶經卷一、大乘法苑義林章卷七本〕也指原無而忽有之佛。即應機宜而忽然化現之佛形。

觀無量壽經云（大一二・三四三中）：「於圓光中，有百萬億那由他恒河沙化佛，一一化佛亦有衆多無數化菩薩以爲侍者。」又千手觀音四十手中，其左手之一手中所持之佛即爲化佛，故稱化佛手。

丁福保《佛學大辭典》（頁 735）：（術語）佛菩薩等以神通力化作之佛形也。

觀無量壽經曰：「無量壽佛身。如百千萬億夜摩天閻浮檀金色。（中略）彼佛圓光。如百億三千大千世界。於圓光中。有百萬億那由陀恆河沙化佛。」是佛變現之化佛也。

法華經普門品曰：「若有國土衆生。應以佛身得度者。觀世音菩薩。即現佛身而爲說法。」觀無量壽經曰：「當觀觀世音菩薩。此菩薩身長八十萬億那由他由旬。（中略）其圓光中有五百化佛。如釋迦牟尼佛。一一化佛有五百化菩薩。是菩薩變現之化佛也。」

由此可知「化佛」即是「化作佛形」之意。凝固爲專有術語，屬動賓式複合詞。

佛經其他的例子還有：

一五七／悲華經

地獄眾生身熾然者，以蒙光故於須臾間得清涼樂，是諸眾生即於其前，各有化佛三十二相八十種好莊嚴其身，爾時眾生以見佛故皆得快樂，各作是念蒙是人恩令我得樂，於化佛所心得歡喜，叉手恭敬。

一五七／悲華經

一化佛以三乘法，教化無量無邊眾生悉令不退，若彼世界病劫起時無有佛法，是化佛像亦當至中，教化眾生如前所說，若諸世界無珍寶者，願作如意摩尼寶珠，雨諸珍寶自然發出純金之藏，若諸世界所有眾生。

9.出色

眼者日月之精有二名：入色為金翅鳥，出色為文殊師利。（315 佛說普門品經）

「出色」一詞佛經與現代的用法並不相同。《漢語大辭典》（冊2，頁480）：

⑴超出一般；有特色。

元馬致遠《青衫淚》第二折：「都道江西人，不是風流客，小子獨風流，江西最出色。」

《醒世恆言．賣油郎獨占花魁》：「我們是門戶人家，靠著粉頭過活。家中雖有三四個養女，並沒個出色。」

清平步青《霞外屑．斠書．夢廠雜著》：「敘述少出色處。惟寇略紀王倫構逆，足資考證；閒評論畫，尚爲有見。」

⑵猶賣力。

《水滸傳》第三三回：「花榮拉起弓，大喝道：你這軍士們，不知冤各有頭，債各有主。劉高差你來，休要替他出色。」

上面這些例子都是元代以後近代漢語的用法。佛經另見於下面兩例。

一九〇／佛本行集經

皆成就得最第一智，輕便最能，聰明智慧，又如是等諸王技中，最善最勝，所謂書算，解諸計數，雕刻印文，宮商律呂，舞歌戲笑，或造諸珍，奇異寶，染衣出色，圖畫草葉，種種諸事，和合薰香，或弄手筆，革正諸書，能制文章，又復能於白象背上，能迴能轉，旋鞍騙芳面反馬所有象駝，頭項尾，種種諸技。

六〇二／佛說大安般守意經

心者謂意止也，見觀空者，行道得觀不復見身，便墮空無所有者，謂意無所著意有所著因，爲有斷六入便得賢明，賢謂身，明謂道也，知出何所滅何所者，譬如念石出石入木石便滅，五陰亦爾，出色入痛痒，出痛痒入思想，出思想入生死，出生死入識，已分別是，乃墮三十七品經也。

佛經中「出色」的意義，前一詞素爲動詞，後一詞素爲名詞賓語，作顏色或五陰之色講。「染衣出色」爲顏色，「五陰亦爾，出色入痛痒」爲五陰之色。至於「入色爲金翅鳥，出色爲文殊師利」一句，出色與入色相對，此色字指客觀有實形實象可以看得見的東西。實際上也就是五陰之色。

*10.*交露

或有菩薩，住於地裡，入寶交露，而自省見坐於蓮華。（*401* 佛說無言童子經）

交露一詞《佛光大辭典》（頁 *2151*）：比喻以寶珠交錯裝飾，如同日光照耀露珠，呈現相互輝映之情景。

法華經卷一序品（大九・三中）：「各千幢幡，珠交露幔，寶鈴和鳴。」

同經卷四寶塔品（大九・三三上）：「寶交露幔，遍覆其上。」此外，無量壽經卷上描繪極樂淨土之狀況，謂淨土之講堂、精舍、宮殿、樓觀等，皆由七寶自然化成；並以眞珠、明月摩尼等衆寶，交露覆蓋其上。據憬興之觀無量壽經疏解釋，以寶珠交錯造幔，其形如垂露，故稱交露。

丁福保《佛學大辭典》（頁 969）：（物名）以珠交錯造幔，其形如垂露者。

無量壽經上曰：「以眞珠明月摩尼衆寶，以爲交露，覆蓋其上。」

《漢語大辭典》（冊 2，頁 346）：指用交錯的珠串組成的帷幔。其狀若露珠，故稱。

《無量壽經》卷上：「又講堂精舍宮殿樓觀，皆七寶莊嚴自然化成。復以眞珠明月摩尼衆寶，以爲交露，覆蓋其上。」

佛經其他的例子還有：

二三／大樓炭經

其門上有曲箱蓋，欄楯上有交露，樓觀下有園觀舍宅，浴地生華種種樹種種葉種種華種種實，出種種香，種種飛鳥，各各悲鳴。

二三／大樓炭經

金壁銀門，銀壁金門，琉璃壁水精門，水精壁琉璃門，赤眞珠壁馬瑙門，馬瑙壁赤眞珠門，車壁一切寶門，上有曲箱蓋交露，下有園觀浴池，有種種樹葉花寶，出種種香，種種飛鳥，相和而鳴。

*11.*行慈

懷忍行慈，世世無怨，中心恬然，終無毒害。（500 羅云忍辱經）

行慈一詞爲修行慈悲之義。見於《佛光大辭典》「七周行慈」條（頁 98）：指七種修慈悲觀之境。五停心觀中第二爲慈悲觀，用意在使多瞋衆生修慈悲以對治瞋毒。其所行之境有七，以三樂（上樂、中樂、下樂）與之，是爲七周行慈。周者，周遍之義，乃於怨親平等，或周遍施行之義。七境即：上品之親、中品之親、下品之親、中人非冤親、下品之冤、中品之冤、上品之冤。

佛經其他的例子還有：

一五二／六度集經

夫懷忍行慈，惡來善往，菩薩之上行也，正使俎骨脯肉，終不違斯行也。

一五三／菩薩本緣經

時諸惡人尋以利刀剝取其皮，龍王爾時心常利樂一切世間，即於是人生慈愍想，以行慈故三毒即滅，復自勸喻慰其心，汝今不應念惜此身，汝雖復欲多年擁護，而對至時不可得免。

12.投火

恣心履惡，猶自投火。（500羅云忍辱經）

投火一詞為「投身火坑」之義。為佛經常用詞。見於《佛光大辭典》「一句投火」條（頁29）：謂菩薩求法心切，可為聞一言、一法而投身火坑。佛祖統紀卷八法智知禮傳（大四九・一九三上）：「半偈亡軀，一句投火。」

佛經其他的例子還有：

一五二／六度集經

向道士曰，吾身雖小可供一日之用，言畢即自投火，火為不然，道士之感其若斯，諸佛歎德。

二〇二／賢愚經

詣太子所，長跪合掌，異口同音，白太子言，我等諸臣，仰憑太子，猶如父母，今若投火，天下喪父，永無所怙，願愍我曹，莫為一人孤棄一切。

13.見諦

若見諦者，墮於真偽，是為中間。（310 大寶積經之寶髻菩薩會）

見諦是「能見眞諦」之義。丁福保《佛學大辭典》（頁 1136）：（術語）證悟眞理也。聲聞預流果已上，菩薩初地以上之聖者也。

佛經其他的例子還有：

一五二／六度集經

又如重寶渡海歷險還家見親其喜無量，心懷五蓋猶斯五苦，比丘見諦去離五蓋，猶彼凡人免上五患，蓋退明進，眾惡悉滅，道志強盛即獲一禪。

一五四／生經

所説經法，初語亦善，中語亦善，竟語亦善，分別其義，微妙見諦，淨修梵行，得覲如斯如來至眞等正覺，善哉蒙慶，若能稽首，敬受道教，功祚無量。

14.受決

（王）問祇婆曰：我作功德巍巍如此，而佛不與我決，此母然一燈便受決何以爾也？（509 阿闍世王受決經）

因便受決，已得受決，致現在定見十方佛。（425 賢劫經）

此母宿命供養百八十億佛已，從前佛受決。（509 阿闍世王受決經）

是諸正士各便受決得許信樂。（481 持人菩薩經）

當逮無上正真之道....，得決不久以近受決。（481 持人菩薩經）

受決一詞，丁福保《佛學大辭典》（頁 1515）：（術語）同受記，謂受決定之記別也。

佛經其他的例子還有：

一五二／六度集經

天人鬼龍，聞當爲佛，靡不嘉豫稽首拜賀，梵志念曰，彼其得佛吾必得也，須當受決而佛去焉，前稽首曰，今設微供誠吾盡心，願授吾決。

一五四／生經

佛言，此比丘作佛時，汝當從其受決，佛告舍利弗，是時比丘者，提竭佛是，時獨母我身是也。

15.注心

祇婆曰：王所作雖多，心不專一，不如此母注心於佛也。（509 阿闍世王受決經）

注心是「集中心意，專心；關心」之義。此詞起於三國以後。例如：

三國魏曹植《求通親表》：「至於注心皇極，結情紫闥，神明知之矣。」

《太平廣記》卷五八馴前蜀杜光庭《集仙錄，魏夫人》：「聞子密緯眞氣，注心三清，勤苦至矣。」（《漢語大辭典》冊 5，頁 1095）

除此之外又作「傾心」講。例如：

三國魏嵇康《〈答難養生論〉》：「饑餮者，於將獲所欲，則說情注心；飽滿之後，釋然疏之，或有厭惡。」

唐王琚《美女篇》：「何能見此不注心，惜無媒氏爲傳音。」

佛經其他的例子還有：

二〇二／賢愚經

因即立字，爲波婆伽梨，晉言惡事，其王爾時，注心愛念迦良那伽梨，不失其意，即爲起三時之殿，冬時居溫殿，春秋居中殿，夏時居涼殿，安置伎樂，而娛樂之

16.剋心

示現其前令自見之，剋心自責歸命聖尊……（811 佛說決定總持經）

剋心《漢語大辭典》（冊 2，頁 688）：亦作「剋心」。銘刻在心。

《三國志，吳志，賀齊傳》：「徐盛被創失矛。」

裴松之注引《江表傳》：「權征合肥還，爲張遼所掩襲於津北，幾至危殆。齊時率三千兵在津南迎權……權自前收其淚曰：「大慚！謹以剋心，非但書諸紳也。」剋心一詞是晉代產生的新詞。

佛經其他的例子還有：

一五四／生經

於時國王，教告仙人，仙人羞慚，剋心自責，宿夜精懃，不久即獲，還復神通，佛告諸比丘，爾時仙人撥劫今舍利弗是，國王者吾身是，佛說如是，莫不歡喜。

二〇二／賢愚經

佛告阿難，將此女人，付憍曇彌，令授戒法，時大愛道，即便受我，作比丘尼，即爲我說四諦之要苦空非常，我聞是法，剋心精進，自致應眞，達知去來。

17.端心

一輩人端心正意持戒不犯，欲得阿羅漢道。（033佛說恒水經）

諸弟子皆當端心正汝意，還自視中表五藏，思惟生死甚勤苦。（033佛說恒水經）

端心一詞，丁福保《佛學大辭典》「端心正意」詞條謂：「（術語）制止貪瞋癡之三毒而不作諸惡也。無量壽經下曰，「端心正意，不作衆惡，甚爲至極」」，故端心即端正心思也。（下冊，頁2504）

佛經其他的例子還有：

二〇四／雜譬喻經

但當正心聽受慧解，焉識是非自生惡念令無所得，更自端心共入聽經。

二一二／出曜經

我今第七如來至眞等正覺出現於世，復來呵制使不說法，如此愚人端心正意不呵制如來者，即應此座上坐諸塵垢盡得法眼淨。

18.聚沫

身無過去當來現在，……身如聚沫澡浴文飾。（481持人菩薩經）

聚沫即聚合泡沫，取其易散之意。

丁福保《佛學大辭典》：「（譬喻）以譬有爲法之無常。維摩經方便品曰，『此身如聚沫，不可撮摩』」（下冊，頁2456）

《佛光大辭典》：沫，水泡。聚沫，指聚集之水泡。經典中用以譬喻有爲法之無常。

維摩經方便品（大一四・五三九中）：「是身如聚沫，不可撮摩。」

佛經其他的例子還有：

一八六／佛說普曜經

況我賤室婇女樂乎，毒哉恩愛何一速疾不能久在須臾間耳，恍惚不現猶如聚沫，思想所縛墮眾見網，雖依人間奄不知處。

二〇一／大莊嚴論經

是身如聚沫　　我不深觀察　　橫計為堅實　　不覺死卒至

19.遠塵

五百比丘遠塵離垢成阿羅漢。（463佛說文殊師利般泥洹經）

遠塵常與「離垢」合用。

丁福保《佛學大辭典》「遠塵離垢」詞條謂：「（術語）遠離塵垢也。塵垢雖為煩惱之總名，然今指八十八使之見惑。斷八十八使之見惑而得正見，謂之遠塵離垢得法眼淨。是於二乘初果與菩薩初地之得益也，但多就小乘之初果而言。法華經妙莊嚴王品曰，「佛說是妙莊嚴王本事品時，遠塵離垢，於諸法中得法眼淨。」

維摩經方便品曰，「三萬二千天及人知有為法皆悉無常，遠塵離垢得法眼淨」」（下冊，頁2474）

佛經其他的例子還有：

二三／大樓炭經

佛言，我能知持地大神發起惡見，我便以法勸助，令意開解歡喜即立，遠塵離垢諸法法眼生，譬如白繒淨好持著染中則受染色好。

一〇九／佛說轉法輪經

佛說是時，賢者阿若拘鄰等及八千天，皆遠塵離垢諸法眼生，其千比丘漏盡意解皆得阿羅漢，及上諸習法應當盡者一切皆轉，眾祐法輪聲三轉，諸天世間在法地者莫不遍聞。

20.離垢

一詞在佛經中出現的頻率極高。例如：

離垢性遊安，顏色常和悅。（310 大寶積經之寶髻菩薩會/偈）
五百比丘遠塵離垢成阿羅漢。（463 佛說文殊師利般泥洹經）
有果大實，及諸轉輪王離垢之華。（310 大寶積經之密跡金剛力士會）
諸天眾中，七萬二千天子遠塵離垢諸法法眼淨。（816道神足無極變化經）

離垢一詞，丁福保《佛學大辭典》：「（術語）離煩惱之垢染也。維摩經佛國品曰，『遠塵離垢，得法眼淨』註曰，『肇曰，塵垢八十八使也」」（下冊，頁 2872）

《佛光大辭典》：謂遠離煩惱之垢穢。一般慣稱「遠塵離垢」，係法眼之形容詞。四諦、緣起之理乃佛教正確之人生觀、世界觀，若能在理論上眞實理解，即得照見眞理之智慧眼（即法眼），而達初步聖者之須陀洹道（預流向）。以此法眼能遠離理論上之見惑，故稱遠塵離垢。在原始佛教之經典中，聞佛陀與佛弟子說法而得遠塵離垢之法眼者甚衆，如雜阿含經卷五之差摩比丘、長阿含經卷二之菴婆婆梨女等。其後大乘經典亦承此說，如維摩詰所說經卷一佛國品即有「遠塵離垢，得法眼淨」之語。

21.調柔

其忍辱調柔，達已加遵修。（815 佛昇忉利天為母說法經/偈）
其性調柔，順修精進，無有退還。（310 大寶積經之寶髻菩薩會）

其菩薩者，志性調柔，入於審詳。（310 大寶積經之寶髻菩薩會）

調柔為「七善」之一。

丁福保《佛學大辭典》「七善」詞條謂：「（名數）佛所說大小乘之經典，具七善，故曰正法。成實論三善品曰，『佛自讚言，我所說法，初中後善，義善，語善，獨法，具足，清淨調柔，隨順梵行』……法華經序品曰，『演說正法，初善中善後善。其義深遠，其語巧妙，純一無雜，具足，清白，梵行之相』天台文句解之，一時節善，序正流通，三時皆善也。二義善。三語善。四獨一善，言純一無雜也。五圓滿善，言具足也。六調柔善，言清白也，以清白之善法，其性調柔故也。七慈悲善，梵行即具無緣之慈悲也。」（上冊，頁 108）

佛經其他的例子還有：

一五四／生經

隨時消息令飽滿肥盛氣力，後騎將行，轉遂調柔，日日成就，後生二子，至數歲，長者乘之。

一八五／佛說太子瑞應本起經

譬如陶家和埴調柔，中無沙礫，在作何器，精進開發，無所不能，以得定意，不捨大悲，智慧方便，究暢要妙，通三十七道品之行。

22.興世

若佛興世，常與相見。（433 佛說寶網經）

《佛光大辭典》：興世，指佛之出世。諸佛出現於世間成佛，隨機示現生滅大法，拯救眾生出離苦海，故謂興世。

四分律行事鈔資持記卷上一上：「今此且據娑婆所見，誕育王宮，厭世修行，降魔成佛，故云興世。」

佛經其他的例子還有：

一五四／生經

諸比丘悉共集會，皆共嗟歎，心念世尊，得未曾有，一人興世，號曰如來至眞等正覺，毀壞一切諸外異學。

一八四／修行本起經

至于昔者，錠光佛興世，有聖王號，名燈盛治，在提和……國，人民長壽，慈孝仁義，地沃豐盛，其世太平。

23.隨宜

斯忍度無極，隨宜供辦飲食之膳。（345 慧上菩薩問大善權經）

隨宜一詞，丁福保《佛學大辭典》：「（術語）隨衆生根機之所宜也。法華經方便品曰，『隨宜所說，必趣難解」」（下冊，頁2694）

《佛光大辭典》：即隨順衆生根器之所宜。又順應人、時、處所宣說之法，稱爲隨宜所說、隨宜說法。

法華經方便品：「佛曾親近百千萬億無數諸佛，（中略）成就甚深未曾有法，隨宜所說，意趣難解。」

佛經其他的例子還有：

一九〇／佛本行集經

或復有唯空飲於水而以活命，或有隨宜所得多少即以活命，或復有學野獸食草以活於命。

一九〇／佛本行集經

由於釋女耶輸陀羅未生歡喜，是故衣服及餘瓔珞，少分供給，發遣安置隨宜處所，爾時釋女耶輸陀羅，復至摩訶波闍波提憍曇彌所。

24.隨喜

爾時人間比丘聞佛所說，歡喜隨喜，從座起作禮而去。（502 佛為年少比丘說正事經）

諸年少比丘聞佛所說，歡喜隨喜，從座起作禮而去。（502 佛為年少比丘說正事經）

隨喜一詞，丁福保《佛學大辭典》：「（術語）見人之善事，隨之歡喜之心也。法華玄贊十曰，『隨者順從之名，喜者欣悅之稱。身心順從，深生欣悅』修懺要旨曰，『隨他修善，喜他得成』勝鬘經曰，『耳時世尊，於勝鬘所說攝受正法大精進力，起隨喜心』又謂隨己所喜，譬如布施，富施金帛，貧施水草，各隨所喜，皆為布施。」（下冊，頁 2695）

《佛光大辭典》：梵語 anumodana，巴利語同。謂見他人行善，隨之心生歡喜。法華經卷六隨喜功德品載，聽聞經典而隨喜，次次累積，功德至大。大智度論卷六十一則謂，隨喜者之功德，勝於行善者本人。隨喜一詞，亦引申為參與佛教儀式。於天台宗，為五悔（滅罪修行之懺法）之一，亦為五品弟子位之初品。

據法華玄論卷十載，隨喜有二種：

⑴通隨喜，謂若見、若聞、若覺、若知他人造福，皆隨而歡喜。

⑵別隨喜，依五十功德之說，特指聞法華經，隨而歡喜。

又謂大小二乘之隨喜不同，大乘之隨喜廣通三世十方諸佛及弟子，小乘僅局限於三世佛；大乘隨喜法身之功德，小乘僅隨喜劉身之功德；大乘之隨喜通於漏、無漏，小乘之隨喜唯限有漏心。

此外，或以隨喜爲隨己所喜之意，如以布施爲例，富者施金帛，貧者施水草，各隨所喜，皆爲布施。

佛經其他的例子還有：

一五七／悲華經

有梵志名曰寶海，即是聖王之大臣也，終竟七歲請佛及僧奉諸所安，卿等於此福德應生隨喜，生隨喜已以是善根，發心迴向阿耨多羅三藐三菩提。

一九〇／佛本行集經

若我未得隨心願求度脱眾生於生死海，我終不入迦毘羅城，其諸天聞太子如是師子吼聲，皆悉隨喜。

25.歸命

一詞在佛經中出現的頻率極高。例如：

歸命諸最勝，永度諸惡趣。（433佛說寶網經/偈）

如是名為歸命於佛。（323郁迦羅越問菩薩行經）

自歸命三佛，當歸自歸命，於法分別法，已得三達智。（119佛說鴦崛髻經/偈）

其諸死魔官屬，自然降伏歸命奉佛聖教。（425賢劫經）

稽首作禮，一心歸命。（310大寶積經之密跡金剛力士會）

歸命一詞，丁福保《佛學大辭典》：「（術語）梵語曰南無，譯曰歸命。有三義。一、身命歸趣於佛之義。二、歸順佛之教命之義。三、命根還歸於一心本元之義」「歸命頂禮」詞條又謂：「頂禮者以神佛之足，戴我頂上而禮拜者，是歸命爲意業之禮拜，頂禮爲身業之

禮拜也。」（下冊，頁 2829）

26.歸寂

上中下語其義備悉歸寂無為，令聞法者和氣安之。（777 佛說賢者五福德經）

上中下語其義備悉歸寂無為，令聞法者曉了妙慧。（777 佛說賢者五福德經）

歸寂一詞，丁福保《佛學大辭典》：「（術語）又曰入寂。歸於寂滅入於寂滅之義。示證果人死之詞。寂滅爲涅槃之譯語，原爲生死共滅之義，惟今偏於生之一邊而曰歸寂。後遂尊僧侶之死而用之。輔行一之二曰，『圓音教風，息化歸寂』釋氏要覽下曰，『釋氏死謂涅槃、圓寂、歸眞、歸寂、滅度、遷化、順世，皆一義也。隨便稱之，蓋異俗也』」（下冊，頁 2830）

上面的佛經例句，歸寂就是「歸於寂滅，入於寂滅」之義。但未必有死亡之義。

佛經其他的例子還有：

六二四／佛說伅眞陀羅所問如來三昧經

佛者是即尊，燒三毒壞絕眾冥，一切愚闇皆蒙其恩莫不來供，今自歸寂諸惡已盡九光而七尺色若如金，其音甚大聲而清淨，於人之上是則爲尊。

27.歸趣

不解本空如夢所見，覺不知處何所歸趣？（477 大方等頂王經）

解是一切十方諸法，慧所歸趣若無所趣。（477 大方等頂王經）

歸趣《中文大辭典》：「謂旨趣也。《杜預，春秋左氏傳序》其經無義例，因行事而言，則傳直言其歸趣而已。」（冊 5，頁 680）

佛經其他的例子還有：

一五四／生經

諸所歸趣，取要言之，速疾具足福德眷屬，速受諸德之本，即得清淨，無所短乏，便除狐疑。

一八六／佛說普曜經

生子身德具　行眞故來見　聖明相好備　不知所歸趣

28.懷疑

王儻懷疑，聞此不了，長夜不安。（345 慧上菩薩問大善權經）

懷疑：傍人懷疑，菩薩非男斯黃門耳。（345 慧上菩薩問大善權經）

懷疑一詞產生於晉代，至今仍使用。《中文大辭典》：「心懷疑惑也。《三國志．魏志．陳留王傳》懷疑自猜，深見忌惡。《三國志．吳志．胡綜傳》懷疑猶豫，不決於心」（冊 4，頁 303）

佛經其他的例子還有：

一三七／舍利弗摩訶目連遊四衢經

唯然大聖，信比丘眾，所以者何，於彼比丘諸漏盡者，已得羅漢所作已辦吾不懷疑，此等比丘亦不猶豫。

一五四／生經

時舍利弗見大弟子，尋以勞賀賢者阿難，善來阿難，能自枉屈，爲佛侍者，親近世尊，宣聖明教，當問阿難，心所懷疑，音聲叢樹，爲其樂乎。

29.嚴車

敕五百婬女弟子，令好莊衣嚴車，從城中出，至佛所欲見佛。（005 佛般泥洹經）

嚴車即「嚴駕」也。《中文大辭典》：「整治車駕也。《漢書·禮樂志·像輿轙·注》如淳曰，轙，僕人嚴駕，待發之意也。

《後漢書·方術·楊由傳》嘗從人飲，整敕御者曰，酒若三行，便宜嚴駕。

《三國志·蜀志·費禕傳》人馬擐甲，嚴駕已訖。

《世說新語·雅量》魏軍次于興平，蜀假費文偉節督師往禦，光祿大夫來敏至文偉許別，就求圍棋。于時羽檄交馳，嚴駕已訖，文偉留意對戲，色無厭倦。敏曰，聊觀試卿耳，信自可人，必能辦賊者。

《曹植·雜詩》僕夫早嚴駕，吾將遠行遊。

《顏延之·秋胡詩》嚴駕越風寒，解鞍犯霜露。《陶潛·擬古詩·辭家夙嚴駕》（冊 2，頁 970）

佛經由原來的「嚴駕」稍變化而另造「嚴車」一詞。

佛經其他的例子還有：

一九〇／佛本行集經

是時馭者，莊挍車已，進太子言，已嚴車訖，唯願聖子，善自知時，是時太子，即乘寶車，乘已執持大王威神巍巍盛德，從城南門，漸漸而出，欲向園林觀矚嬉戲。

一九六／中本起經

若佛入國，當自出迎，迎之者，得福無量，即便嚴車千乘，馬萬匹，從人七千，嚴畢升車，出宮趣城。

30.懸命

人生地上，懸命在天，壽有長短，故曰死。（188 異出菩薩本起經）

懸命一詞，《中文大辭典》：「與縣命同，謂決死也。《後漢書．陳龜傳》懸命鋒鏑。

《文選．陸機．漢高祖高臣頌》劉項懸命」（冊 4，頁 307）

此亦魏晉以後的新詞。

佛經其他的例子還有：

二〇二／賢愚經

時舍利弗，遙以天眼，見此狗身，攣在地，飢餓困篤，懸命垂死，著衣持缽，入城乞食，得已持出飛至狗所，慈心憐愍，以食施與。

31.攝心

既不護禁戒，不能攝心，不修智慧。（395 佛說當來變經）

攝心一詞，《中文大辭典》云：「佛家語，攝收放散之心也。《遺教經》常當攝心在心」（冊 4，頁 841）

《佛光大辭典》：謂心專注於一境，令不昏沈散亂。即於禪觀時，爲使餘念不生，選擇閑靜處，數息調心，以防馳散，使心安住攝止於一境之中。禪宗對此之解說，據張說之大通禪師碑文舉出北宗神秀之說，以攝心爲定慧之前方便；而南宗神會則反對看心看淨之坐禪，謂起心照外、攝心澄內皆障菩提，強調頓悟見性。

佛經其他的例子還有：

一九〇／佛本行集經

時彼仙人，在增長林，晝夜精進，攝心坐禪，及那羅陀童子一處，其那羅陀侍者童子，在仙人後侍立，執拂逐蚊虻。

一九〇／佛本行集經

爾時世尊，獨在房内，攝心坐禪，乃以清淨天耳，聞此摩尼婁陀作如是語。

32.讚善

文殊師利聞彼所說甚悦讚善。（334佛說須摩提菩薩經）

讚善一詞《中文大辭典》：「賞讚善人也。」（冊8，頁1188）

佛經其他的例子還有：

一九六／中本起經

道士答言，世人甚迷，捐棄甘饌食此人爲，如卿所說人者應食馬麥，五百弟子，同聲讚善，中有一人，而諫師曰，師言非也，若如彼言，此人德尊，應食天。

二六三／正法華經

前已曾聞如是像法，供養奉事見能仁佛，班宣經道講讚善哉，如來摩頭，則當謂之是普賢也。

肆、主謂式複合詞

這一類複詞具有句子形式，兩個詞素分別擔任主語和謂語的功能。通常一個完整的句子往往包含兩部分，一是被描述的對象，一是所作的描述。例如：

「小陳昨天晚上沒有回來。」
「這樣做是不對的。」

這兩句中的「小陳」、「這樣做」都是被描述的對象，是句中的主語；「昨天晚上沒有回來」、「是不對的」是所作的描述，是句中的謂語。如果只說主語而沒有謂語，或只說謂語而沒有主語，意義就不完整，聽話的人就聽不明白是怎麼回事。因此，完整的句子是包含主語和謂語兩部分的。構詞上如果應用了這種造句的方式，就是主謂式複合詞。例如：「地震」，「地」是被描述的對象，是主語，「震」是所作的描述，是謂語。但是，「地震」在語言層次中，不作句子用，而是一個造句成分，也就是一個「詞」，一個「主謂式複合詞」。其他的例子如：

秋分　夏至　月蝕　海嘯　花生　政變
民主　鳥瞰　年輕　肉麻　氣喘　便秘
頭痛　耳鳴　腸炎　腦死　胎動　鬼祟
心悸　眼紅　腦充血　蓮花落

在古代漢語裡，這種結構十分罕見，可知它也是晚起的一種構詞方式，即使在今天，仍就不如其他構詞方式來得普遍。

主謂式複詞結構的發展

殷商甲骨文、金文沒有主謂式複詞，西周有了「文明」一詞，先秦諸子語言開始多起來，但遠比不上動賓式的發展快速。下面是先秦諸子語言的主謂式複詞。

1. 說難（《韓非子》篇名。集解：夫說者有逆順之機，順以招福，逆而制禍，失之毫釐，差之千里，以此說之，所以難也。）

2. 性惡

3. 法行（禮義謂之法，所以行之謂之行）

（以上見《荀子》）

4. 君治（《尸子》篇名）

5. 機變（《墨子．公輸篇》：公輸盤九設攻城之機變，子墨子九距之。）

6. 德充符（《莊子》篇名。德充於內而自符於外。王夫之：內外合而天人咸宜，故曰符。符者，內外合也。依此解釋，則「德充」為主語，「符」為謂語；「德充」又是個主謂的結構）

7. 知北遊（《莊子》篇名。知，識也，為莊子假設之人名。往北遊歷。）

8. 舉難（《呂氏春秋．離俗覽》。以全舉人固難。）

9. 報更（《呂氏春秋．慎大覽》。報應會復於其身。）

10. 日至（《孟子．離婁下》。趙注：誠能推求其故常之行，千歲日至之日，可坐知也。）

以上主謂式共 10 條而已。比起動賓式，十分懸殊。僅能說主謂式結構的複詞在先秦諸子語言中開始萌芽而已。

伍、動補式複合詞

這一類複詞的兩個詞素是由動詞和其補語組成的。例如「提高」，「提」是動詞，「高」在修飾「提」，是「提」的補語。這和「動賓式」不同，動賓式複詞的前一成分，雖然一樣是個動詞，可是後面接著的，是接受這個動作的名詞。而「動補式」後面接著的，不是名詞，而是形容詞，在語法功能上是修飾、補充前面動詞的。通常，我們可以把動補式套入「O 之使 O」的模式，來作檢驗，動賓式是不能套入這個模式的。例如「提高」可以說成「提之使高」，「結婚」卻不能說成「結之使婚」。現代漢語中的動補式複合詞，例如：

說明	分開	吵醒	吃飽	看破	看見
聽到	打倒	拆散	落實	改良	擴大
減少	打垮	衝破	肅清	擋住	革新
縮短	澄清	訂正	改善	建立	推行
搧動	提醒	發現	養成	融化	

在古代漢語裡，這種結構十分罕見。依戴璉璋先生〈殷周構詞法初探〉，在西周時代另還發現「動補結構」兩條：

1. 右序

此條見〈周頌．時邁〉：實右序有周。右者，佑助也。序，以帝王次序而言，以周繼夏商也。

《右序》即以祐而序我有周。由於先秦諸子語言中沒能發現任何動補結構的複詞，我們懷疑此條的「序」字很可能是「予」的通假。二者同屬魚部，古聲母又相近。因此這句可解作「助佑予有周」。

2.出祖

此條見〈大雅・烝民〉：仲山甫出祖四牡業業。

《毛詩會箋》云：出祖者，將欲適齊，出于國門，而爲祖道之祭也。

朱熹《詩集傳》云：祖，行祭也。則「出祖」應屬並列的兩個動詞，非動補結構。

由以上論證，我們認爲一直到先秦時代都沒有動補結構的複詞出現。依照潘允中的《漢語詞彙史概要》，動補式到中古才出現：

餓死　保全（世說新語）　飽滿　破壞（變文）

史存直《漢語詞彙史綱要》又補了兩個：「震動」、「看見」。宋代平話中，動補式才大量出現：

看破　推開　說合　傾倒　通知　撞見
驚動　脫下　脫落　擺脫　肅清　抹淨

可知「動補式」是現代漢語的五種複詞結構中，最後發展起來的。在先秦諸子語言裡，除了最普通的並列式、主從式之外，動賓結構和主謂結構是諸子語言裡發展起來的構詞法。

有一些動補結構和動詞的並列結構看起來容易混淆，我們認爲前者是 VC，由動詞和補語組成，補語往往帶形容與修飾的性質，可以由「說之使明」，「勸之使化」的格式做測試鑑定。後者是 VV，由兩個具純粹動詞性質的詞素組成，可以由「戲之謔之」，「又泣又涕」的格式做測試鑑定。古代漢語中的動詞並列式，例如《詩經》：

泣涕　思服　還歸　瞻望　照臨
顛覆　說懌　跋涉　戲謔

這些我們都可以說成「又泣又涕」，「顛之覆之」等。《孟子》中的動詞並列複合詞，例如：

曾益　　負載　　嘗試　　係累　　流行
充塞　　教育　　進取　　馳驅　　謳歌

這些我們都可以說成「又謳又歌」，「嘗之試之」等。

看了上面這些例子，應該可以了解動補結構與動詞並列結構的特性了。至於一般所謂的連動結構指的已經是詞組，而非複合詞了。那是很明顯的兩個動詞並列在一起。例如：

明日，出弔於東郭氏（孟子公孫丑下）
唯阮籍在坐，箕踞嘯歌。（世說新語簡傲）

其中的「出弔」與「箕踞嘯歌」都是連動結構。不是動詞並列式複合詞。更不會是動補結構。

在上古漢語裡，很少見到以動補方式構詞的。我們僅能找到的，先秦兩漢文獻中，類似動補結構的例子如：

齊因孤之國亂而「襲破」燕。（史記燕召公世家）
楚魏用吳起，「戰勝」弱敵。（史記孟荀列傳）
齊侯伐魏，「戰敗」魏師。（左傳莊公 28 年）
天不言而人「推高」焉，地不言而人「推厚」焉。（荀子不苟）

但是也有學者認爲此類應歸之於連動結構。是兩個動詞的並列。因此先秦兩漢時代是否能證實有動補結構還是疑問。李作南李仁孝《古今漢語語法比較》（內蒙人民出版社，1985）認爲現代漢語裡存在著的使成式動補結構在先秦時期還不存在，大約在漢代就出現了，開始時還很少見如：

射傷郤克，流血至履。（史記齊太公世家）
陳餘擊走常山王張耳。（史記張丞相列傳）

他認爲其中的傷是射的補語，走是擊的補語。他們都表示受動賓語達到某種結果。楊伯峻何樂士《古漢語語法及其發展》（語文出版社，1992）也有相似的看法，像下面的例子他都列爲動補結構：

秦拔去古文，焚滅詩書。（史記太史公自序）
與屠者言，砍傷屠者。（漢書遊俠傳）

可是太田辰夫《中國語歷史文法》（北大出版社，1987）卻有不同的看法。他把史記中的「擊破」「撲滅」「射殺」等詞看做是使成複合動詞。

那麼我們應該如何看待上述的例子呢?

談到動補結構的起源，或先秦到漢代的動補結構，是一個比較複雜的問題，其中涉及的因素除了是動補還是「動加動」之外，還涉及「詞」與「詞組」的鑑別問題。我們可以斷言的是：即使魏晉以前有少許的動補結構，那也是一個詞彙發展的萌芽階段而已，眞正的確立與成熟，應在魏晉的佛經語言當中。

西晉的佛經動補結構已經成爲常見的一種構詞方式。由此可以看出動補結構在漢語歷史中的發展應當是在魏晉間成熟的。潘允中《漢語詞彙史概要》論上古構詞法，他認爲還沒有動補結構。到中古時期才找到「餓死」、「保全」(世說新語)、「飽滿」、「破壞」(唐變文)幾個例子。史存直漢語詞彙史綱要也認爲先秦沒有動補結構，從史記到世說新語，他列出了「餓死、保全、震動、看見」四個例子。他認爲隋唐宋成爲常用的造詞方式。他從宋代平話中找到 13 個例子：「看破、推開、說合、傾倒、通知、撞見、驚動、脫下、脫落、擺脫、肅清、抹淨、破壞」。筆者的看法，動補結構產生的時間應在魏晉之間。西晉竺法護譯經中，可以發現，能夠確信的動補式有下列36個：

止住、充滿、改正、呵止、消盡、除去、除盡、救脫、教度、棄去、殺傷、造成、造盡、結茂、給足、滅盡、照見、照明、道利、燒焦、燒滅、濟飽、療盡、歸盡、證明、勸化、勸立、勸助、勸益、勸發、勸善、勸進、勸樂、蠲去、囑累、超出

以上各例，有些現代漢語沿用下來，可是語法功能和詞義並不完全相同，這些都是值得我們注意的現象。下面我們嘗試作分類的觀察。

一、「V＋盡」的結構

1. 究盡

假使如來以劫之壽諮嗟佛土，成就功勳不可究盡，而譬喻之。（*318* 文殊師利佛土嚴淨經）

今歎文殊師利自昔所行本心摯願，度佛無量菩薩無數，道慧高德不可思議，周匝十方諸得道者不能究盡。為作譬喻時，師子步雷音菩薩前白佛言……（*318* 文殊師利佛土嚴淨經）

「究盡」一詞在早期佛經中很少出現。通常放在否定句中。「成就功勳不可究盡」即「無法窮究得了他的成就和功勳」，「盡」表示窮究的程度。次一句的「不能究盡」和「不可思議」相對，都表否定。主要在強調文殊一切所行，不是那些「道慧高德」和「諸得道者」能夠思議和究盡的。這裡的「究盡」也是「窮究得了」、「窮究得完盡」的意思。「究盡」一詞在西晉都作不及物動詞用。

2.消盡

虛空平等，寂然而現地獄諸苦惱患。案內觀歷。口致身怨。口為獄户，但入不出。入便消盡，出為泥土。如是懃苦，當更億數。是以菩薩閉口不語。（*315* 普門品經）

進止所歷如金摸　我今後見佛泥曰

化億那術立道證　消盡諸欲無塵垢（佛說方等般泥洹經卷上）

「消盡」就是消滅得一點都不剩。

「消盡」一詞可以作不及物動詞用，如上例「入便消盡」，也可以作及物動詞用，如上例「消盡諸欲」。

3.除盡

使三千大千世界一時俱然。……。有風名曰枯竭，除盡水災之變。（*324* 佛說幻士仁賢經）

「除盡」就是消除得一點都不剩。在語法性質上，是一個及物動詞，上句以「水災之變」爲其賓語。

4.造盡

及度世事，彼則不興，造盡滅盡。（*815* 佛昇忉利天為母說法經／偈）

此處「造盡」和「滅盡」並用，意義相對，一爲興造，一爲消滅，「盡」在修飾補充其義。「滅盡」一語，佛經很常用，例如下面的句子。

5. 滅盡

不於中間，滅盡諸漏。（815 佛昇忉利天為母說法經/偈）

及度世事，彼則不興，造盡滅盡。（815 佛昇忉利天為母說法經/偈）

方便讚滅盡，離佛法甚遠。（813 無希望經/偈）

念言久當如，滅盡於貪婬。（813 無希望經/偈）

「造盡」只作不及物動詞用，而「滅盡」還兼作不及物動詞用，如「滅盡諸漏」。

6. 稱盡

如來威聖道德之光不可稱盡，巍巍神妙乃如是也。（815 佛昇忉利天為母說法經）

這句裡的「稱盡」作不及物動詞，義爲「稱道」，指如來的道德，說也說不完。

7. 療盡

當除吾苦患，療盡眾惱熱。（815 佛昇忉利天為母說法經/偈）

「療盡」是治療得很澈底。在句中爲及物動詞，賓語是「眾惱熱」。

8. 歸盡

諸法假使實，則當歸盡賜。（813 無希望經/偈）

愁憂悲哀，心懷慼慼。不能自勝。佛告阿難：生者在世，安可久存？

有諸思想緣起之法，必當歸盡，壞敗永沒，法當崩敗，法應當

壞，欲使不爾，終不可。(佛說舍利弗般泥洹經第十四)

法起必歸盡　興者當就衰　萬物皆無常　慮是乃為安(135 佛說力士移山經)

「歸盡」是走得乾乾淨淨。通常作不及物動詞，如「法起必歸盡」、「必當歸盡」。至於首句的「歸盡賜」是說把所賜歸還得乾乾淨淨，作及物動詞，算是特例，只見於詩歌體的偈中。

二、「勸＋補語」的結構

1. 勸化

這一類結構最常見的就是「勸化」一語。例如：

勸化眾生，使入佛道。(338 離垢施女經)

二曰：亦復勸化他人發意。(310 大寶積經之密跡金剛力士會)

大慈清淨，勸化眾生。(310 大寶積經之寶髻菩薩會)

不如菩薩彈指之頃，勸化一人發無上正真。(318 文殊師利佛土嚴淨經)

以法權智，行大慈悲，勸化愚冥，使發道心。(425 賢劫經)

「勸化」就是「勸之使化」之義。其語法性質，通常作及物動詞。後面帶賓語。例如：「勸化衆人」、「勸化諸人」、「勸化一切衆生」、「勸化無智」等。這個例子是否可歸之於動詞並列?說成「勸而化之」或「勸之化之」?這是一個比較不容易解決的問題。因爲在漢語各方言中形容詞與動詞的性質都十分相似，他們都是一種描寫修飾的成分，他們在句子裡都是作謂語。所以趙元任在中國話的文法一書中把動詞與形容詞歸爲一類，正是這個緣故。

我們把勸化一詞認爲是動補結構，有兩個考慮：

第一，「勸」是主動的，「化」有表示結果的意味，應該是描述結果的補語，補充「勸」字的意義。

第二，我們從佛經中發現有較多的「勸 X」結構，顯然勸字是一個相當活潑而強勢的動詞，他和後面的成分不應該是並立對等的，而且其他的「勸 X」結構前後兩字之間顯然都是主要動作與結果補語的關係，從語言夠詞的平行性和規律性上看，都以看做是動補結構為宜。

2.勸立

時方便勸立二萬世間人、二萬億天人，皆發無上正真道意。（481 持人菩薩經）

勸勉眾生令入正行，憂群萌類所樂法者而勸立之。（815 佛昇忉利天為母說法經）

「勸立」是「勸之使立」之義。在句子裡作及物動詞用，後面接賓語。「二萬世間人」與「眾生」是勸立的對象。第二句裡的勸勉是動詞並列，可拿來和「勸立」作比較。

3.勸益

行功德業，勸益眾生無限之福。（310 大寶積經之密跡金剛力士會）

「勸益」是「勸之使益（增益無限福份）」之義。也作及物動詞。

4.勸發

此諸菩薩，悉是無言菩薩大士之所勸發。（401 無言童子經）

所可化人，勸發道者。（401 無言童子經）

設復有人勸發道意，德超于彼。（815 佛昇忉利天為母說法經）

復有四事，奉修哀心，一曰：為惡道故而作親友。……，三曰：教求小道者勸發大乘。（*324* 佛說幻士仁賢經）

「勸發」是「勸之使發(發悟正道)」之義。也作及物動詞。

如「勸發衆生」、「勸發大乘」、「勸發黎元」等。前後二字間也有動詞與結果補語的關係。意思是勸勉衆生，使他們能由內心發悟正道。

5. 勸進

不傳説鬥彼此，道愚冥護正法。勸進人使求佛，終無能別離者。（*334* 須摩提菩薩經）

各使坦然，勸進大道聖慧。（*310* 大寶積經之密跡金剛力士會）

何謂為二？一曰：不樂小乘，不學其行，……二曰：常以無上正真之道，勸進眾生，令成佛法，是為二法。（*318* 文殊師利佛土嚴淨經）

放捨弘施，有所開化。亦不生心，其不勸進一切智者，心不離脫，亦不見道。（*815* 佛昇忉利天為母說法經）

「勸進」是「勸之使進（入於大道）」之義。作及物動詞。如「勸進衆生」、「勸進一切智者」等。意思是勸導衆生使他們進入正道的大堂。如果看做動詞並列，解爲「勸之進之」上下文就不太順了。

6. 勸樂

何謂菩薩等遊心法，心法者三界人之護也。安慰勸樂，悉令集會。（*315* 普門品經）

「勸樂」是「勸之使樂（樂於佛道）」之義。這句作不及物動詞。在「安慰勸樂，悉令集會」中，不接賓語。

三、「燒＋補語」的結構

這一類包含了「燒殺，燒焦，燒滅」等詞：

有地獄火，當燒殺之。（513 佛說琉璃王經）
譬如火，燒焦一切。（401 無言童子經）
離諸漏而燒滅一切塵。（401 無言童子經）

動詞「燒」後面跟的都是表結果或程度的補語。「燒殺」的「殺」字與「滅」字義同。佛經常用火作譬喻，因此動詞「燒」就十分常見。又由於詞彙複音節化的影響使得「燒」字後面常接一個修飾性的補語。在句子裡，這三個詞全是及物動詞，後面需接賓語。

四、其他動補結構

這一類包含了「充滿、呵止、流逝、救脫、造成、給足、超出、照明、道利、濟飽」等詞：

充滿周備，亦復志願無上正真之道。（567 梵志女首意經）
諸菩薩衆充滿世界，其佛壽命八萬四千載。（815 佛昇忉利天為母說法經）

前一句作形容詞用，和「周備」並列，描寫狀態。次一句是動補式的動詞。爲不及物動詞。「世界」爲處所補語。

菩薩世世若見奴婢說經，不呵止令斷，身復聽之。（812 菩薩行五十緣身經）
皆消怨賊，隨河流逝，乃至龍所。（425 賢劫經）
獨斯等類，乃能救脫。（338 離垢施女經）

與七寶福悉合集之，不及如來所造成，滿一毛之福。（815 佛昇忉利天為母說法經）

以若干種供養之具，而用給足諸比丘僧。（811 決定總持經）

常坐汝等勤勞治生，隨時給足，使身臥墮貪。（736 佛說四自侵經）

菩薩世世見人窮厄，給足與之。（812 菩薩行五十緣身經）

德善之慶超出于彼，無以為喻也。（815 佛昇忉利天為母說法經囑累）

九者得照明三昧，十者得二寂三昧。（349 彌勒菩薩所為問本願經）

將護正經，受而持之，道利開益無量眾生。（310 大寶積經之密跡金剛力士會）

以七寶業濟飽眾厄，願在世間必過度俗。（425 賢劫經）

以上各例也都是動補結構，在句中的功能多半屬不及物動詞。只有「〈給足〉諸比丘僧」、「〈照明〉三昧」、「〈道利〉開益無量眾生」、「〈濟飽〉眾厄」，四例是作及物動詞用。「道利」是道之使利的意思。亦即開之道之而使無量眾生受利受益之義。

五、「證明」的用法

此外，佛經中「證明」一詞用得非常普遍，它可以作名詞，也可以作動詞。

1. 作名詞用，例如：

又復阿難，當為汝等，現其證明。（481 持人菩薩經）

不呵賢聖，言不虛妄，不非證明。（310 大寶積經之密跡金剛力士會）

因立證明，成就道德而可處當也。（565 順權方便經）
見於證明，三界如幻，一切本無，無所違失。（425 賢劫經）

2.作及物動詞用，例如：

憶念往古過久遠世時，從普證明如來至真等正覺。（315 普門品經）
女語目連，是則證明我之至誠。（334 須摩提菩薩經）
我所誓願復過越彼，無能究竟證明我者。（318 文殊師利佛土嚴淨經）
逮得聖慧觀如來，不久證明如來道慧。（481 持人菩薩經）

3.還可以作不及物動詞用：

其以禪定，識於往古、前世所處，以慧證明。（425 賢劫經）
明者曉了而證明，法界無界不多不少。（481 持人菩薩經）
悉知過去當來處所，悉能證明。（310 大寶積經之寶髻菩薩會）
眾金剛，英善品，妙華群，意證明。（425 賢劫經/偈）
誰敢毀壞，獨地證明。（310 大寶積經之密跡金剛力士會）

六、「囑累」的用法

佛經又有「囑累」一詞：

我以是經囑累汝，心念口諷持執經卷。（324 佛說幻士仁賢經）
是故族姓子，囑累汝等此經相付慇懃勸助。（811 決定總持經）
是故賢者囑累汝等，鄭重告敕。（811 決定總持經）

「囑累」有慇勤叮嚀的意思。補語「累」有「一再」之義。其賓語都是人稱代詞「汝」、「汝等」，是「囑累」的對象。也有學者認爲這個詞是動詞並列，「累」是「係累」之意。「囑累」是「囑咐」「託付」的意思。但是由上下文看，一面說「心念口諷」，「慇懃勸助」，「鄭重告敕」，一面呼應的不正是這個「累」字嗎？因此我們把他解釋作一再慇勤叮嚀，而看做動補結構，應當是合理的。

陸、多音節詞的結構分析

上面的分析都以複音節詞爲主，那麼，多音節詞（一般指三個或四個音節的詞，漢語中超過四個音節的詞很少見，只有一些音譯詞或專有名詞而已）應如何分析其結構呢？多音節詞應分爲幾層來分析，例如「所得稅」的第一層結構是「所得」修飾「稅」，故屬偏正式。第二層再分析「所得」，是個帶前綴「所」的派生詞。又如「胃下垂」，第一層結構是「胃」、「下垂」，屬主謂式。第二層再分析「下垂」，屬偏正式。「下」修飾動詞「垂」。

我們再看看其他三音節詞：

1. 二一的結構（第一層結構都是偏正式）：

「乾燥劑」第二層結構是並列式

「推銷員」第二層結構是並列式

「映像管」第二層結構是動賓式

「販賣機」第二層結構是並列式

「日光燈」第二層結構是偏正式

「甜甜圈」第二層結構是重疊式

「仙人跳」第二層結構是偏正式

「行政院」第二層結構是動賓式

「安全帽」第二層結構是並列式

2.一二的結構：

「微生物」第一層結構是偏正式，第二層結構是偏正式

「冷板凳」第一層結構是偏正式，第二層結構是偏正式

「鋁合金」第一層結構是偏正式，第二層結構是偏正式

「老相好」第一層結構是偏正式，第二層結構是派生詞

「肺活量」第一層結構是偏正式，第二層結構是偏正式

「單音節」第一層結構是偏正式，第二層結構是偏正式

「立可白」第一層結構是偏正式，第二層結構是偏正式

「腦充血」第一層結構是主謂式，第二層結構是動賓式

「佛跳牆」第一層結構是主謂式，第二層結構是動賓式

3.四音節詞主要是成語和一些四字格。結構都是二二。

例如：

「一絲不苟」第一層結構是主謂式，第二層結構是偏正式

「鋒芒畢露」第一層結構是主謂式，第二層結構是並列式和偏正式

「愚公移山」第一層結構是主謂式，第二層結構是偏正式和動賓式

「橫掃千軍」第一層結構是動賓式，第二層結構是偏正式

「明察秋毫」第一層結構是動賓式，第二層結構是偏正式

「嗷嗷待哺」第一層結構是偏正式，第二層結構是重疊式和動賓式

「軒然大波」第一層結構是偏正式，第二層結構是派生詞和偏正式

「興師動衆」第一層結構是並列式，第二層結構是動賓式

「驚濤駭浪」第一層結構是並列式，第二層結構是偏正式

「愁眉苦臉」第一層結構是並列式，第二層結構是偏正式

在漢語史上的發展，漢語複合詞的結構類型有五：並列式、偏正

式、主謂式、動賓式、動補式。上古漢語的複合詞主要屬前兩種，後三式極少見。史存直《漢語詞彙史綱要》說：

兩漢以後，除自上古時期就已經是主要方式的聯合式（即並列式）和偏正式繼續產生新詞之外，支配式（即動賓式）和表述式（即主謂式）的新詞也增多了。另外還出現了補充式（即動補式）的新詞。

為什麼後三種構詞法在漢代以後會發展起來？我們認為受到先秦諸子語言的影響很大。在《詩經》、《楚辭》等作品中，複合詞幾乎都屬並列式和偏正式。潘允中《漢語詞彙史概要》列舉《詩經》、《楚辭》中的複合詞 139 個，其中動賓式只有 15 個，主謂式只有 7 個。而其中「得罪」、「攜手」、「讓國」、「守分」（動賓式），「禹播降」、「蛇呑象」（主謂式）等語應屬詞組，恐還不能算是複合詞。周法高先生《中國古代語法．構詞編》分析了《詩經．國風》中的二字組合，得到的結論是：「主語＋述語」的二字組合（即主謂式），絕少可能構成複詞，「述語＋賓語」（即動賓式）、「介詞＋介詞賓語」、「副語＋述語」、「述語連用」等二字組合，構成複詞的機會也不多。複詞多出現在下列兩種組合中，即「形容詞＋端語」（即偏正式）和「平行的二字組合」（即並列式）。

以上是由《詩經》、《楚辭》得到的結論，若是由先秦諸子語言看，情況就不同了。並列、偏正以外的複合詞大量增加，特別是表現哲學概念的專有術語方面。這說明了文學作品基本上是反映自然語言的，哲學作品則需要表達較複雜、較抽象的思惟內容，於是，諸子作品便發揮了充分的詞彙創造力。這對後世語言的複合詞結構必然產生相當的影響。

詞彙在語言結構中，是最富於變動性的成分，佛經詞彙反映了中古早期的詞彙面貌。由於中、印文化的接觸，佛經的翻譯，給詞彙帶來了極大的影響，使詞彙面貌迥異於上古。爲了適應翻譯，當時創造了許多新詞語，爲了表達佛教的新概念，許多的舊詞彙衍生了新意義。漢語詞彙雙音化的發展，佛經語言的影響是主要因素之一。因此，透過佛經語言，可以觀察合義複詞的發展狀況，可以呈現眞正的中古漢語詞彙史。是我們値得注意的材料。

第三節　派生詞

所謂「派生」（derivative word），是在詞根（stem）的前、後或中間塞入附加成分而構成的詞。這個附加成分稱爲「詞綴」（affix）；塞在詞根前頭的詞綴叫作「詞頭」（prefix），也可以稱爲「前綴」；塞在詞根後頭的詞綴叫作「詞尾」（suffix），也可以稱爲「後綴」；塞在詞根中間的詞綴叫作「詞嵌」（infix），也可以稱爲「中綴」。茲以圖表示如下：

詞　綴
- 詞頭（前綴）
- 詞尾（後綴）
- 詞嵌（中綴）

這個附加成分的詞綴，通常沒有明顯的意義，它只具有某種文法功能，或者次要的意義，有時只是個詞性的標誌而已。和「合義」詞比較，合義詞的兩個詞素都有確定明顯的含意，都是詞根，因此，合義詞是「詞根＋詞根」的型式；「派生」詞則是「詞根＋詞綴」的型式。派生詞還有一個特性，就是具有旺盛的能產性、衍生性，同樣的詞綴可以和許多的詞根相接合，構成許多不同的派生詞。

壹、派生詞的性質問題

什麼是「派生詞」呢?《辭海》（大陸版）說：派生詞由詞根和詞綴合成。如「木頭」、「車子」中的「木」和「車」是詞根，「頭」和「子」是詞綴。《簡明語言學詞典》進一步說明，派生法是形態學構詞法的主要方式。以詞根爲核心，再加上不同的詞綴，可以形成許多不同的詞。這些詞都是由詞根派生出來，所以叫派生法。由派生法產生出來的詞叫派生詞（內蒙古人民出版社）。湯廷池《漢語詞法句法論集》說：國語的詞又可以根據詞根與詞綴的組合情形，分爲單純詞、派生詞、複合詞三種。……由一個詞根加上一個或一個以上的詞綴而成立的詞，叫作派生詞。張世祿《古代漢語》（上冊）說：由詞幹與詞綴合成的詞叫派生詞。……構成派生詞時，詞綴可在詞根的前面，也可在後面。在前面的叫前綴，也叫詞頭；在後面的叫後綴，也叫詞尾。

那麼，什麼是「詞綴」呢？詞綴通常是一個虛的成分，沒有實質的意義。它是由實詞虛化而成的。詞綴有下面幾個特徵：

*1.*詞彙意義泛化或虛化。如「老師」、「老虎」都沒有「老」的意思。

*2.*多半是附著詞素，和詞根緊密相聯。單獨析出不能成詞。例如「第」、「們」都不能單用。

*3.*在詞中的位置較固定。通常在前的總是在前（例如「老～」、「第～」），在後的總是在後（例如「～子」、「～頭」）。

*4.*有很旺盛的造詞能力，可以隨時用它來衍生新詞（例如「桌子」、「瞎子」、「屋子」的「子」，也可以用於「馬子」、「條子」）。

5.有標誌詞性或語法功能的作用。如國語的後綴「子」總是名詞的標誌。古代漢語前綴「所～」是動詞變爲名詞的標誌。

派生詞是漢語構詞法的一種，它是由詞根和詞綴組成，詞綴又分爲前綴與後綴。潘文國、葉步青、韓洋著《漢語的構詞法研究》認爲加綴法是西方語言構詞法研究的最基本部份，而對傳統的漢語語文學來說，卻是個全新的課題。加綴的觀念在《馬氏文通》中已經出現（稱爲「前加」、「後附」），今天，加綴法的名稱雖然已被廣泛使用，但在實質上，與西方語言學的 affixation 往往並不相同。

胡適在 1920 年開始使用「語尾」這一術語，第一個全面引進跟加綴法有關的所有概念，包括詞根、前綴、兩種後綴、加綴的方法等。對後人產生影響的學者還有瞿秋白，他在 1931 年發表的《普通的中國話字眼的研究》一文中，提出一個以加綴法爲中心的構詞法體系。按照西方語言理論，有兩種不同的詞尾；構詞詞尾（derivative）和構形詞尾（inflective），瞿秋白則提出兩種不同的詞尾：「意義上的字尾」和「文法上的字尾」。不過第一個明確區別構詞詞尾的其實是陳剛，他在 1946 年發表的《建立中國文法體系的基本問題》一文中，首次提出漢語不但有「推出語」（derivatives），也有「變形語」（inflectives）。王力在他的《中國現代語法》和《中國語法理論》兩書裡，沒有使用「詞頭」、「詞尾」而使用了「記號」這一術語。呂叔湘進一步主張用「語綴」來代替並包括詞綴，語綴不但可以附著於詞，而且可以附著於短語，甚至某些句子。呂氏說：「不把前綴、後綴總稱爲詞綴而總稱『語綴』，就可以概括不僅是詞的而且是短語的接頭接尾成分，連那些不安於位的助詞也不愁沒有地方收容了」。這樣一個與西方概念不同的，中國式的「語綴」概念終於確立了。

有些在意義上沒有完全虛化，只有某種程度的泛化，卻有很大的能產性（構詞能力），這種情況有的學者稱之爲「類詞綴」。表示它們在程度上還沒有達到詞綴的地步。例如「可～」、「～者」、「～家」之類。本文採取較廣義的說法，詞義沒有完全虛化，但明顯的有泛化，和詞根結合，可以表示概括抽象的意義，又合乎上述其他詞綴特徵的，我們都納入派生詞，不增加一項介於中間狀態的「類派生詞」。

程湘清《魏晉南北朝漢語研究》曾研究《世說新語》中的派生詞（他稱之爲「附加式複音詞」），共有 98 個。前綴「阿、相、可、第、有、疇」等，例如「相見、相思、相識」、「可惜、可愛、可恨、可憐、可念」。又如「昔伯成耦耕，不慕諸侯之榮；原憲桑樞，不易有官之宅。其中的「有官」。以及「憶疇昔周旋不？」中的「疇昔」都帶有前綴。

後綴有「然、自、子、者、爾、而、若、之、當」等。例如「常自神王」、「足自生活」、「正自引人」、「實自清立」、「相者」、「使者」、「傾之」、「屛當未盡」、「併當箱篋」（屛當即併當，是「收拾」的意思）。

由此可見，派生詞在魏晉六朝已逐漸蓬勃發展起來。其中「當」作爲動詞後綴在唐代很常見，此時則處於萌芽階段。「自」字常出現在形容詞或副詞之後，出現率很高，也是個新生的詞綴。

梁曉虹《佛者詞語的構造與漢語詞彙的發展》認爲佛經中的附加式（即派生詞），如前綴「老」、後綴「子、頭、師」等，促進了整個漢語派生詞的發展。像「第」字在《佛學大辭典》中組成了 73 個詞，而「第」在《論衡》中已出現，但數量極少。《世說新語》只有 4 例。可見佛經在構詞上的重大影響。

貳、漢語的詞頭（前綴）

出現最普遍的詞頭是「阿」，例如：

阿姨　阿媽　阿呆　阿三　阿婆　阿娘
阿妹　阿大　阿兄　阿叔　阿香　阿瞞
阿斗　阿母　阿姑

由此可知，「阿」是個稱呼性的詞頭。

在漢語中，「老」字也是經常作爲詞頭用：

老虎　老鼠　老師　老婆　老公　老鄉
老實　老王　老馬　老兄　老大　老表
老百姓

這些「老」字都沒有「年老」之義，例如初生之虎也叫作「老虎」（小老虎）；說「年輕的老師」語意也不矛盾。至於「老伴」、「老頭」中的「老」都有其原本「老」的意思，所以它不是詞綴，二者應加區別。

其次，常用作詞頭的還有「第」和「初」，例如：

第一　第二　第一流　第二等　第一回
第二屆　第三次　初一　初二　初十

「第」是序數的標誌，「初」是農曆敘日的標誌（通常用於每月的頭十天）。至於「初一」還有「初中一年級」的意思，那是個節縮詞，不是帶詞頭的派生詞。

此外，「小」字也常作爲詞頭用，例如：

小李　　小張　　小三　　小姐

這個「小」的功能和「阿」類似，是個稱呼性的詞頭。

前面這些都是名詞性的詞頭，除此之外，還有「所」字也是名詞性的詞頭，雖然它後面的詞根往往是個動詞，但加上「所」後，就轉化成名詞了。例如：

所欲　　所得　　所在　　所有
所作　　所言　　所愛　　所以

把「所」字加在動詞之上，相當於動詞之下有個「之人」、「之物」、「之事」。例如「所欲」就是「欲之物」、「所作」就是「作之事」、「所愛」就是「愛之人」。

一、「打」前綴

動詞性的詞頭最具能產性的，就是「打」字。「打」本來是「打擊」的意思。如「打架」、「打仗」、「打球」是一般的用法，在現代漢語裡，大多數時候「打」字衍生的詞都沒有「打擊」的意思，而成了個泛指性的動詞，它幾乎蘊含了一切的動作，代表了所有的動詞，而可以沒有絲毫「用手拍擊」的含意。例如：

打酒　　打菜　　打飯　　打魚　　打針　　打靶
打傘　　打水　　打包　　打蠟　　打結　　打電報
打電話　打彈子　打手式　打地鋪　打草稿
打算盤　打毛衣　打領帶

這些都是「打＋名詞」的動賓結構，其中包含了詞和詞組。在

「打飯」中，「打」代替了「盛」，在「打傘」中，「打」代替了「撐」，在「打魚」中，「打」代替了「捕」，在「打蠟」中，「打」代替了「塗」，在「打結」中，「打」代替了「繫」，在「打電話」中，「打」代替了「撥」，在「打毛衣」中，「打」代替了「織」。這些都沒有「用手拍擊」之意。

下面這些例子連「打」字到底代替哪個動詞都不容易看出來，只感覺它是某一種動作的象徵而已。

打盹兒	打嗝兒	打比方	打商量	打招呼
打哈哈	打哈欠	打噴嚏	打哆嗦	打官司
打官腔	打圓場	打交道	打通關	打瞌睡
打照面	打對台	打廣告	打光棍	打馬虎眼
打折扣	打岔	打賭	打獵	打氣

這些也都是「打＋名詞」的結構。有的看起來後面接的像是動詞，我們可以用名詞的特徵——可加單位詞來測試，如「打個商量」、「打個招呼」、「打個賭」、「打個岔」，可知還都是名詞。

「打＋動詞」的結構比較少，例如：

打攪	打擾	打撈	打掃	打點	打發	打算
打劫	打坐	打聽	打探	打扮	打量	打歌

(一)「打」前綴研究的意義

「打」字的研究是詞彙學上一個很重要的問題。歷來已有多位學者以此爲專題，進行探索。例如：伍稼青《打雅》（文海出版社，1979；香港中山圖書公司，1974）收羅了七百多條以「打」字開頭的詞語。序中提到抗戰前劉半農先生曾計劃編一部「打雅」，後因病逝北京，沒能完成。趙元任爲本書寫的序中，把「打」開頭的詞語分爲三類：

1.打扁、打倒、打腫、打跨。

2.打牌、打麻將、打棒球。

3.打水、打酒、打柴、打魚。

趙先生未作說明，但我們可以看出來，第一類是「打」的本義，有「擊也」的意思。第二類意義泛化爲「用手的動作」，已沒有打擊之義。第三類更泛化爲「取」的意思，和手已沒有必然的關係。其實還可以加入第四類：打算、打坐、打盹兒、打聽、打量等，這些例子又再進一步虛化，連用手的含意都不存在了。「打算」用的是腦，不用手，「打坐」用的是腿，不用手，「打量」用的是眼睛，不用手。由這四組例子正可以看出「打」字詞義上的演變過程。

王力《中國現代語法》也注意到「打」字的特殊性，把它列入「記號」一節中論述。所謂「記號」是一種附加成分，用來表示詞或仂語的性質。他說的附加成分或記號，就是前綴。他說凡「打」字附加於動詞的前面，而又沒有「打擊」的意義者，都可認爲動詞的記號。如「打發」、「打掃」、「打聽」、「打量」等。偶然也作形容詞的記號，如「打緊」。

兪敏亦有《打雅》一文，見於《語言教學與研究》（1991.1）。把北京方言中裡「打＋賓語」的結構和詞義分成七大類。

此外，胡明揚有《說打》一文，載《語言論集》第二輯（中國人民大學出版社，1984）。黃坤堯有《說打》一文，載《書目季刊》第十九卷第一期。

事實上，不僅現代學者注意「打」字的特殊性，早在北宋時代，歐陽修就在《歸田錄》卷二中討論了這個問題：

「今世俗言語之訛而舉世君子小人皆同其謬者，唯打字耳。其義本爲考擊，故人相毆，以物相擊，皆謂之打，而工造金銀器亦謂之打可矣，蓋有槌撾作擊之義也。至於造舟車者曰打船、打車，網魚曰打魚，汲水曰打水，役夫餉飯曰打飯，兵士給衣糧曰打衣糧，從者執傘曰打傘，以糊粘紙曰打粘，以丈尺量地曰打量，舉手試眼之昏明曰打試。至於名儒碩學，語皆如此，觸事皆謂之打，而遍檢字書了無此字。」

歐陽修所謂「觸事皆謂之打」，說明「打」字的泛化和虛化從宋代就已經開始。所謂「而遍檢字書了無此字」說明這個新生的詞綴只通行於活語言當中，尚未被採入書面語。

又宋代項安世《項氏家說.隱語》也討論了「打」字的問題：「俗間助語多與本詞相反。……其於打字用之尤多，如打疊、打聽、打話、打請、打量、打睡，無非打者。」

他所舉的例子，正是帶前綴的現象。可知此類前綴在宋代的興起給傳統的訓詁學者帶來很大的困擾。只有稱之爲「俗間助語」了。

(二)「打」字功能的演化

在近代漢語史上，「打」是個十分有趣的前綴，它由原來的純粹動詞逐漸泛化、虛化，語法功能也產生了變化。例如「打水」還需用手，「打聽」變成用耳朵，「打坐」變成用雙腿，「打算」變成用腦子，「打量」變成用眼睛，這幾個「打」都不再用手。

《中國語歷史文法》（太田辰夫著，蔣紹愚、徐昌華譯）認爲「打」當然是「擊」、「敲打」之意，但意義擴大，通長被用作一般的動作。在宋人筆記，首先在歐陽修的的《歸田錄》中，用到這介詞的相當不少。但是這種詞意義擴大的傾向從唐五代就能見到。例如杜甫有《觀打魚》，此外還有一些這樣的例子：

秋千打困解羅裙　（韓偓詩）
桔槔打水聲嘎嘎　（貫休詩）

六師強打精神　　（降魔變文）

先須為我打還京　（施肩吾詩）

這種動詞「打」進一步形式化後，也放在原來是動詞的詞語前面。

今日共師兄到此，又只管打睡。　　（祖堂集七）

這是五代的例子。這種接頭辭「打」在宋代特別發達，它們在現代漢語中也保留一些，但很多意義已發生了變化。王力《中國語法理論》把「打掃」、「打發」一類的「打」字叫做動詞的前附號，因爲它本身既喪失了實在的意義，而又常附於動詞之前。「打」字用爲前附號，是近代的事。大約是宋代才以後才有的。例如：

歐陽修《歸田錄》：「以尺丈量地曰打量」；

《朱子全書》：「只是打疊得心中無事，則道理始出」。

王力《中國現代語法》又指出凡「打」字附於動詞的前面，而又沒有「打擊」的意義者，都可認爲是動詞的記號。像「打掃、打發、打算、打聽、打坐、打扮、打量、打點、打鬨、打攪」等。

「打」字偶然也做形容詞的記號，例如「打緊」。袁賓《近代漢語概論》認爲「打」字可作動詞前綴，比較常見的格式是「打＋單音動詞」。也有「打＋雙音動詞」的格式，如「拍浮」是游水的意思，加上前綴詞爲「打拍浮」。

抱粧打拍浮。（《五燈會元》卷十二，萬壽法詮禪師）

前綴「打」也能附加於某些形容詞之前，組合成動詞，例如：

雀兒打硬，猶自落荒漫語：「男兒大丈夫，事有錯誤，脊被破，更何怕懼。……」（《變文集》卷三，燕子賦）

（柳七官人）在京師與三個出名上（廳）行首打暖：一個喚做陳

師師，一個喚叫趙香香，一個喚叫徐東東。（《清平山堂話本》卷一，柳耆卿詩酒翫江樓記）

先生留我，為何要你打短？（《警世通言》卷十一）

例中「打硬」是硬充好漢的意思，「打暖」是親密交往的意思，「打短」是說壞話的意思，都是動詞。

附加前綴「打」而組合成的動詞多半是不及物的，在句子中一般不帶賓語（參見上文舉例），這是前綴「打」在使用上的一個特點。少數「打＋單音動詞」式的雙語詞，由於經常使用，受到及物動詞的同化影響，可以帶賓語，例如：

崔寧密使人打探行在本府中事。（《警世通言》卷八）

「打」的另一個使用特點和語義有聯繫，即帶前綴「打」的動詞都是表示人的行爲動作的（參見上文舉例）。也就是說，凡表示與人無直接關係的動態、變化的動詞，一般不能附加前綴「打」。這個特點與不少印歐語言按表達對象「有生命」、「無生命」而區分某些語法形態的現象具有相似之處，顯示了語言心理對語法形態的制約和影響。此外，前綴「打」也能附加於介詞「從」之前，組合成雙音介詞「打從」。

(三)明代作前綴用的「打」字

下面我們專討論作前綴的「打」。我們歸納了明代的幾本白話小說，析出其中帶「打」字的詞，共得下列數條。

1.「打熬」，忍受也。

「楊志道：『若不得些酒吃，作地打熬得過』。」（水滸傳 *17* 回）

「我今日吃這婆子言來語去，央了幾杯酒，打熬不得。」（水滸

傳 21 回）

「夜間寒冷，難以打熬。」（水滸傳 32 回）

「三巧兒道：你老人家打熬不過，終不然還去打漢子。」（《古今小說》卷一）

「打熬」又有鍛煉之義。

「只說史進回到莊上，每日只是打熬氣力，亦且壯年，又沒老小，半夜三更起來演習武藝。」（水滸傳 2 回）

「（晁蓋）最愛刺槍使棒，亦自身強力壯，不娶妻室，終日只是打熬筋骨。」（水滸傳 14 回）

「主人平昔只顧打熬氣力，不親女色。」（水滸傳 62 回）

「打熬」又有堅持作戰之義。

「聚積些糧食在寨裡，防備官軍來時，好和他打熬。」（水滸傳 2 回）

2.「打餅」，做麵食也。

「當下深、沖、超、霸，四人在村酒店中坐下，喚酒保買五七斤肉，打兩角酒來吃，回些麵來打餅。」（水滸傳 9 回）

「回三斤麵來打餅。」（水滸傳 57 回）

3.「打並」，收拾也。

「我和公孫先生兩個，打並了便來。」（水滸傳 18 回）

「大户便叫莊客打並客房，且教武松歇息。」（水滸傳 23 回）

「只就當日商量定了，便打並起十數輛車子，把老小並金銀財物衣服行李等件，都裝載車子上。」（水滸傳 35 回）

4.「打從」，從也。

「打」、「從」同義。

「打從這裡經過，顧倩莊家挑那擔兒，不想被你們奪了。」（水滸傳 12 回）

「穆太公道：你等如何卻打從那條路上來？」（水滸傳 41 回）

「這一條路去山東泰安州，正打從梁山泊邊過。」（水滸傳 61 回）

「卻說南京有個吳傑進士，除授廣東潮陽知縣，水路上任，打從襄陽經過。」（《古今小說》卷一）

5.「打攛」，指（在舞台上）跑來跑去，進進出出。

「這五人引領著六十四回隊舞優人，百二十名散做樂工，搬演雜劇，裝孤打攛。」（水滸傳 82 回）

6.「打擔」，同「打當」。收拾也。

「且說宿太尉打擔了御酒，金銀牌面、段匹表裡之物，上馬出城。」（水滸傳 82 回）

7.「打當」，收拾也。

「且說武大吃了早飯，打當了擔兒，自出去做道路。」（水滸傳 24 回）

「公婆性兒又莽撞，只道新婦不打當。」（《清平山堂話本・快嘴李翠蓮記》）

8.「打點」，收拾，準備好。

「楊志叉手向前道：恩相差遣，不敢不依。只不知怎地打點？幾時起身？」（水滸傳 16 回）

「施恩當時打點了，叫兩個僕人先挑食蘿酒擔，拿了些銅錢去

了。」（水滸傳 29 回）

「且說蔡九知府安排兩個信籠，打點了金珠寶貝玩好之物，上面都貼了封皮。」（水滸傳 39 回）

「打點」又打關節，通關係之義。

「過數日，央人來樞密院打點理會本等的勾當，將出那擔兒內金銀財物，買上告下，再要補殿司府制使職役。」（水滸傳 12 回）

「廳上官吏，小人自去打點。」（水滸傳 62 回）

「專一打點衙門，攛唆結訟，放刁把濫，排陷良善。」（水滸傳 101 回）

「今日做出人命來，趙監生使著沈家不疼的銀子來衙門打點，把蘇氏買成死罪，天理何在？」（《警世通言》卷二十四）

「不說將竹山在李瓶兒家招贅，單表來保，來旺二人上東京打點。」（金瓶梅 18 回）

9.「打疊」，收拾也。

「把莊裡有的沒的細軟等物，即便收拾，盡教打疊起了。」（水滸傳 3 回）

「婆子道：押司莫要見責，閒話都打疊起。」（水滸傳 21 回）

「如今閒話都打疊起，兄長且傳將令，馬軍拴束馬匹，步軍安排軍器，水軍整頓船只，早晚必有大軍前來征討。」（水滸傳 75 回）

「收拾隨身衣服，打疊個包兒。」（《京本通俗小說》卷十五）

今之冀南方言：「打疊鋪蓋」，就是收拾鋪蓋。

10.「打奪」，奪也。

「婆子道：唐二，你不要來打奪人去。要你償命也。」（水滸傳 21 回）

「知縣道：你這廝怎敢打奪了凶身？」（水滸傳 22 回）

「眾軍漢道：恭人，可憐見我們，只對相公說，我們打奪得恭人回來，權救我眾人這頓打。」（水滸傳 32 回）

11.「打發」，付給，給予。

「楊雄道：你只顧且上去，轎夫只在這裡等候，不要來。少刻一發打發你酒錢。」（水滸傳 46 回）

「宋江大喜，遂取酒食，並彩段二表裡，花銀十兩，打發報信人先回。」（水滸傳 75 回）

12.「打縛」，捆扎也。

「三個頭領苦留不住，做了送路筵席餞行，各送些金寶與宋江，打縛在包裹裡。」（水滸傳 32 回）

「又去李鬼身邊搜了那錠小銀子，都打縛在包裹裡。」（水滸傳 43 回）

13.「打供」，同「打拱」。侍者肅立的樣子。

「戴宗施禮罷，說道：小可是泰安州岳廟裡打供太保。」（水滸傳 39 回）

（案：「打供太保」就是廟祝。）

「三山門內原是打供的神僧，聞得唐僧到時，急至大雄殿下，報與如來至尊釋迦牟尼文佛。」（西遊記 98 回）

14.「打橫」，坐在橫頭。

「武大叫婦人坐了主位，武松對席，武大打橫。」（水滸傳 24 回）

「房德復身到書房中，扯把椅兒，打橫相陪。」（《醒世恒言》卷三十）

「陳經濟作了揖，打橫坐了。」（金瓶梅 51 回）

15.「打哄」，胡鬧也。

「小乙在家，凡事向前，不可出去三瓦兩舍打哄。」（水滸傳 61 回）

「子弟們鬧鬧穰穰，都在樓上打哄賞燈。」（水滸傳 66 回）

「當時有一個破落户，叫做王酒酒，專一在街市上幫閒打哄，賭騙人財，這月廝是個潑皮，沒人家理他。」（《警世通言》卷三十三）

「只見有個怠賴的和尚，撇賴了百丈清規，養婆兒，吃燒酒，咱事兒不弄出來；打哄了燒苦蔥，咱勾當兒不做。」（金瓶梅 57 回）

「盧俊義分付道：小乙在家，凡事向前，不可出去三瓦兩舍打哄。」（水滸傳 61 回）

又「打哄」，混也。

「孫二娘、顧大嫂兩個，穿了些腌腌臢臢衣服，各提個飯罐，隨著一般送飯的婦人，打哄入去。」（水滸傳 80 回）

16.「打話」，陣前對話。

「李逵、焦挺兩個好漢，引著小嘍囉攔住去路。也不打話，便搶陷車。」（水滸傳 67 回）

「（童貫）來諸將中問道：那個敢廝殺的出去打話？」（水滸傳 76 回）

「且說兀顏統軍正在帳中坐地，小軍來報：宋先鋒使人來打話。」（水滸傳 88 回）

又「打話」，搭話也。

「二怪既出營，見了八戒，更不打話。」（西遊記 76 回）

「雪娥獨自悄悄和他打話：你常常來走著，怕怎的！」（金瓶梅 90 回）

17.「打換」，交換，調換也。

「前日我這裡活捉的他那個小將軍，是兀顏統軍的孩兒，正好與他打換。」（水滸傳 88 回）

18.「打諢」，（演員在表演中穿插的）逗樂動作。

「依院本填腔調曲，按格範打諢發科。」（水滸傳 82 回）

「眾婦人正在那裡嘲笑打諢，你綽我揑。」（水滸傳 104 回）

19.「打伙」，即「打夥兒」，結伴也。

「次日早起，打伙又行。」（水滸傳 32 回）

「那丫頭們巴不得夫人小姐不來呼喚，背地自去打伙作樂。」（《醒世恒言》卷二十八）

「（那李瓶兒）直送出廳來，和月娘、玉樓、金蓮、打伙兒送出了大門。」（金瓶梅 55 回）

「眾人打伙兒吃酒頑笑，只顧不動身。」（金瓶梅 75 回）

「和傅二叔、賁四、姐夫、玳安、來興眾人打伙兒直吃到爹來家時分才散了哩。」（金瓶梅 34 回）

「直送出廳來，和月娘、玉樓、金蓮，打伙兒送出了大門。」（金瓶梅 55 回）

「那丫頭們巴不得夫人小姐不來呼喚，背地自去打伙作樂。」（《醒世恒言》卷二十八）

今日方言，溫嶺一帶老一輩人，還把小孩成群結隊拿著棍棒你追我打的事叫做「打伙做棒」。今徐州方言也有「成群打伙」語。

20.「打火」，燒火做飯。

「次早五更起來，子父兩個先打火做飯吃罷，收拾了。」（水滸傳 3 回）

「又沒打火處，怎生安排？」（水滸傳 10 回）

「當日客店裡辰牌時分，慢慢地打火吃了早飯行。」（水滸傳 16 回）

「到得他家，娘子妒色，罰我下廚打火，挑水做飯，一言難盡。」（《警世通言》卷二十）

又「打火」，常指旅途中吃飯。

「太公道：不妨。如今世上人，那個頂著房屋走俚。你母子二位，敢未打火？」（水滸傳 2 回）

「于路不投寺院去歇，只是客店內打火安身。」（水滸傳 5 回）

「只見灶邊一個婦人問道：『客官莫不要打火？』楊志道：『先取兩角酒來吃。借些米來做飯。有肉安排些個。少停一發算錢還你。』」（水滸傳 17 回）

「相公，該打中火了。」（《警言通言》卷四）

（案：打中火，吃中飯。張仲文《白獺髓》：「世咸以入店作食爲打火。」）

「打中火」指的是吃午飯。

「一路看了些山明水秀，午牌時打中火，又行。」（金瓶梅 55 回）

「我是親眷人家，邀他進來打個中火，沒人說得。」（《二刻拍案驚奇》三十八）

21.「打脊」，宋代刑罰有脊杖一種，俗稱「打脊」。書中用作

「該挨脊杖」的意思，是詈辭。

「魯智深大怒罵：腌臢打脊潑才，叫你認得洒家。」（水滸傳 5 回）

「那張保睜起眼來喝道：你這打脊、餓不死，凍不殺的乞丐，敢來多管！」（水滸傳 44 回）

「李逵罵道：打脊老牛！女兒偷了漢子，兀自要留他！你恁地哭時，倒要賴我，不謝將我。明日恰和你說話。」（水滸傳 73 回）

「王興罵道：打脊賤才！你若不去時，打折你一只腳！」（《警世通言》卷十三）

22.「打緊」，要緊也。

「王四只管叫苦，尋思道：銀子不打緊。這封回書卻怎生好！正不知被甚人拿去了？」（水滸傳 2 回）

「陸虞侯道：衙內必不認的嫂子，如此也不打緊。兄長不必忍氣，只顧飲酒。」（水滸傳 7 回）

「前門打緊，路雜難認，一遭都是盤陀路徑，闊狹不等。」（水滸傳 48 回）

「行者道：這甚打緊？你肯早說時，卻不尋下些等你。」（西遊記 38 回）

又「打緊」，有實在（因爲）之義。

「打緊這婆娘極不賢，只要調撥他丈夫行不仁的事，殘害良民，貪圖賄賂。」（水滸傳 33 回）

「打緊這座山生的嶮峻，又沒別路上去。」（水滸傳 17 回）

「打緊他公公難理會，不比等閒的，婆婆又兜搭。」（《清平山堂話本．快嘴李翠蓮記》）

「八戒道：哥啊，依你說，就活活的弄殺人了！他打緊見不上

氣，抬開了，把我翻轉過來，再燒起火，弄得我兩邊俱熱，中間不夾生了？」（西遊記 77 回）

23.「打抹」，用眼示意。

「你倒不攛掇押司來我屋裡，顛倒打抹他去。」（水滸傳 21 回）

「見了時遷，打抹他去後說話。」（水滸傳 66 回）

「燕青只怕他口出訛言，先打抹他和戴宗，依原去門前坐地。」（水滸傳 72 回）

「西門慶聽見笑的慌，跪在神前，又不好發話，只顧他眼睛來打抹。」（金瓶梅 53 回）

「那怪急回頭，打抹了他一眼。」（西遊記 33 回）

「西門慶聽見笑得慌，跪在神前又不好發話，只顧把眼睛來打抹。」（金瓶梅 53 回）

「你倒不攛掇押司來我屋裡，顛倒打抹他去。」（水滸傳第 21 回）

今日方言，山東聊城話「打抹眼兒」即眨眼；「打抹打抹眼兒」即眨眨眼。

又「打抹」，拂拭，擦也。

「虔婆讓三位上首坐了，一面點了茶，一面下去，打抹春台，收拾酒菜。」（金瓶梅 11 回）

24.「打拍」，振作也。

「那老兒睜開瘋眼，打拍老精神，定睛看了道：不是。」（水滸傳 73 回）

25.「打鋪」，鋪設床位。

「兩個婭嬛在房門外打鋪。」（水滸傳 56 回）

「當直王吉下了宿，在床前打鋪自睡。」（《清平山堂話本・陰騭積善》）

「當直王吉在床前打鋪自睡。」（《初刻拍案驚奇》卷二十一）

26.「打散」，本爲雜劇正劇完後加的散段，後獨立成一種曲藝。

「如今見在勾欄里，說唱諸般品調。每日有那一撥打散，或有戲舞，或有吹彈，或有歌唱，賺得人山人海價看。」（水滸傳 51 回）

又「打散」，即散福，祭後眾人分食祭品。

「落後又是一大碗鱔魚，與菜卷兒一齊拿上來，與胡僧打散。」（金瓶梅 49 回）

27.「打拴」，收拾，準備。

「莊客各自打拴包裹。」（水滸傳 3 回）

「過了一夜，次日，天明起來，討些飯食吃了，打拴了那包裹，撇在房中，跨了腰刀，提了樸刀，又和小嘍囉下山過渡，投東山路上來。」（水滸傳 11 回）

「當日便叫楊志一面打拴擔腳，一面選揀軍人。」（水滸傳 16 回）

28.「打探」，打聽，刺探。

「二十六日赶到廟上。二十七日在那裡打探一日。二十八日卻好和那廝放對。」（水滸傳 74 回）

「把那淨瓶兒牢扣腰間，逕來洞口打探。」（西遊記 35 回）

29.「打透」，突破也。

「『待俺打透陣勢，便來策應。』傳令已罷，眾軍擂鼓。」（水

滸傳 87 回）

「蓋因山險水急，難以對陣，急切不能打透關隘。」（水滸傳 107 回）

30.「打團兒」，圍成一圈。

「先行給散馬步水三軍一應小頭目人等，各令自去打團兒吃酒。」（水滸傳 71 回）

31.「打脫」，打落也。

「這廝從後走出來，看見沒人，從背後伸只手，來摸我胸前道：『嫂嫂，你有孕也無？』被我打脫了手。」（水滸傳 45 回）

（案：此處「打脫了手」即把手打開）

32.「打挾」，收拾也。

「收拾了行李衣服，細軟銀兩，做一擔兒打挾了。」（水滸傳 2 回）

「兩個吃了些早飯，打挾了一籠子金珠細軟之物，拿了書信，徑投宿太尉府中來。」（水滸傳 81 回）

「宋江再三獻納，方才收了，打挾在衣箱內。」（水滸傳 82 回）

33.「打踅」，藝人流動演出。

「不知此處近日有個東京新來打踅的行院。」（水滸傳 51 回）

「那粉頭是西京來新打踅的行院，色藝雙絕。」（水滸傳 103 回）

34.「打陣」，攻擊敵陣。

「宋江也傳下將令，教軍中整擂三通戰鼓，門旗兩開，放打陣的

小將入來。」（水滸傳 87 回）

「商議打陣，會集諸將人馬。」（水滸傳 89 回）

35.「打卯」，即答卯，應卯。

舊時官署吏役於卯時到職，屆時長官按冊點名，吏役答「在」或「有」以應之，是爲應卯。

「昨日又去府裡與老爹領這銀子，今日李三哥起早打卯去了，我竟來老爹這裡交銀子。」（金瓶梅 67 回）

36.「打坐」，僧道修煉參道時，盤腿閉目而坐，使心入定，稱爲打坐。

「當時古人有幾句，贊的這行腳僧好處：打坐參禪，講經說法。」（金瓶梅 88 回）

37.「打卦」，卜卦。

婦女用鞋打卦是以弓鞋擲地，以鞋之仰俯占卦。

「用纖手向腳上脫下兩只紅繡鞋兒，試打一個相思卦，看西門慶來不來。」（金瓶梅 8 回）

38.「打羅」，把糧食磨碎後，用羅篩麵粉。

「誰打羅，誰吃飯。誰人常把鐵箍子戴，那個長將席篾兒支著眼。」（金瓶梅 86 回）

39.「打挺」，頭頸用力向後仰，胸部與腹部挺起。

「叫了頭一聲不答應，第二聲也不言語；第三聲，只見這僧人在禪床上把身子打了個挺，伸了伸腰，睜開一只眼，跳將起來。」（金瓶梅 49 回）

40.「打選」，擇取也。

「到次日，西門慶早起，打選衣帽齊整，拿了一段尺頭，買了四盤羹果，雇了一個抬盒的。」（金瓶梅 7 回）

41.「打綠」，即打出「王八」本相來。
世俗把地位、言行卑下、或行爲不端的人稱爲王八，與「王八」有關的人或事物，常以綠色爲標志。

「教你這王八在我手裡弄鬼，我把王八臉打綠了。」（金瓶梅 22 回）

42.「打齋」，俗衆布施食物予僧徒或僧徒向施主乞食，均稱打齋。

「連忙與我裝載數車香油米麵，各樣菜蔬錢財等物，我往黃梅山裡打齋聽經去也。」（金瓶梅 39 回）

43.「打路」，開道、維持秩序。

「衙門裡又是二十名排軍打路，照管冥器。」（金瓶梅 65 回）

44.「打競」，打寒戰。

「雖故地下籠著一盆火兒，還冷的打競。」（金瓶梅 23 回）

45.「打撅」，男女苟合的隱語。

「先在山子底下，落後在屋裡打撅。」（金瓶梅 25 回）

46.「打醮」，道士設壇念經作法事。

「他今日往門外玉皇廟打醮去了。」（金瓶梅 14 回）

47.「打嘴」，俗謂說嘴打嘴。揭說別人，反暴露了自己。

「賊小婦奴才，千也嘴頭子嚼說人，萬也嚼說人，今日打了嘴，也說不的。」（金瓶梅 25 回）

又「打嘴」，此言被別人打嘴巴，意思是受羞，丟醜。這樣就不算是前綴了。例如：

「今後你有轎子錢便來他家來，沒轎子錢別要來，料他家也沒少你這窮親戚，休要做那打嘴的獻世包！」（金瓶梅 78 回）

又「打嘴」，猶言鬥嘴。在下句中「打」單獨作動詞，也不算前綴。

「沒見這六姐，你讓大姐一句兒也罷了，只顧打起嘴來了。」（金瓶梅 75 回）

48.「打談的」，說唱的。

「又有那站高坡打談的，詞曲楊恭；到看這扇響鈸游腳僧，演說三藏。」（金瓶梅 15 回）

「打談的吊眼淚，替古人耽憂。」（金瓶梅 63 回）

49.「打牙」，調嘴弄舌，戲鬧逗趣。

「自此這小伙兒和這婦人日近日親，或吃茶吃飯，穿房入屋，打牙犯嘴，挨肩擦膀，通不忌憚。」（金瓶梅 18 回）

50.「打禡」，堆疊物品、砌牆等。

「派眾人抬土的抬土，和泥的和泥，打禡的打禡。」（金瓶梅 96 回）

今徐州方言有「礪磚」、「礪白菜」、「打礪成一堆」等語。

51.「打和」，表演技藝。此指給官家富室賀節上壽說好話以討好處。

「這家子打和，那家子攛合。」（金瓶梅 15 回）

52.「打熱」，打得火熱。

「你和他沒點兒相交，如何卻打熱。」（金瓶梅 32 回）
「你和別人家打熱，俺傻的不匀了。」（金瓶梅 32 回）
「和我兩個如糖拌蜜，如蜜攪酥油一般打熱。」（金瓶梅 91 回）

53.「打寒」，發瘧疾。

「媽媽便氣了一場病，打了寒，睡在炕上半個月。」（金瓶梅 58 回）

54.「打睡」，睡倒。

「吃來吃去，仰臥在醉椅兒上打睡，就睡著了。」（金瓶梅 27回）

下面幾條是現代還使用的。

55.「打獵」

「大聖道：且莫飲酒，我問你，那打獵的人，幾時來我山上一度？」（西遊記 28 回）

56.「打聽」

「大聖道：就入此山，打聽有多少妖怪，是甚麼山，是甚麼洞，我們好過去。」（西遊記 32 回）

57.「打扮」

「行者笑道：陛下，著你那般打扮，挑著擔子，跟我們走走，可虧你麼？」（西遊記 39 回）

58.「打掃」

「陳老見三藏不快，又打掃花園，大盆架火。」（西遊記 48 回）

59.「打攪」

「打攪玉皇大帝，深為不便。……」（西遊記 51 回）

60.「打劫」

「說你兩個打劫別人的金錢，是必分些與我。」（西遊記 56 回）

61.「打仗」

「眾妖聽了，關門的關門，打仗的打仗。」（西遊記 70 回）

62.「打開」

「打開眼一看。」（西遊記 81 回）

63.「打造」

「將我們寶貝作樣，打造如式兵器。」（西遊記 89 回）

64.「打水」

「我還憐你，饒你去罷！讓我打水！」（西遊記 53 回）

65.「打盹」

「那春嬌果然漸覺困倦，立不住腳，搖樁打盹。」（西遊記 71 回）

(四)具泛化動詞性質的「打」字

以下的「打」字不和後面的詞素構成派生詞，而是個單獨的動詞，意義也泛化或虛化。不再是用手「擊」的意思。這類「打」字和後面的詞素構成一個詞組。

1.「打鳳牢龍」，設圈套。

「鋪排打鳳牢龍計，坑陷驚天動地人。」（水滸傳 61 回）

案：字又寫作「打鳳撈龍」，與「打鳳牢龍」同。

2.「打關節」，即通關節，暗中行賄說情。

「我這裡自行與知府的打關節。」（水滸傳 49 回）

「本處縣里有人都和雷橫好的，替他去知縣處打關節。」（水滸傳 51 回）

「蔡福就里又打關節，教及早發落。」（水滸傳 62 回）

3.「打甚麼不緊」，與「打甚麼緊」同義。

「打甚麼緊」，有什麼要緊，有什麼關係。

「我若不和客人們飲時，便去廝見一面，打甚麼緊。」（水滸傳 15 回）

「白王喬道：便罵你這三家村使牛的，打什麼緊。」（水滸傳 51 回）

「李逵答道：便吃些肉也打甚麼緊！」（水滸傳 53 回）

「這銀兩若是富人掉的，譬如牯牛身上拔根毫毛，打甚麼緊，落得將來受用。」（《醒世恒言》卷十八）

「智深道：也是怪哉！歇一夜打甚麼不緊，怎地便是討死？」（水滸傳 5 回）

「那七人道：你這漢子忒認真，便說了一聲打甚麼不緊。」（水

滸傳 16 回)

「朱貴笑道：這封鳥書打甚麼不緊！休說拆開了太師府書札，便有利害，俺這裡兀自要和大宋皇帝做個對頭的。」(水滸傳 39 回)

「『我再央及你做饋我荷包如何？』『那的最容易，打甚麼不緊，你放心』」(《朴通事》卷上)

「縣君多多致意，區區幾個柑子，打甚麼不緊的事？要官人如此重酬？決不敢受。」(《二刻拍案驚奇》卷十四)

又作「打甚麼鳥緊」，即「打甚麼緊」的粗俗說法。例如：

「智深道：打甚鳥緊！」(水滸傳 7 回)

「李逵應道：吟了反詩，打甚麼鳥緊！萬千謀反的，倒做大官。你自放心東京去，牢裡誰敢奈何他。我好便好，不好，我使老大斧頭砍他娘。」(水滸傳 39 回)

「李逵道：哥哥分付教我不要吃酒。今日我已到鄉裡了，便吃兩碗兒打甚麼鳥緊！」(水滸傳 43 回)

又可以作「打甚麼鳥不緊」，即「打甚麼鳥緊」之義。例如：

「莫說那幾個鳥漢，就是殺了幾千，也打甚麼鳥不緊！」(水滸傳 93 回)

「打甚麼鳥不緊！真個一生不曾做恁般快暢的事！」(水滸傳 93 回)

4.「打問訊」，(和尚在跟人見面時)邊問安，邊行禮。「打問訊」爲出家人之禮數。

「真長老打了問訊，說道：『施主遠出不易。』」(水滸傳 4 回)

「智深雖然酒醉，卻認得是長老。撇了棒，向前來打個問訊。」(水滸傳 4 回)

「智深到莊前，倚了禪杖，與莊客打個問訊。」（水滸傳 5 回）

「兩下卻好打個照面，各打了問訊。」（《醒世恒言》卷十五）

「那吳月娘聽了，與他打了個問訊，說道：『我的哥哥，自顧了你罷，又泥佛勸土佛！你也成日不著個家，在外養女調婦，又勸人家漢子！』此時吳月娘以出家人的行禮動作反襯自己不相信和勸戒心情。」（金瓶梅 13 回）

5.「打醉眼子」，打瞌睡。

「虔婆東倒西歪，卻在燈前打醉眼子。」（水滸傳 65 回）

6.「打鬧鬧」，指猥褻行爲。

「那賊小淫婦打鬧鬧的，怎的把壺子都放在碗內了。」（金瓶梅 54 回）

7.「打底兒」，墊底兒。

「薛嫂：你且拿了點心與我，打了底兒著。」（金瓶梅 95 回）

8.「打油飛」，滿街覓食之謂，亦作「打游飛」。

「這經濟害怕，就不敢進廟來，沒臉兒見杏庵王老，白日裡到處裡打油飛，夜晚間還鑽入冷鋪中存身。」（金瓶梅 96 回）

9.「打背工」，也叫打背公、落背弓，作交易，中間人爲了從兩面撈好處，對兩頭說兩面話，以便從中取利。

「或是官吏打點，他便兩下裡打背工。」（金瓶梅 9 回）

「誰知伯爵背地與何官兒砸殺了，只四百二十兩銀子，打了三十兩背工。」（金瓶梅 33 回）

10.「打偏別」，鬧別扭。

「你每裡面與外面怎的打偏別？也是一般，一個不愦一個。那一個有些時道兒，就要蹦下去。」（金瓶梅 74 回）

11.「打旋磨」，轉圈下跪，執意懇求。

「雪娥恐怕西門慶來家，拔樹尋根，歸罪於己，在上房打旋磨兒跪著月娘，教休題出和他嚷鬧來。」（金瓶梅 26 回）

「那玉簫跟到房裡，打旋磨兒跪在地下央及。」（金瓶梅 64 回）

「見祝麻子打旋磨兒跟著……。」（金瓶梅 51 回）

12.「打了事件」，寫好了稟報文書。

「節級緝捕領了西門慶鈞語，到當日果然查訪出各人名姓來，打了事件，到後響時分，來西門慶宅內呈遞揭帖。」（金瓶梅 69 回）

13.「打個晃兒」，打個照面，猶露個面兒。

「這宋惠蓮吃了飯兒，從早辰在後打了晃兒，一頭拾到屋裡，直到日沉西。」（金瓶梅 26 回）

14.「打平火兒」，大家平均出錢聚餐或買東西。

「西門慶家中這些大官兒，常在他屋裡坐的，打平火兒吃酒。」（金瓶梅 77 回）

《漢語大詞典》頁 312：「打平和」即打平火。

引《金瓶梅詞話》第七七回：「西門慶家中，這些大官兒常在他屋裡坐的，打平和兒吃酒」。不同版本作不同寫法。

《漢語大詞典》頁 312：「打平火」，平均出錢聚餐。

《邯鄲縣志．風土志．方言》：「醵錢飲酒曰打平火。」

《二刻拍案驚奇》卷二二：「公子不肯，衆人又說不好獨難爲他一個，我們大家湊些，打個平火。」亦作「打平伙」。

《二刻拍案驚奇》卷三十九：「有個紗王三，乃是王織紗第三個兒子，平日與衆道士相好，常合伴打平伙。」

還可做「打平夥」，《二刻拍案驚奇》卷五：「而今幸得無事，弟兄們且打平夥吃酒壓驚。」

15.「打出吊入」，即抓進去，放出來。形容平日爲非作歹，經常被官府拘押訊問。

「平日吃酒行凶，不守本分，打出吊入。」（金瓶梅 92 回）

「周三那廝，打出吊入，公然乾顙。」（《警世通言》卷二十）

16.「打成一家」，合爲一伙，如一家人密不可分。

「金蓮便與春梅打成一家，與這小伙子暗約偷期，非止一日。」（金瓶梅 82 回）

17.「打網詐財」，編織理由，詐取財物。

「隨即差了兩個公人，一條索子把宋仁拿到縣裡，反問他打網詐財，當廳一夾一十大板。」（金瓶梅 27 回）

18.「打軟腿兒」，即打千兒。亦作打簽、打金、打跧。舊時晚輩或僕人所行之見面禮。

「不一時，李銘朝上向衆人磕下頭去，又打了個軟腿兒。」（金瓶梅 21 回）

19.「打到面兒」，即打照面兒。

「正經月娘後邊，每日只打個到面兒，就來前邊金蓮這邊來。」（金瓶梅 23 回）

20.「打張雞兒」，故作吃驚。

「你看他打張雞兒哩！瞞著我黃貓黑尾，你幹的好茧兒！」（金瓶梅 28 回）

21.「打斷出來」，指吃官司被判決之後。

「自從縣中打斷出來，我媽著了驚諕，不久得病死了。」（金瓶梅 93 回）

22.「打牙黏住了」，牙被黏住即不能開口。打，即「把」。意謂由於某種原因，對本該開口的事情亦不開口。

「平安道：爹也打牙黏住了，說什麼！」（金瓶梅 34 回）

23.「打牆板兒翻上下」，打牆是我國西部、北部地區的一種造牆方式，每邊三四根直木，中間填土，壓實；然後將最下面的一根拿到最上面，再填土壓實，如此牆便不斷加高。

「打牆板兒」即指這種打牆用的直木，本來在下面的，一會又換到上面；原先在上面，卻又變成了下面。以此喻人世盛衰無常。

「自古世間打牆板兒翻上下，掃米卻做管倉人。」（金瓶梅 90 回）

24.「打水平」，本爲用磚鋪地，此指通陰溝。

「老媽慌了，尋的他來，多與他酒飯，還秤了一錢銀子，央他打水平。」（金瓶梅 12 回）

25.「打布凳」，放布匹的架子。

「院內擺設榴樹盆景，台基上靛缸一溜，打布凳兩條。」（金瓶梅 7 回）

26.「打夾帳」，報虛帳，從中賺錢叫打夾帳。

「與你老人家印了場經，只替他赶了網兒，背地裡和印經家打了一兩銀子夾帳，我通沒見一個錢兒。」（金瓶梅 62 回）

「凡交易事，居間者索私贈，名為打夾帳。」（明・馮夢龍《古今譚概》卷三十）

27.「打官鋪」，即打通鋪或睡簡易床鋪。

「一撵撵到我明間，冷清清支凳打官鋪。」（金瓶梅 91 回）

28.「打誑語」，意爲說假話。誑語，騙人的話。

「我老身不打誑語，阿彌陀佛。」（金瓶梅 78 回）

「老爺又叮囑道：這個打不得誑語，要收下他的雲雨餘腥。」（明・羅懋登《三寶太監西洋記通俗演義》九十二）

「貧僧怎麼敢打誑語，龍便是，魚卻不是。」（明・羅懋登《三寶太監西洋記通俗演義》九十四）

29.「打靠後」，排在後邊，放在後頭。

「早晨起來，老婆先起來伏侍拿鞋襪，打發梳洗，極盡殷勤，把迎春、繡春打靠後。」（金瓶梅 67 回）

「只有了漢子與他做主兒著，把那大老婆且打靠後。」（金瓶梅 76 回）

30.「打噴嚏」

「把鼻子左捏右捏，不住的打噴嚏。」（西遊記 77 回）

由上面分析的結果，可以知道明代的「打」前綴屬於動詞性前綴，在句中都作動詞用。只有「打供、打緊」是形容詞，「打散」是名詞。

總計明代出現的帶前綴「打」的派生詞有如下五十多個：

1.現代漢語中仍然使用的：打點、打發、打探、打坐、打獵、打聽、打扮、打掃、打攪、打劫、打開、打造、打水、打盹。

現代漢語中仍然使用的，其語法功能或詞義未必完全相同。例如明代可以說「少刻一發打發你酒錢。」其中的「打發」和今天就不相同。

2.現代漢語中已淘汰不用的：打熬、打餅、打並、打攛、打搶、打當、打疊、打奪、打縛、打橫、打哄、打話、打換、打諢、打伙、打火、打抹、打拍、打鋪、打拴、打透、打團兒、打挾、打趷、打卯、打卦、打羅、打挺、打選、打綠、打路、打競、打撅、打談、打牙、打禡、打和、打熱、打寒、打睡。

這是隨著社會和時代的變遷而消失的。由數量之大，可以想見「打」前綴的強大能產性，它在近代漢語史上，可說是一個十分活潑的前綴。

有些三音節的，應是詞組結構，「打」是一個獨立而意義虛化的動詞，故不在前綴之列。例如：「打攛鼓、打鳳牢龍、打關節、打甚麼不緊、打問訊、打醉眼子、打鬧鬧、打底兒、打油飛、打背工、打響瓜、打偏別、打旋磨、打了事件、打個晃兒、打平火兒、打出吊入、打成一家、打網詐財、打軟腿兒、打到面兒、打張雞兒、打斷出來、打牙黏住了、打牆板兒、打中火、打水平、打布凳、打夾帳、打官鋪、打誑語、打靠後、打骨禿、打噴嚏」等。其中的「打」都作泛指性動詞。

有些結構不是「打」加上動詞，而是「打」加上名詞，例如「打餅、打話、打伙、打火、打脊、打鋪、打團兒、打路……」等。這些我們也歸之於前綴，因為它們在句子裡用作動詞。同時，「打」字的意義已經泛化，甚至虛化了。與「打擊」之義全然無關。只表示一個動作而已。

我們還可以把清代白話小說，例如《紅樓夢》裡的前綴「打」拿來作比較。以了解這個前綴在近代漢語中整個的發展過程。

(五)《紅樓夢》「打」前綴

下面我們依照「打」的詞義，參考上述趙元任的例子（見(一)「打」前綴研究的意義），分爲四類：

1. **第一類是「打」的本義，有「擊也」的意思。**

由於詞義並未虛化，嚴格說還不算是前綴，而是一個複合詞。

卻說秦氏正在房外囑咐小丫頭們好生看著貓兒狗兒打架。（五回）

誰知他們昨兒學房裡打架。（十回）

主子奴才打架呢。（三十八回）

忙笑道：「那邊兩個雀兒打架，倒也好玩，我就看住了。」（三十二回）

《紅樓夢》裡還有「打降」一語。

管打降吃酒。（二十四回）

「打降」一詞《漢語大詞典》冊 3，頁 318：

⑴以武力降服對方。

清郝懿行《證俗文》卷六：「俗謂手搏械鬥爲打降。降，下也，打之使降服也。方語不同，字音遂變。或讀爲打架，蓋降聲之轉也。」

清林則徐《會奏英夷抗不交凶嚴斷接濟查辦情形折》：「況夷人酗酒打降，習以爲常。」

《蕩寇志》一一二回：「一味使酒逞性，行兇打降，所以他的舊交，無一人不厭惡他。」

⑵猶打行。

明高攀龍《申嚴憲約責成州縣疏》：「凡天罡地煞，打降把棍之類，訪其首惡重治。」

清顧公燮《清夏閑記摘鈔．打降》：「康熙年間，男子聯姻，如貧不能娶者，邀同原媒，糾集打降，徑入女家搶親。其女必婿親扶上轎，仍以鼓樂迎成親。又訐訟者兩造各有生員具公呈，聽審之日，又各有打降保護。故曰「打降」之「降」乃「行」，非「降」也。善拳勇者爲首，少年無賴屬其部一，聞呼即至，如開行一般，故謂之打行。今則功令森嚴，此風不興矣。」

⑶「打行」。

打行：(頁 313) 明清之際一種替人充當保鏢、打手的行幫。

明馮夢龍《智囊補．上智．鞠眞卿》：「府謂曰：『縣多驟夫難治，好爲之。』王唯之，然不知驟夫何物，訊之。即吳下打行天罡之類。大家必畜數人，訟無曲直，挺鬥爲勝，苦小民直氣凌之矣。」

褚人穫《堅瓠九集．打行》引《亦巢偶記》：「打行，聞興於萬曆間，至崇禎時尤盛，有上中下三等。上者即秀才貴介亦有之，中者爲行業身家之子弟，下者則遊手負擔里巷之無賴耳。三種皆有頭目。人家有鬥毆，或訟事對簿，欲用以爲衛，則先謁頭目。頃之齊集，後以銀錢付頭目散之，而頭目另有謝儀。散銀錢復有扣頭，如牙儈然，故曰行也。」

《紅樓夢》用的是第一義。正是注中所引「酗酒打降」、「使酒逞性，行兇打降」之義。是「打架」一詞的來源。本有「打之使降服」之義。

下面三類才是派生詞的前綴。

2.第二類意義泛化爲「用手的動作」，已沒有打擊之義。

見周瑞家的進來，惜春便問他何事。周瑞家的便將花匣打開，說……（七回）

平兒聽了，便打開匣子，拿了四枝，轉身去了。（七回）

寶玉打開一看。（十五回）

說著，將文具鏡匣搬來，卸去釵釧，打開頭髮。（二十回）

便命翠縷把衣包打開收拾。（二十二回）

便把手帕子打開，把錢……（二十六回）

寶玉笑道：「打開扇子匣子你揀去，什麼好東西！」（三十一回）

說著便打開。眾人看時，果然就是上次送來的那絳紋戒指，一包四個。（三十三回）

寶玉打開看時。（三十七回）

一面說，一面打開手帕子，將戒指遞與襲人。（三十二回）

上面的「打開」表示一個「用手的動作」。

3.第三類更泛化爲「取」的意思，和手已沒有必然的關係。

這銀子賞那抬花來的小子們，這錢你們打酒吃罷（三十七回）

剛才打水的人在那東南角上井裡打水，見一個屍首，趕著叫人打撈起來（三十二回）

因此也假來上學讀書，不過是三日打魚，兩日晒網。（九回）

賈蓉聽畢話，方出來叫人打藥去煎給秦氏吃。（十回）

上例的「打」分別表示「買酒」、「取水」、「撈取」、「捕魚」、「抓藥」。《紅樓夢》裡還有「打扇」，屬此類。

見眾人圍著，灌水的灌水，打扇的打扇，自己插不下手去。（三

十三回）

「打扇」一詞《漢語大詞典》頁322：謂給別人搧扇子。

元張壽卿《紅梨花》第四折：「你拏著一把扇子，小心在意者。」

清富察敦崇《燕京歲時記．城隍出巡》：「出巡之時，皆以八人肩輿，舁藤像而行。有捨身號爲馬僮者，有捨身爲打扇者。」

瞿秋白《亂彈．菲洲鬼話》：「那軍營裡的白人伸開了四肢，聽那替他打扇的黑奴講菲洲的神話。」

4.第四類又再進一步虛化，連用手的含意都不存在了。

⑴「打發」

這一類中，出現頻率最高的詞就是「打發」。例如：

賈蓉笑道：「我父親打發我來求嬸子」（六回）

你那爹在家怎麼教你來？打發咱們作煞事來？（六回）

便和丫頭說：「誰去瞧瞧？只說我與林姑娘打發了來請姨太太姊姊安……（七回）

一時鳳姐尤氏又打發人來問寶玉。（七回）

何不打發他遠遠的莊子上去就完了（七回）

以後還不早打發了這個沒王法的東西！（七回）

等到了家，咱們回了老太太，打發你同秦家侄兒學裡念書（七回）

可是呢，你前兒又想著打發人來瞧他。（八回）

你父親今日又聽見一個好大夫，業已打發人請去了（十回）

我這會子得快出去打發太爺們並合家爺們吃飯。（十一回）

尤氏打發人請了兩三遍。（十一回）

就是咱們這邊沒了，你打發個人往你婆婆那邊問問。（十二回）

只是別自作主意，有了事，打發人問你哥哥、嫂子要緊。（十三回）

昭兒道：「二爺打發回來的。」（十四回）

二爺打發小來報（十四回）

寶玉悵然無趣。只見鳳姐兒打發人來叫他兩個進去。（十五回）

要娶金哥，打發人來求親。（十五回）

這三千銀子，不過是給打發説去的小廝作盤纏。（十五回）

便有賈母王夫人打發了人來看寶玉。（十五回）

姨太太打發了香……（十六回）

菱妹子來問我一句話，我已經説了，打發他回去了。（十六回）

方才姨媽有什麼事，巴巴打發了香菱來？（十六回）

忽喇巴的反打發個房裡人來了？（十六回）

正説的熱鬧，王夫人又打發人來瞧鳳姐吃了飯不曾。（十六回）

我父親打發我來回叔叔：老爺們已經議定了。（十六回）

説畢，打發他二人去了。（十六回）

量准尺寸，就打發人辦去的。（十七回）

老太太打發人出來問了幾遍，都虧我們回説……（十七回）

快三更了，該睡了。方才老太太打發嬤嬤來問。（十九回）

打發人告訴學裡，皮不揭了你的！（二十回）

這些小和尚道士萬不可打發到別處去。（二十三回）

姑娘們都過去請安，老太太叫打發你去呢。快回去換衣裳去罷。（二十三回）

原來次日就是王子騰夫人的壽誕，那裡原打發人來請賈母王夫人的。（二十五回）

至晚正打發人來問了兩三遍（二十五回）

鳳姐道：「前兒我打發了丫頭送了兩瓶茶葉去，你往那去了？」（二十五回）

黛玉道：「果真的，我就打發丫頭取去了。」（二十五回）

來就是了。我明兒還有一件事求你，一同打發人送來。（二十五回）

快收拾了，打發我走罷。（二十五回）

不過告訴了他，回來打發個小丫頭子……（二十六回）

如今且說寶玉打發了賈芸去後，意思懶懶的歪在床上。（二十六回）

二奶奶打發人叫了紅玉去了。（二十八回）

他原要等你來的，我想什麼要緊，我就作了主，打發他去了。（二十八回）

昨兒貴妃打發夏太監出來，送了一百二十兩。（二十八回）

咱們要去，我頭幾天打發人去，把那些道士都趕出去。（二十九回）

賈母又打發人去請了薛姨媽。（二十九回）

因打發人去到園裡。（二十九回）

待要打發小子去，又恐後來對出來，說不得親自走一趟，騎馬去了，不在話下。（二十九回）

咱們要去，我頭幾天打發人去，把那些道士都趕出去。（二十九回）

打發人和我要鵝黃緞子去！要不給你，又恐怕你那老臉上過不去。（二十九回）

何苦來！要嫌我們就打發我們，再挑好的使。好離好散的……（三十一回）

我回太太去，你也大了，打發你出去好不好？（三十一回）

含淚說道：「為什麼我出去？要嫌我，變著法兒打發我出去，也不能夠。」（三十一回）

寶玉道：「我何曾經過這個吵鬧？一定是你要出去了。不如回太太，打發你去吧。」（三十一回）

打發你洗澡，足有兩三個時辰，也不知道作什麼呢。（三十一

回）

打發你吃。（三十一回）

慌張的很，連扇子還跌折了，那裡還配打發吃果子。倘或再打破了盤子……（三十一回）

我煩他打十根蝴蝶結子，過了那些日子才打發人送來，還說「打的粗」……（三十二回）

雲妹妹來了。怎麼前兒打發人接你去，怎麼不來？（三十三回）

你們瞧瞧他這主意。前兒一般的打發人給我們送了來。（三十三回）

素日知道的還罷了，偏生前兒又打發小子來，可怎麼說丫頭們的名字呢？（三十三回）

「素日並不和忠順府來往，為什麼今日打發人來？」（三十三回）

大約別的瞞他不過，不如打發他去了，免的再說出別的事來（三十三回）

一時賈母又打發了人來。（三十四回）

恐怕太太有什麼話吩咐，打發他們……（三十四回）

滿心裡要打發人去，（三十四回）

今兒奇怪，才剛太太打發人給我送了兩碗菜來。（三十五回）

一句話未完，只見鳳姐兒打發人來叫襲人。（三十六回）

正說著，忽見史湘雲穿的齊齊整整的走來辭說家裡打發人來接他。（三十六回）

你時常提著打發人接我去。（三十六回）

打發人到小侯爺家與史大姑娘送東西去。（三十七回）

換了出門的衣裳來，如今打發你與史姑娘送東西去。（三十七回）

回老太太打發人接他去。（三十七回）

怕一時要用起來不夠了，我打發人……（三十九回）

鳳姐知道合了賈母的心，吃了飯便又打發過來。（三十九回）

「打發」在句中作動詞用，大部分是及物動詞，偶而也可以做不及物動詞用。例如：

便和丫頭說：「誰去瞧瞧？只說我與林姑娘打發了來請姨太太姊姊安……（七回）

這些小和尚道士萬不可打發到別處去。（二十三回）

後面的賓語必須是指人的。在詞義方面，《漢語大詞典》云：（頁 327）

①派遣。

鄭廷玉《看錢奴》第二折：「我著員外打發你去。」

《儒林外史》第二六回：「向道臺又打發一個管家，拿著一百兩銀子，送到鮑家。」

丁玲《母親》；「大姑奶奶又打發人回去拿了小毛衣來。」

②使離去。

元無名氏《村樂堂》第二折：「那箇弟子孩兒，不似好人，偷東摸西，打發他去了罷！」

《老殘遊記》第十九回：「老殘賞了車夫幾兩銀子，打發回去。」

③特指嫁女。

《龍川縣志．土語》：「嫁女曰打發。」

清李漁《奈何天．妒遣》：「夫人叫我遍諭媒婆，快尋兩分人家，打發他出門，完了這樁心事。」

老舍《柳家大院》：「乾脆把她打發了，進點彩禮，然後趕緊再給兒子續上一房。」

④發付，發放。

宋劉昌詩《蘆浦筆記．打字》：「左藏有打套局，諸庫支酒謂之打發。」

《恨海》第六回：「李富也起來了，看見棣華便道：「請小姐打發點銀子，買點糧食好開船。」

柳青《銅牆鐵壁》第十章：「他放下飯碗，用手掌揩一一嘴巴，就叫他兩個同他一塊上糧站去，準備著打發糧食。」

⑤送給，施捨。

元曾瑞《留鞋記》楔子：「梅香，取上好的脂粉來，打發這秀才咱！」

何士光《趕場即事》：「一把五顏六色的糖果，就算給娃娃們吃的，不然還說當長輩的手緊得很，不打發一點見面禮！」

老舍《茶館》第二幕：「難民：『掌櫃的，行行好，可憐可憐吧？』王利發：『走吧，我這兒不打發，還沒開張』」。

⑥安排，照料。

元高文秀《黑旋風》第四折：「那時節先打發了孫家孔目出牢囚，我就直到他衙門裡回報冤讎。」

《英烈傳》第二五回：「不免有許多新官到任，參上司、接賓客、公堂宴慶的行儀，亮祖一一的打發完事。」

《紅樓夢》六二回：「我正打發你姐姐梳頭，不得出來回你」。

王統照《站長》：「快到舊曆年——那些照例過活的人家，無論怎麼樣，總有他們的年關逼近應該打發的事務。」

⑦應付；回復。

《金瓶梅詞話》第五一回：「如今俺娘要和你對話哩，你別要說我對你說，交他怪我，你須預備些話兒打發他。」

《儒林外史》二二回：「只為我的名聲太大了，一到京住在承恩寺，就有許多人來求，也有送斗方來的，也有送扇子來的，也有送冊頁來的，都要我寫字、做詩……晝日晝夜，打發不清。」

柳青《狠透鐵》：「老監察不禁驚訝地說：你怎麼打發出這號話？人不應該忘本啊！」

⑧度過；消磨。

徐遲《牡丹》五：「她練腿、練腰、練手、練眼、練唱。這中間她打發掉了兩年的香港幽居生活。」

李劼人《天魔舞》第七章：「成都人民不但不感到秋熱，而且也心安理得的打發各人的日子。」

由此我們可以看出《紅樓夢》的基本詞義雖然和現代沒有太大的不同，語法功能卻有差異。現代用法裡，賓語可以是不指人的名詞，例如：「這中間她打發掉了兩年的香港幽居生活。」、「心安理得的打發各人的日子。」、「你怎麼打發出這號話？」、「總有他們的年關逼近應該打發的事務。」、「一塊上糧站去，準備著打發糧食。」賓語的性質和《紅樓夢》都不一樣了。

⑵「打點」

《紅樓夢》另一個常見的「打」前綴詞是「打點」。

如海遂打點禮物並餞行之事。（三回）

因此早已打點下行裝細軟，以及餽送親友各色土物人情等類。（四回）

鳳姐又道：「臨安伯老太太生日的禮已經打點了，派誰送去呢？」（七回）

且說寶玉來至梨香院中，先入薛姨媽室中來，正見薛姨媽打點針黹與丫鬟們（八回）

未免又加憂悶，只得忙忙的打點黛玉起身。（十二回）

連夜打點大毛衣服，和平兒親自檢點包裹。（十四回）

一面說，一面只令快打點行李車轎回去。（三十三回）

襲人打點齊備東西，叫過本處的一個老宋媽媽來。（三十七回）

「打點」在句中作動詞用，都是及物動詞，後面的賓語大部分是指物的。只偶而指人，例如：

只得忙忙的打點黛玉起身。（十二回）

又在「臨安伯老太太生日的禮已經打點了」一句中，雖是不及物，但其主語必須是受事主語。在詞義方面，《漢語大詞典》云：（頁 334）

①收拾；整理。

元無名氏《馮玉蘭》第一折：「我把這行李一一收拾下了，將這車輛打點的停當。」

《水滸傳》第四四回：「大哥，你便打點一間房，請叔叔來家裡過活，休教鄰里街坊道個不是。」

《紅樓夢》第五七回：「將從前小時玩的東西，有他送你的，叫你都打點出來還他；他也將你送他的打點了在那裡呢。」

②準備；打算；考慮。

元范康《竹葉舟》第一折：「小生學成滿腹文章，正要打點做官哩。老實對你說，小生出不的家！」

《二刻拍案驚奇》卷十八：「小人見這個監生好道，打點哄他些東西，情是有的。」

《平山冷燕》二回：「倘或你一時膽怯，行禮不周，聖上有問，對答不來，未免有罪。你也須預先打點。」

謝璞《二月蘭》：「在老監察眼裡我哥哥是個嘴上沒胡鬚的沖天炮，容易失打點，損失了上口的糧。

③行賄以請托他人疏通、照顧。

元無名氏《灰欄記》一折：《你可去衙門打點，把官司上下布置停當。」

《二十年目睹之怪現狀》第七回：「匯了一萬多銀子來，裡裡外外，上上下下，都打點到了，然後把呈子遞上去。」

老舍《柳屯的》：「謠言說我已和那位『軍官』勾好，也有人說我在縣裡打點妥當：這使我很不自在。」

④振作。

《二刻拍案驚奇》卷三：「權翰林在書房中梳洗已畢，正要打點精神，今日求見表妹。」

《紅樓夢》第四七回：「這會子你不打點精神贏老太太幾個錢，又想算命？」

《快心編初集》第二回：「因而打點精神靜心等候。」

在《紅樓夢》裡，基本詞義和現代沒有太大的不同，語法功能方面，和其他的材料卻有差異。在其他的材料裡，不及物的用法大量增加了。例如：「也有人說我在縣裡打點妥當」。「你可去衙門打點」。「容易失打點」。「你也須預先打點」。「小生學成滿腹文章，正要打點做官哩」。而《紅樓夢》幾乎都是及物的用法。

⑶「打趣」

「打趣」也是《紅樓夢》裡常見的詞。

錯一點兒他們就笑話打趣。（十六回）

你自己便比世人好，也不犯著見一個打趣一個。（二十回）

寶玉勸道：「誰敢戲弄你！你不打趣他，他焉敢說你。」（二十一回）

他又要惱了，說你打趣他。（三十四回）

你分明是弄了他來打趣形容我們，還問……（三十六回）

他是鄉屯裡的人，老實，那裡擱的住你打趣他。」（三十九回）

奶奶吃了酒，又拿了我來打趣著取笑兒了。（三十九回）

「打趣」在句中作動詞用，多半是及物動詞，後面的賓語一定是指人的。不及物的例子只有：「錯一點兒他們就笑話打趣，」（十六回），「又拿了我來打趣著取笑兒了。」（三十九回），但此句主語是受事主語。

在詞義方面，《漢語大詞典》云：（頁 331）拿人開玩笑，嘲弄。

《紅樓夢》二一回：「誰敢戲弄你？你不打趣他，他就敢說你了？」

魯迅《徬徨．肥皂》：「我看了好半天，只見一個人給了一文小錢；其餘的圍了一大圈，倒反去打趣。」

葉紫《湖上》：「他一天到晚總是向人家打趣著，謊騙著。」

這裡所舉的兩個現代的例子，都轉變成了不及物動詞。

(4)「打千」

《紅樓夢》裡常見的前綴詞還有「打千」。

因他多日未見寶玉，忙上來打千兒請安，寶玉忙含笑攜他起來。（八回）

只聽外面答應了兩聲，早進來三四個大漢，打千兒請安。（九回）

鳳姐急命喚進來。昭兒打千兒請安。（十四回）

「打千」在句中作動詞用，一律作不及物用，後面都接一個詞尾「兒」。

《漢語大詞典》云：（頁 311）滿族男子下對上通行的一種禮節。流行於清代。其姿勢爲屈左膝，垂右手，上體稍向前俯。

《紅樓夢》第八回：「獨有一個買辦，名喚錢華，因他多日未見寶玉，忙上來打千兒請寶玉的安。」

《老殘遊記》第二回：「這一群人來了，彼此招呼，有打千兒的，有作揖的，大半打千兒的多。」

這個詞現代已不再使用。

(5)「打量」、「打諒」

《紅樓夢》裡常見的前綴詞還有「打量」、「打諒」。

走近黛玉身邊坐下，又細細打量一番，因問：「妹妹可曾讀書？」（三回）

眾人打量了他一會，便問「那裡來的？」（六回）

平兒站在炕沿邊，打量了劉姥姥兩眼，只得問個好讓坐。（六回）

不必妝狐媚子哄我，打量上次為茶攆茜雪的事我不知道呢。（十九回）

寶玉一面吃茶，一面仔細打量那丫……（二十四回）

這熙鳳攜著黛玉的手，上下細細打諒了一回，（三回）

……吃茶，一面打諒這些丫鬟們，妝飾衣裙，舉止行動，果亦與別家不同。（三回）

賈璉聽了，將賈薔打諒了打諒。（十六回）

鳳姐打諒了一打諒，見他生的乾淨俏麗。（二十七回）

「打量」、「打諒」在句中作動詞用，可以是及物或不及物，後面的賓語通常是指人的。

不及物的例子只有：

「又細細打量一番」（三回）

「上下細細打諒了一回」（三回）

「鳳姐打諒了一打諒」（二十七回）

在詞義方面，《漢語大詞典》云：（頁 *326*）

①丈量。

宋歐陽修《歸田錄》卷二：「以丈尺量地曰打量。」又《論牧馬草地札子》：「臣今欲乞令差去官只據見在草地，逐段先打量的實頃畝，明立封標界至。」《古今小說．木綿庵鄭虎臣報冤》：「何謂推排打量之法？……又去丈量尺寸，若是有餘，即名隱匿田數，也要沒入，這便是打量。」

②料想；估計。宋范成大《甘雨應祈》詩之三：「說與東江津吏道：打量今晚漲痕來。」《紅樓夢》九十回：「那雪雁此時只打量黛玉心中一無所知了。」一本作「打諒」。茅盾《秋收》二：「阿四！到底多多頭幹些什麼，你說一打量我不知道麼？」

③察看。

《紅樓夢》第三回：「這熙鳳攜著黛玉的手，上下細細打量一回，便仍送至賈母身邊坐下。」一本作「打諒」。魏巍《東方》第一部第四章：「他打量了一下這個院子，像是住了四家人。」趙樹理《傳家寶》：「忽然覺得房子裡總還有點不整齊，仔細一打量，還是婆婆床頭多了一口破四黑箱子。」

④打算；考慮。沈從文《失業》：「那日記上寫著一片胡塗的言語，寫了一段，他自己看看，很生氣，還打量繼續寫下去的也不再寫了。」又《三三》：「不回來又到什麼地方去落腳，三三並止曾認眞打量過。」在《紅樓夢》裡，用的是第 2、3、4 義。

《漢語大詞典》「打諒」云：（頁 326、332）

①料想；估計。

宋范成大《甘雨應祈》詩之三：「說與東江津吏道：打量今晚漲痕來。」《紅樓夢》九十回：「那雪雁此時只打量黛玉心中一無所知了。」一本作「打諒」。茅盾《秋收》二：「阿四！到底多多頭幹些什麼，你說一打量我不知道麼？」

②察看。《紅樓夢》第三回：「這熙鳳攜著黛玉的手，上下細細打量一回，便仍送至賈母身邊坐下。」一本作「打諒」。魏巍《東方》第一部第四章：「他打量了一下這個院子，像是住了四家人。」趙樹理《傳家寶》：「忽然覺得房子裡總還有點不整齊，仔細一打

量，還是婆婆床頭多了一口破四黑箱子。」

《紅樓夢》不同的版本說明「打量」、「打諒」是相通的。後來的材料裡顯示它的賓語擴大到不專指人了，《紅樓夢》總以人爲賓語。

⑹「打恭」

《紅樓夢》裡常見的前綴詞還有「打恭」。

雨村一面打恭，謝不釋口，一面又問：（三回）

薛蟠連忙打恭作揖陪不是，（二十六回）

那知晚間的這段公案，還打恭作……（二十七回）

「打恭」在句中作動詞用，一律不及物。

《漢語大詞典》云：（頁 320）彎下身子作揖。表示恭敬。

《醒世恆言．張廷秀逃生救父》：「廷秀走出門前，恰好太守下轎。兩下一路打恭，直至茶廳上坐下攀談。」

清沈起鳳《諧鐸．況太守祠曆夢》：「予昨夜夢到此堂，況太守離席揖予上坐，且打恭屈膝，奉予若上司狀，予遜謝不敢。」

曹禺《日出》第三幕：「賣報的規規矩矩地抽出一份報，放在書桌上，打手勢要錢，行外國禮，立正，打恭，口裡呀呀地叫著。」

由於社會禮儀的變遷，「打恭」這個詞現代已經不用。

⑺「打躬」

《紅樓夢》裡的前綴詞還有「打躬」。

說畢，忙打一躬。（三十三回）

「打躬」在句中作動詞用，一律不及物。

《漢語大詞典》云：（頁 321）同打恭。

明沈德符《野獲編．兵部．叉手橫仗》：「若撫按之待其下，惟由科目者尙得打躬，講揖讓之禮。」

《儒林外史》第一回：「皇上親自送出城外，攜著手走了十幾步，危老先生再三打躬辭了，方才上轎回去。」

《再生緣》二二回；「皇華打躬應連聲，施禮恭稱謝大人。」

(8)「打圍」

《紅樓夢》裡的前綴詞還有「打圍」。

這個臉上，是前日打圍，在鐵網山教兔鶻捎一翅膀。（二十六回）

「打圍」在句中作動詞用，一律不及物。《漢語大詞典》云：（頁 326）

①打獵。因須多人合圍，故稱。

宋孔平仲《孔氏談苑．吳長文使虜》：「吳長文使虜，虜人打圍無所獲，忽得一鹿，請南使觀之。」

明康海《中山狼》第一折：「有那趙卿打圍到此，教俺何處躲者？」

蕭紅《生死場》四：「他們想到一百里路外去打圍，弄得幾張獸皮大家分用。」

②四面圍起來。

宋范成大《次韻徐子禮鶯花亭》：「山碧叢叢四打圍，煩將舊恨訪黃鸝。」

清顧祿《清嘉錄．新年》：「蔡雲《吳歈》詩：『冶容少婦入人海，輕薄兒童慣打圍。』注云：『新年遊玩圓妙觀，婦女之容飾妖邪者，遊人環集，謂之打圍。」

③古代一種兒童遊戲。後亦用以稱玩骨牌。

清平步青《霞外攟屑．釋諺．打圍》：「骨牌之戲有曰打圍者，不知何昉。按北人以田獵爲打圍，又以狹邪遊爲打茶圍。《南部新書》：『駙馬韋保衡之爲相，以厚承恩澤，大張權勢。及敗，長安市兒忽競彩戲，謂之打圍，不旬餘，韋禍及。』今骨牌戲殆沿之。《紅樓夢》用的是第 1 義。

⑼「打滅」

《紅樓夢》裡的前綴詞還有「打滅」。

子弟們竟可以放意暢懷的，因此遂將移居之念漸漸打滅了。（四回）

將那三春看破，桃紅柳綠待如何？把這韶華打滅，覓那清淡天和。（五回）

「打滅」在句中作動詞用，一律不及物。但通常都以「將（把）……打滅」的形式呈現。《漢語大詞典》云：（頁 329）

①打消；消除；消滅。

元王實甫《西廂記》第三本第一折：「夫人失信，推託別詞；將婚姻打滅，以兄妹爲之。」

元無名氏《凍蘇秦》第一折：「打滅了腹中饑，掙脫了身邊冷，謝長者將咱厚贈。」

元楊文奎《兒女團圓》第二折：「你分挽呵若得一箇小廝兒，就槽頭上選那風也似的快馬，著小的每到城中來報我……若得一箇女兒，便打滅，休題著。」

②熄滅。

《二刻拍案驚奇》卷三八：「莫大姐恐怕有人瞧見，不敢用火，將房中燈打滅了，虛鎖了房門，黑裡出走」。

「打滅」這個詞現代已經不用。

⑽打牙

《紅樓夢》裡的前綴詞還有「打牙」。

紅玉道：「他等著你，你還坐著閑打牙兒？」（二十六回）

你們這起爛了嘴的！得了空就拿我取笑打牙兒。一個個不知怎麼死呢。（三十七回）

「打牙」在句中作動詞用，一律不及物。通常都以帶兒詞尾的形式呈現。其他材料則多不帶兒尾。《漢語大詞典》云：（頁 311）

①說閑話。

金董解元《西廂記諸宮調》卷八：「怎禁當，衙門外，打牙打令諢！」

《紅樓夢》第三七回：「你們這起爛了嘴的，得空兒就拿我取笑打牙兒。」

②鬥口齒。

《明成化說唱詞話叢刊．花關索認父傳》：「不須打牙並料口，全憑本事是英雄」。

⑾「打緊」

《紅樓夢》裡的前綴詞還有「打緊」。

他心裡打緊的不自在呢（二十八回）

笑道：「你這一鬧不打緊，鬧起多少人來。」（三十一回）

「打緊」，緊要。「不打緊」就是不要緊。「打緊」在句中作形容詞用。

元曲生金閣劇一：「兀那秀才，你則要作官，這個也不打緊，我與今場貢生說了，大大的與你個官做。」

《漢語大詞典》云：（頁 330）

①要緊；重要。

《元典章．工部二．船隻》：「海道裡官糧交運將大都裡要來的，最打緊的勾當。」

《水滸傳》第二回：「王四只管叫苦，尋思道：銀子不打緊。這封回書卻怎生好！正不知被甚人拿了去？」

《紅樓夢》第五七回：「一年大，二年小的，叫人看著不尊重。打緊的那起混賬行子們背地裡說你，你總不留心。」

華山《山中海路》：「帳篷和被子還不打緊，鐵鍋可叫蹄子砸碎啦」。

②指緊急時刻。

明無名氏《貧富興衰》第一折：「這雪一發不住了，打緊路又不通，怎生是好？」

《儒林外史》第二回：「每日騎著這箇驢，上縣下鄉，跑得昏頭暈腦，打緊又被這瞎眼的亡人在路上打個前失，把我跌了下來。」

③實在；真的。

《水滸傳》第三三回：「打緊這婆娘極不賢，只是調撥他丈夫行不仁之事，殘害良民，貪圖賄賂。」

《紅樓夢》七六回：「賈母點頭歎道：『我也太操心！打緊說我偏心，我反這樣』」。《紅樓夢》具有 1、3 二義。

⑿「打醮」

《紅樓夢》裡的前綴詞還有「打醮」。

一時，鳳姐兒來了，因說起初一日在清虛觀打醮的事來。（二十九回）

紫英家聽見賈府在廟裡打醮，連忙備了豬羊香燭茶銀之類的東西送禮。（二十九回）

都聽見賈府打醮，女眷都在廟裡，凡一應遠親近友、世家相與都來送禮。（二十九回）

因說起初一日在清虛觀打醮的事來。（二十九回）

「打醮」在句中作動詞用，一律不及物。

《漢語大詞典》云：（頁 336）道士爲人做法事，求福禳災。

《京本通俗小說，拗相公飲恨半山堂》：「夫人臨行，盡出房中釵釧衣飾之類，及所藏寶玩約數千金，布施各菴院寺觀，打醮焚香以資亡兒王雱冥福。」

《紅樓夢》第二九回：「一時，鳳姐兒來了，因說起初一在清虛觀打醮的事來，遂約寶釵、寶玉、黛玉等看戲去。」

殷夫《浪漫的時代》：「今天童子團怠工遊行，用一張張傳單串成，說『打醮還要靈』」。

⒀「打尖」

《紅樓夢》裡的前綴詞還有「打尖」。

見寶玉的小廝跑來，請他去打尖。（十五回）

「打尖」在句中作動詞用，一律不及物。

《漢語大詞典》云：（頁 313）

①在旅途或勞動中休息進食。

清福格《聽雨叢談．打尖》：「今人行役於日中投店住宿，那店小二聞是上等過客，必殺雞宰鴨。」

李《紅旗道班》詩：「累了，來歇腳；餓了，來打尖。」亦泛指休息。

阿英《灘亭聽書記》：「說至一半，則稍停以間之，曰打尖，亦曰小落回。」

②掐去某些作物的尖兒，抑其徒長莖幹。

《紅樓夢》具有第 1 義。

⒁「打鋪」

《紅樓夢》裡的前綴詞還有「打鋪」。

皆是家下婆子，打鋪坐更。（十五回）

「打鋪」一詞《紅樓夢》作不及物動詞用。

《漢語大詞典》：（頁 332）搭置臨時性的床鋪。

《水滸傳》第五六回：「時遷聽得徐寧夫妻兩口兒上床睡了，兩個婭嬛在房門外打鋪，房裡桌上卻點著碗燈。」

《西遊記》第五六回：「且告施主，見賜一束草兒，在那廂打鋪睡覺。」

《紅樓夢》第一〇九回：「那知寶玉要睡越睡不著，見他兩個在那裡打鋪。」

⒂「打疊」

《紅樓夢》裡的前綴詞還有「打疊」。

知難挽回，打疊起千百樣的款語溫言來勸慰。（二十回）

《紅樓夢》作及物動詞用。即安排之義。元曲梧桐雨劇一：「這半年來百髮添多少，怎打疊，愁容貌。」

「打疊」一詞《漢語大詞典》：（頁 337）

①收拾，安排。

宋劉昌詩《蘆蒲筆記．打字》：「收拾爲打疊，又曰打迸。」

宋龔鼎臣《東原錄》：「江南城破，曹彬見李國主，即放入宅，言令打疊金銀。」

元汪元亨《醉太平．警世》：「喚山童門戶好關者，把琴書打疊。」

茅盾《路》：「這是因爲近來風聲又緊，武昌城裡的老百姓，不得不打疊些細軟送進漢口租界。」

②振作。

元無名氏《紅繡鞋》曲：「強打疊精神怎過，思量的做不的生活，越思量越間阻越情多。」

巴人《運秧駝背》：「他打疊著精神起了床，支撐著軟癱了的身體，走下山去。」

⒃「打扮」

《紅樓夢》裡的前綴詞還有「打扮」。

這個人打扮與眾姑娘不同，彩繡輝煌。（三回）

賈瑞見鳳姐如此打扮，亦發酥倒。（十二回）

滿園裡繡帶飄颻，花枝招展，更兼這些人打扮得桃羞杏讓。（二十七回）

讓我打扮你。（四十回）

把你打扮的成了個老妖精了。（四十回）

《紅樓夢》通常作不及物動詞用。偶而可以帶人稱代詞的賓語「你」字。

《漢語大詞典》打扮：（冊 3，頁 314）

①使容貌和衣著好看；裝飾。

宋盧炳《少年遊》詞：「繡羅褑子間金絲，打扮好容儀。」

元王實甫《西廂記》第五本第四折：「打扮得整整齊齊，則等做女婿。」

徐遲《鳳翔》：「一九四九年九月……整個北京被打扮起來。新華門前，煥然一新；天安門前，雄偉莊嚴。」

②指打扮出來的樣子。

宋楊無咎《兩同心》詞：「見個人、越格風流，饒濟濟，人時打扮。」

《紅樓夢》六八回：「二姐見他打扮不凡，舉止品貌不俗，料定必是平兒。」

張枚同程琪《拉駱駝的女人》四：「她緩緩的抬起頭，沈靜的看了他一眼，李尙尙完全是一副工人打扮了。」

下面幾個詞都是現代常用的。

⒃「打掃」

《紅樓夢》裡還有「打掃」。

是這十來年沒人進京居住，那看守的人未免偷著租賃與人，須得先著幾個人去打掃收拾。（四回）

十來間房，白空閑著，打掃了，請姨太太和姐兒哥兒住了甚好。（四回）

一面使人打掃出自己的房屋，再移居過去。（四回）

說著一齊下了炕，打掃打掃衣服，又教了板兒幾句話。（六回）

照管門户，監察火燭，打掃地方。（十四回）

忙著打掃臥室，安插器具。（十六回）

外面又有工部官員並五城兵備道打掃街道。（十七回）

一面打掃房屋供奉痘疹娘娘，一面傳與家人忌煎炒等物。（二十一回）

外面又打掃淨室，款留兩個醫生。（二十一回）

遣人進去各處收拾打掃。（二十三回）

另有專管收拾打掃的。（二十三回）

就有幾個丫頭子來會他去打掃房子地面，提洗臉水。（二十五回）

洗了洗手，腰內束了一條汗巾子，便來打掃房屋。（二十五回）

打掃乾淨，挂起簾子來，一個閑人不許放進廟去，才是好呢。（二十九回）

早已吩咐人去打掃安置，都不必細說。（二十九回）

眾婆子丫頭打掃亭子，收拾杯盤。（三十九回）

打掃乾淨，挂起簾子來。（二十九回）

⒄「打聽」

《紅樓夢》裡還有「打聽」。

小童進來，雨村打聽得前面留飯，不可久待，遂從夾道中自便出門去了。（一回）

今打聽得都中奏准起復舊員之信，他便四下裡尋情找門路。（三回）

丫頭到倒廳上悄悄的打聽打聽，老太太屋裡擺了飯了沒有。（六回）

悄的打聽睡了，方放心散去。（八回）

打聽奶奶在家沒有，他要來請安說話。（十一回）

一時小耗回報：「各處察訪打聽已畢，惟有山下廟裡果米最多。」（十七回）

且說賈芸進去見了賈璉，因打聽可有什麼事情。（二十四回）

叔叔也不必先在嬸子跟前提我今兒來打聽的話，到跟前再說也不遲。（二十四回）

打聽賈璉出了門，賈芸便往後面來。（二十四回）

賈芸喜不自禁，來至綺霰齋打聽寶玉，誰知寶玉一早便往北靜王府裡去了。（二十四回）

坐到晌午，打聽鳳姐回來，便寫個領票來領對牌。（二十四回）

也打聽打聽，就惱我到這步田地。（二十六回）

你還作春夢呢！你打聽打聽，這些人頭比你大的大的。（二十七回）

我說的話兒你全不信，只叫你去背地裡細打聽，才知道我疼你不疼！（二十八回）

你可如今打聽著，不管他根基，只要模樣配的上就……（二十九回）

⒅「打動」

《紅樓夢》裡還有「打動」。

此石聽了，不覺打動凡心，也想要到人間去享一享這榮華富貴。（一回）

迎春所作算盤，是打動亂如麻……（二十二回）

有些什麼東西能打動我？（二十五回）

⑲「打劫」

《紅樓夢》裡還有「打劫」。

便急道：「你老只會炕頭兒上混說，難道叫我打劫偷去不成？」（八回）

洞中果品短少，須得趁此打劫些來方妙。（十七回）

《紅樓夢》裡的其他前綴詞還有：

馬道婆聽說這話打攏了一處。（二十五回）

「打攏」就是聚攏。

不敢聲張，滿頭滿臉渾身皆是尿屎，冰冷打戰。（十二回）

王邢二夫人又去打祭送殯。（十四回）

襲人聽他半日無動靜，微微的打鼾，料他睡著。（二十一回）

只見幾個丫頭子手裡拿著針線，卻打盹兒……（三十回）

《紅樓夢》的「打」又可以放在成語裡：

寶玉無精打彩的。（二十六回）

無精打彩自向房……（二十五回）

無精打彩的，那裡還有心腸去看戲。（二十九回）

黛玉見他無精打彩的去了。（三十四回）

王夫人見寶玉沒精打彩。（三十一回）

「打」字用作泛化的動詞，沒有「擊」義，這一類嚴格說，還不能算是前綴。

⑳「打旋磨子」

《紅樓夢》裡還有「打旋磨子」。

你那姑媽只會打旋磨子，給我們璉二奶奶跪著借當頭。（九回）

「打旋磨子」一詞《漢語大詞典》未見，但有「打旋」：（冊3，頁324）

①旋轉；兜圈子。

張天翼《仇恨》：「滾燙的風挾著沙土打旋，叫人氣都透不過來。」亦作「打旋旋」。碧野《沒有花的春天》第十四章：「我是到處打旋旋的，給人家修補修補腳盆水桶，糊糊口。」

②謂設法周轉錢財。

宋無名氏《小孫屠》戲文第四齣：「日來聽得孫二要出外打旋，不知如何，等它來時，把幾句勸它則個。」

錢南揚校注：「打旋，旋有周轉之意。言經濟不寬裕，求助於人。」

《元典章．刑部七．品官妻與從人通姦》：「隨後打旋的些銀錢將你去。」

《漢語大詞典》打旋磨：（頁324）

①盤旋。《中國歌謠資料．你爲啥在這裡打磨》：「大飛機，美國貨，頭頂上，亂穿梭，俺的山來俺的河，你爲啥在這裡打旋磨？」

②圍繞著某物轉。引申指周旋獻殷勤；磨煩。

《金瓶梅詞話》第六十回：「那玉簫跟到房中打旋磨兒跪在地下，央及五娘千萬休對爹說。」

《紅樓夢》第九回：「你那姑媽只會打旋磨兒，給我們璉二奶奶跪著借當頭。」

由此可知「打旋磨子」一詞是周旋獻殷勤之義。《漢語大詞典》

引作「打旋磨兒」是版本的不同。這說明了「-兒」「-子」後綴功能相同，可以替換。

(21)「打飢荒」

《紅樓夢》裡還有「打飢荒」。

先時在外頭關，那個月不打飢荒，何曾順順溜溜的得過一遭。（三十六回）

《漢語大詞典》打飢荒：（頁 336）亦作「打饑荒」

①方言。比喻經濟困難或借債。

《紅樓夢》三六回：「如今我手裡給他們，每月連日子都不錯，先時候兒在外頭關，那個月不打飢荒？」

《廿載繁華夢》三七回：「因日前有自稱督署紅員姓張的打饑荒，去了五萬銀子。」

茅盾《林家鋪子》四：「時勢不好，市面清得不成話，素來硬朗的鋪子今年都打飢荒，也不是我們一家困難。」亦指向人討債。

《紅樓夢》第七二回：「這會子說得好聽，到了有錢的時節，你就丟在脖子後頭了，誰去和你打飢荒去？」

②謂爭執，吵嘴。

《官場現形記》第六十回：「同太太姨太太打饑荒，姨太太哭了兩天不吃飯，所以他老人家亦不上院了。」

③謂應付困難；解決問題。《紅樓夢》第九七回：「若眞明白了，將來不是林姑娘，打破了這個燈虎兒，那饑荒才難打呢！」《兒女英雄傳》第五回：「莫如趁天氣還早，躲了他。等他晚上果然來的時候，我們店裡就好合他打饑荒了。」由此可知《紅樓夢》用的是第 1 和第 3 義。

(22)「打籮櫃」

《紅樓夢》裡還有「打籮櫃」。

劉姥姥只聽見咯當咯當的響聲，大有似乎打籮櫃篩麵的一般，不免東瞧西望的。（六回）

「打籮櫃」一詞《漢語大詞典》未見，但有「打羅」：（參頁336）篩粉，元劉君錫《來生債》第一折：「曬了麥又要磨麵，磨了麵又要打羅，打了羅又要洗麩，洗了麩又要撒和頭口。」

元劉庭信《寨兒令．戒嫖蕩》曲：「著你打羅的腳趔趄，推磨的不寧貼。」

由此可知《紅樓夢》用的是「篩麵粉」之義。

(23)「打粉線」

《紅樓夢》裡還有「打粉線」。

寶玉進來，只見地下一個丫頭吹熨斗，炕上兩個丫頭打粉線。（二十八回）

「打粉線」一詞《漢語大詞典》未見，應指裁縫工作在衣料上畫線，以便剪裁。

(24)「打抽豐」

《紅樓夢》裡還有「打抽豐」。

忽見上回來打抽豐的那……（三十九回）

「打抽豐」一詞《漢語大詞典》：（頁315）打秋風。

明江盈科《雪濤諧史》：「一士人好打抽豐。其所厚友人，巡案某處，逆其必來，陰屬所司將銀二百兩，造杻一副，綀繩一條，用藥煮之如鐵。其人至求見，輒怒曰：『我巡案衙門是打抽豐的？可取杻、綀來，解回原籍。』」

《醒世恆言．蔡瑞虹忍辱報仇》：「恰好有一紹興人……因武昌太守是他親戚，特來打抽豐的，倒也作成尋覓了一大注錢財。」

《紅樓夢》三九回：「忽見上回來打抽豐的劉姥姥和板兒來了。」

(25)「打官司」

《紅樓夢》裡還有「打官司」。

近因賣古董和人打官司，故教女人來討情。（七回）

偏不許退定禮，就打官司告狀起來。（十五回）

(26)「打起簾子」

此格式很常見，意思是「捲起來」。

眾婆子上來打起轎簾，扶黛玉下轎。（三回）

於是三四人爭著打起簾籠，一面聽得人回話：「姑娘到了。」（三回）

眾小廝退出，方打起車簾，邢夫人攙著……（三回）

上了正房臺磯，小丫頭打起猩紅氈簾，才入堂屋。（六回）

趙姨娘打起簾子。（二十三回）

也可以直接說成「打簾子」。說著，也不打簾子讓鳳姐，自己先摔簾子進……（二十一回）

婆娘丫頭們忙著打簾子，立靠背，鋪褥子。（三十五回）

其他「打」動詞加上賓語的，例如：

忙道：「這可使不得，吃了冷酒，寫字手打颭兒。」（八回）

現叫奴才們找了一班小戲兒並一檔子打十番的，都在園子裡戲。（十一回）

「爺們才到凝曦軒，帶了打十番的那裡吃酒去了。」（十一回）

坐了大轎，打傘鳴鑼，親來上祭。（十三回）

忙進去說：「領牌取線，打車轎網絡。」說著，將個帖兒遞上去。（十四回）

打去妄想，半晌嘆道。（十五回）

賈芸聽這話入了港，便打進一步來，故意問道。（二十四回）

「打進一步」就是走進一步。受人委曲還猶可，若說謝我的這兩個字，可是你錯打算盤了。（二十五回）

荳蔻開花三月三，一個蟲兒往裡鑽。鑽了半日不得進去，爬到花兒上打鞦韆。（二十八回）

於是蔣玉菡說道：「女兒悲，丈夫一去不回歸。女兒愁，無錢去打桂花油。女兒喜，……（二十八回）

叫在清虛觀初一到初三打三天平安醮，唱戲獻供。（二十八回）

鳳姐又說：「打牆也是動土……」（二十九回）

「打牆」就是拆牆。他必定也是要來打個花胡哨，討老太太……（三十五回）

劉智遠打天下，就有個瓜精來送盔甲。（三十九回）

「打天下」就是「取得政權」。

(27)「打絡子」

「打絡子」是常見的用法，其中的「打」是「結」的意思。

你和他說，煩他鶯兒來打上幾根絡子。（三十五回）

窗外道：「寶姐姐，吃過飯叫鶯兒來，煩他打幾根絡子，可得閑兒？」（三十五回）

寶釵笑道：「這有什麼趣兒，倒不如打個絡子把玉絡上呢。」（三十五回）

「寶兄弟正叫你去打絡子，你們兩個一同去罷。」（三十五回）

寶玉一面看鶯兒打絡子，一面說閑話，（三十五回）

配著黑珠兒線，一根一根的拈上，打成絡子，這才好看。」（三十五回）

吃過飯，洗了手，進來拿金線與鶯兒打絡子。（三十五回）

這裡寶玉正看著打絡子，忽見邢夫人那邊遣了兩個丫鬟（三十五

回）

下句的「打」也是「結」的意思。

我煩他打十根蝴蝶結子……（三十二回）

橫豎我不出門，又不帶冠子勒子，不過打幾根散辮子就完了。（二十一回）

這兩句用於「打結子」、「打辮子」。

上面的「打」都是作單音節動詞用，意義上都不是「用手打擊」，而是泛化為更廣義的動詞用。此外，「打」還可以作介詞，表空間的經由，有「從（某某地方來）」的意思。例如：

「你這個傻丫頭，唬我這麼一跳好的。你這會子打那裡來？」（二十四回）

這病就是打這個秉性上頭思慮出來的。（十回）

你老人家那去了？怎打這裡來？（二十六回）

這類用法還保存在現代方言裡。

另一種介詞的用法，表時間的起始，例如在現代方言中有「打……時候起」的用法，但這類用法在《紅樓夢》中未見。

由上可知，《紅樓夢》裡的「打」前綴屬於動詞性前綴，除了「打緊」一詞外，在句中都作動詞用。

《紅樓夢》裡出現的帶前綴「打」的派生詞共有三十多個：

1. 現代漢語中仍然使用的：打發、打點、打架、打量、打扮、打掃、打聽、打動、打劫、打鼾、打盹兒

2. 現代漢語中已淘汰不用的：打趣、打千、打諒、打降、打恭、打躬、打圍、打滅、打牙、打緊（現只用於否定）、打醮、打尖、打鋪、打疊、打扇、打祭。

有些三音節的，應是詞組結構，「打」是一個獨立而意義虛化的動詞，故不在前綴之列。例如：「打饑荒、打颭兒、打旋磨子、打粉線、打籮櫃、打抽豐」等。

現代漢語中仍然使用的，其語法功能未必相同。例如「打發」在《紅樓夢》裡只能接「指人性賓語」，後世演變為接「一般性賓語」，再演變為接「抽象名詞賓語」。又如「打點」在《紅樓夢》裡只作及物動詞，後世演變為不及物動詞。

二、現代漢語新興的詞頭

「可」字也是一個現代漢語中孳生力很強的詞頭。帶「可」詞頭的詞具有形容詞的性質。例如：

可憐	可愛	可恨	可怕	可惡	可嘆
可樂	可笑	可惜	可靠	可能	

通常，形容詞可以在前面加個「很」字，例如「很可愛」、「很可惜」等。或者在後面加個被修飾的對象，例如「可憐的人」、「可笑的事」、「可能的情況」等。

現代漢語受西方語言影響，又興起了一些新的詞頭，例如「非～」、「反～」、「超～」、「前～」、「後～」、「次～」等。

非肥皂	非賣品	非正式	非法	非工作人員
非廣告	反比例	反飛彈	反間諜	反革命
反物質	超音波	超音速	超導體	超自然
超時空	超人	超現實	超能力	前首相
前董事長	前雷根時代	後印象主義	後蔣經國時代	
後冷戰時期	後現代主義	次文化	次方言	

現代用法的「超」詞頭不僅可以接名詞，還產生了後接形容詞及詞組的結構。例如「超酷」、「超棒」、「超不爽」、「超沒品」等。

三、古代漢語詞頭

我們接著再看看古代漢語裡的詞頭型式。上古最常出現的詞頭是「有」字。它可以出現在名詞之前，例如國名、地名、部落名之前。像「有熊」、「有虞」、「有周」等，後世文言倣古，普遍加於朝代名之前，如「有唐」、「有明」、「有清」。上古這個詞頭「有」也可以加在普遍名詞之前。例如：

《尚書・盤庚》：民不適有居。
《尚書・召誥》：有王雖小，元子哉。
《詩經・賓之初筵》：發彼有的。
《論語・為政》：施于有政。
《左傳・昭二十九》：孔甲擾於有帝。
《易經》萃渙二卦彖辭：王假有廟。

「有」除了作名詞的詞頭外，也可以作形容詞的詞頭。例如《詩經》中這樣的例子多達八十條，下面舉十條爲例：

《周南桃夭》：有蕡其實。
《邶風匏有苦葉》：有瀰濟盈。
《邶風谷風》：有洸有潰。
《衛風淇奧》：有匪君子。
《小雅斯干》：有覺其楹。
《齊風南山》：魯道有蕩。
《大雅桑柔》：大風有隧。

《小雅節南山》：有實其猗。

《小雅皇矣》：臨下有赫。

《小雅隰桑》：其葉有沃。

這種「有＋形容詞」的情況相當於後也「形容詞＋然」的形式，「有赫」、「有沃」即是「赫然」、「沃然」。

形容詞詞頭「有」不止出現於韻文的《詩經》中，也出現於散文裡，例如《孟子》：

《滕文公上》：其顙有泚。（趙注：汗出泚泚然也。）

《萬章上》：其容有蹙。

名詞性的「有」詞頭時代較早，形容詞的「有」詞頭時代較晚，大約通行於上古後期。

除了「有」之外，上古還有個「於」和「勾」詞頭，專用於吳、越的國名上。例如：

《春秋・定公五年》：於越入吳。孔疏：越是南夷，夷言有此發聲，史官或正其名，或從其俗。

《史記・吳世家》：太伯之奔荊蠻，自號勾吳。索隱：顏師古注《漢書》以吳言勾者，夷之發聲，猶言於越耳。

可知「勾吳」、「於越」是吳越語言中特有的詞頭。

另外，上古人的名字中，有個「子」字作爲「字」的詞頭。它有標示這是「字」的作用。例如：

魯孔伋字子思　　魯宰予字子我　　魯公西赤字子華
衛端木賜字子貢　　魯冉求字子有　　魯公山不狃字子洩
鄭公孫僑字子產　　晉狐偃字子犯　　魯閔損字子騫
卞仲由字子路　　澹台滅明字子羽　　鄒孟軻字子輿

周法高先生在《中國古代語法》構詞編中列出這樣的例子共三百四十四條，並統計先秦人的字加「子」的，佔了五分之三（見其書第二百零九頁）。

至於稱呼性的詞頭「阿」，始於漢代，先秦還沒有出現。宋王楙《野客叢書》云：（《中國古代語法》構詞編第二百一十頁引）

「晉宋人多稱阿，如阿戎、阿連之類。或謂起於曹操稱阿瞞，僕謂漢武帝呼陳后爲阿嬌，知此語尚矣。漢殽阬碑陰有阿奉、阿買、阿興等名。阿之一字，綴以姓，如阿阮；綴以名，如阿戎；綴以字，如阿平；綴以第行，如阿大。」

又《日知錄》卷三十二「阿」條：

「『隸釋漢殽阬碑』陰云：其間四十人，皆字其名，而繫以阿字。如劉興阿興、潘京阿京之類，必編户民未嘗表其德，書石者欲其整齊而強加之，猶今閭巷之婦，以阿挈其姓也。『成湯靈台碑』陰，有主吏仲東阿東，又云：惟仲阿東，年在玄冠，幼有中質。又可見其年少而未有字。《抱朴子》：禰衡游許下，自公卿國士以下，衡初不稱其官，皆名之曰阿某，或以姓呼之爲某兒。《三國志．呂蒙傳》注：魯肅拊蒙背曰：非復吳下阿蒙。《世説》注：阮籍謂王渾曰：與卿語不如與阿戎語（渾子戎），皆是其小時之稱也（亦有以阿挈其字者，《世説》：桓公謂殷淵源爲阿源，謝太傅謂王修齡爲阿齡，爲王子敬爲阿敬）。婦人以阿契姓，則隋獨孤后謂雲昭訓爲阿雲，唐蕭淑妃謂武后爲阿武，韋后降爲庶人爲阿韋，劉從諫妻裴氏稱阿裴，吳湘娶顏悦女，其母焦氏，稱阿顏、阿焦是也。」

又《十駕齋養新錄》卷十九「婦人稱阿」條云：

「漢魏婦女有稱阿者，如陳皇后小字阿嬌；及寡婦左阿君，見於游俠傳；荀攸妾阿鶩見魏志朱建平傳。六朝多以阿系姓，如《晉書》中，晉室中興，乳母阿蘇有保元帝之功，賜號保聖君。《舊唐書》周盤龍愛妾杜氏。上送金釵鑷二十枚，手敕曰：餉周公阿杜。」

唐代敦煌變文中，詞頭「阿」還可以加在稱代詞「你」的前面，例如：

《茶酒論》：阿你酒能昏亂。
《茶酒論》：水謂茶酒曰：阿你兩箇，何用忩忩？
《燕子賦》：鴝鵒隔門遙喚：阿你莫漫輒藏。

至於「老」作爲動物性的詞頭，也有很長的一段歷史。

《方言・卷八》：「蝙蝠，自關而東謂之服翼，或謂之飛鼠，或謂之老鼠。」

可見「老鼠」一詞在漢代就有了。宋代「虎」也可以稱「老虎」，「烏鴉」也可以稱「老鴉」。

稱呼人加「老」字可能稍微晚些，《十駕齋養新錄・卷十九》：

「今世友朋相狎，呼其姓，加以老字，亦有本。白樂天詩：每被老元偷格律，謂微之；試覓老劉看，謂夢得。《北史》：石曜持絹一匹謂斛律武都曰：此是老石機杼，聊以奉贈。是北齊人嘗以老石自稱矣。若老杜老蘇，別於小杜大蘇言之，非當時相稱。又有稱其人字者：蘇東坡詩：老可能爲竹寫眞，謂文與可也。今人多稱其上一字。僧亦稱下一字，東坡詩：不知老奘幾時歸？謂玄奘。」

這些都是古代漢語裡，名詞性的詞頭，形容詞的詞頭除了前舉的「有」之外，還有「其」字。例如《詩經》：

《邶風擊鼓》：擊鼓其鏜。（其鏜即鏜然）
《邶風北風》：北風其涼，雨雪其雱。

《邶風靜女》：靜女其姝。（姝姝然美也）
《衛風碩人》：碩人其頎。
《豳風東山》：零雨其濛。

上古漢語還有一些動詞性的詞頭。最常見的就是「言」、「爰」、「曰」三個。它們在語音上相關，可以認爲是同一個詞的轉化（見王力《漢語史稿》299～301頁）。

《詩經》出現最多的「言」字，早期學者有的解作「我」（如毛傳·鄭箋）、有的解作語助詞（如朱熹）、有的認爲相當於「而」、「仍」（如胡適）、有的認爲相當於「以」（如吳世昌），一直到了王力、周法高兩位先生才確定是個動詞的詞頭。古代漢語的詞彙不能都用翻譯的方法來說某字相當於現代的某字，必須從它的文法關係，構詞功能上觀察，才能確定它的性質。

《詩經》中「言」字的出現位置，總是在動詞之前，因此，它的作用實際上是在標誌動詞，是典型的詞頭。例如：

《周南葛覃》：言告師氏，言告言歸。
《漢廣》：之子于歸，言秣其馬。
《召南草蟲》：陟彼南山，言采其薇。
《秦風小戎》：言念君子，溫其如玉。
《豳風七月》：言私其豵，獻研于公。
《竹竿》：駕言出遊，以寫我憂。
《伯兮》：願言思伯，甘心首疾。
《車攻》：四牡龐龐，駕言徂東。
《瓠葉》：君子有酒，酌言嘗之。
《黃鳥》：言旋言歸，復我諸父。

放在句首的「言」是詞頭，固然沒有問題，放在句中的「言」總是處在兩個動詞的中間，也有標誌動詞的作用，對後一個動詞而論，它仍是詞頭。這種「動詞＋言＋動詞」的結構，「言」的功能也可以說是「雙動詞之間的標界」。

《詩經》中非詞頭的「言」只有《終風》：「寤言不寐，願言則嚏」、「願言則懷」，《定之方中》：「星言夙駕」兩條。它後面接的是副詞「不」、「夙」、聯詞「則」。高本漢認為這裡的「言」字是個普通的語助詞。

《詩經》中的動詞的詞頭還有「爰」字。例如：

《邶風擊鼓》：爰居爰處，爰喪其馬。
《鄘風桑中》：爰采唐矣，沬之鄉矣。
《皇矣》：王赫斯怒，爰整其旅。
《豳風七月》：遵彼微行，爰求柔桑。
《鶴鳴》：樂彼之園，爰有樹檀。
《皇皇者華》：載馳載驅，周爰咨謀。
《采芑》：其飛戾天，亦集爰止。
《大雅綿》：自西徂東，周爰執事。
《烝民》：賦政于外，四方爰發。

「爰」字的情況和「言」一樣，在句首的無疑是個詞頭，在句中的往往是「動詞＋爰＋動詞」的結構只有「四方爰發」是以「爰發」為一個結構單位。

《詩經》的另一個動詞詞頭是「聿」。例如：

《大雅文王》：無念爾祖，聿脩厥德。
《大明》：昭事上帝，聿懷多福。
《綿》：爰及姜女，聿來胥宇。
《豳風東山》：洒埽穹窒，我征聿至。
《楚茨》：鼓鐘送尸，神保聿至。

「聿」字在某些地方，只是個語助詞，而非詞頭，例如：

《唐風蟋蟀》：歲聿其莫。
《小雅小明》：歲聿云莫。
《大雅抑》：借曰未知，亦聿既耄。

《詩經》中的「曰」字也往往作爲動詞詞頭用，例如：

《秦風渭陽》：我送舅氏，曰至渭陽。
《豳風七月》：曰為改歲，入此室處。朋酒斯饗，曰殺羔羊。
《大雅大明》：來嫁于周，曰嬪于京。
《抑》：天方艱難，曰喪厥國。
《小雅採薇》：曰歸曰歸，歲亦莫止。
《綿》：曰止曰時（躊），築室于茲。
《詩經》另外還有一個常見的動詞詞頭「于」。例如：
《周南葛覃》：黃鳥于飛。
《桃夭》：之子于歸。
《邶風燕燕》：燕燕于飛。
《王風君子于役》：君子于役。
《鄭風叔于田》：叔于田。
《秦風無衣》：王于興師。
《豳風七月》：三之日于耜。
《六月》：王于出征。
《車攻》：之子于苗。（夏獵曰苗）
《泮水》：從公于邁。（邁，行也）

這些句中的「于」字，鄭箋大都解作「往」。現代學者有的認爲相當於白話的「在」字。周法高先生認爲是動詞的詞頭。

動詞的詞頭還有一個「薄」字。例如：

《周南葛覃》：薄污我私，薄澣我衣。
《邶風谷風》：薄送我畿。
《小雅出車》：薄伐西戎。
《魯頌泮水》：薄采其芹。
《周南芣苡》：采采芣苡，薄言采之。
《召南采蘩》：薄言還歸。
《邶風柏舟》：薄言往愬，逢彼之怒。
《周頌有客》：薄言追之。
《魯頌泮水》：思樂泮水，薄采其芹。
魯侯戾止，言觀其旂。

周法高先生認為，在《泮水》中「薄」和「言」相對成文，可知用法相似。其區別有二：

1.「薄」後面是「動詞＋賓語」，「言」後面則不限定。
2.「薄言」可連用，卻沒有「言薄」連用之例。

參、漢語的詞尾（後綴）

現代漢語裡，最典型的詞尾是「子」。例如：

鼻子	脖子	腦子	腸子	嗓子	肚子
鬍子	辮子	痱子	疹子	帽子	鞋子
襪子	褲子	袖子	裙子	綢子	帶子
帳子	毯子	料子	妻子	妃子	嫂子
房子	屋子	院子	砂子	池子	亭子
簾子	柱子	梯子	板子	箱子	櫃子
金子	銀子	村子	巷子	棍子	棒子

車子　輪子　鍋子　盤子　碟子　盆子
籃子　瓶子　盒子　筷子　旗子　鏡子
扇子　笛子　桌子　椅子　刀子　稿子
名子　句子　曲子　面子　卷子　獅子
猴子　兔子　鴿子　燕子　蚊子　稻子
麥子　豆子　竹子　葉子　果子　李子
柚子　柿子　餃子　廚子　條子　馬子
凱子　鬼子　瘋子　聾子　瞎子　瘸子
痲子　仙子　分子　原子　電子　彈子

這些詞尾「子」一般都念成輕聲。有幾個不念輕聲的，實際上是「詞幹＋詞幹」的結構，並非詞尾。例如：

王子　弟子　才子　天子　孔子　孟子
蓮子　瓜子　魚子　五味子

詞尾「子」是個名詞的標誌，至於帶詞尾「子」的名詞在意義上是否都有「小」的意味呢？也不見得，像「一座高大的屋子，還有一個廣闊的院子」、「大桌子」、「大盤子」、「大蚊子」，都可以描述「很大」的意思，仍舊帶著詞尾「子」。

在北京方言裡還有一個詞尾「兒」，如「花兒」、「鳥兒」、「牛兒」、「羊兒」、「門兒」、「人兒」、「這兒」、「那兒」、「今兒」、「明兒」等，這個詞尾在國語裡幾乎完全消失不用了。它表示「小」的意味較爲明顯。同時，也是一個名詞的標誌。其他方言裡（如杭州、南京）也有「兒」詞尾，但構詞方式不完全一致。

另外一個常見的詞尾是「頭」，例如：

拳頭　木頭　饅頭　石頭　舌頭　丫頭
對頭　口頭　心頭　年頭　鐘頭　派頭

風頭　骨頭　指頭　碼頭　苗頭　斧頭
鋤頭　芋頭　罐頭　日頭　磚頭　兆頭
講頭　想頭　來頭　念頭　賺頭　吃頭
鋤頭　看頭　苦頭　甜頭　裡頭　外頭
前頭　後頭　上頭　下頭

這些詞尾「頭」在口語中都念成輕聲。至於「枕頭」、「片頭」、「工頭」中的「頭」都有實質的意義，口語中都不念輕聲。二者表面相似，詞彙結構上卻大不相同，不可不分清楚。

現代漢語還有一個詞尾「巴」，例如：

啞巴　結巴　籬巴　下巴　嘴巴　尾巴

「麼」也是現代漢語的詞尾，例如：

什麼　怎麼　那麼　這麼

「來」是個相當普遍的詞尾，例如：

後來　本來　素來　從來　說來　看來
上來　下來　進來　出來　起來　搞不來
罵起來　唱起來　打起來　動起來

「起來」是動詞詞尾，意義虛化。沒有「起來」的具體動作。但「爬起來」的「起來」則是實詞。和上面的例子應加區別。

古代漢語裡，「來」字已常被用爲動詞詞尾，例如：

《孟子．離婁》：盍歸乎來。
《歸去來辭》：歸去來兮。
《莊子．人間世》：雖然，若必有以也，嘗以語我來！
《李商隱詩》：一樹濃姿獨看來。

「去來」兩字連用，爲佛經習見詞彙，如「歸命去來」、「歸依去來」。

現代漢語還有一個表示複數的詞尾「們」，例如：

咱們　我們　他們　孩子們　哥兒們
小姐們　同學們　男士們

這個「們」只能用在人稱名詞上，其他名詞的複數不能用，例如「牛們」、「羊們」、「樹們」、「山們」、「桌們」。（「牠們」、「它們」已擴大爲「非人」，但只用於文學中、口語不用）。

這個人稱複數詞尾有一段悠久的發展史，並不是今天才有的。宋代往往寫作「懣」、「瞞」、「門」，元曲裡則寫作「每」。例如：

《趙長卿詞》：對酒當歌渾冷淡，一任他懣嗔惡。
《齊東野語》：如何我瞞四千里路來？
《辛棄疾詞》：看他門得人憐。
《朱子語類》：在他們說，便如鬼神變怪，有許多不可知的事。
元曲《玉鏡台》：他每都恃著口強。
元曲《錯立身》：賢每（即「你們」的尊稱）雅靜看敷演。

上面提到的這些詞尾，在口語中都念成輕聲。這是詞尾在語音上的一個標誌。現代漢語裡發展出一種表示「某一類專業人員」的詞尾，往往不必念爲輕聲，例如「～員」、「～手」、「～家」、「～匠」、「～者」、「～人」、「～師」等。

這種發展有兩個促成的因素：一是社會的發展使分工精密，產生了各行各業的專門人才，因此，語言上有需要配合這種社會的變遷，分別加以命名。另一個因素是受歐美語言的影響，例如英語往往在詞根上加個「行爲者的詞尾」，而衍生出代表「某一類人」的名稱，例如：

1..加-er：cleaner，commander，reporter

2.加-eer：engineer，volunteer

3.加-ee：employee，commitee

4.加-ar：beggar，liar，scholar

5.加-ese：Japanese，Chinese，Burmese

6.加-an：American，European，Indian

7.加-ist：tourist，typist，artist

8.加-tive：captive，relative

9.加-or：actor，sailor，visitor

10.加-man：postman，salesman，freshman

漢語這類詞彙，例如：

1.加～員：

演員、黨員、科員、教員、店員、公務員、技術員。

2.加～手：

幫手、打手、對手、國手、新手、槍手、選手、凶手、水手、歌手、狙擊手、一壘手、劊子手。

3.加～家：

作家、專家、小說家、理論家、運動家、科學家、語言學家。

4.加～匠：

工匠、木匠、鞋匠、花匠、鐵匠、油漆匠、泥水匠。

5.加～者：

記者、筆者、學者、作者、讀者、消費者、目擊者、勝利者。

6.加～人：

保證人、經紀人、媒人、製作人、影評人。

7.加～師：

教師、醫師、導師、會計師、律師、建築師、設計師、美容師、化妝師、攝影師、工程師。

除了表示專業的個人外，還有一些詞尾是表示一類人或一個團體的，例如「～派」、「～界」、「～圈」、「～壇」。

反對派	自由派	激進派	死硬派	保守派
浪漫派	騎牆派	上班族	夜貓族	眼鏡族
龐克族	飆車族	暴走族	單身族	頂克族
火腿族	紅唇族	香腸族	追星族	哈日族
金融界	廣告界	文藝界	警界	教育界
文學界	影劇界	法律界	政治界	學術界
影劇圈	藝文圈	玻璃圈	學術圈	文壇
杏壇	影壇	歌壇	藝壇	飛車黨
死黨	煙槍黨			

現代漢語受歐美語言詞尾-ism 的影響，也產生了一個表示思潮、學派的詞尾：「主義」，例如：

三民主義	資本主義	共產主義	唯美主義
現代主義	結構主義	社會主義	功利主義
升學主義	封建主義	法西斯主義	

「度」字也是現代漢語中衍生力很強的一個表示「程度」的詞尾，例如：

溫度	濕度	熱度	高度	長度	寬度
速度	強度	知名度	可信度	高難度	

另外一個衍生力強大的，表示「性質」的詞尾是「性」，例如：

理性	感性	黨性	可行性	實用性
一貫性	前瞻性	爆炸性	可能性	
重要性	耐久性	神祕性		

英語中有幾個詞尾能把非動詞的詞彙轉化而成動詞，例如：

1. 加-en：frighten，threaten，brighten，ripen，weaken

2. 加-fy：classify，fortify，notify，terrify，purify

3. 加-ize：memorize，realize

受這樣的詞彙影響，現代漢語產生了一個詞尾「化」字。例如：

火化	風化	氧化	鈣化	洋化	美化
綠化	簡化	醜化	軟化	僵化	老化
同化	異化	類化	惡化	國際化	工業化
商業化	科學化	電氣化	機械化	條理化	
貴族化	平民化	美國化	特殊化	合理化	
普通化	自動化	民主化	理想化	具體化	
抽象化	現代化	明朗化	本土化	系統化	
標準化					

所有的詞加上這個詞尾後，就有了「使動」的作用，因此，我們可以稱之爲「使動性詞尾」。其中，「風化」有二義，一指「風俗教化」，屬並列式。一指石頭「風化」，則屬詞尾。

現代漢語的詞尾除了名詞詞尾、動詞詞尾外，還有一個相當普及的形容詞詞尾「然」，例如：

忽然	斷然	毅然	偶然	天然	固然
當然	不然	果然	茫然	自然	勃然
恍然	欣然	蕩然	盎然	飄然	突然
惘然	悵然	攸然			

「的」字也是個十分普遍的形容詞詞尾，例如：

紅的	綠的	甜的	酸的	高的	大的
長的	矮的	壞的	硬的	生的	熟的

活的	醜的	深的	髒的	輕的	胖的
尖的	新的	蔚藍的	整套的	不朽的	
壯麗的	苗條的	積極的	乾淨的	可愛的	
美麗的	難看的	快樂的	聰明的		

「的」字在漢語裡具有多種功能，「形容詞＋的」的構造才是詞尾，其他情況是否可以歸之於詞尾，有待進一步研究。「副詞＋的」固然可以看作是詞尾，但實際在句子裡，「的」字往往是省略不用的，例如：

他經常（的）到這裡來。
牆忽然（的）倒塌了。
這段情節非常（的）感人。
媽媽一再（的）叮嚀阿呆出門要小心。

至於「名詞＋的」往往是領位或領屬格，而非詞尾，例如：

這是不鏽鋼的器皿。
一定要聽老師的話喔！
蘇州的庭園設計全國有名。
昨天的事還沒解決呢！

「的」字也可以出現在動詞後面：

做完了的可以先走。
吃的、穿的都準備好了。
看過的就不想再看了。

「的」字還可以出現在句子後面：

有蛀蟲的不能吃。

葉子尖的是竹子。

戴帽子的昨天來過。

這些結構中的「的」應該都不屬於詞尾。

下面再說說古代漢語的詞尾。

周法高先生認爲上古的名詞詞尾有下面幾種：

一個是「男子美稱」的「甫」或「父」，例如先秦之人在字之後加「父」或「甫」的：

宋公孫願字碩父	宋公子充石字皇父	宋公孫嘉字孔父
宋公子説字好父	宋公子術字樂甫	郳子顏字夷父
宋樂傾字夷父	魯公子益師字眾父	宋公子肸字向父
宋公孫督字華父	魯公子尾字施父	宋公子何字弗父
虢公鼓字石父	陳公子佗字五父	鄭石癸字甲父
魯公歛字處父	魯公子翬字羽父	

有的是在名之後加「父」：

宋公孫考父字正	魯公孫歸父字子家	齊析歸父字子家
魯費庈父字伯	魯公子慶父字仲	晉荀林父字伯

另一個名詞詞尾是「斯」，例如：

《周南螽斯》：螽斯羽。

《小弁》：鹿斯之奔。

《小雅瓠葉》：有兔斯首。

《小雅正月》：哀我人斯。

《小弁》：菀彼柳斯。

《湛露》：湛湛露斯。

《蓼蕭》：蓼彼蕭斯。

又有「也」字，作爲標示人名的詞尾。例如《論語》中：

《為政》：回也。
《公冶長》：賜也。雍也。由也。求也。赤也。
《雍也》：雍也。
《述而》：丘也。
《先進》：回也。鯉也。商也。師也。

我們翻開《孟子》、《檀弓》、《左傳》、《國語》、《莊子》、《墨子》、《呂氏春秋》、《韓非》、《戰國策》，類似的例子不可勝數。可證明「也」字的確可作爲標示人名的詞尾用。在《詩經》裡，「也」字還可以用來標示一般指人的名詞，例如：

《衛風氓》：女也不爽。士也罔極。
《伯兮》：伯也執殳。
《墓門》：夫也不良。

前面提及的詞尾「子」，在古代漢語裡雖不普遍，卻起源很早。例如：

婢子（《左傳》僖二十二年）
男子（《戰國策．燕策上》）
奴子（《魏書．溫子昇傳》）
漢子（《北齊書．魏蘭根傳》）
娘子（《北齊書．祖逖傳》）
師子（即獅子，《漢書．西域傳》）

至於《詩經．芄蘭》中的「童子」、《孟子．離婁上》的「眸子」、《史記．項羽本紀贊》的「瞳子」，其中的「子」應該是實詞，還不是詞尾。

古代漢語的形容詞（副詞）詞尾有好幾個，我們先說「然」字。《詩經》裡的詞尾「然」很少，《毛傳》就普遍了，到了《鄭箋》則出現得更多。例如《毛傳》：

《邶風擊鼓》傳：鏜然，擊鼓聲也。
《小雅桑扈》傳：鶯然有文章。
《小雅隰桑》傳：阿然，美貌。
《大雅雲漢》傳：孑然，遺失也。
《大雅常武》傳：嚴然而威。

這些帶詞尾「然」的派生詞，在《詩經》本文裡都沒有「然」字。《鄭箋》則更普遍的以「然」構詞：

《鄭風羔裘》箋：儼然
《商頌烈祖》箋：寂然
《小雅沔水》箋：安然
《商頌殷武》箋：撻然
《魯頌泮水》箋：搜然

這些例子，在《詩經》本文或《毛傳》中都不帶「然」字。《孟子》中的「然」詞尾倒是十分常見：

《梁惠王上》：填然鼓之。卒然問曰。油然作雲。沛然下雨。浡然興之。
《萬章上》：攸然而逝。幡然改曰。
《盡心上》：喟然歎曰。
《盡心下》：介然用之。閹然媚於世。

上古漢語的另一個形容詞詞尾是「若」字。例如：

《詩經．氓》：其葉沃若。

《易．豐六二》：有孚發若。

《易．乾九三》：夕惕若厲。

《易．離六五》：出涕沱若。

《書．洪範》：曰肅時雨若，曰乂時暘若，曰晢時燠若，曰謀時寒若，曰聖時風若。

《墨子．天志中》：驩若愛其子。

《莊子．田子方》：而回瞠若乎後矣。

《荀子．子道》：蓋猶若也。（猶若，舒和之貌。）

《大戴禮．曾子制言》：國有道，則突若入焉。

《公羊傳．文十四》：力沛若有餘。

又「如」字也是上古的形容詞詞尾：

《易．屯六二》：屯如亶如。

《詩．旄邱》：褎如充耳。

《詩．野有蔓草》：婉如清揚。

《論語．鄉黨》：朝與下大夫言，侃侃如也；與上大夫言，誾誾如也，與與如也。君召使擯，色勃如也，足躩如也。揖所與立，左右手，衣前後，襜如也。趨進，翼如也。

《孟子．盡心》：霸者之民，驩虞如也。王者之民，皞皞如也。

《荀子．大略》：望其壙，皋如也，鬲如也，此則知所息矣。

其次，還有「爾」（耳）字，也作形容詞詞尾用。周法高先生認爲這類例不見於《書經》、《詩經》、《墨子》、《莊子》、《荀子》、《公羊傳》、《穀梁傳》等書，《左傳》中也很少見。卻常見於《論語》、《檀弓》、《孟子》中，所以是魯方言的現象。例如：

《論語．子罕》：如有所立卓爾。

《先進》：子路率爾而對曰。

《陽貨》：夫子莞爾而笑曰。

《左傳・昭七》：蕞爾國。

《檀弓》：爾毋從從爾！爾由扈扈爾！居處言語飲食衎衎爾。

《孟子・萬章下》：子思以為鼎肉使己僕僕爾亟拜也。

《孟子・告子上》：蹴爾而與之，行道之人弗受；蹴爾而與之，乞人不屑也。

上古的另一個形容詞詞尾是「而」，例如：

《詩・齊風甫田》：未幾見兮，突而弁兮。

《詩・猗嗟》：頎而長兮，抑若揚兮。

《史記・日者傳》：忽而自失，芒乎無色。

《經傳釋詞・卷七》說：「而」猶「然」也。

此類詞尾還有「其」字，例如《詩經》：

《邶風綠衣》：淒其以風。

《衛風氓》：咥其笑矣。

《王風中谷》：嘆其乾矣。啜其泣矣。

《鄭風溱洧》：瀏其清矣。

《唐風山有樞》：宛其死矣。

《秦風小戎》：溫其如玉。

《陳風宛丘》：坎其擊鼓。

《小雅伐木》：嚶其鳴矣。

《小雅角弓》：翩其反矣。

《大雅韓奕》：爛其盈門。

其次，還有「焉」字作詞尾用。例如：

《詩・小弁》：惄焉如擣。

《論語・子罕》：忽焉在後。

《莊子・在宥》：使天下欣欣焉人樂其性。

《荀子・仲尼》：秩秩焉莫不從桓公而貴敬之。

周法高先生認爲《周易》、《墨子》中沒有詞尾「焉」的用法，《莊子》中較多。詞尾「焉」可能是由語末助詞「焉」變來，而語末助詞的「焉」又是由代詞「焉」（＝於是）變來。

上古的形容詞詞尾還有「乎」：

《論語・泰伯》：洋乎盈耳哉。蕩蕩乎民無能名焉。

《禮記・檀弓》：頽乎其順也！頎乎其至也！

《莊子・大宗師》：與乎其觚而不堅也！張乎其虛而不華也！邴邴乎其似喜乎！崔乎其不得已乎！滀乎進我色也！與乎止我德也！厲乎其似世乎！謷乎其未可制也！連乎其似好閉也！悗乎忘其言也！

《莊子・天地》：夫道，淵乎其居也，漻乎其清也。

在《詩經》和《毛傳》中，沒有「乎」詞尾的跡象，在鄭箋中才多次出現。

肆、漢語的詞嵌（中綴）

漢語的詞嵌是塞在詞中間的成分，通常只有「襯音」的作用，而無實質的意義。例如「鄉巴佬」中間的「巴」。

《漢語造詞法》（中國社會科學出版社，1981）討論到「中文有哪些詞嵌」的問題時，他提出了下面幾個詞嵌：

1.「不」

詞嵌「不」構成的詞比較多。「不」毫無意義可言，和副詞「不」沒有關係。詞嵌「不」要讀輕聲。

「黑不溜秋」顏色發黑（含厭惡意）。

「花不愣登」形容顏色錯染（含厭惡意）：這件衣服花不愣登的，我不喜歡。

「酸不溜丢」形容有酸味（含厭惡意）。

2.「里」

「里」也是常用的詞嵌。它和量詞「里」毫無關係。詞嵌「里」要讀輕聲。

「嘰哩咕嚕」形容說話不清楚：他們倆嘰哩咕嚕地說了半天，我一句也沒聽明白。也形容物體滾動：石頭嘰哩咕嚕滾下山去。

「嘰哩呱啦」形容大聲說話：嘰哩呱啦得說個沒完。

「嘀哩咕嚕」形容說話很快，使人聽不清楚：他說話嘀哩咕嚕的，我聽不明白。「嘀」也作「滴」。

3.「七八」

「七八」作詞嵌並不表示具體數目，只是加重語氣的作用。「七八」作詞嵌可以放在一起，如「亂七八糟」；也可以分開，「橫七豎八」。「七八」仍然有聲調。數目字作詞嵌都不讀輕聲，下同。亂七八糟、橫七豎八、雜七雜八、七零八落、七嘴八舌、七上八下

4.「三四」

「三四」作詞嵌，和「七八」作詞嵌的性質相同。不過，它採取「……三……四」的形式」，「三」和「四」總是分開的。

「低三下四」形容卑賤低人一等的樣子：做起低三下四的樣子。

「顛三倒四」形容零亂沒有次序：說話顛三倒四的。

「丟三落（拉）四」形容忘性大、馬虎：他總是丟三落四的，東西老帶不全。

現代漢語最常見的詞嵌，就是「A 里 AB」型的四音節詞，中間的「里 A」兩個音節就是詞嵌。此類結構通常都帶有貶義。例如：

老里老氣　　邪里邪氣　　粗里粗氣　　妖里妖氣
怪里怪氣　　寶里寶氣　　流里流氣　　土里土氣
俗里俗氣　　小里小氣　　傻里傻氣　　洋里洋氣
糊里糊塗　　馬里馬虎　　骯里骯髒

這類詞如果把詞嵌去掉，也能單獨成詞。例如「老氣」、「邪氣」等。

「得」字有時可作詞嵌用，例如：

拿得動　　走得開　　看得出

這幾個詞結合的比較緊密，不像「看得開」可以在中間塞入別的字，說成「看得很開」，或「飛得高」、「跑得快」說成「飛得很高」、「跑得很快」。「拿得動」、「走得開」就不能說成「拿得很動」、「走得很開」，所以它們的情況並不相同。

此外，重疊動詞中間的「一」也可以看作是個詞嵌。例如：

看一看　　走一走　　摸一摸　　拍一拍　　擦一擦
煮一煮　　燒一燒　　消一消　　跳一跳　　跑一跑
玩一玩　　耍一耍　　罵一罵　　洗一洗　　挖一挖

如果不加這個「一」，只說「看看」、「走走」也一樣可以。

上古人的姓名之間常常加一個「之」的詞嵌，例如：

《左傳》：介之推、燭之武、石之紛如、耿之不比
《論語》：孟之反
《孟子》：庾公之斯、尹公之他
《禮記》：公罔之裘

伍、漢語的「類詞綴」

陳光磊《漢語詞法論》（學林出版社，1994）討論了「類詞綴」的概念，他認爲漢語裡地道的構詞詞綴不很多，前綴、中綴尤其少，後綴較多些。但是類詞綴相當豐富。

所謂類詞綴，就是類乎詞綴的詞素。它比詞綴的虛化程度差一些，又沒有詞根的意義那麼實；是一種半實半虛（一般是虛大於實），而在複合詞裡結合面相當寬的詞素。它的虛化程度大小不等，但都是可以明顯感受到的。也許可以說他是一種正在轉變而尚未最後完成虛化的詞綴，是一種「準詞綴」或「副詞綴」，或者說是「預備詞綴」。

他提出的漢語類前綴和類後綴包括：

一、類前綴

漢語的類前綴最常用的有：

1.「半」：半封建、半文盲、半勞動力、半自動、半元音。

2.「超」：超聲波、超音速、超高能、超低頻、超自然、超短波、超線性（成分）。

3.「次」：次大陸、次頻、次動詞、次生礦物、次級（線圈）。

4.「反」：反比例、反作用、反三角函數、反中子、反質子、反

坦克砲、反封建。

5.「泛」：泛神論、泛美主義。

6.「非」：非金屬、非賣品、非對抗性、非法、非條件反射、非名詞性（結構）。

7.「可」：可愛、可恨、可憐、可取、可見、可靠、可口、可逆、可塑性。

8.「前」：前科學、前資本主義、前總統、前漢、前清。

9.「僞」：僞軍、僞政權、僞金飾、僞科學、僞君子。

10.「亞」：亞熱帶、亞硫酸。

二、類後綴

1.漢語的類後綴常用的有：

用於「指人名詞」的，如：

⑴「夫」：大夫、船夫、農夫、車夫、儒夫。

⑵「家」：畫家、作家、文學家、演奏家、書法家、專家、雜家、戲劇家、農家、醫家、病家、漁家、行家、船家、姑娘家、女人家、 老人家。

⑶「匠」：木匠、漆匠、泥水匠、寫字匠、教書匠、巨匠。

⑷「師」：教師、畫師、講師、醫師、理髮師、會計師、技師、廚師。

⑸「生」：醫生、先生、學生、後生、研究生、實習生、自費生。

⑹「士」：兵士、戰士、女士、斗士、勇士、醫士、道士、傳教士、博士、碩士、學士。

⑺「員」：教員、學員、成員、黨員、會員、隨員、隊員、打字

員、電話員、衛生員、駕駛員。

(8)「手」：歌手、水手、老手、能手、舵手、選手、打手、吹鼓手、劊子手、機槍手。

(9)「族」：打工族、上班族、追星族、明牌族、擠車族、教書族。

2.指人名詞還有幾個帶貶稱的類後綴，如：

(1)「佬」：闊佬、鄉巴佬、湖北佬。

(2)「鬼」：煙鬼、酒鬼、色鬼、懶鬼、死鬼、吝嗇鬼、膽小鬼、冒失鬼、勢利鬼、機靈鬼、小鬼、紅小鬼（這三個介詞由貶稱轉化為親暱語）。

(3)「棍」：賭棍、惡棍、黨棍。

(4)「蛋」：壞蛋、笨蛋、傻瓜蛋、混蛋。

3.其他名詞的類後綴也相當豐富，如：

(1)「學」：數學、物理學、科學、人類學、修辭學。

(2)「派」：樂天派、豪放派、婉約派、學派。

(3)「界」：文藝界、科技界、婦女界、評論界、報界。

(4)「度」：溫度、熱度、高度、頻度、季度、年度、程度、寬度、風度、態度、能見度、新鮮度。

(5)「化」：綠化、美化、淨化、同化、工業化、現代化、中國化、經常化、民族化、大眾化、規範化（這可能是從翻譯應與動詞詞尾「-ize」而興起的，表示「使化為、使變成」之意）。

(6)「性」：普遍性、片面性、可能性、能動性、正確性、黨性、紀律性、共同性、酸性、黏性、彈性、硬性、柔性、陣發性、開放性、大陸性、海洋性、遷延性。

陳光磊在討論漢語的構形法時提出了「構形前綴」、和「構形後綴」。所謂「構形法」指的是一個詞在語法上發生各種形式變化的法則，也就是詞的型態變化法。詞是一個功能體，它在發揮其各項不同功能時可以顯示出它型態上的變化。型態是功能的表現和標誌。凡是一種形式或語素標誌著一個詞的語法特徵時，這個形式或語素就屬於一定的型態類型。

現代漢語詞的型態變化，主要有兩種類型：

一是加綴法，即在詞上添襯某種型態標誌來顯示其一定的語法特徵，如「指人名詞」加後綴「們」表示群體，某些動賓式複合詞裡插入中綴詞「得、不」表示可能與不可能，等等。

二是重疊，就是詞素或全詞重疊起來表示某種語法意義，如形容詞重疊表示程度的加深，「乾淨－乾乾淨淨」，「紅－紅紅（的）」，等等。還有把這兩種手段結合起來的，如「想一想，看一看」就是動詞重疊後加中綴詞「一」構成的，表示動作的「一次體」。在選用上述手段的同時，往往還伴有某些語音上的變化，如所加後綴往往讀輕聲，重疊後語素要變調等等。

1. 構形前綴

漢語構形前綴只有兩個：第、頭。都是表示序數的。例如：頭一名、頭五號、頭三十個。

2. 構形中綴

(1)「得，不」：插加在動賓式複合詞裡表示可能與不可能。看見—看得／不見，打倒—打得／不倒，說明—說得／不明

(2)「里」：加在雙音節形容詞的重疊構形之中。如：糊塗—糊里／糊塗，傻氣—傻里傻氣

(3)「不」：加在形容詞的生動後綴之前。如：酸溜溜—酸不溜溜（的），滑濟濟—滑不濟濟（的）

3.構形後綴

⑴「們」：是加在指人名詞和身稱代詞後面表示「群」的意義。一般以為它是表示「複數」的範疇，甚至把它同英語表複數的詞尾「-s」相類比。這是不盡妥當的。

①「們」的使用範圍只限於人名詞。作為特例，只有在「它」這個介系稱物代詞後面可以用，說成「它們」。一般名詞都不能用，除非是作為修辭上的擬人格。

②指人名詞前面有了確定的數量詞就不能加「們」，不能有「三個同學們」、「五位來賓們」這樣的說法。這是強制性的，不是可帶可不帶，而是絕對不能帶。帶了「們」反而是不合語法的。加「們」不是一般地表複數，而是著重在表群體。

⑵「了」：加在動詞後面，表示動作、行為、狀態的已經結束和完成，為動詞的「完成態」。

⑶「著」：加在動詞後面，表示動作、行為、狀態處於進行、持續和發展的情態，為動詞的「持續態」。

⑷「過」：加在動詞後面，表示動作、行為、狀態曾經經歷過了，為動詞的「經歷態」。

⑸「看」：加在動詞重疊之後，表示嘗試的意義。如：

說說看　　寫寫看　　想想看　　討論討論看
研究研究看　　放大放大看

⑹「起來」：加在動詞（或形容詞）後面，表示動作和行為的開始出現或形成，為「始事態」。如：

說起來　　做起來　　討論起來　　提高起來
紅起來　　忙起來　　重要起來　　豐富起來

某些成分應歸入「詞綴」或「類詞綴」，算作「詞尾」還是「助詞」，學者們有見仁見智的看法。上面把一些主要的看法做了介紹，提供讀者作進一步的思考。

陸、佛經中的前綴

數千卷的佛經大體上是用當時的口語翻譯而成的，因此其中保留了魏晉六朝的語言原貌。下面以西晉竺法護的譯品爲材料，看看當時派生詞的狀況。

一、早期佛經中的前綴「自」

古代「自」字的用法，有作單詞用的，如：

手捫摸之，壁自如故。（自＝仍）
即作，其父母自床上也。（自＝已經）
消魔自可愈疾。（自＝就）
若由此業，自致卿相。（自＝縱然）
汝自無罪，但以實對。（自＝原本）

在複詞中，「自」作詞綴的例如：

自非寒暑節變，未嘗解襟帶。
自非清霽素朝，不可望見。

這個「自非」是個固定結構，「自」是前綴，「非」才是詞根，擔負主要意義。後面總是接否定語態，形成否定加否定的肯定句。

另外，「自」字也作後綴，例如「猶自」、「本自」、「故自」、「正自」等，常見於魏晉六朝小說中。

早期佛經中，「自」經常用作前綴，產生很多「自～」的結構。這種「自」字原本有實指之義，爲指示代詞，在「自～」結構中作主語。可是佛經大量使用，逐漸使其意義泛化，已不能算是主謂結構，而是一個前綴了。

下面我們且舉出一些早期佛經中帶「自」字前綴的例子：

「自然」

1. 無我無欲，心則休息。自然清淨，而得解脫。（103 佛說聖法印經）

2. 往古天地始成之時。地出自然甘露之昧。（135 佛說力士移山經）

3. 暢解一切衆生境界。悉無顚倒曉了諸法。皆爲自然不著無處。（274 佛說濟諸方等學經）

4. 斯皆無本，本無有本。本自然淨，無有沾污。（315 佛說普門品經）

「自大」

1. 欲使興發。至不自大禪定之業，未之有也。（103 佛說聖法印經）

2. 設使有人。慕樂空法。志在無想。興發至要。消除自大憍慢之心，禪定之業，此可致矣。（103 佛說聖法印經）

3. 慕樂於空。欲得無想。無慢自大見。於慧業皆可致矣。（103 佛說聖法印經）

4. 曉了是者。乃知無本。得至降伏。消一切起。得入道行。是乃逮致，除於自大，無慢放逸。（103 佛說聖法印經）

「自在」

1. 一者當學知諸佛剎。二者當學感動諸佛剎。三者當學自在所作威神。（*283* 菩薩十住行道品）

2. 八者當學變化。譬如幻自在所作。九者當學佛音聲響。（*283* 菩薩十住行道品）

「自守」

見若不見，聞若不聞。澹然自守。（*315* 佛說普門品經）

「自喪」

貪婬無形，愚冥所貪。貪欲自喪，亡失人形。（*315* 佛說普門品經）

「自害」

譬如飲毒，自害其已。（*315* 佛說普門品經）

「自縱」

其心一類，無可畏者。皆由放恣遊盜自縱。（*315* 佛說普門品經）

「自知」

愚癡之人。不能自知。坐怨鬼神。（*315* 佛說普門品經）

「自想」

如樹木生。先從萌類結恨急毒。聲自然空無想無念。如閑居樹坐，自想揩火，然還燒其樹。因緣雖散，各歸本生。火滅不現。虛無起身。鹿聲亦然。（*315* 佛說普門品經）

「自禁」

由己惡言。坐自縱恣，不能自禁。福盡禍至。如然燈，生麻油以盡，還燒其炷。無有救者。（315 佛說普門品經）

「自可」

若知方便因想立緣。穢聲如是。恚因空生恚還自燒。無有代者。而色其身。放逸自可。（315 佛說普門品經）

「自言」

若菩薩摩訶薩身軀不安隱者。當知與內六度無極違錯不順其教。當思上頭所語滓自巢形。勿以自可用。剛強之性，自言無罪。（315 佛說普門品經）

這些「自」字都具有前綴的功能。放在動詞的前頭，表示此動作返諸其身的意思。有如英文的-self 之義。其中有很多用法是現代漢語所沒有的。除了上述這些之外，早期佛經還幾乎和所有的動詞都有接合的可能，可見它的構詞能力十分強大。例如：

「自用」

在諸菩薩，凶堅自用。分別經典，侏儯匿功。（274 說濟諸方等學經）

「自宣」

或有愚人，口自宣言。菩薩惟當學般若波羅蜜。其餘經者非波羅蜜。（274 說濟諸方等學經）

「自是」

勿令偏黨，專愚放恣自是，惡彼如法比丘。（274 說濟諸方等學經）

「自致」

畢天之壽，下生世間。為伽維羅衛王作太子。自致得佛。（168 佛說太子墓魄經）

「自修」

佛告須菩提。豈見學士，己不自修，不知羞慚。欲得希望功勳之報，當致貧厄。欲求勢姓，慕得援助。何甚愚哉。（274 說濟諸方等學經）

「自恣」

彼適新學，而受其誡。從來未久，勿得信之。又其比丘，放逸自恣。（274 說濟諸方等學經）

「自疲」

力盡自疲，不得動搖。（135 佛說力士移山經）

「自責」

此等之類，為從惡友，誤啓受教。乃能興發，如是譏謗。以何方便，現世自責，能除罪法。（274 說濟諸方等學經）

「自勝」

涕淚哽咽，不能自勝。（168 佛說太子墓魄經）

「自損」

若欲周備，不闕文字。隨正典教，不自損己。（274 說濟諸方等學經）

「自嘆」

見諸明智，曉了法藏，謂之無知。已無所知，自嘆有慧。（274 說濟諸方等學經）

「自察」

爾時世尊，安然庠序，從三昧起。三返觀察，諸來衆會。三返觀已。三返自察師子頻申。（274 說濟諸方等學經）

「自說」

不覺眞實誠諦之言。反傳狂語，出意自說。（274 說濟諸方等學經）

「自燒」

恚因空生，恚還自燒。（315 佛說普門品經）

「自謂」

於彼世時，有愚癡士。無菩薩行，自謂菩薩。（274 說濟諸方等學經）

「自濟」

高翔遠逝，自濟於世。世間無常，恍惚如夢。（168 佛說太子墓魄經）

「自歸」

1. 善心荐發，普而奉迎。五體自歸，稽首足下。一心歸竦，退住一面。（135 佛說力士移山經）

2. 往詣佛所，稽首足下。退住一面，叉手自歸。（274 說濟諸方等學經）

二、早期佛經中的前綴「所」

前綴「所」字出現的較早，先秦古籍中就常用來和動詞接合，把詞性變更爲名詞。因此它是個標誌詞性改變的符號，只具語法功能而無詞彙意義。有關「所」字的例子在討論虛字的專書中很多，此不贅述。在早期佛經中，它也是個構詞能力很強的前綴。例如：

「所見」

1. 尚未得捨，憍慢自大。禪定清淨，所見業也。雖爾得致柔順之定。即時輒見除諸色想聲想香想，以故謂言，至於無想。故曰無欲。（103 佛說聖法印經）

2. 母前白佛。今我所見，有三可怪。我澡兒手，九龍吐水。此一可怪。澡已，殘水散兒頭上，化成寶帳。及師子座上有坐佛。是二可怪。佛笑口中先從兒頂入。是三可怪。（180 佛說過去世佛分衛經）

3. 在諸佛所，常爲法師。世世所生，普成五通。皆爲諸佛所見教敕。（274 佛說濟諸方等學經）

「所生」

1. 聞如是。一時佛遊拘夷那竭國力士所生地大叢樹間。（135 佛說力士移山經）

2. 吾今夜半當於力士所生之地而取滅度。於四衢路供養舍利，興建塔寺。（135 佛說力士移山經）

3. 墮畜生中九百萬世。後生人間六百萬世，常遭貧厄。所生之處，常瘂無舌。然後於世見六十三姟諸佛正覺。（274 佛說濟諸方等學經）

4. 在諸佛所，常爲法師。世世所生，普成五通。皆爲諸佛所見教敕。悉解諸法說清淨義。（274 佛說濟諸方等學經）

「所說」

1. 奉事如來。見佛所說法律出家。修爲沙門，謙敬種姓。（274 佛說濟諸方等學經）

2. 吾詣東方，過是六十江沙諸佛剎土。禮諸世尊，聞所說法。（274 佛說濟諸方等學經）

3. 若使有人難問義者，誦說義理。咸共嘆言，善說此事。所知嘉快，如佛所說。（274 佛說濟諸方等學經）

4. 何謂爲四。一曰等心愍於衆生。二曰等解諸法，而無偏黨。三曰等於道義，不猗邪正。四曰所說平等，不懷妄想。是爲四。（274 佛說濟諸方等學經）

5. 若不解此四平等，妄有所說，則自傷損。（274 佛說濟諸方等學經）

6. 此一切義，皆佛所說。故當敬奉，謙下恭順。（274 佛說濟諸方等學經）

「所有」

1. 不知隨時觀其本行，講說經法也。不能覺了，達諸法界。專以空法而開化之。言一切法空，悉無所有。（274 佛說濟諸方等學經）

2. 五者佛所有智悉當逮得。六者波羅世所生處。常見無央數佛。

（283 菩薩十住行道品）

3.一者諸所有皆無常。二者諸所有皆勤苦。三者諸所有皆虛空。四者諸所有皆非我所。五者諸所有皆無所住。六者諸所有皆無利。七者諸所有皆無所止。八者諸所有皆無有處。九者諸所有皆無所著。十者諸所有皆無所有。（283 菩薩十住行道品）

4.五者思惟十方，了無所有。六者十方佛剎皆虛空。七者宿命所作，了無所有。（283 菩薩十住行道品）

5.過去諸佛，虛空無所有。當來諸佛，虛空無所有。（283 菩薩十住行道品）

「所入」

佛告溥首。若有菩薩摩訶薩。欲學普門品所入之法。等遊於色。等遊音聲。等遊臭香。等遊眾味。（315 佛說普門品經）

「所貪」

細滑鞠軌無適住，亦無所著。計于細滑無益已。世之慾愚惡所貪。立生死本皆由斯起。（315 佛說普門品經）

「所修」

阿逸。且觀此黨眾生，習隨瑕疵，發起瞋恚。不熟思惟識達義故也。如吾所修成最正覺。宣傳佛慧而爲說法。便當說言，莫傳此教。（274 佛說濟諸方等學經）

「所行」

1.或復說言。若有經卷，說聲聞事。其行菩薩，不當學此，亦不當聽。非吾等法，非吾道義。聲聞所行也。修菩薩者愼勿學彼。（274 佛說濟諸方等學經）

2.又問。須菩提。菩薩所行，捨衆望想，無所著乎。唯然世尊。（274 佛說濟諸方等學經）

3.若茲諸佛境界，不可思議，巍巍如是。如來所入等無有侶，靡不周悉。或有愚騃，不識義理。趣自說言。般若波羅蜜如來所行。是諸如來無極修教。餘經皆非佛語。（274 佛說濟諸方等學經）

4.無所著行，亦無不著，是菩薩行。如是文殊。菩薩所行爲無輕慢。吾以隨時分別宣說。諸法難見亦難曉了。（274 佛說濟諸方等學經）

5.雖以修行逮得總持。所逮總持，未必清淨。若說如是爲誹謗法。求法師短瞻其法，則所行缺漏。爲誹謗法。（274 佛說濟諸方等學經）

「所樂」

有十事。何等爲十事。一者當供養佛諸菩薩。二者隨其所樂當教語。（283 菩薩十住行道品）

「所受」

既隨所作爲。當勇所作爲。既勇。當學入慧中。以所受法。當悉持。既當悉持法。當不忘。既不忘。當安隱處止。（283 菩薩十住行道品）

「所作」

既隨所作爲。當勇所作爲。既勇。當學入慧中。以所受法。當悉持。既當悉持法。當不忘。既不忘。當安隱處止。（283 菩薩十住行道品）

「所化」

六者諸法無有罣礙極虛空處。七者諸法譬若幻所化。八者諸法譬夢中所有。（*283* 菩薩十住行道品）

「所言」

1. 何等十。一者身所行。口所言。心所念。悉淨潔。（*283* 菩薩十住行道品）

2. 渝羅闍菩薩。不能及知阿惟顏身所行，口所言，心所念，所作爲。了不能及知阿惟顏菩薩事。（*283* 菩薩十住行道品）

「所念」

不能知飛。亦不能逮知阿惟顏菩薩過去當來今現在事。亦不能還知所念佛剎。（*283* 菩薩十住行道品）

「所到」

八者諸剎土成敗悉知。九者神足念飛在所到。十者諸法清淨學。是菩薩當復學十事。（*283* 菩薩十住行道品）

「所問」

五者當學，從一佛剎，復至一佛剎。六者當學，往到無央數佛剎。七者當學，知無央數法在所問。（*283* 菩薩十住行道品）

「所繫」

菩薩用十事得。何等爲十事。一者諸十方人。所出生悉知。二者十方人。所繫恩愛悉知。（*283* 菩薩十住行道品）

「所聞」

所以者何。心稍稍入佛大道中。所聞法自用教。（283菩薩十住行道品）

以上這些例子都是「所＋動詞」的結構。都在句中用爲名詞。

三、早期佛經中的其他前綴

(一)「相」

許世瑛《中國文法講話》認爲這個相字放在動詞之上，有時候是有意義的，如「相親相愛」，有互相的意思。至於「辱承相邀」的「相」是「邀我」的意思，和前綴「見」的功能是一樣的，放在主動句動詞的前面。

江藍生《魏晉南北朝小說詞語匯釋》認爲「相」字本爲兩相之詞，但早在先秦文獻裡，相字就有偏指的用法。呂叔湘《相字偏指釋例》說，此類偏指用法，先秦經籍不數數見，兩漢漸多，魏晉以後滋盛。此所謂「偏指」即是前綴的用法。

江氏舉出六朝小說中，「相」字可以偏指受事的第二人稱，其次爲第一人稱，至於偏指受事的第三人稱則比較少。

佛經有這類用法，但不多見。例如「相尋」：

子猶悲號，戀慕相尋。至于弶所，東西求索。乃見獵者，臥於樹下。（182／佛說 鹿母經）

其中的「相尋」是尋找其母，屬偏指受事的第三人稱。

(二)「第」

這個表序數的前綴在現代漢語中十分普遍，可是在漢代以前罕見。例如史記呂太后本紀：「武信侯呂祿上侯，位次第一，請立為趙王」到了魏晉以後才大量流行起來。程湘清《魏晉南北朝漢語研究》論及《世說新語》中已有「第二流」、「第七叔」、「第五子」等用法。從佛經中我們更可以發現在西晉時代，前綴「第」已經十分普遍。從一到十都可看到用「第」標示序數的例子。

下面舉幾個作代表：

「第一」

1. 是等之類，雖口有言，行不清白。虛言反教常行猗著。悕望於空，不肯作行。但口發言，以為第一。雖行甚遠，貪妒懷嫉。（274 佛說濟諸方等學經）

2. 第一者。波藍耆兜波菩薩法住。（283 菩薩十住行道品）

「第二」

如來為我如是比類，演出經義。至二十四阿加膩吒天。次復開化第二方域。（274 佛說濟諸方等學經）

「第五」

第五者。名波渝三般菩薩法住。（283 菩薩十住行道品）

「第六」

第六者。名阿耆三般菩薩法住。（283 菩薩十住行道品）

「第七」

第七者。名阿惟越致菩薩法住。（283 菩薩十住行道品）

「第八」

第八者。名鳩摩羅浮童男菩薩法住。（283 菩薩十住行道品）

「第十」

第十者。名阿惟顏菩薩法住。（283 菩薩十住行道品）

(三)「見」

江藍生認爲，魏晉以來，「見」字有指代作用，在句中表示第一身代詞作賓語省略。例如「可辦少酒食見待」，「若能見殺，其猶生之年」，其中的「見待」就是「待我」，「見殺」就是「殺我」。這種前綴的「見」字和前綴的「相」字功能相同，都盛行於六朝。在「相，見」並見的句中，「相」字指代第二身，「見」字指代第三身。例如「人曰：以此狗見與，便當相出。生曰：此狗曾活我，已死，不得相與。人曰：若爾，便不相出」又如：「語帝：若能見待，必當相佑」

許世瑛認爲「見」字在主動句中出現於動詞之上，它有指示兼稱代的作用，表示動詞下省略了賓語。例如「躬見撫養」，就是「撫養我」。但是「見」還有另一種狀況，是用在被動句裡，在動詞的前面，表示被動。例如「王三見責於其師」，這裡的「見」是個表被動的記號，也是個前綴。

在佛經中，前綴的「見」字並不常見，表示在中古以後的口語中，這個前綴的用法已逐漸消失，只保留在書面語言中。佛經中例如：「見迎」、「見受」：

1. 王聞太子語，歡欣踊躍。即與夫人駕四望象車。往迎太子。太子顧視父王，下車避道。四拜而起而言。勞屈父王遠來見迎。（168 佛說太子墓魄經）

2. 爲諸最勝所見受，乃至成佛無上道。（338 離垢施女經）

柒、佛經中的後綴

一、「者」

在魏晉六朝的小說中，「者」字常見於假設小句的末尾，相當於今語「……的話」。多跟假設詞「若」合用，成爲「若……者」的格式。例如「卿若能令此馬生者，卿眞爲見鬼也」、「若能感天，日中雨者，當原赦；不爾，行誅！」有時，「若」字可以省略，如「爾有神，能差我疾者，當事汝！」也是個假設句。有時，用「不者」來表示相反的假設。如「汝若爲家怪者，當更行，不者不動。」其中「不者」相當於「否則」。至於早期佛經中，後綴「者」使用的頻率相當高。成爲佛經語言的特色之一。例如：

「長者」

猗其尊勢有勢位者王者長者梵志。若使有人難問義者誦說義理。咸共嘆言善說此事。所知嘉快如佛所說。（274 佛說濟諸方等學經）

「王者」

猗其尊勢有勢位者王者長者梵志。若使有人難問義者誦說義理。咸共嘆言善說此事。所知嘉快如佛所說。（274 佛說濟諸方等學經）

「行者」

1.悲怒激憤惡鬼助禍。耗亂其心瞋目嘖吒。四顧遠視如鬼師子。如虎狼獸跳騰馳蛹。色冒可畏行者四集。悉當趣城即奮長劍多所殺害。（118 佛說鴦掘摩經）

2.有大石山去此不遠。方六十丈高百二十丈。妨塞門途行者迴礙。（135 佛說力士移山經）

3.是時人民聞太子語有絕妙之音世所希聞。行者為止。坐者為之起。皆言。太子神聖乃爾。（168 佛說太子墓魄經）

「賢者」

1.爾時世尊威神巍巍。智慧光明結加趺坐。賢者指鬘翼從左右。還至祇樹給孤獨園。（118 佛說鴦掘摩經）

2.王造禮之謂曰。賢者。是指鬘乎。答曰。是也。（118 佛說鴦掘摩經）

3.爾時賢者指鬘。處於閑居服五納衣。明旦持缽入舍衛城普行分（118 佛說鴦掘摩經）

4.佛問阿難。斯國大眾何故雲集。賢者阿難白世尊曰。有大石山去此不遠。方六十丈高百二十丈。（135 佛說力士移山經）

「昔者」

1.佛告力士。憶吾昔者與大目揵連俱遊諸國。時穀飢饉。諸比丘眾不得分衛。（135 佛說力士移山經）

2.昔者有王名婆羅㮈。王有一太子名墓魄。生有無窮之明。端正妙潔無有雙比。（168 佛說太子墓魄經）

3.佛言。昔者有鹿數百為群。隋逐美草侵近人邑。（182 佛說鹿母經）

「一者～十者」

1.一者當供養佛諸菩薩。（283 菩薩十住行道品）

2.二者隨其所樂當教語。（283 菩薩十住行道品）

3.三者所生處皆尊貴。（283 菩薩十住行道品）

4.四者天上天下。一無有能及者。（283 菩薩十住行道品）

5.五者佛所有智悉當逮得。（283 菩薩十住行道品）

6.六者波羅世所生處。常見無央數佛。（283 菩薩十住行道品）

7.七者所有深生三昧經悉當逮得。（283 菩薩十住行道品）

8.八者死生道無邊幅處以來。（283 菩薩十住行道品）

9.九者命既去不久。（283 菩薩十住行道品）

10.十者若悉當度脫十方人。（283 菩薩十住行道品）

「燕者」

眷屬圍遶行到辟所稽首足下。卻住一面。此靈鷲山中諸菩薩衆。閑居燕者悉來集會。禮畢竟卻就坐時離垢藏菩薩。（315 佛說普門品經）

「達者」

一切所有地之所載。有形之屬一等無二也。但聞色所造。橫作人民。使作種種異色。已被服之。迷亂道德不親賢衆。達者覺知不與從事也。（315 佛說普門品經）

「眼者」

菩薩以是四等心。亦觀內色外色。飛行十方窈冥之處無不通達。皆從眼出入。眼者日月之精有二名。入色爲金翅鳥。出色爲文殊師利。（315 佛說普門品經）

「女者」

其體一等無可毀者。計有女者猶如幻士化作人像低昂鞊曲隨人意起。因彼所行從其所樂。女人如幻起色欲意。彼無有女也。人同一等癡者所惑。（315 佛說普門品經）

「意者」

1. 人同一等癡者所惑。意者從欲。欲便致愛愛致樂此不可猶放。急宜調之。（315 佛說普門品經）

2. 意由四懼攬竟第一瞋怒。瞋怒橫有所造。意者空無。尋生便滅。而無究竟。恍惚之間意不可諮。諮之亂德。（315 佛說普門品經）

「異者」

法無男女平等一體。天之爲父地之爲母。天地所生有何異者。菩薩等行則無男女之求。（315 佛說普門品經）

「我者」

譬如丈夫向敵心懷怖懼走。棄捨馳走得無見我也，我者亦空。奔走疲極亦無追者唐自苦體。（315 佛說普門品經）

「愚者」

習於愚者求不可得。空來空去懷抱罪欲。喜亦行惡亦不捨。見善不習專入倒見如是行者。（315 佛說普門品經）

「癡者」

人同一等癡者所惑。意者從欲。欲便致愛愛致樂此不可猶放。（315 佛說普門品經）

「求者」

又告溥首。何謂菩薩等遊地獄也。法無無地獄。想識成形。地獄無主。求者自然。（*315* 佛說普門品經）

這些後綴的「者」字都用作名詞。可以說「者」字的語法功能是：⑴指人和表序數（一者、二者就是第一、第二），⑵名詞化。

二、「然」

「然」字本來是一個很常見的形容詞詞尾，先秦古籍裡就已經很普遍，佛經也用得很多，不過佛經中另有一些特有的帶後綴「然」的派生詞，值得我們注意。例如：

「唯然」

1. 王白佛曰。唯然世尊。有大逆賊名鴦掘摩。兇暴懷害斷四徼道。手執嚴刃傷殺人民。（*118* 佛說鴦掘摩經）

2. 又問世尊。唯然大聖。凶害逆人焉得至道履行寂義乎。今爲安在。（*118* 佛說鴦掘摩經）

3. 此何所希冀。力士答曰。唯然大聖。我之福力莫能踰者。庶幾欲移石光益於世。著名垂勳銘譽來裔。使王路平直荒域歸伏。（*135* 佛說力士移山經）

4. 又問。須菩提。菩薩所行捨衆望想無所著乎。唯然世尊。（*274* 佛說濟諸方等學經）

5. 復問。須菩提。菩薩所修棄諸馳騁無放逸乎。唯然世尊（*274* 佛說濟諸方等學經）

這個「唯然」的詞根是表示應諾的「唯」字，也是詞義重點之所在。「然」是後綴，沒有實質意義。佛經通常在名詞的前面，這個名詞必定爲應答的對象。

「僉然」

1. 於是大聖還縮其舌。重復顧眄諸來會者。諸來會者僉然起住。稽首作禮自歸命佛。（*274* 佛說濟諸方等學經）

2. 若使有人難問義者誦說義理。咸共嘆言善說此事。所知嘉快如佛所說。所可頒宣極有義理僉然勸助。由是勸助墮誹謗法。（*274* 佛說濟諸方等學經）

3. 六十億姟百千衆人生在於此三千大千國者。聞是經典咸共勸助悉發道意。僉然意解越八十劫生死之難。亦皆一時得不退轉。（*274* 佛說濟諸方等學經）

這個「僉然」也是佛經的特色。「僉」有皆的意思，「然」是後綴。佛經中用作狀語。

三、「等」

「等」字在佛經中是個複數的標誌。用在人稱代詞「汝、吾、我」的後面就是「你們、我們」的意思。用在指示代詞「是、此、斯」的後面就是「這些」的意思。「悉等」也是「這些」的意思。前面加疑問代詞成爲「何等」，在佛經有構成疑問句的功能。下面是佛經的例子：

「汝等」

1. 爾時世尊告諸比丘。汝等且止。吾往救之。（*118* 佛說鴦掘摩經）

2. 於是世尊問諸力士。汝等何故體疲身悴。（*135* 佛說力士移山經）

3.佛告諸力士。汝等當知。是為如來乳哺之力也。（135 佛說力士移山經）

「吾等」

1.五百力士同心議曰。吾等膂力世稱稀有徒自蓄養無益時用。當共徙之立功後代。即便并勢齊聲唱叫。力盡自疲不得動搖。（135 佛說力士移山經）

2.或復說言。若有經卷說聲聞事。其行菩薩不當學此亦不當聽。非吾等法非吾道義。（274 佛說濟諸方等學經）

「我等」

白佛言。我等世尊。各自識察犯此殃釁。（274 佛說濟諸方等學經）

「是等」

1.是等愚惑求獲利養。不往敬佛宣道教者。不隨佛教違失道節。（274 佛說濟諸方等學經）

2.佛不謂此得至究竟盡生死源。是等之類必墮地獄。所以者何。（274 佛說濟諸方等學經）

3.是等之類雖口有言行不清白。虛言反教常行猗著。悕望於空不肯作行。（274 佛說濟諸方等學經）

4.是等悉為魔之所亂。猗求利養故發此意。當歸惡趣。（274 佛說濟諸方等學經）

5.觀彼男子本亦清淨。觀彼泥洹本亦清淨。如是等者則為等觀遊於僮女。（315 佛說普門品經）

「此等」

1. 於是文殊師利復問佛言。唯然世尊。此等之類為從惡友誤啓受教。乃能興發如是譏謗。（274 佛說濟諸方等學經）

2. 文殊師利告於此等二十菩薩。復白佛言。如是如是。（274 佛說濟諸方等學經）

「斯等」

1. 斯等貪著衣食利養。入他家居當說此言。行道如是。（274 佛說濟諸方等學經）

2. 佛言。文殊。如來道教隨時之宜所誓如是。斯等愚夫唯念毀呰求其長短。不從佛教反非如來。所念法師而譏謗之。（274 佛說濟諸方等學經）

3. 若有種姓之家誏誏之子。聰達別議曉發一切勇猛想無成念。如枯樹不生花實。如枯竭江河水不流。斯等於僮女女睿。如此所現平等。如空無無實。（315 佛說普門品經）

「何等」

1. 菩薩有十法住。用分別如過去當來今現佛等所說。何等為諸菩薩十法住？（283 菩薩十住行道品）

2. 學佛道。悉欲得了佛智十難處。悉欲逮得知之。何等為十難處十種力？（283 菩薩十住行道品）

3. 何等為十意。一者悉念世間人善。二者淨潔心。三者皆安隱心。四者柔軟心。五者悉愛等。六者心念但欲施與人。七者心悉當護。八者心念與我身無異。九者心念十方人我觀如師。十者心念十方人視如佛。（283 菩薩十住行道品）

「悉等」

所語說。無所罣礙。無所難也。無有盡賜時。無有能升量者。無有極止時。無有能逮者。無有能得長短者。未曾有忘時。無不得明者。悉等無異。無有懈慢時。（283 菩薩十住行道品）

四、「所」

「何所」

「所」字作爲詞尾，是佛經語言的一項特色。李維琦《佛經釋詞》認爲「何所＋動」這種格式，有人分析是定中結構;有人又以爲本當是「所＋動＋何」的格式，「何」原是謂語，現在把「何」提到前面來了。佛經中的材料表明，後一種分析比較符合實際一些。許多「何所＋動」，有與之對應的「爲何＋所＋動」的情況。例如：

卜問如來，「爲何所在」這種「爲何所……」的結構還有「爲何所至」、「爲何所得」、「爲何所恃」、「爲何所求」、「爲何所看」等。本文認爲此類結構應分析爲「爲何」、「所 V」兩部分。屬於帶前綴「所」的情況。與帶後綴「所」的「何所」不同。

帶後綴的「何所」可以下接複合動詞，例如：

1. 答曰。今此大石方六十丈高百二十丈。欲共舉移。始從一日勤身戮力。于此一月永不可動。慚恥無效取笑天下。是以疲竭姿色憔悴。此何所希冀。（135 佛說力士移山經）

2. 過去諸佛法。念從何所出生索了無所有。當來諸佛法。念從何所出生索了無所有。今現在諸佛法。念從何所出生索了無所有。（283 菩薩十住行道品）

又可以接複合名詞，例如：

3.力士又問。乳哺之力何所狀像。（135佛說力士移山經）

除了「何所」，帶後綴「所」的派生詞還有：

「無所」

1.如來意力悉知悉了無所罣礙。是為如來意行力也。（135佛說力士移山經）

2.睹定衆身諸力心本本淨無所不了。明審如有則悉知之。是四力也。（135佛說力士移山經）

3.神眞叡智自知見證。究暢道行可作能作無餘生死。睹十方人衆生根本無所不察。明審如有則悉知之。是十力也。（135佛說力士移山經）

4.當於彼世乃能逮得無所從生法忍。（274佛說濟諸方等學經）

5.當以一品行般若波羅蜜至於佛道。奉隨顛倒無所慕樂。是等之類雖口有言行不清白。（274佛說濟諸方等學經）

6.又問。須菩提。菩薩所行捨衆望想無所著乎。（274佛說濟諸方等學經）

7.如來至眞不名諸法亦無所諍。菩薩以故逮致聖光無極法曜。興發總持稱舉法印。為諸法故無所上下。（274佛說濟諸方等學經）

另外有些例子不能算是詞尾「所」：

1.見諸明智曉了法藏謂之無知。己無所知自嘆有慧。己無聰明自歎聰智。（274佛說濟諸方等學經）

2.惟但宣散一品法教。不知隨時觀其本行講說經法也。不能覺了達諸法界。專以空法而開化之。言一切法空悉無所有。所可宣講但論空法。（274佛說濟諸方等學經）

3.彼學愚冥癡無所知。吾身學來久修梵行。彼適新學而受其誡。從來未久勿得信之。（274佛說濟諸方等學經）

其中的「所知」、「所有」是一個單位，而非「無所」成一個單位。

「多所」

1.世尊告曰。一切諸力雖爲強盛。百倍千倍萬倍億倍。無常之力多所計爲最勝多所消伏。（135 佛說力士移山經）

2.今日大聖惟當垂哀重爲散意。多所愍哀多所安隱。（274 佛說濟諸方等學經）

3.勸助發起無央數人。顯揚等教多所歡悅。（274 佛說濟諸方等學經）

4.淨行世界聖尊敬問無量遊步康彊勢力輕利。起居安隱。多所救濟。今見遣來。宣敬誨啓。受普門品等不可思議清淨之品。（315 佛說普門品經）

5.假使菩薩逮斯定者。分別罪福興顯平等。多所悅可一切衆生。使聞佛音法。（315 佛說普門品經）

「有所」

1.有一母人妊身數月。見佛及僧有所至奏。心自計願我所懷子生。如此使爲沙門佛弟子。（180 佛說過去世佛分衛經）

2.爾時世尊告於彌勒菩薩大士。阿逸。仁識知之。正覺不久當取滅度。欲有所問今是其時。應宜諮請。（274 佛說濟諸方等學經）

3.一切諸法皆爲佛法。不當恐怖。莫懷悕望有所猗著。（274 佛說濟諸方等學經）

4.設聞是言不當恐怖。若有所受若無所受。（274 佛說濟諸方等學經）

5.住在諸法妄想之處而開化之。其住諸佛有所悕望。則已住在誹謗諸佛。（274 佛說濟諸方等學經）

6.金翅鳥在海上影現水中。諸龍恐怖不敢出外。波旬興龍欲有所

受。眼陰以斷。金翅鳥在上。常以百千種色懼如金光。不能等於明月之精。明月之精不能當金翅鳥之毛。（315 佛說普門品經）

7.使聞佛音法音。衆聲聞音。緣覺音。菩薩音。度無極音。一切智音。彼有所說亦無音聲。一切了知深要之業。（315 佛說普門品經）

五、「子」

「子」字作名詞詞尾，六朝時代已相當普遍。例如「奴子」，「婢子」，「童子」，「憨子」，「小子」，「老子」，「鼠子」，「龜子」，「虎子」，「小刀子」，「小石子」等。早期佛經中詞尾「子」也十分常見。例如：

「男子」

又告溥首。何謂菩薩等遊淨法也。淨爲如男子。如令男子等自發意。其心如金剛。專意獨雄猛興。（315 佛說普門品經）

「僮子」

如僮子者。好色如吹胞。滿中氣短。解脫口中無所有。罪福如空胞。求勝眞高亦然。（315 佛說普門品經）

「師子」

1.母以澡灌前洗兒手。應時九龍從瓶口出。吐水灌兒手中。澡訖殘水散兒頭上。水之潺滯於兒頭上化成華蓋珠交絡帳。中有師子座上有坐佛。（180 佛說過去世佛分衛經）

2.母前白佛。今我所見有三可怪。我澡兒手九龍吐水。此一可怪。澡已殘水散兒頭上化成寶帳。及師子座上有坐佛。是二可怪。佛笑口中先從兒頂入。是三可怪。（180 佛說過去世佛分衛經）

3.佛言。此兒卻後十四劫當得作佛。九龍當浴師子座華蓋寶帳。佛笑先從兒頂入。皆是其應。母聞佛言倍懷踴躍。（180 佛說過去世佛分衛經）

4.爾時世尊安然庠序從三昧起。三返觀察諸來衆會。三返觀已。三返自察師子頻申。三頻申已三返出舌。三出舌已。三返以舌覆三千大千世界靡不周遍。（274 佛說濟諸方等學經）

六、「來」

後綴「來」在現代漢語相當常見，通常放在動詞之後，例如「看來」，「起來」，「嚐來」，「聽來」等。古代多作爲句末語助詞，而非一個詞的後綴。至於佛經當中有一些像是後綴的「來」。例如：

「從來」

1.吾身學來，久修梵行。彼適新學，而受其誡。從來未久，勿得信之。（274 佛說濟諸方等學經）

2.夢中所見，本無從來，去無所至。（477 大方等頂王經）

3.思惟經典，不知從來。（477 大方等頂王經）

4.衆生根原所從來。（433 佛說寶網經）

「當來」

1.阿逸當知。諸過去如來至眞等正覺。無不講說此濟諸方等經典之要。當來現在十方世界如來至眞皆亦說是。（274 佛說濟諸方等學經）

2.佛言彌勒。當來末世五濁之俗。餘五十歲當有四輩比丘比丘尼優婆塞優婆夷志學菩薩。（274 佛說濟諸方等學經）

3.過去諸佛虛空無所有。當來諸佛虛空無所有。（283 菩薩十住行

道品）

4.過去諸佛法。念從何所出生索了無所有。當來諸佛法。念從何所出生索了無所有。今現在諸佛法。念從何所出生索了無所有。（283 菩薩十住行道品）

5.本所遊居，及當來處。（433 佛說寶網經）

「將來」

1.又族姓子。今佛預睹將來末世餘五十歲。有得總持若逮三昧。皆是如來威神所致。（274 佛說濟諸方等學經）

2..將來之世，當有比丘。（395 佛說當來變經）

3.然後將來世。（433 佛說寶網經）

這些「來」字其實並非後綴。佛經中的來字，有「時間延續」的概念。「從來」表示由過去延續至今。「當來」和「將來」都有時間向前面延續的意思。《佛學大辭典》：「當來，應來之世，即來世也」因此，來字的字義爲實指，並非詞綴。

第四節　詞彙的重疊現象

重疊構詞是由兩個相同的音節組成的詞彙形態。這種現象在漢語裡十分普遍，比起其他語言的構詞規律，這可以說是漢語的一個重要特色。英語或其他幾種主要語言裡，重疊現象是很少見的。

壹、疊音詞

重疊詞可以分爲「疊音」和「疊義」兩大類。「疊音」是借用兩個相同的字構詞，以描摹某一種聲音，或形容某一種狀態。和字的本來意義無關，這時的「字」只是一個聲音的符號而已。這種構詞法也可以歸入前面的「衍聲」類，但由於它是採用重疊的方式，所以我們專設一節來談。疊音詞雖然有兩個音節，卻只能算一個「詞彙」單位。這點和其他衍聲詞是一樣的。疊音詞在文學作品裡十分常見，例如：

漸聞水聲「潺潺」。（醉翁亭記）
「鏦鏦」「錚錚」，金鐵皆鳴。（秋聲賦）
扣之，「硿硿」焉。「磔磔」雲霄間。（石鐘山記）
餘音「嫋嫋」，不絕如縷。（前赤壁賦）
「蒼蒼」橫翠微。（李白下終南山詩）
世事兩「茫茫」。（杜甫贈衛八處士詩）
大弦「嘈嘈」如急雨，小弦「切切」如私語。（白居易琵琶行）
波「滔滔」兮來迎，魚「鄰鄰」兮媵予。（九歌河伯）
風「颯颯」兮木「蕭蕭」。（九歌山鬼）

《詩經》中疊音詞更爲普遍：例如伐木「丁丁」、「關關」雎鳩、「習習」谷風、桃之「夭夭」、「濟濟」多士。特別是描寫馬車的聲勢，用了十種不同的疊音來形容「四牡」：

四牡彭彭	四牡騑騑	四牡濟濟	四牡龐龐	四牡痯痯
四牡蹻蹻	四牡騤騤	四牡業業	四牡翼翼	四牡奕奕

描寫內在情感「憂心」的疊音詞，更多達十三種：

憂心怲怲　憂心忡忡　憂心惙惙　憂心悄悄　憂心慘慘
憂心烈烈　憂心京京　憂心欽欽　憂心愽愽　憂心殷殷
憂心慇慇　憂心愈愈　憂心奕奕

《詩經》的疊音詞可以出現在不同的位置，擔任不同的語法功能。例如：

1.作謂語用的疊音詞

綠竹猗猗　有狐綏綏　北流活活　君子陽陽
其鳴喈喈　維葉萋萋

2.作定語用的疊音詞

關關雎鳩　灼灼其華　漸漸之石　秩秩斯干
皇皇者華　喓喓草蟲

3.作狀語用的疊音詞

坎坎伐檀　汎汎其逝　蕭蕭馬鳴　杲杲出日
肅肅宵征　耿耿不寐

4.作補語用的疊音詞

雞鳴喈喈　行道遲遲　伐木丁丁　出車彭彭
言笑晏晏　雨雪霏霏

《詩經》大量的運用疊音詞，充分表現了民謠生動自然的語言特性。

現代漢語裡的疊音詞反而比較少見，僅有的一些也多半是沿襲文言的。例如：小鳥「吱吱」叫，爸爸「哈哈」大笑，海浪「滔滔」我不怕，鐘聲「噹噹」響起來，霧裡一片「茫茫」。

貳、ABB 式重疊詞

現代漢語比較普遍的一種疊音詞是三個音節的「香噴噴」型，第一音節是實詞，後兩個相疊的音節是虛詞，作用在修飾第一音節。整個詞由兩個詞素構成：「香」和「噴噴」。這樣的結構例如：

胖嘟嘟	瘦巴巴	白花花	黑漆漆	紅通通
髒兮兮	亂糟糟	水汪汪	血淋淋	眼巴巴
笑嘻嘻	羞答答	懶洋洋	醉醺醺	活生生
靜悄悄	沈甸甸	嬌滴滴	熱騰騰	硬綳綳
鬧哄哄	雄赳赳	氣昂昂	熱烘烘	水溶溶
死板板	冷冰冰	酸溜溜	熱呼呼	黃澄澄
冷清清	白茫茫	綠油油	軟綿綿	響噹噹
黑壓壓	乾巴巴	圓滾滾		

ABB 式一般用作定語、謂語、狀語、補語。這類構詞在句子裡的使用情況如下：（以下的句子，取自中研院平衡語料庫）

1. ABB 式可以用作定語

老闆！請問這是什麼魚？老闆說：活跳跳的紅鯛魚，剛上岸的喲！

並且把它拿回家當作培育小孩的活生生教材。

兩三個調皮男孩只聽鼾聲一起，便溜出陰幽幽的書房。

捋一把半黃的稻穗，掌心即有了數十粒毛糙糙的穀粒。

員工穿著清代裝束，營造出傳說中在霧茫茫的清晨街道。

曾是孟家宅院的位置上，我只看到一畈平展展的稻田。

將半開的窗户打開，啊！又是個暖洋洋的早晨。

尤其是前腳的腳節和後腳的腿節，圓鼓鼓的模樣非常有趣。

傳到我眼中的更是一道一道熱辣辣的電流。

我像是個輕飄飄的魅影，沒有誰注意我的存在。

便放慢了腳步，掏手帕揩臉上後頸黏乎乎的汗跡。

説完又露出氣咻咻的模様。

冷颼颼的寒風中，來一塊香酥燙舌的炸粿。

撥通這個電話時，對方皆由嬌滴滴的少女接電話。

澳洲暖烘烘的陽光，包準逗得他們笑呵呵！

吸引了大量的度假客想來搭乘這種慢吞吞又充滿往日情懷與美麗回憶的蒸汽貨車。

在公園裡狂奔，躲進了一個帳篷；兩個冷瑟瑟的、抖著的軀體緊抱在一起。

每天上班的時候，都會發現桌上有一杯熱騰騰的茶。

更遠的地方，是一片綠油油的田野。

像惡夢中所看到的怪獸。這些溼漉漉的岩石，水光閃閃。

峭壁全是光禿禿的岩石，看不見一棵樹。

土地燙得冒煙，海水也像熱騰騰的沸湯。

比以前裝扮得更漂亮，喜上眉梢，顯得喜孜孜的樣子。

因為此君因測字而演出一幕血淋淋的殺妻案，被判處無期徒刑。

被迫害的歷史，就是一個血淋淋的前車之鑑！

看來很斯文，手上卻掛著一只亮晶晶的勞力士滿天星。

頭髮高束，拿著一條大毛巾在擦著水淋淋的身體。

利用深夜偷排放熱滾滾的廢水。

我好像被一塊髒兮兮的抹布蒙了臉。

雙腳，總是踢著那沒帶子沒跟的涼鞋；空洞洞的書包，常常半本書也不帶。

密密爬滿了喧嘩的遊客，他們撫摸著綉斑斑的布幕，敲響每一塊沈睡的岩砦。

撒少許鹽、胡椒、香油，香噴噴的炒米粉就可以上桌了。

在那個山窪窪裡，你能伸手過來，在這空蕩蕩的房子裡抱我嗎？

在亮晃晃的陽光下忍住眼淚。

那霧茫茫的冬景彷如她不確定的前途。

初出道時，臉上雖有美麗的線條，但肥嘟嘟的臉蛋，一口不甚正確的廣東腔。

2. ABB式可以用作謂語

我的身體輕飄飄的，啊！原來蹲得腳麻了。

燈下看去腮紅唇艷，眼珠子水汪汪的，確有幾分動人之色。

昏蒙蒙一陣後，他覺得全身酥軟如病後初癒。

老鼠、蟑螂全部死光光。

大家都稱呼她母牛的皇后，她的外套光溜溜的，就像天鵝絨一樣。

在冬天裡，穿上毛織品的衣服，身上都暖呼呼的呢！

有一隻流浪狗，瘦巴巴的，每天在垃圾堆裡討生活。

中秋節快到了，所以他照往常一樣變得圓鼓鼓的。

中秋節到了，月亮圓嘟嘟的可不可愛？朦朧中看不見一個人影。

身上的毛衣濕漉漉，微微感受到毛線的味道。

老鄉遇老鄉兩眼淚汪汪。

討價還價起來也是文綉綉的。

告訴後來的人，禪是熱騰騰的，不是冷冰冰的；禪是活潑潑的，不是死沈沈的。

「君子坦蕩蕩，小人長戚戚」

船行快，歌聲高，採得蓮篷樂陶陶。

小星星，亮晶晶。在高高的天上，一閃一閃的。

他的樣子雄赳赳，氣昂昂，多麼讓人敬愛。

燈籠硬繃繃的，連心情也是硬生生的，無驚無喜。

給她下了什麼藥，反正她就是嚇得全身軟趴趴。動彈不得。

右耳都腫起來了，而且頭部也昏沈沈的。

那麼長長又無爪的嘛。也不該長得那麼毛茸茸的呀。

而事實上，他的媽媽也是個白癡，傻楞楞的。

睡了十多小時，膩出油了，額上光亮亮。

好似一把在空中飛舞的大刀，明晃晃。亮閃閃的。

孩子每天每天都安靜地放著風箏，靜悄悄的沒有半點聲音。

校園內的燈光便恍恍惚惚起來，陰森森地頗為嚇人。

3. ABB 式可以用作狀語

近處是燈火通明，舞者們鮮明的姿態，活生生地突顯出那更為狂烈的氣氛。

大老虎就惡狠狠的瞪著隱士發威。

她們不懂幽默，眼巴巴地望著我，等待解釋。

無奈有關政策修正作業緩慢，恐怕只有眼睜睜的放棄大好機會了。

柏林圍牆已頹塌了，國安法的圍牆，卻硬生生築在施家夫婦之間。

真正站在群眾當中又唱又喊的，眼睛骨碌碌的看他們在糟蹋這些水。

家人邊吃邊聊天，妹妹在一旁靜悄悄的埋頭苦幹。

菲力進了門，大喇喇地一屁股坐在沙發上。

飄了一個媚眼，投向他的懷裡。東尼酸溜溜的說：「我嘴上功夫可比他強！」「走吧！八點半了。」艾靈頓慢吞吞地說。

我也丟開了拖鞋，走進水裡，涼顫顫的感到一縷寒意。

他慢悠悠摘下墨鏡，咧一咧嘴。

如一隻逆流而上的青蛙走向北街。他慢悠悠踱向茶館，壁虎般沿牆邊隨去。

他頹然站立在院子中央，任日光熱辣辣曬在頭頂和細細的後頸上。

人生不也是如此嗎？今天，你還好端端的站在這兒，或許明天就已離開了世間。

驢子懶洋洋地靠在椅子上。

大象說完，就氣呼呼的跺了一下。

媽媽就盛裝喜孜孜的和在銀行服務的爸爸，到學校大操場。

產後有先生在一旁體貼照料，就不必孤伶伶地獨自住在坐月子中心。

小朋友立刻綻放出興奮的眼光，骨溜溜的睜看著「蒙娜麗莎」。

我帶著兩個孩子，興匆匆地準備穿過十字路口，去買個蛋糕。

氣沖沖的跑到飯廳裡，端了一碗飯。

荊軻秦舞陽雄赳赳的站起身，向太子丹躬身辭別。

哥哥喘噓噓的跑進來。

嫦娥吃下藥以後，身子突然輕飄飄的飛了起來，飛出了窗外，越飛越高。

大家興沖沖的為她準備。

他在天寒地凍時節，孤伶伶的又走遠了。

在台灣經濟發展的歷史赤裸裸地演示著掌握土地（空間）便是最大。

於是他們就靜悄悄地站住了。

知道計程車的行情，高高興興的上車，氣呼呼的下車。

前夜被捕後淚汪汪的向員警求情，希望能放他一馬。

直挺挺的倒了下去。登時一命嗚呼。

整個身子，直挺挺的仰了下去可就再也爬不起來了。

她，睨著一雙眼，水盈盈的說：哎，妳知不知道。

他的臉泛白，怯生生地答道：上過了。
一逕站在那裡直溜溜地看著僅著長棉衫的她。
他不自覺地朝我望一眼，剛好我也傻愣愣地瞧著他。

4. ABB 式可以用作補語

他們喝得醉醺醺的，再跑進咖啡店裡喝一種菊花煎茶。
到池塘脫得赤條條洗澡順便抓幾條鯽魚。
讓那些愛說話的人熱得苦哈哈的。
販毒集團，表面上裝得窮兮兮的，以遮人耳目。

5. ABB 式用作被修飾的中心詞

比較少見。通常只出現在書面語裡。

「但看這船上的亂糟糟。」

其中 BB 的成分大部分是衍聲的重疊，單字並無意義。小部分由單詞的意義重疊而成，如「血淋淋」「輕飄飄」。

6. ABB 的結構有很高的比例是顏色詞

描繪成一個多采多姿的繽紛世界：有鮮紅的肉片，翠綠的青菜，活蹦蹦的鮮蝦，白嫩嫩的豆腐，黃澄澄的玉米。
太陽的金箭射完了，紅沉沉的一輪，依戀地徘徊在天涯的一角。
爺爺喝過酒後，整個臉紅通通的。
把這片銀皚皚的沙丘，點綴得笙歌縈繞。
輕輕一掂；又掏出個小盒，將裡面幾粒黃燦燦的小圓頭子彈一一裝入。
白菜又大又漂亮，還有黃澄澄的橘子。
他嚴肅的搖搖頭，車子就遁隱在灰濛濛的遠方。

厭倦莉莉安終年一張灰僕僕的臉，他同意離婚。

昔日的古風民情及善良人性，在那半口灰僕僕的古井中，樸實無華的表露無遺。

湖上秋泛。厚敦敦的軟玻璃裡，倒映著碧澄澄的一片晴空。

ABB 組成的顏色詞當中，又以「白黑」兩色最常見，白和黑可以和各種不同的 BB 成分相搭配：

是誰叫你來到這裡？白皚皚的沙丘。向遠處一看，只見白茫茫的一片晨霧，籠罩住整個村子。

終於某夜有一團白花花的身影向她撲來。

很快便有人把還發著熱的，白花花的糯米一籮籮地抬到主席台上來。

蕈菇的木塊拼湊而成的木茸，而其上是白晃晃。是如此仰面露天。

盛茶的茶具，也不是白亮亮的鋁製品，而是古色古香的陶。

看到腳旁踩出的一灘污泥，我從沒想到白皓皓的雪也該有這骯髒的一面。

外婆以下，包括我和媽媽，都擁有滿頭烏溜溜的黑髮。

東尼狼狽不堪地跑進來。他那黑烏烏的連腮鬍子已變得斑白。

嘻嘻一笑，一雙黑油油的大眼睛在公子錦。燕子姑娘身上轉動。

場中只見一片他一推門，把那黑溜溜，滿頭長毛的腦袋往裡一伸。

一個四聲部的小型合唱團，燙急般一甩，不知摔到哪個黑洞洞的角落。

多麼美麗的日子啊！黑壓壓地天空下，黑壓壓地鑽動著一對對的情侶。

黑壓壓的人頭，如同波浪一般地起伏不止。

從雨瑟堡越過黑黝黝的希農森林。

此刻似乎又尋回當年的感覺，四周是黑鴉鴉的幽魂。

7.還有一些 ABB 是描寫笑的樣子

老師每次見了我，臉上總是笑咪咪。

他把懷錶放進孟嫂笑吟吟伸過來仰翻著的手裡。

哥哥到靶場打靶，一發即中，哥哥樂得笑哈哈。

外婆聽了，抱著弟弟笑呵呵。

他正向我們招手，笑嘻嘻的說：你們快來看！

他笑瞇瞇抓起一個泥阿福看著。

星光的世界，多美呀！萱萱展開雙臂，笑盈盈的說。

下面兩詞不能算是這類 ABB 結構：

其實也不是什麼了不得大事，從他們打哈哈的淡漠表情看得出來。

家家户户擺桌宴客，有如平地舉辦大拜拜。

因爲前者是動賓結構，後者是偏正結構。而典型的 ABB 式，BB 總是用來修飾 A 的。

由此可見這一種構詞類型，在現代漢語中，具有十分活躍的衍生能力。因爲在形容詞後面再加上兩個同音節的字，能產生格外逼眞生動的描繪特性，於是就成了人們最樂於使用的造詞形式。

類似 ABB 的結構，在古代漢語裡出現最多的，是楚辭：

「爛昭昭」兮未央。（九歌雲中君）

「杳冥冥」兮以東行。（九歌東君）

「慘鬱鬱」而不通兮。（九章哀郢）

「瞭杳杳」而薄天。（仝上）

「愁鬱鬱」之無快兮。(悲回風)

「穆渺渺」之無垠兮,「莽芒芒」之無儀。(仝上)

「藐蔓蔓」之不可量兮,「縹綿綿」之不可紆。「愁悄悄」之常悲兮,「翩冥冥」之不可娛。(仝上)

「紛容容」之無經兮,「罔芒芒」之無紀。「軋洋洋」之無從兮,……「漂翻翻」其上下兮,「翼遙遙」其左右。「氾潏潏」其前後兮……(仝上)

其他作品中,這類結構較少見,例如:

「滂洋洋」而四施兮,「蓊湛湛」而不止。(高唐賦)

「崛巍巍」而特秀。(嵇康琴賦)

一尺繒,「好童童」;一升粟,「飽蓬蓬」。(淮南王歌,淮南鴻列解敘)

卿雲爛兮,「糾縵縵兮」。(卿雲歌)

隋唐五代兩宋這類結構逐漸增加。例如:

碧煙輕裊裊。(五代孫光憲《菩薩蠻》)

照花穿竹冷沈沈。(五代李珣《酒泉子》)

冷颼颼,風又刮。(仙鬼詞・韓湘子《水仙子》)

憶眠時,春夢困騰騰。(五代韓偓《憶眠時》)

情性兒慢騰騰地,惱得人又醉。(周邦彥《片玉詞》)

所以劉阮輩,終年醉兀兀。(白居易《對酒》)

亂紛紛瑞雪藍關下。(仙鬼詞・韓湘子《水仙子》)

彼軍上,眾鳥鬧紛紛。(唐易靜《兵要望江南・占飛禽》)

中古時代的這類結構,有些情況稍有不同:第一字和第二、三字之間在結構上互不包含,是一種並列的關係。例如:

水蓼冷花紅簇簇，江蘺濕葉碧淒淒。（白居易《竹枝》）

滿庭芳草綠萋萋。（五代毛熙震《浣溪紗》）

汾水碧依依。（五代孫光憲《河瀆神》）

這些例子的後兩字重言，並不修飾前面的色彩字。

元代以後，屬於近代漢語的階段，ABB 的構詞形式更加發展，普遍的反映在文學作品中。下面是元曲的例子：

香噴噴味正甘，嬌滴滴色初綻。（梧桐雨・二）

恰便似紅溜溜血染胭脂。（瀟湘雨・二）

他兩個笑吟吟成雙做偶。（黑旋風・四）

我羞答答難相見，嬌怯怯自躊躇。（馮玉蘭・二）

這一個眼灌的白鄧鄧，那一個臉抹的黑突突。（玉鏡台・四）

我只道他喜孜孜開笑容。（張天師・一）

酸溜溜魯論齊論，醋滴滴周南召南。（薦淑蘭・二）

寒森森凍的我還窯內，滴溜溜絆我個合撲地。（殺狗勸夫・二）

如果細細觀察，這些元曲中的 ABB 結構並不都是「實詞＋重言虛詞」的，有些例子的三個音節全是擬聲詞，例如：

七林林低隴高丘。（硃砂擔・二）

他土魯魯嗓內涎潮。（硃砂擔・二）

一遞裡古魯魯肚裡雷鳴。（殺狗勸夫・二）

把孩兒撲碌碌推出門。（薛仁貴・一）

赤律律起一陣劣風。（東坡夢・三）

只待要各支支拷二百粗荊棍。（殺狗勸夫・二）

還有一種 ABB 的結構三個音節全是實詞，例如：

則見他曲躬躬笑把言詞問。（碧桃花・一）

則聽的沸滾滾熱鬧鑊鐸。（桃花女・三）

我濕淋淋只待要巴前路。（瀟湘雨・三）

明清的文學作品裡也充滿了 ABB 的詞彙，例如洪昇《長生殿》：

怎那硬撐撐釵盒也無尋處。（四十三）

長生殿裡，恨茫茫說起從頭。（四十九）

淅刺刺滿處西風。（四十九）

碧澄澄，雲開遠天。光皎皎，月明瑤殿。（五十）

又如《紅樓夢》《兒女英雄傳》中「黑」字之後加疊音之例就出現不少：

黑洞洞　黑油油　黑漆漆　黑魆魆　黑雅雅　黑壓壓

由上面的例子，我們知道 ABB 的詞彙結構大量出現在近代漢語裡，它大量的反映在元以後的戲曲、小說中，因爲這些作品是表現實際語言的。有時，同一個形容詞後面還可以接上好幾種不同的疊字（如「黑」字的情況），顯示了這是一種十分靈活而彈性的造詞形態。不過，在語言的演化過程中，古代漢語中的許多 ABB 型詞彙沒有沿用下來，所以前面所舉的很多例子對我們而言，是陌生的。另一方面，在現代漢語裡也有許多過去不曾出現過的，嶄新的創造出來的 ABB 型詞彙。

參、疊義詞

重疊詞的另外一大類是「疊義詞」。疊義詞的兩個成分都是實詞，屬於兩個個別的詞素。疊音詞的兩個字則組成爲一個單一的詞素，其性質和聯綿詞類似。動詞和形容詞往往可以重疊使用，名詞重疊的現象比較少見。

名詞重疊的，例如：

《詩經》：燕燕于飛，差池其羽。（邶風燕燕）

《詩集傳》說：「謂之燕燕者，重言之也。」在上面的句子裡，「燕燕」作主語用，顯然是個名詞。

王筠《毛詩重言》說：「（爾雅）釋鳥、釋獸兩篇，以重字爲名者，有鶼鶼、狒狒、猩猩三物，皆異域所產。」

王筠所稱三物應屬音譯詞，和燕燕的情況不同，燕燕可以單說「燕」，猩猩、狒狒卻不能單稱「猩」或「狒」。早在《呂氏春秋·本味》就稱「猩猩」了：「肉之美者，猩猩之脣。」也可以寫作「狌狌」或「生生」：

《山海經·南山經》：有獸焉，其狀如禺而白耳，伏行人走，其名曰狌狌。傳：生生，禺獸，狀如猿。

《荀子·非相》、《論衡·是應》也都稱「狌狌」。由此觀之，「猩猩」無疑是音譯詞，而非重疊詞。「狒狒」又作「費費」，情況相同。至於「燕燕」，就單字而言，本身就是「燕鳥」的象形，下面四點是由剪尾之形演變來的。因此，「燕燕」才是名詞的重言。

又《詩詩·小雅·楚茨》：「子子孫孫，勿替引之。」也是名詞的疊義詞。「子子孫孫」常見於周代的鐘鼎銘文中，例如：

其子子孫孫永寶用（張伯匜）

其子子孫孫永用（寒戊匜）

子子孫孫永保用之（孟姜匜）

子子孫孫永寶用（剌公敦）

子子孫孫永寶用享孝（仲駒敦）

又《詩經．小雅．南有嘉魚》：烝然罩罩，烝然汕汕。

《毛傳》：罩罩，篧也；汕汕，樔也。

朱熹進一步解釋說：篧就是「編細竹以罩魚者也」，這樣的話，「罩罩」、「汕汕」都是名詞的重疊了。可是「罩」字《韓詩》作「淖」。

《說文》「汕」字下說：「魚游水貌」，引《詩經》「烝然汕汕」。

《廣雅．釋訓》：「淖淖、滻滻，衆也」。

王念孫《疏證》：「淖淖與罩罩同，滻滻與汕汕同」。

由此看來，「罩罩」、「汕汕」都是疊音的形容詞，而不是疊義的名詞了。二者都在形容群魚游水的樣子。戴震《毛鄭詩考證》說：「按烝然，衆也。罩罩，疊字形容之辭，不當爲捕魚器。」他的看法是對的。

唐五代的名詞重疊，比上古要多一些。例如：

人人盡說江南好，遊人只合江南老。（韋莊菩薩蠻）
惟有真心，物物俱含載。（呂岩蘇幕遮）
葉葉如眉翠色依。（唐姚合楊柳枝）
我憶君詩最苦，知否？字字盡關心。（五代顧敻荷葉杯）
家家盡唱升平曲。（唐竇常還京樂）
上苑芳華歲歲新。（五代徐鉉柳枝詞）

現代漢語裡，名詞重疊也很有限，例如：

人人　家家　户户　年年　星星
處處　事事　歲歲　天天　心心（相印）
行行（出狀元）　（吹）泡泡　篇篇（都精彩）
個個（身高體壯）　（他總是這個）調調
（他只是個小）混混　（他揹了個）包包

親人的稱呼往往也採用疊字的方式，例如：

爸爸　媽媽　哥哥　弟弟　姐姐　妹妹
叔叔　伯伯　爹爹　爺爺　奶奶　太太
舅舅　公公　婆婆　嫂嫂　姑姑

其他對人的稱呼也常見重疊詞。例如：

嬤嬤　娘娘　姥姥　娃娃　寶寶

有時把名字中的某一字重疊，如「威威」、「蕾蕾」、構成一種暱稱。

動詞的重疊比較常見。例如：

大家一起「聊聊」。
你「想想」這個問題。
「查查」看字典。
你「念念」這一段。
你去「送送」他吧！
你「敲敲」門看！
麻煩你「補補」這件衣服。
來！媽媽「抱抱」。
他老愛「蹦蹦跳跳」，太外向了些。
我們去「騙騙」他。
你「摸摸」看是什麼東西。
他整天就是「泡泡」茶，「打打」牌。
要不要「賭賭」看！
「等等」他嘛！
不要「拉拉扯扯」沒規矩。
來！「親親」這裡！

錢不見了，趕快幫我「找找」。
他只是「笑笑」罷了。
不要整天「吵吵鬧鬧」！
好吃耶！「嚐嚐」看！
把東西「收收」起來。
「省省」力氣吧！
我們出去「走走」。
做事要多「用用」腦筋！
你「聞聞」這是什麼味兒？
先「熱熱」車，再上路。
「揉揉」眼睛看清楚。

這些重疊動詞如果帶有「試一下」的意思，往往在後面加上一個詞尾「看」字，或在中間塞入個詞嵌「一」字。例如前面的「查查看」、「敲敲看」、「賭賭看」、「嚐嚐看」、「省一省」力氣、出去「走一走」、「用一用」、「聞一聞」、「熱一熱」車、「揉一揉」眼睛。

有時，重疊動詞之間還可以加上一個表示動作已經完成的詞嵌「了」，例如他「搖了搖」頭、「算了算」划不來、他「指了指」前面、他「笑了笑」就走了、「灑了灑」水、「澆了澆」花等。有時詞嵌「了」和「一」還可以同時並用，既表示完成，也表示「試一下」，例如他「試了一試」、「嚐了一嚐」、「漱了一漱」口、「笑了一笑」、「拉了一拉」、「跳了一跳」、「敲了一敲」等。

至於重疊動詞的詞尾「看」，有時可以移到賓語的後面，例如：

你查查字典／你查查字典看
摸摸看他的手／摸摸他的手看
你問問看那個人／你問問那個人看

你提提看這包行李／你提提這包行李看

現代漢語動詞重疊，中間加上詞嵌「一」的情形，這種構詞形態在唐宋時代就已經有了，例如：

不如且退，喝一喝云：少信根人終無了日。（臨濟慧照禪師語錄）
師將禪杖畫地一畫。（仰山慧寂禪師語錄）
上堂，拈禪杖卓一卓、喝一喝。（楊岐方會和尚語錄）
卻得程氏說出氣質來接一接，便接得有首尾。（朱子語類卷九）
試定精神看一看。（朱子語類卷十二）
問道：甚意思？看我一看了便走？（簡帖和尚）
只見一個漢子……正面來把崔寧看了一看。（碾玉觀音）
夫人也笑了一笑，收過了。（史弘肇龍虎君臣會）

疊義詞和疊音詞最大不同是疊義詞可以不疊，疊音詞不能不疊，不疊就完全是另一個不相關的詞了。水聲「潺潺」不能單用一個「潺」、餘音「嫋嫋」不能用一個「嫋」、「懶洋洋」不能單用一個「洋」、「香噴噴」也不能單用一個「噴」。疊義詞無論是名詞、動詞、形容詞，重疊與單用，意義相去不遠。「人人」還是「人」，「家家」還是「家」，重疊後只強調了「多」的意思；「爸爸」可以單稱「爸」，「嫂嫂」可以單稱「嫂」（只有「太太」一詞例外）；「聊聊天」、「敲敲門」、「想想看」、「揉揉眼」也都有「聊」、「敲」、「想」、「揉」的意思在。

在古代漢語裡，動詞的重疊就少得多了。《詩經》裡有這樣的例子：

京師之野，于時處處，于時廬旅，于時言言，于時語語。（大雅公劉）

《鄭箋》的解釋：「於是處其所當處者，廬舍其賓旅，言其所當言，語其所當語。」

他把「處處」、「言言」、「語語」的上一字當作動詞，下一字當作賓語，這個看法不正確。日人竹添光鴻《毛詩會箋》說：

「處處者，處也；廬旅者，廬也；言言者，言也；語語者，語也；並用重文者，謂其非一也，非上虛下實之謂，猶言燕燕也。」

由語法結構來看，竹添氏的論點是對的，它們都是動詞的重言。

又《詩經．周頌．有客》：有客宿宿，有客信信。

《毛傳》：一宿曰宿，再宿曰信。

竹添氏說：「《爾雅．釋訓》：有客宿宿，言再宿也；有客信信，言四宿也。《毛傳》據單文而言，故言一宿、再宿。《爾雅》據重文而倍言之，故宿宿言再宿，信信言四宿也。」

由此觀之，「宿宿」、「信信」也是動詞的重疊。

又《詩經．周南．卷耳》：采采卷耳，不盈頃筐。

朱熹解釋「采采」為「非一采也」近人高亨氏也解釋為「采了又采」，似乎是個動詞的重疊。但是，戴震《詩經補注》說：

「采采，眾多也。詩曰：采采芣苡；又曰：蒹葭采采；又曰：蜉蝣之翼，采采衣服。皆一望眾多者。」

馬瑞辰《毛詩傳箋通釋》說：

「蒹葭采采，傳：采采猶萋萋也。萋萋猶蒼蒼，皆謂盛也。蜉蝣傳：采采，眾多也。多與盛同義。」

丁聲樹《詩卷耳芣苡采采說》：

「竊謂戴、馬之說以采采為形容詞者是，而《毛傳》以下以為外動詞者非也。……詳考全詩，外動詞絕未有用作疊字者。」

丁氏由語法的觀點證明了「采采」不是動詞重疊，因爲先秦還沒有及物動詞重疊的形式。

漢魏六朝的動詞重疊，例如：

行行日已遠，人馬同時飢。（曹操《苦寒行》）
行行重行行，與君生別離。（古詩十九首）
生人作死別，恨恨那可論。（孔雀東南飛）
黃雀得飛飛，飛飛摩蒼天。（《樂府詩集·野田黃雀》）
高台半行雲，望望高不極。（梁簡文帝詩）
行行道轉遠，去去情彌遲。（劉宋謝惠連詩）

唐宋時動詞重疊漸多。例如：

信宿漁人還汎汎，清秋燕子故飛飛。（杜甫秋興之三）
見儻閬之門庭，看看眼磣。（遊仙窟）
看看，山僧入撥舌地獄去也。（五燈會元卷十九）
漫行行，徒歷歷，舞蝶休飛蜂覓覓。（維摩詰經變文）
行行坐坐黛眉攢。（五代閻選《八拍蠻》）
念去去千里煙波。（柳永《雨霖鈴》）
行行逆風去。（姜白石《昔遊詩》）
看看洪水作危難，移寨向高山。（唐易靜《兵要望江南·占日》）
寸心恰似丁香結，看看瘦盡胸前雪。（五代尹鶚《撥棹子》）
看看又春來，還是長蕭索。（五代魏承班《生查子》）
看看濕濕縷金衣。（五代顧夐《荷葉杯》）
落絮飛花滿帝城，看看春盡又傷情。（五代孫光憲《浣溪紗》）
曉樓鐘動，執纖手，看看別。（敦煌詞《別仙子》）
雙成伴侶，去去不知何處？（五代尹鶚《女冠子》）
去去何處？迢迢巴楚。（五代李珣《河傳》）
馬蕭蕭，人去去。（五代孫光憲《酒泉子》）

恨恨君何太極。（五代魏承班《謁金門》）
惜惜此光陰如流水。（五代李存勗《歌頭》）

從這些例子可以看出中古時代流行的動詞重疊不外「看看」、「行行」、「去去」、「飛飛」、「恨恨」等。特別是「看看」出現的頻率很高，多有「眼看著……正在發生」或「轉眼……就發生」的意思。「去去」也常出現，表動作的持續，一程一程不停地走。

形容詞的重疊是各類疊義詞最普遍的。在現代漢語裡，形容詞的重疊總是要加上一個詞尾「的」作爲標誌。例如：

高高的個子	黑黑的頭髮	厚厚的書
胖胖的身材	禿禿的頭	涼涼的水
紅紅的花	大大的西瓜	圓圓的球
亮亮的燈光	綠綠的草原	顯得靜靜的
煮得爛爛的	擦得亮亮的	飛得高高的
打得重重的	堆得高高的	抹得黑黑的
滿手油油的	裝得滿滿的	

把這些重疊詞後的「的」字去掉，就覺得似乎少了點什麼，變得很不自然了。

副詞通常都單用，極少重疊的，例如「很」、「更」、「稍」、「僅」、「最」、「都」、「也」、「又」、「先」、「能」、「會」、「該」、「不」、「正」、「剛」等。重疊的只有「常常」、「往往」、「剛剛」、「漸漸」幾個表示動相的副詞。或者「僅僅」、「稍稍」幾個表示程度的副詞（口語中也可以說：「這是我最最愛的水果」、「我要一個更更大的汽球！」）。不像形容詞大部分都能重疊使用。特別是容易用我們的感官去辨認的一些屬性，總可以重疊，例如：

1. .視覺方面

大小、高矮、胖瘦、粗細、寬窄、濃淡（顏色）、直、彎、歪、斜、尖、圓、黃、白。

2. 味覺、嗅覺、觸覺方面

酸、甜、苦、濃淡（味道）、硬、軟、嫩、冷熱、乾濕、緊鬆。

若只依賴主觀判斷的屬性，或者不容易由外表辨認的屬性，比較少重疊，例如：早晚、老、新舊、快、壞、差、對錯、美、慌、煩、擠、野等。

在古代漢語裡，例如《詩經》裡，重疊大部分是疊音，很少疊義。疊音形式不能憑其中之一個成分的意義來講，疊義則單用疊用意義相去不遠。《詩經》疊義詞只有如下幾個：

狐裘黃黃（小雅都人士）——此有黃色之義。

粲粲衣服（小雅大東）——此有《鄭風．羔裘》的「三英粲兮」中「粲」字同義，皆鮮明貌。

皎皎白駒（小雅白駒）——此與《陳風．月出》的「月出皎兮」中「皎」字同義，皆明亮、潔白的意思。

葭菼揭揭（衛風碩人）——此與《小雅．大東》的「西柄之揭」中「揭」字同義，皆有高舉之義。

先秦散文的疊義重言也很少見，例如：

子貢蹙蹙然立不安（莊子天運）——此與《孟子．公孫丑上》中「曾西蹙然曰」都是不安的樣子。

俄而子來有病，喘喘然將死（莊子大宗師）——喘喘然就是喘氣的樣子。

到了中古時代，形容詞的重疊就逐漸多了，例如：

青青自是風流主。（五代和凝《柳枝》）

章台柳，章台柳，往日依依今在否？（唐韓翃《章台柳》）

客舍青青柳色新。（王維《陽關曲》）

楊柳青青江水平。（劉禹錫《竹枝》）

紅紅綠綠苑中花。（唐王建《宛轉曲》）

寒沙細細入江流。（唐皇甫松《浪淘紗》）

髻綰湘雲淡淡妝，早春花向臉邊芳。（敦煌詞《雲謠集雜曲子·浣溪紗》）

歌唇乍啓塵飛處，翠葉輕輕舉。（五代文玨《虞美人》）

羅裾薄薄秋波染。（五代魏承班《菩薩蠻》）

楚腰蠐領團香玉，鬢疊深深綠。（五代閻選《虞美人》）

兵行次，黯黯久陰沈。（唐易靜《兵要望江南·占風》）

記得年時，低低唱，淺淺斟，一曲直千金。（仙鬼詞·琴精《千金意》）

殘月菊冷露微微。（五代顧夐《荷葉杯》）

西國神僧，遠遠來瞻禮。（敦煌詞《蘇暮遮》）

林花謝了春紅，太匆匆。（五代李煜《烏夜啼》）

肆、單位詞的重疊

疊義的重言除了名詞、動詞、形容詞之外，還有單位詞。單位詞是漢語的一項重要特色。把單位詞重疊後，用以表示多數。例如：

公園裡雙雙對對情侶，有坐著的，有散步的。

這座戲院近來場場爆滿。

藝品店的木雕件件都是精品。

這班學生個個都戴眼鏡。

牧場裡的馬，匹匹都高大壯碩。
鳥園飼養的金絲雀，隻隻生氣澎勃。
條條道路通羅馬。

這類重言詞還可以在前面加個「一」，或再在中間塞個「一」，例如：

雙雙對對／一雙雙、一對對／一雙一雙、一對一對
場場／一場場／一場一場
件件／一件件／一件一件
個個／一個個／一個一個
匹匹／一匹匹／一匹一匹
隻隻／一隻隻／一隻一隻
條條／一條條／一條一條

這種形式上的變換，在用法上、意義上也會有些不同，例如「屋裡的人一個一個走出來」，就不能說成「屋裡的人個個走出來」。「這座戲院場場爆滿」也不能說成「這座戲院一場場爆滿」，或說成「這座戲院一場一場爆滿」。

伍、複音節詞的重疊

下面我們再討論複音節詞的重疊。也就是兩個音節的合義複詞重疊起來使用的情形。合義複詞有主謂式、動補式、動賓式、主從式、並列式幾種結構型態。各種型態的重疊狀況並不相同。主謂式（如「眼紅」、「肉麻」）、動補式（如「說明」、「提高」）一律不重疊。動賓式原則上不重疊，只有少數例外，如「認眞」、「隨便」、「徹底」可以說成：

希望你能認認真真的念點書，將來也好揚眉吐氣。

他一向隨隨便便，總是不當回事。

你務必要徹徹底底的做好這件事。

其他如「出差」、「復原」、「放心」、「生氣」、「挑戰」、「著手」等都不重疊。

主從式原則上也不重疊，只有少數例外，如「正式」、「厚道」、「小心」、「和氣」、「高興」、「空詞」、「體貼」、「筆挺」、「自由」等，可以說成：

我們總算能正正式式地開次會了。

他見人總是和和氣氣的。

他高高興興的跑回家。

最容易重疊的合義複詞是並列式。下列兩種狀況幾乎都可以重疊：

1. 由外表可辨別的情狀。如「高大」、「孤單」、「整齊」等。可以重疊成「高高大大」、「孤孤單單」、「整整齊齊」。

2. 兩字都是自由詞素的並列式複詞。如「雜亂」、「嚴密」、「正直」等。可以重疊成「雜雜亂亂」、「嚴嚴密密」、「正正直直」。至於「暴虐」、「嚴肅」不重疊，是因爲「暴」、「肅」都是附著詞素的緣故。

「血汗」、「矛盾」、「背心」、「骨肉」爲並列式，同時爲自由詞素，卻不重疊。

就詞性來說，形容詞最常重疊，動詞其次，名詞不重疊。如「聲音」、「意義」、「朋友」、「隊伍」、「村莊」、「牆壁」、「形狀」、「顏色」在結構上本來都是並列式，應該是很容易重疊的一種結構類型，但由於是名詞，所以不重疊。

動詞和形容詞的重疊規律不同。動詞是採取「ABAB」型，形容詞是「AABB」型。例如動詞：

試驗——試驗試驗
輕鬆——輕鬆輕鬆
盤算——盤算盤算
討論——討論討論
找尋——找尋找尋
湊合——湊合湊合
研究——研究研究
調拌——調拌調拌
洗刷——洗刷洗刷

在句子裡可以帶賓語，也可以不帶賓語。後者較爲普遍。帶賓語的例如：

回家以後，一個挑水，一個燒飯，再整理整理打獵用具。
願讀者朋友，多料理料理春來事。

不帶賓語的例如：

著作放在籃裡，要到龍潭找崇信禪師印證印證。
試著在日記本上練習練習。
以前練的一些臺灣曲子翻出來瞧瞧把玩把玩越吹越有意思。
中油目前無此打算，但會研究研究。
只是把這件意外記在上課記事本中，參考參考而已。
舊雨新知大家難得齊集在一起暢敘暢敘。
讓我帶你出去運動，把肚子消化消化。
每隔一段時日，拿出前些日子寫的字比對比對，看看究竟有沒有進步？

媽媽忽然興起了一個念頭：把家裡打掃打掃，於是全體動員。
滿足一下自己的好奇心，便決定進去參觀參觀。

形容詞複合詞的重疊，例如：

漂亮——漂漂亮亮
痛快——痛痛快快
零碎——零零碎碎
奇怪——奇奇怪怪
歪斜——歪歪斜斜
完全——完完全全
清淨——清清淨淨
平安——平平安安
空洞——空空洞洞
彎曲——彎彎曲曲

AABB 形容詞複合詞的重疊，出現在句子中的情況如下：AABB 式，有些可以帶個後綴「的、地」：

1. 作定語用

鑽進那間雜物室時，天還黑得厲害。驚驚惶惶的臉猝然被一面黏軟的蛛網罩住。

你住這兒只管睡好覺。等迷迷濛濛的霧氣收盡，他才動身離開村子。

校園裡、公園內、電影院中處處可見卿卿我我的男女情侶。
在於他那平平淡淡的言談舉止中，處處包含偉大的真理。
將自己埋藏在熙熙攘攘的人潮之中。
曲曲折折的濱線看上去就像峽灣一般。
我站在池邊，看到那冰冰涼涼的水，心裡好害怕。

純熟的技巧為綿羊剪羊毛。瞧！本來肥肥厚厚的綿羊，剪了毛後變成一隻隻赤裸裸。

猜猜我的夥伴吧！我的好夥伴，它有四四方方的身體，身體上有許多按鈕。

音樂果真如他所說，是道道地地的魔鬼咒語。

最令我難以忍受的是，每當擠過重重疊疊的女人堆時，那種耳鬢廝磨的感受。

峻峭的山坡上。那裡有一條草長齊膝彎彎曲曲的羊腸小徑。

我們始終抱持著戰戰兢兢的態度，迎接每次出刊的挑戰。

它還是會從彎彎曲曲的縫隙中，鑽到地面上來。

高山，把長江夾在中間，像一條彎彎曲曲的巷子，約有七百里長。

彎彎曲曲的河流，像繡在格子布上的銀線。

小蓮：客人是什麼樣子？母親：是個高高大大的男人，穿著灰色的西服。

獅子魚不像獅子，卻像一隻花蝴蝶。瘦瘦小小的海馬，最愛抬頭挺胸。

每個人都要不安於室，都要去做一番轟轟烈烈的事呢？

池的旁邊有五個大大小小的拱門，裡頭躺著好多病人。

我們每天面對著形形色色的顧客、老闆、同事與主管。

他說，這裡的背景非常優美，有高高瘦瘦的椰子樹，有大大小小的船艦。

這實在是一幅簡簡單單的景象。

昌都和那曲縣境內大大小小的遊牧部落與族群跋涉千里，要求黃某供出聯絡電話，結果迷迷糊糊的黃某堅不吐實。

還有人千里迢迢前來學藝，希望做個風風光光的馬上狀元。

房間裡不時地傳出了她此起彼落，斷斷續續的叫罵聲。

2.作謂語用

火光在燈籠裡竄動，孩子的心，也動動蕩蕩的。

的確，日本人是蠻婆婆媽媽的，文法還分男女。

是位老先生，他的臉，遠遠望去，斑斑駁駁的有著許多切口。

每次輪到他上臺說話，他就畏畏縮縮的，不敢上去。

在七歲以前尚是懵懵懂懂的。

眼前的世界常是坑坑洞洞、破破碎碎的。

就精神生活的主觀性而言是實實在在的。

小白兔抱起來柔柔軟軟的，而且毛茸茸的，真是舒服。

不約而同地佔據了靠牆的位置。中央空空洞洞的，只有我們倆，好像特意安排的。

他咬著掛鋪蓋的繩子，低著頭，扭扭捏捏的，幾乎是一寸一寸地移了進來。

在哪個熟悉的地方。我也不想瞭解，渾渾沌沌的，只有那俱樂部傳來的音樂。

3.作狀語用

我們必須讓心靈有留白，真真實實的思考一下：什麼是「對」的抉擇？

美好人生不能夠盲目的得到，要實實在在的看自己。

其目的是要使自己能澈澈底底的了解。

若有問題要處理，有時候到頂樓，痛痛快快地大吵一頓。

難道我就註定這樣混混沌沌的「最後被自己打敗」？

鑑於此，為人主管者必須堂堂正正的依法要求對方履行工作的義務。

一朵花，你必須珍視這朵花的本質，如如實實的接納它、實現它。

棚上棚下，蝴蝶翩翩的來了，蜜蜂匆匆忙忙的飛繞。

在反省以後，能夠切切實實的覺悟，改正自己的缺點。

不做事，經常在廣場噴泉邊閒蹓，懶懶散散的混日子。

爸爸媽媽就準備好了家。讓他們安安穩穩的在家裡長大。

我們天天都在一起，歡歡喜喜和和氣氣的遊戲。

很有耐心，不論我問什麼問題，他都詳詳細細的回答。

伸手撫摸大黃貓。大黃貓也很柔順，安安靜靜的陪著爸爸。

說：糟了，我遲到了！說著，就慌慌張張的鑽進樹洞裡不見了。

我玩累了，可以靠在樹幹上，舒舒服服的睡一覺。

大家抬了大蘿蔔，高高興興的回家去。

已經祕密的離開了貴國。現在，早已平平安安的回到敝國，把璧玉交回去了。

她會生上一爐火，沏上一壺茶，高高興興的陪他說話。

第十一屆亞運在北京轟轟烈烈地舉行，中華代表隊也軋上一角。

姨丈即將所有家當變現，準備風風光光的回到故鄉。

各方指摘下，課長期期艾艾的指出，縣府是考量整個興達港的。

到苗栗者，因不知道計程車的行情，高高興興的上車，氣呼呼的下車。

在大庭廣眾之下，痛痛快快的宣洩他們的悲憤。

馬路上，各自為政或舞或樂，喧喧鬧鬧地讓工人扛下車。

琴弦咿咿呀呀地搖曳，發出一組組寂寞純淨的單音。

九十幾歲，到離世，政府也還沒有正正式式地還他清白。

年輕時看甘地生平，只模模糊糊地覺得他是個偉人。

女子付了錢，低首斂眉，淒淒惶惶地走了，而我，心裡有怒也有憾。

同學們回答時，我不准他們死死板板地對著書本把答案念出來。

把你以前想的、說的，零零碎碎的回想一下。

我的心底飄飄忽忽地浮起了魏爾侖的詩：啊，悲傷。

陽光細細碎碎的灑下來，像一片細碎的金粉。

一早，我從柔軟的床上慵慵懶懶的起來，揉揉惺忪的雙眼。

灼熱的日光從枝葉縫零零落落地漏下來，像落下無數金毛小蟲。

梯階每級約二十公分高，歪歪扭扭地向上而升。

*4.*作補語用

乾乾淨淨的桌椅，排得整整齊齊的。

貓生病死了。家裡少了一隻貓，變得冷冷清清的。

AABB 式，不帶後綴「的、地」：這類不帶後綴，用法和上面一類有顯著的差異。

第一，這類通常不作定語。上一類則定語爲其主要功能。

第二，這類作謂語和作補語的比例比上一類高得多。

第三，這一類還能擔任中心詞、作動詞、作主語。

*1.*作定語

上野開來的列車在站上，只有稀稀落落幾人下車。

*2.*作謂語

老太太發現，怒而指責，但只看他從從容容、滿口説著你聽不懂的話揚長而去。

橫貫公路，很多路段是沙石路，路面坑坑洞洞，凹凸不平。

衣物搭曬其間，「萬國旗」場面，花花綠綠又添氣氛一樁！

無休無止的震撼人心，讓人渾渾噩噩。

風度絕佳。一身服飾，看起來隨隨便便奇奇怪怪，卻有一種説不出的韻味。

好會遭嫉妒，太爛會挨人家罵。還是普普通通，馬馬虎虎，最好！

車子進站後，總是拖拖拉拉，不能掌握時間，使乘客如急驚風。

生命就在這麼小的範圍裡漲漲落落。經您如此一理，條理就清清楚楚了。

雖然最佳化問題形形色色，但數學上描述最佳化問題卻很單純。

卻遲遲不肯動手去做，或者做的時候馬馬虎虎，不肯盡力。

隱現著褐色的牛群和白色的羊群，蒼蒼茫茫，構成了一幅壯美的畫面。

小弟弟，學說話，結結巴巴。

整個山坡，紅紅綠綠，美麗得很。

有靴子、運動鞋、高筒鞋；可謂林林總總，應有盡有。

寫了半個人字，就被淹沒了。字跡歪歪斜斜。

外來仿成品，林林總總教人目不暇給。

今年只剩我一個人，看人家雙雙對對，有點形單影隻。

消費者若無專業知識便難免匆匆忙忙而有疏漏。

吃大菜，逛街吃點心才回家，大家客客氣氣，相安無事。

日子過得艱難，馬馬虎虎算了。

逛了一圈，觀賞到的動物稀稀落落，兩腿卻走得發酸。

夢見來看我，瘦了許多，文文靜靜端莊穩重，十足淑女味。

長安大街，這時人潮已經散去，兩旁稀稀落落還有些人影。

竟也可以寫成一篇訪三毛未遂記，洋洋灑灑數萬字。

她給他們父子三人搞得腦筋瑣瑣碎碎，她在瑣瑣碎碎裡一天又一天地過著。

三人吃麵吃得一桌子湯湯水水，她拿抹布擦才總算有人注意到她。

3.作狀語

籃板爭奪中，奧拉裘旺的右眼下方結結實實挨了卡特萊特一拐子。

消費者必須做充分準備，以期能漂漂亮亮出門，健健康康回家。

琳琅滿目的相片出現在我眼前。我仔仔細細看了一遍又一遍。

但望這回不是高明的政治騙局，能確確實實付諸實行。

迎神明，大家一定規規矩矩先拜廟。全部擠在這片廣場中央。

視線裡密密麻麻滿了人影：傾巢而出的旅客。

希望大伙兒歡歡樂樂同聚一堂的氣氛，能延續至明年。

不知怎麼，對老師的吞吐十分不悅，恍恍惚惚腦中忽然瞥過過去她那激憤壯烈的夢。

突地一聲門鈴輕輕脆脆響起。

而且談了半天，天下沒有多少人會老老實實規劃工作生涯，然後照章行事的。

他看到樵夫忙忙碌碌來回於打樵和賣薪柴之間。

4.作補語

於是他把桌子整理了一番，收拾得乾乾淨淨。

這樣有節目就看，把生活秩序弄得顛顛倒倒，對他的身心來說，壞處實在太多。

非把它弄得清清楚楚，不肯罷休。

慌張的情緒，使他的話回答得結結巴巴。

反正我對她一無所求，就該表現得自自然然，而不是像現在這樣忸忸怩怩。

哇塞！連花苞都被咬得稀稀爛爛。

整天顯得畏畏縮縮，幾乎難得從她臉上看到天真無邪。他就是這樣的人。

幾時大家正談得高高興興，突然間他聽到一句不中聽的話。

此外，這類還能作中心詞、作動詞、作主語。例如：

而今年事漸長，已無復少年時代的戰戰兢兢。

不論在何種工作崗位上，同樣需要兢兢業業，力爭上游。

堂堂正正又有何懼。

也有少數例外的情況，動詞重疊不循「ABAB」的方式，而用「AABB」的方式，如「他整天躲在屋裡塗塗畫畫，不幹正經事」，其中的「塗塗畫畫」是動詞（其實這是兩個重疊詞「塗塗」、「畫畫」組合在一起，「哭哭啼啼」「走走停停」也是同樣的狀況。另外幾個並列式複合詞也以「AABB」呈現，如「塗改」、「拼湊」、「縫補」）。形容詞重疊也偶有不用「AABB」而用「ABAB」形式的，如「她有一頭烏黑烏黑的秀髮」、「他把衣服洗得雪白雪白」，其中的「烏黑烏黑」、「雪白雪白」是形容詞。這種例外也有規律：凡是形容詞採「ABAB」重疊的往往是主從式結構，並列式結構的形容詞一律是「AABB」型重疊。

有的看起來像動詞重疊，實際上是形容詞，例如：「搖搖晃晃」、「跌跌撞撞」、「斷斷續續」、「偷偷摸摸」、「叫叫嚷嚷」、「打打鬧鬧」都作形容詞用，因此使用「AABB」型式重疊。

有的看起來像「AABB」型動詞重疊，如「走走停停」、「進進出出」、「跑跑跳跳」、「吃吃睡睡」，實際上不是複詞重疊，而是兩個單詞各自重疊。「走走停停」是「走」和「停」重疊而成，不是「走停」的重疊。

有時，同樣兩個字，用「ABAB」重疊，和用「AABB」重疊，意思不同，詞性也不同。如「比畫」，說成「比畫比畫」是較量功夫的意思，作動詞用；說成「比比畫畫」是手在動作以輔助語言的傳達，通常作形容詞用。

動詞的複詞，能重疊的比率有多高呢？據王建軍《動詞重疊與語義、結構及語境的關係》（涂州師範學院學報，1988.3）一文的研究，在551個雙音節動詞中，能重疊的有320個，佔總數的58%。換句話說，超過半數的動詞複詞都能重疊。單音動詞能重疊的比率就更高了。李人鑒《關於動詞重疊》（《中國語文》第131期）一文統計梁斌的《播火記》一書中，單音動詞重疊的共136個，共出現756次；雙音動詞重疊的共57個，共出現102次。在老舍的《駱駝祥子》中，單音動詞重疊的共41個，共出現108次，雙音動詞重疊的共10個，共出現13次。

一般說來，能重疊的動詞大都是行爲動詞。至於非行爲動詞或行爲性不強的動詞大部分不重疊，如：「包括」、「呈現」、「成爲」、「否認」……等。動詞重疊後，往往帶有「動作持續或反複」的意味。因此，凡是表「一次性」或「不可逆性」的動詞就不能重疊了，如：「爆炸」、「打破」、「銷毀」、「出生」、「去世」、「消滅」等……等。

關於什麼動詞不能重疊的問題，范方蓮《試論所謂動詞重疊》認爲能願動詞、趨向動詞、判斷詞都不能重疊。如「想要、能夠、願意、希望」（能願）、「來、去、上、下、起來、出去、過來」（趨向）、「是、乃、即、爲、非」（判斷）。劉月華《動詞重疊的表達功能及可重疊動詞的範圍》（《中國語文》第172期，1983.1）一文認爲只有動作動詞可以重疊。非動作動詞，如關係動詞（是、成爲等）、趨向動詞、表示心理狀態的動詞（愛、恨、害羞等），以及表示變化的動詞，一般不能重疊。

陸、副詞的重疊

副詞重疊不是普遍的現象。只限於少數幾個詞。例如：

我們時時刻刻要努力，一分一秒都得愛惜。

每個人時時刻刻、不選擇時地去做。

我們不可以完完全全學他們，因為我們的民族性不同。

而今陳已完完全全退出國家隊陣營。

於是日日夜夜都懷有創業的夢想。

在資料輸入期間，也陸陸續續發現到一些當初所沒有考慮到的情況。

瞌睡來了，還有人閒散的抽著煙，或三三兩兩的小聲聊著天。

每一次都多多少少有點挫折感。

所以感受上，這裡多多少少有異域的奇特風情。

隨著旋律百般想念晚晴，反反覆覆地想她，想以前，想現在。

昨天在接受電視台記者訪問時，即隱隱約約指示攝影機鏡頭指向其背後牆上。

眼前有福你樂得享受，晃晃悠悠就將一世人做過了。

柒、疑問代詞的重疊

漢語複合詞除了名詞、形容詞、動詞的重疊外，還有疑問代詞也能重疊。例如：

他老是吹噓這本書如何如何好。

大家都說她怎麼怎麼漂亮。

小三說他這筆生意賠了多少多少錢。

這些疑問代詞的重疊都有強調所述不止一點點的用意。單用也可以，只是失掉了強調的意味。

他說皮包裡放的包含書本、鏡子、梳子、筆、錢……什麼什麼的。

這種「什麼什麼」的功用與「等等」相同。通常都不能單用。

捌、AAB 結構的重疊式

這類 AAB 結構都是名詞。AA 和 B 的結合十分緊密，只表示單一的概念，和「慢慢走」、「搖搖頭」、「打打氣」這類詞組是不一樣的。和「試試看」、「摸摸看」這類帶詞尾的情況也是不一樣的。例如：

大狗和小狗汪汪的叫，好像是啦啦隊。

當他們全神貫注在捏泥人、玩家家酒或作手藝時，他們是魂馳神往的。

星期日，張叔叔跟點頭幾個朋友，要到到娃娃谷去。

據悉還是以大家樂。六合彩的特三尾和對對碰為原則。

當初台北市政府欲打打氣發行刮刮樂彩券時，在行政院研考會審核。現場並有刮刮樂活動。

有毒的植物，其他尚有日日春。大岩桐。仙客來。火鶴。含羞草。

羊博士便一把搶盡羊男手上的甜甜圈，津津有味地嚼了起來。

當天傍晚，羊男果真帶了六個肉桂甜甜圈登門拜訪羊博士。

張一慶居然好膽別過頭去和旁邊的人說悄悄話。

外國記者，他們也都關心這些毛毛蟲，問候之聲不絕於耳。

看！毛毛蟲從硬繭中化成美麗的蝴蝶。

難以忍受的是，天空還飄著細細斜斜的毛毛雨。

空氣中飄浮著毛毛雨般的小水珠。

每一次出刊內容大都會出問題，一向是乖乖牌的青青對這點十分困惑。

扼殺一切叛逆的意願，做一個超級乖乖牌，乃是跟拉吉夫廝守一生的保障。

還會順道說些柔柔的悄悄話，討太座的歡心。

有的生火，有的取水，大家忙得團團轉。

大部分仍停留在散文就是文藝腔乃至娘娘腔濃厚的文章，這種錯誤而刻板的觀念。

高樓大廈，質材強調自然光澤，斜紋。泡泡紗及暗紋的居多。

大馬盛產可可粉原料，經加工成巧克力糖。

新潮大膽的遊樂設施，像雲霄飛車、碰碰車……等。

甘蔗汁釀造而成的烈酒，若加入檸檬、可可亞或其他佐料。

這個時候的爸爸，就像五歲小孩買不到棒棒糖，臉上那種失望和生氣的表情。

第五節　節縮詞

語言是一種溝通的工具，總是趨向於運用最減省的符號表達最大的訊息量，因此，較繁複冗長的詞彙往往就被節縮成一個最經濟、最短小的形式。這是人類各語言普遍存在的現象。例如英語，就採取了幾種途徑構成節縮詞：

1. 截取詞的一段，通常是開頭的音節，後面加上一小點，表示這是個節縮詞。例如：

Wed. = Wednesday （星期三）
N. = North （北方）
No. = Number （數目序）
P. = page （頁數）
Feb. = February （二月）
ft. = foot （英尺）
oz. = ounce （英兩）
hr. = hour （小時）
Calif. = California （加州）
Gen. = general （將軍）
Prof. = Professor （教授）

2.截取詞的一段，通常是開頭的音節，後面不加小點，表示它已經成爲一個節縮的新詞，取得了正式的詞的地位，不再被當作略語了。例如：

math = mathematics （數學）
eke = economics （經濟）
cab = cabriolet （計程車）
van = caravan （篷馬車、有蓋卡車）
flu = influenza （感冒）
tech = technical （技術）
gym = gymnasium （體育館）

3.取各詞的頭一字母，各字母後分別加小點。例如：

A.D. = Annus Domini （Year of the Lord）
P.M. = Post meridiem （afternoon）
R.S.V.P. = repondez s'il vous plait（敬請賜覆，請帖用語）

U.S.A.　= 美國
Ph.D.　= doctor of philosophy

*4.*取各詞的頭一字母組成新詞，不加小點。例如：

UFO　= unidentified flying object（飛碟）
NASA　= 美國航空太空總署
NATO　= 北大西洋公約組織
AIDS　= 愛滋病
laser　= light amplification by stimulated emission or radiation（雷射）
TNT　= trinitrotoluol（炸藥）
TB　= tuberculosis（肺結核）
radar　= radio aircraft discovery and recognition（雷達）

現代漢語的節縮詞十分普遍。這些詞總有個較多音節的形式作為其原形，也就是說，凡節縮詞都有相應的非節縮形式為其存在的前提。而且這些節縮詞都不取各節縮成分的字面意義之總和。例如「台大」不等於「台」＋「大」，並沒有「台很大」的意思。

現代漢語的節縮詞有下面幾種方式：

*1.*節縮一句話而形成成語

撥亂反正（《公羊傳．哀十四》：撥亂世，反諸正。）
切磋琢磨（《詩經．淇奧》：如切如磋，如琢如磨。）
游刃有餘（《莊子．養生主》：恢恢乎其於遊刃必有餘地。）
見仁見智（《易．繫上》：仁者見之謂之仁，智者見之謂之智。）
舉一反三（《論語．述而》：舉一隅不以三隅反。）
危微精一（《尚書．大禹謨》：人心惟危，道心惟微，惟精惟一，允執厥中。）

學問思辨（《禮記．大學》：博學之、審問之、慎思之、明辨之。）

2.專有名詞的節縮

這是最常見的一種節縮詞。節縮的規律是取上下各「詞」之首字。例如：

抗日戰爭——抗戰
美術展覽——美展
國民中學——國中
交通大學——交大
清華大學——清大
國大代表——國代
中國廣播公司——中廣
化學肥料——化肥

有時這樣的節縮意義不明確，容易產生混淆，就取另一種節縮方式：取上詞首字和下詞末字。例如：

師範學院——師院（不稱「師學」）
中國電視公司——中視（不稱「中電」）
中國石油公司——中油（不稱「中石」）
空中小姐——空姐（不稱「空小」）
外交部長——外長（不稱「外部」）
台灣水泥公司——台泥（不稱「台水」）
步兵學校——步校（不稱「步學」）

另外一種狀況是取上下各詞之首字，下面再加個類名，例如：

民主進步黨——民進黨
國家科學會——國科會
民用航空局——民航局
中國文學系——中文系
中央研究院——中研院
亞洲太平洋協會——亞太協會

還有只截取前兩字的，例如：

中正大學——中正（不稱「中大」）
清華大學——清華
商務印書館——商務

「台灣大學」卻不能用這種方式簡稱「台灣」。

還有取上下詞之末字，構成節縮詞，例如：

中央銀行——央行
中華電視公司——華視（不稱「中視」）
理髮小姐——髮姐（不稱「理姐」）

還有取上詞末字，下詞首字，構成的節縮詞，例如：

中華航空公司——華航
第五輕油裂解廠——五輕

其他狀況的節縮詞，如「文革」（文化大革命）、「史語所」（歷史語言研究所）等。

3.動賓性節縮詞

留學美國——留美
解除戒嚴——解嚴
援助外國——援外

節制生育——節育
劫持飛機——劫機
恢復邦交——復交

這一類的原型都是個動詞和賓語具全的句子結構，節縮後變成一個動賓式的複詞。

*4.*譯語的節縮

佛（佛陀） 僧（僧伽） 尼（比丘尼） 羅漢（阿羅漢）
美國（美利堅合眾國） 法國（法蘭西共和國）
蘇聯（蘇維埃社會主義共和國聯邦）
費城（費拉黛菲亞城） 印歐語（印度歐羅巴語言）

這一類節縮詞主要是中古時代的梵語譯詞和近代的歐美譯詞。因為這些外語都是多音節語言，用單音節的漢字音譯，勢必冗長累贅，因而多半趨向於節縮。

*5.*非原形之節縮

這類詞不是截取一多音節的部分構成，而是以數字開頭，標示原義中的多項內容。如「三不」（台灣的大陸政策）、「四書」、「五胡」、「六書」、「七出」（指古禮出妻之七事）、「八病」（沈約所提出的作詩的八種規矩）、「九流」（先秦諸子的九派）、「十翼」（解釋易經的十篇文字）等。這些詞形式上與原形無關，但意義上卻是相關的。

以上各詞開頭都是實數，與虛數的狀況不同，應加分別。如《史記．高祖本紀》：「高祖左股有七十二黑子」、《莊子．外物》：「刳龜七十二鑽而無遺筴」、平日所說的「三十六計」、孫悟空的「七十二變」，都是虛數，並無具體的實質內容存在。此外，如：

九霄　九歌　九辯　九原　三思　三姑六婆　五湖四海

也都是虛數，不算節縮詞。

6. 並列節縮

把同類的事物並列起來，各用其簡稱，組合而成節縮詞，而不是像上類，用數目字稱舉。例如：

「韓柳」文　「蘇辛」詞　上有天堂下有「蘇杭」
「港九」地區　「雲貴」高原　「理化」　「史地」
「皮黃」劇　「干支」表

這些我們都把它叫做「並列節縮詞」。因爲它不像「台視」、「華視」、「中廣」、「台大」、「空姐」之類是指稱一件事物，屬某一專名的節縮，而是同時指稱兩個相關的事物，屬兩個專名的並列。

由上面六類例子看，漢語的節縮詞彙是相當普遍的，這是世界各語言都存在的現象，因爲語言是傳訊的工具，自然而然會要求它變得更精鍊、更有效，以最經濟的符號形式，負載最大量的訊息。

第六節　詞彙形成與社會心理

壹、由「熊貓」的詞彙結構說起

在漢語的詞彙結構裡，主從結構（或稱偏正結構）是一種普遍而主要的方式。這種結構把主體詞素放在後位，修飾詞素放在前位。因此，「汽車」、「馬車」、「火車」都是車類；「黃牛」、「水牛」、「乳牛」都是牛類；那麼，「熊貓」應該就是貓類了。

近年來，有不少人主張把熊貓（ giant panda ）一詞改稱爲「貓熊」。因爲生物學上的研究，發現它並非「貓科」動物，它的體型像熊，但是它不冬眠、是純粹的素食者、不會咆哮吼叫（叫聲倒有點像小羊）、染色體有 21 對（熊有 37 對），這些特質和一般的熊（bear）並不相同。因此，有些生物學家把它歸入浣熊類（raccoon family）。

1983 年，美國華盛頓國家動物園研究員 O'Brien 和 Frederick 以分子遺傳學技術來比對熊貓、熊、浣熊的蛋白質ＤＮＡ，發現熊貓跟熊比較接近。又據其分子遺傳上的變異程度，推測其分化時代，認爲浣熊最早脫離熊的家族，約在五千至三千萬年前，而熊貓則在一千萬年前才自立門戶。又於 1987 年由染色體橫紋的相似，斷定熊貓與熊的血緣。

既然熊貓不是「貓科」，而是「熊族」，那麼，依據漢語的造詞規律，就不應該稱「熊貓」，而應改爲「貓熊」了。於是經由報紙、電視、及各種媒體的影響，許多人習慣上已改稱貓熊了。然而，也有不少人仍使用「熊貓」一名。由字典上看，《辭海》、《中文大辭典》都沒有「貓熊」條，只有「熊貓」一詞；英文字典的譯名，《牛津高級英英、英漢雙解辭典》（東華書局）和《最新實用英漢辭典》（遠東書局）都把 panda 譯為「熊貓」；漢英字典中，《遠東最新實用漢英辭典》與《劉氏漢英辭典》　都只有熊貓條，對應英文 panda 一詞。

現在的情況是：「熊貓」、「貓熊」同時在社會上流行使用，造成教學上的困擾。小學生常會提出這個問題問老師、問父母，結果得到的答案未必相同。哪種名稱才是標準，見仁見智，莫衷一是。

貳、社會心理與自然科學

詞彙的形成是純粹社會心理的反映呢？還是必需合乎科學的分類呢？我們進行詞彙規範時，應該採用哪個標準呢？這是值得我們思考的問題。

把「熊貓」改為「貓熊」，顯然是採用了生物科學的分類觀點來糾正社會習慣。但是，我們不能忽略一個問題：當初為什麼把這種動物稱為「熊貓」？詞彙形成的主要因素是什麼？

許多事物並不等待自然科學檢驗之後，才制定其名稱，各種事物的命名往往是源於社會心理。由「熊貓」一例而言，社會心理給予「熊」的定義是：「身軀龐大」、「凶惡可怕」、「食人猛獸」；給予「貓」的定義是：「性情溫訓」、「狀貌可愛」、「親近人類」。

於是當人們初見某一種陌生動物，顯然具有後一屬性時，自然便會歸之於「貓」類，這是社會心理的「貓」，不是自然科學的「貓」。又由於它身軀壯碩，與熊相若，故加以「熊」的修飾成分。

命名之初，人們絕不會考慮「熊」的生物學屬性：「哺乳類」、「食肉動物」、「腳有五趾」、「冬眠」。

事實上，基於社會心理上對「熊」的印象，人們絕不可能把 panda 這種逗人喜愛的動物認作是熊類的。人們所熟悉的故事是：從前，有兩個旅行者，穿過樹林時，忽然前面出現了一頭大熊，其中一位立刻爬到樹上躲避，另一位眼看來不及躲藏，就臥地裝死，以求保命。這樣的童話故事正反映了人們心目中的「熊」。而 panda 卻是不分國界，全世界孩子們的身邊玩偶。因此，把這種動物歸之於「貓」，並不能視之爲錯誤。

由此觀之，我們處理詞彙問題時，也應分開來考量，科學術語當然應合乎科學分類，社會俗名則未必然。

參、俗名與學名是兩個不同的領域

如果用自然科學的分類標準來檢驗詞彙，會發現大量的詞彙都有待「糾正」。就拿主從結構的名詞來說，「變形蟲」不是蟲類，「狗脊」與「狗的脊骨」無關，而是蚌殼蕨科植物的根莖，「昆布」、「胖大海」、「水母」和「布」、「海」、「母」都沒有關聯。生物名稱以外的事物名，也往往經不起「科學」的考驗，例如「汽油」、「石油」是油，「醬油」、「花生油」又怎麼能算油呢？它們是完全不同的物質。

「天牛」、「蝸牛」、「海牛」、「犀牛」、電影院門口的「黃牛」，和「水牛」、「黃牛」、「乳牛」是同一類動物嗎？「海狗」、「魚狗」（鳥類）、「熱狗」和「狼狗」、「土狗」、「哈巴狗」也可以歸入一類嗎？「章魚」、「鯨魚」、「鱷魚」、「魷魚」、「蠹魚」、「木魚」都是「魚」嗎？其他如：「田雞」非雞、

「鳳梨」非梨、「沙茶」非茶、「樟腦」非腦、「獨角仙」非仙、「海膽」非膽、「紅龍」（魚名）非龍、「壁虎」非虎、「雪糕」非糕、「黑輪」（食物名）非輪、「風車」非車、「荔枝」非枝、「椿象」（昆蟲名）非象、「龜殼花」（蛇名）非花。

這些如果都要一一加以更改，必然會造成語言的大混亂。因此，俗名與學名應區分爲不同的領域。「俗名」是約定俗成的，它自有其社會心理的基礎，不宜輕易更改。「學名」是科學研究時的專名，其命名與分類完全依據嚴格的生物學原則。二者不容混淆。西方語言把兩者的界限作清楚旳釐定，是正確的，例如：

俗　名	學　名
lion	Panthera leo
bee	Apis mellifere
Indian elephant	E.M. bengalensis
polar bear	Thalorctos maritimus
grizzly bear	U.a. horribilis
water buffalo	B. bubalis

我們從事漢語詞彙的規範，特別是動植物名稱的問題，是否也應當作如是觀呢？把俗名還給俗名，不輕易以自然科學的觀點干涉由社會心理形成的詞彙。那麼，把「熊貓」改稱「貓熊」就未必合理了。

肆、比喻性的詞彙

另外有一些詞彙，表面上看來，似乎不合科學的分類，實際上是一種比喻性的詞彙。社會習慣把某些事物的名稱用類比的方式加以命名，因爲它的比喻性很明顯，所以一般人較不會覺得這些詞彙的分類不妥。

例如「龍眼」，其形狀有如黑色的眼珠；「銀河」橫亙天際，有如長河；「天花」有如小花，漫布全身；「河床」爲河水襯墊躺臥之處；「丹田」爲運氣行功之源，有若萌生稻苗之田；「木耳」外形有如人耳；「粉餅」、「鐵餅」外形皆有如餅狀；「鐵馬」（自行車）供騎乘，作用如古代之馬匹；「雲海」廣大一片，有翻騰洶湧的氣象；「海星」呈五角放射狀，有一般人心目中的星星之特徵；「電池」有如池之儲水，有蓄電的功能；「水雷」、「地雷」、「魚雷」爆炸時，聲若轟雷；「瀑布」一瀉而下，有如展開之布匹；「色狼」好色如狼之貪；「滿天星」（花名）一點一點散布成片，有若繁星點點；「貓眼」置於門上，可窺察門外，有眼之功能；「獅子頭」（菜餚名）形狀如獅頭；「怪手」爲有爪之器械，可扒土；「鐵牛」（耕耘機）在田裡工作，以代昔日之牛；「太空船」航行宇宙，有如水中所行之舟。

這些詞彙也是社會心理的反映，什麼事物之間可相比擬，往往隨著文化背景的不同，而有不同的觀察角度和思考方式。例如「銀河」英文不是 silver river，而是 milky way，英語社會的人們不從「河」去類比，而從「路」（way） 去類比，這是不同民族有不同想法的緣故。英語「鐵馬」稱爲 bicycle，有「兩個輪子」的含意，英語民族的社會心理不從「騎」的角度看這種交通工具，而從「兩個輪子」的角度來思考命名。由此可見，詞彙的名稱並無絕對的科學標準，往往是取決於社會心理的。

伍、應重視約定俗成與社會習慣

語言是約定俗成的社會工具，語言的使用者和創造者是廣大的社會群衆。因此，支配語言形貌和變遷的，是社會習慣和社會心理，而詞彙是語言各層次中最具創造力、最活潑、最能反映社會心理的一面。它常常是人們對自己周遭事物的一種感覺、一種解釋、一種心理的投射。因此，「俗名」往往提供我們研究、認識某一個社會文化的依據，自有其相當的價值。拿「天牛」、「蝸牛」來說，儘管在生物學裡，「牛」的定義是：〔脊椎動物〕、〔哺乳綱〕、〔偶蹄目〕、〔有四個胃的反芻動物〕。可是，就社會心理而言，我們中國人印象裡的「牛」是：〔動作慢吞吞〕、〔笨（所謂「其笨如牛」、「對牛彈琴」）〕、〔忠厚老實〕、〔勤勞苦幹〕、〔體格強壯〕、〔兩個引人注目的長角〕（「牛」的甲骨文正是取此特徵）。

「蝸牛」的慢吞吞、「天牛」的兩支長角，也許正是其得名的因素。至於熊貓不宜稱爲「貓」熊還有一個原因：另有一種和熊貓血緣相關的動物，叫 lesser panda，只有 20 到 25 吋大，七到十磅重（熊貓有四、五呎大，165 至 350 磅重），學名是 A.fulgens，俗名 cat bear 或 red panda ，它才是眞正的「貓熊」（cat bear）。

第三章　漢語詞義學

第一節　同義詞

壹、同義詞的基本概念

由字面上看，同義詞就是意義相同的詞。可是深一層探究，會發現意義相等的詞實際上是很少的。兩個詞之間表面看起來似乎同義，卻還是存在著色彩意義上的差異，或用法上的差異。例如「教室」和「課堂」是同義詞。可是我們可以說「他喜歡在課堂上發問。」卻不能把「課堂上」改說「教室上」，顯然這兩個詞的搭配關係是不一樣的。同義詞之間總有一些不同。因此嚴格說，一般所說的同義詞絕大部分是近義詞。意義完全相等的「等義詞」極爲少見。下面幾個詞可以算是等義詞：衣服／衣裳，粉絲／冬粉，玉米／玉蜀黍，星期日／禮拜天。同義詞之間的不同有下面幾方面：

1. 詞義有輕重，例如：批判／批評，努力／竭力，請求／懇求，違背／背叛。

2. 範圍有大小，例如：局面／場面，力量／力氣，戰爭／戰役，邊疆／邊境。

3. 集體與個體，例如：樹木／樹，河流／河，花卉／花，人口／人，船隻／船。

4. 褒義與貶義，例如：奉承／稱讚，愛護／庇護，勾結／團結，煽動／鼓舞。

5. 書面與口語，例如：畏懼／害怕，部署／安排，徒勞／白費，

拂曉／天亮。

*6.*對象不同，例如：愛護（對人、物）／愛戴（對人、對上），肥（動物）／胖（人）。

*7.*詞的搭配不同，例如：改進（方法、技術）／改善（生活、關係），發揚（某傳統、某精神）／發揮（作用、威力），轉移（目標、視線）／轉變（立場、態度），擔任（職務、工作）／擔負（使命、責任）

所謂詞的搭配，是指自然語言的狀況。不包含文學作品裡創造性的用法。例如「擁抱春天」，這是「擁抱」的引伸運用，屬於個人的風格。

*8.*詞性與造句功能的不同，例如：反映（作動詞用）／反應（作名詞用），充分（某精神，作狀語用）／充足（不能作狀語），幫忙（幫一個忙）／幫助（不能說「幫一個助」）

「死」字的同義詞特別多：「崩、薨、卒、亡、物故、物化、即世、棄世、去世、逝世、仙逝、升天、長眠、圓寂、歸西、撒手、赴九泉、蹺辮子、嗚呼哀哉……」這些詞意義雖然相同，卻都有它們各自適用的場合。

這種情況任何語言皆然。例如英文的同義詞（synonyms）也有不同應用場合的區別。

「馬」的同義詞 steed（poetic）、horse（general）、nag（slang）、gee-gee（baby language）

「扔」的同義詞 cast（literary）、throw（general）、chuck（slang）

「住」的同義詞 domicile（very formal、official）、residence（formal）、abode（poetic）、home（general）

由上面的例子可以知道，所謂同義詞往往是「大同而小異」的。絕對相等的詞在任何語言裡都是極爲少見的。因爲語言有一個自然選擇淘汰的機制，基於經濟的原則，凡是重複累綴的成分，總會逐漸被淘汰掉，除非它還有一點點的不一樣，可以適用在各種不同的語境裡，它才會被保留下來。功能、意義完全相同的一批詞，最後眞正通行的只有其中一個。

同義詞在語言裡，有下面幾種用途：

1.能較精確的表達語意上細微的差別。

2.避免同一個詞不斷反覆使用，重複單調的毛病。

例如：賈誼《過秦論》：「席捲天下，包舉宇內，囊刮四海，併吞八荒」，李斯《諫逐客書》：「拔」三川之地，西「併」巴蜀，北「收」上郡，南「取」漢中，「包」九夷，「制」鄢郢，東「據」成皋之險，「割」膏腴壤。正是換用同義詞，以求變化。

3.需要加強語氣時，同義詞的連用也是手段之一。例如：「校園裡的大榕樹，長得多堅韌、多結實……」「徹底、乾淨、全部地執行掃黃工作。」

4.使文句的聲韻和諧。當要表達某個意義情感的時候，在聲韻上要配合上下文，可以在同義詞裡作一個選擇，用單詞還是複合詞？選擇哪一個發音形式的字？

5.可藉同義詞表現不同的語言風格。或典雅、或通俗、或活潑幽默、或莊重嚴肅。

6.同義詞素可用來組成並列複合詞。例如「錯誤」、「編輯」、「變更」、「議論」、「跟隨」。

7.可用來組成交錯式成語。例如「千辛萬苦」、「冷言冷語」、「心滿意足」、「粉身碎骨」、「豐功偉業」、「品頭論足」、「不屈不撓」、「聚精會神」、「雄心壯志」。

同義詞和多義詞不一樣，前者是好幾個詞意義近似。後者是一個詞具有好幾個義項。它們又可以交叉。例如：

「驕傲」有三個義項：

1.與「自大」爲同義詞，屬貶義，動詞。如「成功而不驕傲是一種美德。」

2.與「自豪」爲同義詞，屬褒義，動詞。如「台灣創造了值得驕傲的經濟成就。」

3.與「榮耀」爲同義詞，屬褒義，名詞。如「印刷術的發明是中國人的驕傲。」

又如「渾」有三個義項：

1.與「混濁」爲同義詞，如「這條河的水很渾。」

2.與「糊塗」爲同義詞，如「這個渾小子整天渾渾噩噩的。」

3.與「整個、完全」爲同義詞，如「渾身不舒服」、「渾然一體」、「渾然不覺」。

由此可知，兩個同義詞並不是它們的所有義項都同義。往往同義的只是其中的某一個義項而已。一個詞的不同義項都各自有它們的同義詞。

同義詞是一個語言系統內部的現象。不同語言之間對譯的詞不算同義詞。例如「男孩」和「boy」不是同義詞。不同時代的詞語，嚴格說，也不能視爲同義詞。同義詞是共時的現象，不是歷時現象（廣義的同義詞概念，也有人把不同時代的列入）。此外，古代的同義詞，今天未必是同義詞，因爲詞義會隨著時代變化。例如：「走狗」古代與「獵狗」同義，現代則與「幫兇」同義。「顏色」古代與「臉色」同義，現代則與「色彩」同義。

貳、古代漢語的同義詞

古代漢語的意義關係有所謂的「渾言之（又稱爲統言之）無別，析言之有別」的現象。例如就大體而言，「恭、敬」同義，就其分別而言，「在貌爲恭，在心爲敬」。「皮革」爲一詞，就其分別而言，「有毛爲皮，去毛爲革」。「追、逐」亦然，追表追及，逐表逐走。「飢、餓」，飢，不足於食也，餓，甚於飢也。這就是同義詞「同中有異」的情況造成的。「渾言之」是就其「同」來看。「析言之」是就其「異」來看。

我們尋找和歸納古代漢語的同義詞，除了詞典和專書之外，可以經由下面幾條線索：

1. 古代的訓詁資料，例如「互訓」、「遞訓」（如變，更也；更，改也；改，易也；易，革也）。

2. 作品中的「互文」，如「內不慚於國家，外不愧於諸侯」其中對稱的「慚、愧」二字。

3. 異文。如《左傳·文公元年》：「楚國之舉，恒在少者」，《史記·楚世家》引「恒」作「常」。則「恆常」爲同義詞。

4. 同義並列詞。例如：「呻吟、逃亡、恐懼」等。

又如三國時代的佛說阿難四事經（大正藏編號 *493*）就收有許多的同義並列詞：

滅度　帝王　人民　教誡　歡喜　無不　穢垢　顛倒　懇惻
典籍　授與　功德　布施　貧窮　乞丐　疾病　災異　育養
幼弱　蟲蛾　下賤　穌息　俸祿　迷惑　飢饉　喜悅　豪貴
貧賤　惻愴　愚惑　解釋　災害　供養　魂神　慳貪　分別
橋梁　平夷　弘大　擁護　穢濁　清淨　尋求　床臥　敷演
訓導　貿買　頑闇　遺餘　寺舍　護持　孤獨　鰥寡　忿怒
惡毒　流布　恭肅　謗毀　清潔　屠殺　盜賊　災變　慈悲
經典　法律　教訓　愚癡　憂惱　糜粥　懷抱

這些詞有助於我們了解當時同義詞的狀況。

參、同義詞在文學作品裡的應用

文學作品裡的同義詞有些是臨時的引伸運用。有些是反映當時的社會用語。例如駱賓王《討武后檄》：「地實寒微」，其中的「地」是「地位」的同義詞；「幽之於別宮」，其中的「幽」是「幽禁」的同義詞；「玉軸相接」，其中的「玉軸」是「戰車」的同義詞。這些都是文學作品中的臨時同義現象。脫離了作品，就未必是同義詞了。至於楚辭、律絕、駢文，則是作品運用了同義詞的交替，造成對稱的美感。例如《楚辭》對稱句法之詞義關係：

《楚辭・離騷》：冀枝葉之峻茂兮，願俟時乎吾將刈。
屈心而抑志兮，忍尤而攘詬。
《楚辭・九辯》：生天地之若過兮，功不成而無效。
《楚辭・哀郢》：心絓結而不解兮，思蹇產而不釋。
哀州土之平樂兮，悲江介之遺風。

再如駢文對稱句之詞義關係：

劉琨《勸進表》：莫不叩心絕氣，行號巷哭。
臣聞昏明迭用，否泰相濟。
所謂生繁華於枯荑，育豐肌於朽骨。
尊位不可久虛，萬機不可久曠。
方今鍾百王之季，當陽九之會。
深謀遠慮，出自胸懷。
顏延之《陶徵士誄並序》：若乃巢高之抗行，夷皓山之峻節。
至使菁華隱沒，芳流歇絕。

江淹《別賦》：舟凝滯於水濱，車逶遲於山側。
見紅蘭之受露，望青楸之離霜。
巡層楹而空揜，撫錦幕而虛涼。
日出天而耀景，露下地而騰文。
駕鶴上漢，驂鸞騰天。
使人意奪神駭，心折骨驚。
雖淵雲之墨妙，嚴樂之筆精。
金閨之諸彥，蘭臺之群英。
賦有凌雲之稱，辯有雕龍之聲。
誰能摹暫離之狀，寫永訣之情者乎。

我們再看唐詩對稱句之詞義關係：

花濃春寺靜，竹細野池幽　（杜甫・上牛頭寺）
葉稀風更落，山迥日初沉　（杜甫・野望）
水流心不競，雲在意俱遲　（杜甫・江亭）
酒醒思臥簟，衣冷欲裝綿　（杜甫・陪鄭廣文）
種竹交加翠，栽桃爛熳紅　（杜甫・春日江村）
乞為寒水玉，願作冷秋菰　（杜甫・熱）
夜足霑沙雨，春多逆水風　（杜甫・老病）
片雲天共遠，永夜月同孤　（杜甫・江漢）
藥餌憎加減，門庭悶掃除　（杜甫・秋清）
岸花飛送客，檣燕語留人　（杜甫・發潭州）
羌婦語還哭，胡兒行且歌　（杜甫・日暮）
雪岸叢梅發，春泥百草生　（杜甫・陪裴使君）
羽翼懷商老，文思憶帝堯　（杜甫・收京）
客情投異縣，詩態憶吾曹　（杜甫・赴青城）

洪成玉《古漢語詞義分析》提出了一些例子，說明同義詞在文學作品中的運用。

李商隱詩《昨日》：昨日紫姑神去也　今朝青鳥使來賒（由對偶看，可知賒字是個語助詞）

《鹽鐵論・遵道》：說西施之美無益於容道堯舜之治無益於治（道＝說）

《鹽鐵論・通力》：商賈錯於路諸侯交於道（錯＝交；道＝路）

《淮南子・齊俗訓》：林中不賣薪湖上不鬻魚（賣＝鬻）

《淮南子・氾論訓》：百川異源而皆歸於海百家殊業而皆務於治（異＝殊）

《淮南子・氾論訓》：內不慚於國家外不愧於諸侯（慚＝愧）

《史記・屈原傳》：人窮則反本，故勞苦倦極，未嘗不呼天也；疾痛慘怛，未嘗不呼父母也。（「極」≠程度副詞。與「怛」相對，「倦極」應爲同義並列。

《漢書・匈奴傳》集注：極，困也。《呂氏春秋・適音》高誘注：極，病也。）

這類現象我們也可以從張相《詩詞曲語辭匯釋》之「互文」中看到。

我們再來看看元曲中的同義詞現象：

1. 枕上憂。馬上愁。（〔南呂〕四塊玉・嘆世之五）「憂、愁」皆指心中鬱悶不快樂。

2. 周生丹鳳道祥禽。魯長麒麟言怪獸。（〔黃鍾〕女冠子・枉了閑愁〔么篇〕）「道、言」意同「說」。

3. 酒和花。人共我。（〔雙調〕行香子・無也閑愁〔離亭宴帶歇指煞〕）「和、共」皆做連詞。

4. 莫燃香休剪髮。（〔大石調〕青杏子・悟迷〔怨別離〕）貧不憂愁。富莫貪圖。（〔雙調〕夜行船・天地之間〔錦上花〕）「莫、休、不」皆爲禁止詞。

這些是見於《東籬樂府》對偶句的等義詞。此外，《東籬樂府》對偶句的近義詞往往是詞義輕重有所不同：

1. 怨離別。恨離別。（〔雙調〕撥不斷之四）現代漢語裡是「怨」淺「恨」深；古代漢語則正好相反，是「恨」淺「怨」深。

2. 喜天陰喚錦鳩。愛花香哨畫眉。（〔般涉調〕哨遍・半世逢場作戲〔尾〕）「喜、愛」都有「喜歡、高興」等義，現代漢語有「喜愛」一詞。「喜」表示「喜歡」；「愛」則不僅於歡喜，更進一步有「愛惜、極喜歡」等義。

下面這些情況則是《東籬樂府》臨時同義者：

1. 堯天、舜日。（〔中呂〕粉蝶兒・寰海清夷〔滿庭芳〕）本例爲當句對，「堯天、舜日」皆喻太平世界。

2. 細腰舞皓齒歌。（〔南呂〕四塊玉・嘆世之六）亦爲當句對，表面字義不相同，然其所喻指皆爲美麗的女子。

3. 則這是治梨園的周武。掌樂府的齊桓。（〔南呂〕一枝花・詠莊宗行樂〔梁州〕）「梨園」原本指戲班子，而「樂府」指的事整理音樂的機構，此處皆指負責莊宗聲色娛樂的單位。

4. 綠鬢衰。朱顏改。（〔南呂〕四塊玉・海神廟）「綠鬢」喻指黑髮，「朱顏」則指紅潤的容貌。用在此對偶句裡，代表著年少的容顏和青春的時光。

由此可知，同義關係的研究，在文學研究中是個頗具意義的課題。一方面我們可以觀察同義詞如何安插在句子結構中？一方面可以觀察同義關係是否只是作品中的臨時義？同義詞之間的色彩關係如何？這樣的探索有助於對文學作品作深入的了解。

第二節　反義詞

壹、反義詞的性質

反義詞就是意義相反的詞。可是怎樣才算是意義相反呢？一般說來，反義詞有下面幾個特性：

1. 反義詞必須具有客觀、邏輯上的矛盾對立。

2. 反義關係建立在同一意義範疇的基礎上。例如：「君子／小人」都指人，而且都是從品格角度所做的評價。「長／短」皆為度量範疇。「古／今」皆為時間範疇。「快／慢」皆為速度範疇。「支持／反對」都是對人、事所持的態度。

3. 反義詞之間總是互相依存、互相聯繫的。取消一方，對方也無法存在。因此，沒有「醜陋」，也就沒有「美麗」這回事。沒有「渺小」，「偉大」這個概念也就無法成立。

4. 反義詞之間總有相同的詞性。

5. 反義詞不能一方是正，另一方是其否定式。如「長／不長」「白／不白」都不是反義詞。因為這樣只否定了對方，自己並沒有新的內容。

6. 反義詞之間的詞彙層次應該是一致的。不能一個是詞另一個是詞組。

7. 由反義詞素組成的詞，不一定仍具有反義詞的關係。例如「高能／低能」「大氣／小氣」「火車／水車」「神話／鬼話」。都不是

反義詞。

8.漢語的反義詞以音節數對稱爲常態。例如：單音節「美／醜」「安／危」雙音節「美麗／醜陋」「安全／危險」三音節「急驚風／慢郎中」「小瘦子／大胖子」四音節「整整齊齊／破破爛爛」「門可羅雀／門庭若市」

9.漢語反義詞的構詞方式往往一致。例如：「悲哀／喜悅」（兩個詞都是並列式）「背面／正面」（兩個詞都是偏正式）「有趣／乏味」（兩個詞都是動賓式）「年輕／年老」（兩個詞都是主謂式）「提高／降低」（兩個詞都是動補式）「白白的／黑黑的」（兩個詞都是重疊式）「黑壓壓／白茫茫」（兩個詞都是 ABB 式）「密密麻麻／稀稀疏疏」（兩個詞都是 AABB 式）同義詞則不受拘束。如「去世」（動賓式）、「長眠」（偏正式）、「死亡」（並列式）

10.反義詞之間的感情色彩往往一致。如：「大／小」「方／圓」「白話／文言」都不具感情色彩「愛／恨」「謙恭／傲慢」「樂觀／悲觀」都帶有感情色彩。同義詞則具有不同的感情色彩，如「勾結／結合」「犧牲／死亡」。

11.反義詞之間的雅俗色彩往往一致。如：「俊／醜」「公／母」「多／少」都用於口語「美／惡」「雌／雄」「衆／寡」都用於書面語。同義詞則具有不同的雅俗色彩，如「信／函」「媽媽／母親」。

12.反義詞之間的形象色彩往往一致。如：「功／過」「公／私」「原因／結果」（屬中性，不具形象色彩）「甜頭／苦頭」「高潮／低潮」「硬骨頭／軟骨頭」（藉比喻產生味覺、嗅覺、視覺的形象感）「冷冰冰／熱呼呼」「輕飄飄／沈甸甸」（凸顯特徵，喚起豐富的想像）同義詞則具有不同的形象色彩，如「笑／捧腹」「高興／雀躍」「嫉妒／眼紅」。前一詞不具形象色彩，後一詞則運用摹寫、比擬，造成鮮明的形象感。

貳、反義詞之類型

反義詞的分類可以從不同的角度劃分。

一、從概念關係分

1. 絕對反義詞。這種反義詞總是「非此即彼」，沒有中間狀態的可能。例如：「死／活」「男／女」「有／無」「動／靜」「戰爭／和平」「出席／缺席」「肯定／否定」。

2. 相對反義詞。這種反義詞往往有中間狀態存在。例如：「黑／白」「大／小」「冷／熱」「苦／甜」「成功／失敗」「進攻／退卻」「延長／縮短」

二、從構詞成分劃分

1. 部分同素反義詞。這種反義詞組成的詞素有部分相同。其中相同的詞素反映它們共同的語意範疇，不同的那個詞素則承擔相反、相對的意義。例如：「公營／私營」「報恩／報仇」「治標／治本」「主觀／客觀」「凹透鏡／凸透鏡」

2. 異素反義詞。這種反義詞組成的詞素完全不同。有的詞素完全相反對立，例如：「上升／下降」「美好／醜陋」「生存／死亡」「加重／減輕」「收入／支出」「開放／關閉」「擴大／縮小」「稀疏／稠密」。有的詞素部分相反對立，例如：「好人／壞蛋」「冷淡／熱情」「空閒／繁忙」「嶄新／破舊」「輕便／笨重」。

三、從結構關係劃分

1.並列式，例如：「肥沃／貧瘠」「褒揚／貶抑」「光滑／粗糙」。

2.偏正式，例如：「全體／局部」「側面／正面」「前進／後退」

3.動賓式，例如：「罷工／復工」「討價／還價」「出席／缺席」

4.動補式，例如：「擴大／縮小」「加強／削弱」「抓緊／放鬆」

5.主謂式，例如：「自傲／自卑」「膽大／膽怯」「國營／私營」

6.重疊式，例如：「紅通通／黑黝黝」「輕飄飄／沈甸甸」「稀稀疏疏／密密麻麻」

四、從義項多寡劃分

1.單項反義詞，兩個詞都只有一個義項，這個義項正好反義。例如：「元音／輔音」「陰電／陽電」「一元論／多元論」「城市／鄉村」「直接／間接」

2.多項反義詞，一個詞具有多個義項，每個義項都有一個反義詞。形成一對多的局面。

例如：「充實」作「豐富」解時（「小呆的作文內容很充實」），它的反義詞是「貧乏，空洞」。作「加強」解時（「充實我們的力量」），它的反義詞是「削弱」。

又如「乾淨」的反義是「骯髒」，但它還有一個義項，指「一點不剩」（飯吃乾淨了沒？），這個義項沒有反義詞。

又如「賣」的反義詞是「買」，但它還有兩個義項：「出賣朋友」的「賣」和「賣弄本事」的「賣」。這兩個義項都沒有反義詞。

又如「浮動」有三個義項，當我們說「在水面浮動」時，它的反義是「沈沒」。當我們說「人心浮動」時，它的反義是「安定」。當我們說「浮動利率」時，它的反義是「固定（利率）」。

又如「新鮮」也有三個義項，當我們說「新鮮的魚」時，它的反義是「腐壞（的魚）」。當我們說「新鮮的花」時，它的反義是「枯萎（的花）」。當我們說「新鮮的空氣」時，它的反義是「混濁（的空氣）」。

又如「黑」有四個義項，當我們說「黑色」時，它的反義是「白（色）」。當我們說「心太黑」時，它的反義是「（他很）純」。當我們說「黑市貿易」時，它沒有反義詞。當我們說「天黑了」時，它的反義是「（天）亮（了）」。

又如「淺」有六個義項，當我們說「水淺」時，它的反義是「（水）深」。當我們說「度量很淺」時，淺，小也，它的反義是「（度量很）大」。當我們說「眼光淺」時，淺，近也，它的反義是「（眼光很）遠」。當我們說「日子淺」時，淺，少也，它的反義是「（日子）多」。當我們說「歷史淺」時，淺，短也，它的反義是「（歷史）久」。當我們說「資格淺」時，淺，幼也，它的反義是「（資格）老」。

又如「保守」有四個義項：作「維持原狀」講時，它的反義是「變革、革新、改革、改良、維新」。作「頑固」講時，它的反義是「進步、激進、急進」。作「拘謹」講時，它的反義是「開明、開通」。作「不失去」講時（如「保守秘密」），它的反義是「洩露、暴露」。

又如「進攻」有兩組反義詞，分別是「防禦、防守」和「撤退、退卻」。這兩組反義詞之間又相互構成反義。

3.反義詞群，兩個詞群內部各自爲同義詞，而兩個詞群之間卻是反義詞。例如「愚蠢，愚笨，愚魯」是同義詞，「聰明，聰穎，聰慧」也是同義詞，而兩群詞之間則構成反義。這就是「反義詞群」。「討厭、厭惡」和「喜歡、喜愛」也構成「反義詞群」。

參、反義詞的不均衡性

在語用上，反義詞往往有不均衡的現象。某個詞平常有反義詞，在特定的環境下，卻失去了它的反義詞。例如「今天天氣不錯」，這時「錯」的反義不是「對」。「你居然一口氣喝光了，眞不簡單。」這裡的「簡單」，反義不是「複雜」。平常「深／淺」「上／下」「大／小」是反義詞，它們構成的複合詞也可以是反義，例如：「深水／淺水」「上課／下課」「大人／小孩」。但是，「上演」卻沒有「下演」，「上當」卻沒有「下當」。下面這些詞都失去了它相對的另一詞：

1.「深淺」不相對

深淵、深秋、深奧、深刻、深厚、深沈、深度、深閨、深究、深情、深切、深入、深山、深思、深邃、深夜、深造、深湛、淺薄、淺見、淺嘗、淺進、淺陋、淺顯、淺易、淺灘、資格淺（試比較：深色／淺色、深海／淺海）。

2.「上下」不相對

上吊、上癮、下棋、下榻、下屬、下手、下水、下野、下巴、下賤、下酒、下蛋、下凡（試比較：上車／下車、上等／下等、上集／

下集、上級／下級、上流／下流、上聯／下聯、上面／下面、上游／下游、上台／下台、上班／下班、上肢／下肢、上身／下身、上頭／下頭、上午／下午、上弦／下弦、上限／下限、上行／下行、上旬／下旬、上層／下層）。

3.「大小」不相對

大海、大陸、大赦、大使、大樓、大廳、大衣、大自然、大團圓、大紅色、大本營、大後方、大革命、大掃除、說大話、小康、小抄、小販、小費、小令、小心、小組、小說、小品文、小數點、小夜曲（試比較：大班／小班、大便／小便、大腸／小腸、大成／小成、大乘／小乘、大楷／小楷、大麥／小麥、大腦／小腦、大腿／小腿、大我／小我、大巫／小巫、大寫／小寫、大賺／小賺、大篆／小篆、大學／小學、大家庭／小家庭、大老婆／小老婆、大提琴／小提琴）。

爲什麼會有這樣不均衡的現象呢？

1.是因爲詞素反義不等於詞的反義。

2.有些事物的本質只有一面，例如只有大，沒有小（如大海、大本營）。或只有小，沒有大（如小組、小數點）。

3.有時候「大」並不是大小的大（如大團圓、大紅色）。餘類推。

第三節　義素分析法

壹、什麼是義素分析法？

「義素」簡單的說，就是「意義要素」。《簡明語言學詞典》（內蒙古人民出版社，1984）云：把分析音位的區別性特徵的原理用來剖析詞義的構成，這就是義素分析。第一步是把一群意義相關的詞，放在一起，進行比較。提取它們之間的共同語義特徵，這同數學上提取公因子的方法相似。第二步是運用對立關係把詞義分割成最小的對立成分，從而描寫語義的相互關係。所謂對立關係就是「非此即彼」（用＋號與－號表示）。《中國語言學大詞典》（江西教育出版社，1991）云：義素，即 semantic component 又稱 sememe。指意義的最小單位。一個詞所具有的種種意義特徵，我們一樣一樣抽取出來，記述在方括號裡。義素可以透過一群意義相關的詞比較而呈現出來，其中的詞，意義上具有某項特徵，我們就用加＋號表示，沒有那項特徵，就用減－號表示。例如下面四個詞作比較：（這四個詞例 G.Leech 在《Semantics》1978 年，第 96-99 頁中曾用到）

男人	〔＋人類〕	〔＋陽性〕	〔＋成年〕
女人	〔＋人類〕	〔－陽性〕	〔＋成年〕
男孩	〔＋人類〕	〔＋陽性〕	〔－成年〕
女孩	〔＋人類〕	〔－陽性〕	〔－成年〕

這四個詞的區別特徵有三：人類，陽性，成年。

用這三個特徵（義素）就可以把這四個詞的共性（人類）和殊性（陽性，成年）呈現出來。我們也可以換一種表述法：

	男人	女人	男孩	女孩
人類	＋	＋	＋	＋
陽性	＋	－	＋	－
成年	＋	＋	－	－

這樣就形成一個「詞義場」－意義相關的一群詞。在詞義場中，各詞的詞義是相互牽連的一個系統。這樣的意義研究，就是「義素分析法」。義素分析法是現代語言學詞義研究的新途徑。傳統的語言觀念認爲「詞」是最基本的意義單位，現代語言學者則認爲「詞」是許多義素的組合。義素組合成「義位」，義位即各詞在詞典中的某個義項。然後，幾個義位又組合成「詞義場」。上述的例子是一個小詞義場，如果我們再把其他相關的詞加進去，就可以組合成一個較大的詞義場，加得更多，詞義場就繼續擴大。當然，這時它們就需要有更多的「義素」來呈現詞義的區別。愈大的詞義場，在義素分析上就愈複雜，愈困難。

所以當前的研究工作都致力於小詞義場的分析。任何一個語言的全部詞義，形成一個「詞義總場」。換句話說，任何一個語言的全體詞義是一個相互牽涉，相互關聯，又相互制約的大系統。它是一個均衡，穩定的系統，如果其中的詞義有了變遷，就會引發一連串的義位移動和義位塡補。造成一個新的平衡狀態。也有人嘗試從詞義總場著手，研擬出整個「語義範疇系統」，探索這個語義總場是如何一層一層組織起來的（例如孫維張〈論語義範疇系統的建構〉，吉林大學社科學報，1990 第一期，23-29 頁）。構想固然很好，但難免成爲哲學式的研究，流於玄虛。還不如從最小子場進行研究更爲具體有效。所以詞義場的層次系統中，還應由下而上探索，不宜由上而下研究。

人們對某個詞義的認識，事實上是在不自覺中，透過詞義場的比較而得，包括場內各詞的比較，相近詞義場的比較，和上下位詞義場的比較。對外的華語教學工作完全可以引進這樣的觀念。把本國人靠語感在長期使用本國語言逐漸形成的這種辨識能力，用義素分析法描寫出來。使外國學習者，很快的掌握各詞的意義對比點，精確的理解一批一批詞彙的關聯性。

一般義素分析對名詞討論的比較多，蔣紹愚曾提出對動詞義素研究的方法。可以就下面幾個特性觀察：

1.動作的主體不同。如「鳴、吠、咆」都是動物的號叫。但主體不同。

2.動作的對象不同。如「洗、沐、浴、盥」，依據《說文》洗的對象是足，沐的對象是髮，浴的對象是身，盥的對象是手。

3.動作的方式狀態不同。如「行、趨、走、奔」，都是行走，卻有快慢的不同。「睨、睇、瞻、覿」都是看，依據《說文》，睨是斜視、睇是小斜視、瞻是是臨視、覿是諦視。

4.動作的工具不同。

形容詞的義素大致有下面幾個方面：

1.是什麼事物的情狀？（人、獸、山、川、宮室等）

2.是哪一方面的性狀？（色彩、聲音、質量、形狀等）

3.性狀的性質不同。如「暑、熱」，暑之義主濕、熱之義主燥。

4.性狀的程度不同。如「涼、寒」「溫、熱」。

義素分析除了從一個詞的理性意義分析外，也可以從「隱含意義」、「感情意義」來分析。這是社會心理所賦與的特徵。例如「女」的隱含意義有「柔弱、善感」，「龍」的隱含意義有「神聖、尊貴」。感情意義如褒、貶、輕、重、尊敬、輕蔑等。

貳、「義位」概念的建立

所謂「義位」是指一個能獨立運用的意義所形成的語義單位。義素構成義位。單義詞只有一個義位，多義詞的每一個義項都是一個義位。「義位」是義位變體的概括，是由若干義素組成的。組成義位的義素中，有些是基本義素，有些是附加義素，造成義位的語義色彩。義位在文句中的具體意義，叫做義位變體。語言體系中，詞的意義是概括的，當運用到話語裡，由於語境的影響，使概括的意義具體化了，帶有了某些色彩，形成原義的一種變化。所以義位變體就是詞語的情境意義。同一義位的不同變體是互相排斥的，不能出現在同一個環境裡，但它們又是互相補充的，共同組成一個義位。

蔣紹愚先生《古漢語詞彙綱要》云：一個詞在具體上下文中，意義可能是各不相同的，如果把這些在上下文中不同的意義都看做義位，從而要在詞典中列出相應的義項，那麼，很多常用詞的義項就會非常之多。這樣的詞典是無法編寫的。例如「搖」這個詞，只有一個義位，就是「搖擺，使物體來回地動」，但是，在這個詞使用的時候，他所表現的具體意義卻不一樣。如「搖鈴」「搖頭」「搖手」「搖尾巴」「搖樹」「搖旗（吶喊）」「搖櫓」「搖紡車」，其中的「搖」，有的是上下搖動，有的是左右搖動，有的是成直線來回搖動，有的是成曲線循環搖動，有的搖動幅度大，有的搖動幅度小。但是我們不會把它看做是不同的意義（義位），或是不同的詞。因爲詞和義位都是對事物動作、性狀的抽象，在抽象過程中，只概括了事物的本質特徵，捨棄了一些次要的差異。這些由上下文顯示的不同意義，就是一個義位的不同變體。

詞典裡對義位的表述，有兩種方式：一爲定義式，這是說出從各個義位變體中概括出來的共同意義。一爲以同義詞解釋。所解釋的是這個義位的中心變體所具有的意義。這種方式簡單明瞭，而且抓住了義位的中心意義。所以一般詞典都採用這種釋義方式。其不足處，在於照顧不到非中心變體的意義。

義位變體和獨立的義位之間如何區分呢？提出一個原則：那些只限於特定的詞語組合中，才能存在的意義，或者完全是根據某種上下文而顯現出來，離開上下文就會消失的意義，都是某一義位的非中心變體。而不是獨立的義位。因此，詞典中就不能把它列爲單獨的義項。例如「投」字在古漢語中使用的句例：

1.《世說新語．容止》注引《語林》：安仁至美，每行，老嫗以果擲之，滿車。張孟陽至醜，每行，小而以瓦石投之，亦滿車。

2.《晉書．潘岳傳》岳美姿儀，婦人遇之者，皆連手縈繞，投之以果。

3.《世說新語．賞譽》注引《江左名士傳》：鄰家有女，常往挑之，女方織，以梭投折其二齒。

4.《戰國策．秦策》其母懼，投杼逾牆而走。

5.《左傳．文公十年》投諸四裔，以御魑魅。

這幾個「投」字動作相同。但從上下文看，「投」的目的不同。第一、三例，「投」的目的是擊中對方。第二例，「投」的目的是爲了送給對方。第四例，「投」的目的是捨棄某物。第五例，「投」的目的是放逐對方。但這些區別，都是由上下文顯現出來的。動作本身並無不同。所以不能看做是不同的義位。在詞典中也不宜設立不同的義項。後世語義的發展，「投」的「捨棄」義逐漸固定，那麼，爲「投」設一個「扔掉、拋棄」的義項就沒有什麼問題了。一個詞的某一意義，到底是依然作爲甲義位的非中心變體，還是已經形成一個新的乙義位，這需要就問題本身作具體的分析兩者之間並無絕對的界線。所以在詞典編纂中，有時義項的分合可以見仁見智。

至於「義位」和「詞」之間的界線問題，蔣紹愚的看法是相關而且相近的意義，應該是一個詞的不同義位。無關的，或者是相距甚遠的，應該算兩個詞。但是在遠近之間，並沒有絕對的界線。由於漢語詞彙史是以「詞義」為對象發展的，所以不妨把「詞」的界線放寬一些。

蔣紹愚云：詞典對字詞的區分不是很嚴格的，所以，在一個詞條下面所列的義項，首先要區分哪些是屬於同一個詞，哪些不屬同一個詞。然後，才能把那些屬於同一個詞的義項，看做這個詞的不同義位。例如：「耳」有五個義項，⑴耳朵。⑵附於物體兩邊，便於提舉之物。⑶狀似耳之物，如木耳、銀耳。⑷聽、聽說。⑸助詞。這五個義項實際上只有兩個詞：一實詞，一虛詞。前四個義位是實詞。

蔣紹愚指出，在古漢語研究上，討論詞義的發展變化，和同義詞、反義詞問題時，都不能籠統地以「詞」為單位，而要以「義位」為單位。義位的概念有助於消除傳統訓古學中的一些模糊、不精確之處。例如《爾雅・釋詁》「林、烝、天、帝、皇、王、后、辟、公、侯，君也。」王引之《經義述聞》云：君字有二義，一為君主之君，天、帝、皇、王、后、辟、公、侯是也。一為群聚之意，林、烝是也。古者「君」與「群」同聲。古人訓詁之旨，本於聲音。故二義不嫌同條也。

又《爾雅・釋詁》艾、歷、胥，相也。王引之《經義述聞》云：艾為輔相之相、歷為相視之相、胥為相保相受之相。聲殊途而同歸。自唐以來，遂莫有知其例者也。說明了「相」字有三個義位，一是「看」的意思，一是「輔佐」的意思，一是「互相」的意思。《爾雅》這樣的訓詁方式，雖有其時代背景，今人在理解上，若不能劃分字與詞的概念，以及一個詞的不同義位，很多訓詁問題就不能弄清楚了。

關於義位的認識，王力提出了古人「偷換概念」的例子（見《訓詁學上的一些問題》）。凡是一詞多義的地方，常被偷換概念。例如《廣雅・釋詁》翫、俗，習也。翫、習爲同義詞，俗、習爲同義詞，但翫、俗不是同義詞。因爲「習」有兩個義位：「狎習」與「習俗」。如不從義位分別，就會弄混了。

蔣紹愚又舉了俞樾《古書疑義舉例》來說明。《夏小正》：黑鳥浴。傳曰：浴也者，飛乍高乍下也。「浴」者，「俗」之誤字。《說文》俗，習也。《說文》習，數飛也。數飛就是飛乍高乍下的意思。俞樾只說對了一部分，實際上，「習」有兩個義位：「俗」和「數飛」，從這裡得不出「俗等於數飛」的結論的。俞樾的偷換概念是因爲他沒有區分詞的義位。

參、詞義場理論

詞義場又稱爲語義場。《中國語言學大詞典》（江西教育出版社，1991）云：某一語言的詞彙中，可以分出許多由有關連的詞，聚合成的詞群。這種關連，體現爲該詞群中的詞都具有共同的意義成分。這種共同的意義成分，是該詞群的意義區域的特徵。它將詞彙中，具有這種意義成分的詞，吸引聚集在詞群之內。這種吸引力所能達到的範圍，稱爲語義場。簡稱義場。

《簡明語言學詞典》（內蒙古人民出版社，1984）云：任何語言的語義都是一個體系，這個體系是由若干個語義場構成的。所謂語義場，就是以某一概括的語義爲核心，同其他的，與之有聯繫的語義所形成的語義範圍（semantic field）。實際上，語義場是按照概念體系所劃分出的概念的系列。屬於一個系列中的詞，都從屬於一個較大的類概念，於是就把由一個大的類概念包含的許多屬概念，或具體概念所構成的系列叫做語義場。可分爲下面幾種類型：

一、意義場

指語言中的一個多義成分，所擁有的語義範圍。叫做「意義場」。同一意義場內的許多意義是互相聯繫的，其中的一個意義是核心，其他的意義都是從一核心義衍生發展出來的。這許多的意義圍繞著核心義，就形成了一個語義範圍，這個範圍就是意義場。

如現代漢語詞「多」共有七個意義：

1. 數量大。如「多年」。
2. 超出應有的數目。如「這句話裡多了一個字」。
3. 表示有零頭。如「五十多歲」。
4. 表示相差的程度大。如「他比我強多了」。
5. 詢問程度如何。如「他老人家多大年紀了？」。
6. 表示程度高。如「這個問題多不簡單哪！」。
7. 指某種程度。如「有多大勁使多大勁」。

這七個意義形成兩個語義範圍：前三個義項以「數量大」爲核心義。後四個義項以「程度高」爲核心義。圍繞這兩個核心義，形成兩個意義場。據此，可以把「多」分爲兩個詞，一個是形容詞的「多」，基本意義是「數量大」。一個是副詞的「多」，基本意義是「程度高」。兩者之間構成同形詞。

也有學者認爲一詞多義不能構成詞義場。認爲詞義場各義位必須有不同的讀音，而且可以出現在相同的上下文裡。例如下句：

小呆炒（炸、煎、蒸、烤）肉。

這句的「炒、炸、煎、蒸、烤」是一個詞義場。而多義詞的各個義項，並非同一概念所含的「屬概念」，不是一個大類底下，地位相同的小類，不能出現在相同的語境中，例如「打」有五個義項，必處於不同的語境。

1.「衝突」之意，如「打架」。

2.「編織」之意，如「打毛線」。

3.「撥」的意思，如「打電話」。

4.「盛」的意思，如「打飯」。

5.「捆紮」的意思，如「打行李」。

這五個義項不能構成一個詞義場。它們的關係是鬆散的，不能組成一個嚴密的意義體系。

二、詞彙場

以某一個表示「類」概念的詞爲核心，由全部屬於這個類概念的下義詞所形成的詞義範圍，叫做「詞彙場」。如以動物的「鳴叫」爲核心，形成的詞彙場如下：

「鳴叫」

（犬）吠、（雞）鳴、（馬）嘶、（牛）哞、（猿）啼、（鳥）哨、（狼）嗥、（獅）吼、（虎）嘯、（龍）吟。

以「顏色」一詞爲核心形成的詞彙場如下：

「顏色」

紅、黃、藍、白、黑、綠、橙、紫、棕、赭………。

三、句法語義場

詞與詞之間意義上可以搭配，形成組合關係的範圍，叫做句法語義場。在句法結構中，詞與詞能否組合在一起，一方面要受語法觀念的制約，另一方面也要受到語義的制約。一個詞在語義上能夠跟哪些詞搭配，不能跟哪些詞搭配，是有一定規律的。我們把一個詞從語義上可以跟它搭配的詞，所形成的語義範圍，稱之為句法語義場。例如漢語中能帶「動詞性賓語」（相對於「存現賓語」，如「黑板上寫著字」、判斷賓語，如「他是學生」、「數量賓語」，如「買了三斤」等。）的動詞，語義上有一定的限制：

1. 表示願望和意圖的動詞。如「希望、保證、允許」
2. 表示認識和感覺的動詞。如「看見、知道、覺得」
3. 表示動作起迄、進行的動詞。如「開始、繼續、結束」

這些動詞後面才能接一個「動詞性賓語」。它們所形成的範圍，就是一個句法語義場。

四、聯想場

指圍繞著一個詞，所形成的聯想網絡。即由相互關聯的詞群，所構成的語義範圍，稱為聯想場。如提起「家畜」，可以使我們聯想起「馬、牛、羊、驢、騾、豬、狗」等詞語。提起「家具」，可以是我們聯想起「桌、椅、板凳、箱子、櫃子」等詞語。這一群詞所形成的範圍，就是聯想場。實際上，它也是一種詞彙場，只是它沒有詞彙場那樣完整嚴密。它的範圍可能比詞彙場小，也可能比詞彙場大。系統性不那麼強，帶有某種程度的主觀隨意性。

一個語言的語義系統，構成一個龐大的詞義總場。其間的詞義互相制約，互相聯繫。其下又有許多的子場，子場又可分為許多的更小子場，最小子場。一般研究上多半從最小子場開始，比較容易駕馭。然後再逐步擴大。詞義場也就是「義位的系統」。它包含了共性與殊性的義素所組成的幾個義位。詞義場表現了義位的關係與區別，以及語義上的系統性。詞義場與詞義場之間的關係，有縱的關係和橫的關係。前者是語義系統內的層次關係，是母場與子場的關係。例如：

「交通工具」的詞義場：車、船、飛機……

「車」的詞義場：腳踏車、汽車、火車、電車……

「汽車」的詞義場：轎車、吉普車、卡車、計程車……

這三組詞義場有上下位的關係。屬於縱的關係。至於「橫的關係」則是同層次義場的關係。

語義會不停的變化，所以詞義場也是傾向於變遷調整的。通常基本詞變化較慢，一般詞發展較快。所以詞義場應當是就共時系統說的，不能把古今的詞義放到同一個義場裡頭。

若按照詞義場的收詞內容來看，可分作下面幾類：

1.分類義場，如動物、身體、顏色、食物、用具、職業、機構、建築、服裝、民族…….等等。分類可以是多層次的，大類之下有小類，小類之下有更小的類。

2.順序義場，如季節、月份、學位、名次、度量衡單位。這些義場，意義關係有順序性。

3.關係義場，如表示人、事、物間的關係。一般是成對的，二者相對、相生。如「教師、學生」（教育關係）「丈夫、妻子」（配偶關係）「進口、出口」（貿易關係）「主觀、客觀」（觀點關係）。有時也可以是多元的，如「哥、姐、弟、妹」（同胞關係）「上、中、下」（方位關係）

4.程度義場，如「必然、可能」「一定、也許」「指示、指導、誘導」「前進、停止、後退」「強迫、同意、懇求」「熱、溫、涼、冷、寒、凍」「知己、朋友、相識、路人、仇人」

5.同義義場，如「猶豫、躊躇」「愚蠢、愚笨」「片刻、一會兒」「肥、胖」「二、兩」

6.反義義場，如「建設、破壞」「死、活」「貧窮、富有」「偉大、渺小」「漂亮、醜陋」

肆、義素分析和現代漢語教學

語言的學習，不論是小孩學語，或是成人學外語，對於詞彙意義的掌握，都是不斷摸索詞義裡共性與殊性的過程。如果教學者能用詞義分析法，把一組一組的詞彙，分別標定其義素，易言之，也就是把最小詞義場中的各詞，找出它們的區別性特徵，找出它們之間意義上的對立點，描述出它們之間的相同性（共性）和相異性（殊性），則學習者便能更有效且輕易的掌握詞彙意義，獲得良好的學習效果。舉例說，中國學生學英文，很容易在字典中查出 jump、leap、spring 三詞都是「跳」的意思，但是它們是否有差異呢？　我們知道任何語言中，眞正的同義詞都是極少見的，一般所謂的同義詞，事實上都是「近義詞」。其間必然還存在著詞義上用法上的細微差異。有的是所指廣狹有別，有的是褒貶色彩有別，有的是情感色彩有別，有的是雅俗色彩有別，有的是場合對象有別。這些都可以藉義素分析標示出來，於是上列三詞的詞義可分析如下表：

	跳起	突然	優雅
jump	＋	－	－
leap	＋	－	＋
spring	＋	＋	－

在這個表中，我們用了「跳起」描述其共性，用了「突然」，「優雅」描述其殊性，三個義素就把各詞的差異點區分出來了。在這個義場中，各詞的正負值完全不同：jump 是〔＋，－，－〕，leap 是〔＋，－，＋〕，spring 是〔＋，＋，－〕。

不過，這裡我們需要強調的是同義詞（或近義詞）之間存在著「渾言之」與「析言之」的狀況，這在古代的中國語言學家就指出來了（例如清段玉裁的《說文注》對近義詞的辨析就廣泛的應用了「渾言」（又稱統言），「析言」的理論。他在「疾」字下說：「析言之則病爲疾加，渾言之則疾亦病也。」）。同義詞在應用的時候，往往「渾言之」無別，而在某些場合，詞義上需有比較，對立的時候，則「析言之有異」。我們把詞義放在「最小詞義場」中比較，主要在突顯其可能具有的差異性，並不表示在語言運用中，它們沒有相通的可能。

中國學生學習英文，義素分析法是可以廣泛加以應用的一套理論，例如下面的詞彙：

1.	旅行	短期	遊樂
travel	＋	－	＋
tour	＋	＋	＋
journey	＋	＋	－
2.	連接	環狀	整體性
join	＋	－	－
unite	＋	－	＋
link	＋	＋	－
3.	檢查	過失	僅指事件
investigate	＋	－	＋
inspect	＋	＋	－
examine	＋	－	－

4.	受傷	精神上	嚴重
hurt	+	+	−
injure	+	−	+
wound	+	−	−
5.	事件	重大性	突發
event	+	+	−
incident	+	−	−
accident	+	−	+
6.	大	體積	感情性
big	+	+	−
large	+	−	−
great	+	−	+
7.	有名	惡	僅指某方面
famous	+	−	−
noted	+	−	+
notorious	+	+	−
8.	練習	反覆	有目標
drill	+	+	−
train	+	−	+
practice	+	−	−
9.	殺	謀殺	大量
kill	+	−	−
murder	+	+	−
slaughter	+	−	+

10.	居住	豪華	文言
dwell	＋	－	＋
reside	＋	＋	－
inhabit	＋	－	－
11.	命運	註定	險惡
fortune	＋	－	－
destiny	＋	＋	－
fate	＋	＋	＋
12.	繩索	細小	金屬材
string	＋	＋	－
rope	＋	－	－
cable	＋	－	＋
13.	舟	小型	文言
ship	＋	－	－
boat	＋	＋	－
vessel	＋	－	＋
14.	打擊	連續	用拳
hit	＋	－	－
beat	＋	＋	－
punch	＋	－	＋

用這樣的詞義分析，具體的呈現了各詞的異同點，對學習英語的中國學生提供了很大的幫助。反過來看，對外的中文教學，一樣可以用這種方式達到效果。學習外語最感困難的，應屬不同文化思惟所產生的詞彙差異，往往找不到相對應的詞去進行翻譯。例如，代表中國文化中倫理觀念的一大批親屬詞，在其他語言中很難找到相對應一致的成分。像「兄，弟，姊，妹」在英文中只有「brother，sister」兩個

詞，於是在理解中文時，必需加上 elder，younger 來修飾描繪，構成詞組，而不能以單詞的方式表達。像這種具有文化特色的詞義，若以義素分析法呈現，學習者更易於掌握詞義。例如：

	同胞	男性	年長
兄	＋	＋	＋
弟	＋	＋	－
姊	＋	－	＋
妹	＋	－	－

這裡用了三個義素：「同胞」（「同胞」的意思是「出自同一父母」之義。不同於後世引伸爲廣義的「同一民族」之義。），「男性」，「年長」，完全的區分了四個親屬概念。我們也可以換一種表述法：

兄〔＋同胞，＋男性，＋年長〕
弟〔＋同胞，＋男性，－年長〕
姊〔＋同胞，－男性，＋年長〕
妹〔＋同胞，－男性，－年長〕

如果把這個小詞義場擴大，加入「父，母，叔，舅（這裡的「舅」是指「母親的兄弟」。），姑（這裡的「姑」是指「父親的姊妹」。），「嫂」六個親屬詞，那麼，我們只要再增加「直系」，「同姓」兩個義素，就可以完全區分了。

	同胞	男性	年長	直系	同姓
兄	＋	＋	＋	－	＋
弟	＋	＋	－	－	＋
姊	＋	－	＋	－	＋
妹	＋	－	－	－	＋

父	－	＋	＋	＋	＋
母	－	－	＋	＋	－
叔	－	＋	＋	－	＋
舅	－	＋	＋	－	－
姑	－	－	＋	－	＋
嫂	－	－	＋	－	－

因此，我們也可以用這樣的表述法：

舅〔 －同胞，＋男性，＋年長，－直系，－同姓 〕餘可類推。

當然我們還可以繼續擴大這個詞義場，把所有的親屬詞全部納入，也不過再增加幾個關鍵性的義素，就可以完全加以區分。

中國人是講究吃的民族，這也形成了中國文化的特色之一。於是，相應而生的，就有了一大批的「烹飪詞」出現。例如：

煮，炸，蒸，烤，炒，燻，燴，爆，烘，煎，滷，熬，涮……

依據汪琪《文化與傳播》的統計，中國字當中，形容烹調方法的字共有 52 個之多。（見其書第 161 頁。三民書局 71 年初版，73 年再版。）

英文並沒有相對應的詞，因此，外國學生學習這些中文詞彙必有困難。我們試舉前四詞，用義素分析法區別如下：

	盛水	鍋內	蒸汽
煮	＋	＋	－
炸	－	＋	－
蒸	＋	＋	＋
烤	－	－	－

這裡用了三個義素：「盛水」，「鍋內」，「蒸汽」區分了四個烹飪詞。若再增加幾個義素，還可以擴大這個詞義場，容納更多的烹飪詞。這樣，就幫助了中文學習者在一個詞義體系中，整批的理解各詞的異同。

「飯」和「米」在英文中也是分不清的，我們可以用〔＋，－煮熟〕這個義素來區別。我們再看看一批有關「穿著」的詞彙：

	著地	有筒
鞋	＋	－
靴	＋	＋
襪	－	＋

這裡只用了「著地」，「有筒」兩個義素就完全區分了三個有關「穿著」的詞彙。我們還可以加入其他相關的詞，形成一個較大的詞義場：

	著地	有筒	腳用	長條
鞋	＋	－	＋	－
靴	＋	＋	＋	－
襪	－	＋	＋	－
帽	－	－	－	－
手套	－	＋	－	－
圍巾	－	－	－	＋

這裡我們只增加了「腳用」，「長條」兩個義素，就描繪了六個和「穿著」有關的詞彙。

伍、義素分析和古代漢語教學

外國學者如果要對中國文化作進一步的認識，就不能不接觸古代漢語－傳統文化的載體。只有透過原始資料的傳達，才能眞正的一窺中國文化的堂奧。因此，古代漢語的對外教學，便成了培養國外高層次漢學家的重要工作。

由於語言的歷時變遷，古代漢語和現代漢語有相當程度的不同。這種不同特別反映在詞義上。因此，在教學上，我們必需設計出一套精確而具體的詞義分析技術。義素分析法正好提供了這樣的方便。譬如說，許多古代的近義詞，詞義上有細微的差異，到了現代漢語中，這些差異往往消失了。但是閱讀古籍時，仍需留意其間的差異。我們一樣可以用義素分析突顯其間的差異點：

翺	〔＋搖翼〕	翔	〔－搖翼〕
歐（嘔）	〔－出口〕	吐	〔＋出口〕
官	〔－位低〕	吏	〔＋位低〕
寢	〔＋床〕	臥	〔－床〕
妃（配）	〔＋佳偶〕	仇（逑）	〔－佳偶〕
樹	〔－兼指木材〕	木	〔＋兼指木材〕
容	〔－僅外表〕	貌	〔＋僅外表〕
眷	〔＋情深〕	顧	〔－情深〕
饑	〔－嚴重〕	餓	〔＋嚴重〕
巫	〔－男性〕	覡	〔＋男性〕
器	〔－僅食具〕	皿	〔＋僅食具〕
諷	〔－節奏〕	誦	〔＋節奏〕
完	〔－數量〕	備	〔＋數量〕

銳	〔－刀口快〕	利	〔＋刀口快〕
躬	〔＋僅指人〕	身	〔－僅指人〕
法	〔－具體條文〕	律	〔＋具體條文〕
豪	〔－褒義〕	傑	〔＋褒義〕
聲	〔－褒義〕	音	〔＋褒義〕
婦	〔＋已嫁〕	女	〔－已嫁〕
宇	〔＋空間〕	宙	〔－空間〕
邦	〔－首都〕	國	〔＋首都〕
告	〔－委曲〕	訴	〔＋委曲〕
秀	〔＋內在〕	美	〔－內在〕
忍	〔＋主觀〕	耐	〔－主觀〕
沐	〔＋洗頭〕	浴	〔－洗頭〕
切	〔＋骨器〕	磋	〔－骨器〕
牙	〔－當唇〕	齒	〔＋當唇〕
疾	〔－嚴重〕	病	〔＋嚴重〕
人	〔－愚昧〕	民	〔＋愚昧〕
文	〔－合體〕	字	〔＋合體〕
聽，視	〔＋主動〕	聞，見	〔－主動〕

《說文段注》「翔」字下引高注《淮南》曰：「翼上下曰翺，直刺不動曰翔」。

《說文段注》「口見」（見字加口旁）字下云：「歐以胸喉言，吐以出口言也」。

官，吏二字渾言之無別，析言之則吏多指位低者。例如：

《韓非子・五蠹》：「州部之吏」，指的是吏卒；

《史記・高祖本紀》：「及壯，試為吏，為泗水亭長」，亭長亦位低之官。

《漢書・百官公卿表上》：「秩四百石至二百石為長吏，百石以下有斗食，佐史爲少吏。」此皆位低之官員。

《說文段注》「臥」字下：「臥與寢異，寢於床，臥於几，《孟子》隱几而臥，是也。」

《說文段注》「逑」字下引桓二年《左傳》：「嘉偶曰妃，怨偶曰仇。逑，仇古多通用。」

「樹」只指樹木，「木」則兼指木材及木製品，例如「就木」指棺木，三木指刑具。

《說文段注》「貌」字下：「凡容言其內，貌言其外。」

《說文段注》「眷」字下：「顧者，還視也；眷者，顧之深也。」

所謂「人飢己飢」，飢相當於現代的餓，而《孟子・梁惠王上》民有飢色，野有餓莩。顯然「餓」的程度比「飢」要嚴重些。

《說文段注》「覡」字下：「在男曰覡，在女曰巫。」

《說文段注》「器」字下：「皿，飯食之用器也。」至於「器」字則泛指各種器物，如石器，瓦器，銀器……等。

《說文段注》「諷」字下：「倍文曰諷，以聲節之曰誦。倍同背，謂不開讀也。誦則非直背文，又爲吟詠以聲節之。」

「完」重在完整無缺，例如「完璧歸趙」，「覆巢之下無完卵」。「備」指數量上應有盡有，無缺漏。

「銳」指鋒芒尖銳，「利」指刀口快。

《論語・堯曰》：「萬方有罪，罪在朕躬」，「躬」一般只指人身，「身」則兼指物身，如船身，車身……等。

「法」的範圍較大，包括法規，制度；「律」的範圍較小，多指具體的刑法條文。

「豪，傑」都有出衆的意思，但「豪」可用於貶義，例如「豪強」，「巧取豪奪」，「土豪劣紳」……等。

「音」往往指「樂音」，或用於褒義。例如「德音」，「佳音」，「福音」……等。「聲」則可指惡聲。

已婚者爲「婦」，未婚者爲「女」。例如「楊家有女初長成」。「宇」指空間，例如「席卷天下，包舉宇內」；「宙」指時間。《淮南子·原道訓》高注：「四方上下曰宇，往來古今曰宙」。

「邦」指分封的諸侯國，「國」通常指國都。

「告」指一般的告知，「訴」則指訴說委曲，痛苦之義。故云「控訴」，「傾訴」。

「美」重在外表，例如「我孰與城北徐公美？」；「秀」重在內在氣韻，例如「望之蔚然而深秀者，瑯琊也。」

「忍」重在內心，主觀上的容忍，忍受。「耐」重在客觀上支持得住，受得了。例如「此物性不耐寒。」

「沐」專指洗頭，例如「新沐者必彈冠」；「浴」專指洗身，例如「新浴者必振衣」。

骨器加工叫「切」，象牙加工叫「磋」。

《說文段注》「牙」字下：「前當唇者稱齒，後在輔車者稱牙」。故云「唇亡齒寒」，「爪牙」，「誰謂鼠無牙」。

又《呂氏春秋·淫辭》：「問馬齒。圉人曰：齒十二，與牙三十」。

《說文段注》「疾」字下：「病爲疾加」。《論語·子罕》鄭注：「病爲疾益困也」。

「人」所指較廣，包含各階級，各民族；「民」據郭沫若考證，其初義爲奴隸。「民，氓，盲，茫，蒙，矇，濛，懵，昧，寐，冥，瞑」爲同源詞。

《說文序》：「倉頡之初作書，蓋依類象形，故謂之文，其後形聲相益，即謂之字」

段玉裁云：「獨體爲文，合體爲字」。

「聽」只是耳朵接收聲音，未必眞正聽到；「聞」指聽後已經領會或掌握。故云「聽而不聞」，「朝聞道，夕死可矣。」聽指行動，聞指結果。「視」相當於「聽」，「見」相當於「聞」。故云「視而不見」。「視，聽」都表示主動，「見，聞」都表示被動。

以上是兩個近義詞對比，只需用一個義素標明其對比點。若三個詞比較，則需用兩個義素區分：

	對上	對下
獻	＋	－
賜	－	＋
贈	－	－

	對上	懲惡
弒	＋	－
殺	－	－
誅	－	＋

以上的例子，都只是標示差異點，當然，就語言描述的立場言，應該還有共性，由於本文所選的詞例原本就設定在同義詞或近義詞上，又都是常用字，所以共性的描寫就省略了。至於在語言教學上，共性和殊性還是應該一併提及的。

陸、義素分析法的應用

義素分析法是語言學研究的一個新趨勢，不論哪一套語言理論－解釋語義學，生成語義學，格語法，齊夫語法等——在進行詞義現象的研究時，在不同程度上都要借助詞義分析的概念和方法（見伍謙光《語義學導論》第 93 頁。湖南教育出版社，1988 年。）。此外，這種方法也適用於分析任何語言的詞，不論是中文還是外文，也不論是現代或古代。只不過在不同語言中，義素成分會有不同而已。在運用方面，這種方法可以引入詞典的編纂上，也可以引入語言教學上。

其實，我們在使用語言時，就在不知不覺中運用了義素分析，因而我們能正確的驅遣詞彙。意義顯然有別的，自然容易辨識，意義近似的，我們也能由社會習慣中，揣摩其差異。義素分析法是把習焉而不察的種種區別，具體的表述出來罷了。特別是同義詞和近義詞的辨識，在對外的語言教學中，更爲重要。外籍生不像本地人有語感爲憑藉，因此教學者必需把無形的語感化爲具體的「義素」，對同義詞和近義詞進行細緻的分析，以增加學習和辨識的效率。這就是爲什麼前面取了許多同義詞爲例的理由。至於反義詞，自然也可以有效的運用義素分析法來進行教學任務。因爲反義詞是建立於同一意義範疇基礎上的。例如「君子——小人」都是由「人的品格」角度所得的評價；「長——短」都是度量範疇；「古——今」都是時間範疇；「支持——反對」都是對人對事所持的態度。

因此，反義詞之間的義素成分也有共性與殊性，這點和同義詞的情況並無不同。至於處於同一詞義場的各詞，它們是「類義詞」。像前面討論的親屬詞，烹飪詞，穿著詞等。詞義問題不外同義，近義，反義，類義諸項，它們都能用義素分析的方法說清楚，以之協助漢語的教學工作，因此値得我們推廣。

第四節　虛數詞

數詞是表示數目的詞類。但漢語裡的數詞有很多時候不是實指，而是虛數。我們把這種詞叫做「虛數詞」。

壹、「三」字的虛用

虛數詞最常見的就是「三」字。例如《論語》當中：

曾子曰：「吾日三省吾身—為人謀而不忠乎？與朋友交而不信乎？傳不習乎？」

子曰：「父在，觀其志；父沒，觀其行；三年無改於父之道，可謂孝矣。」

曰：「管氏有三歸，官事不攝，焉得儉？然則管仲知禮乎？」

子曰：「三年無改於父之道，可謂孝矣。」

子張問曰：「令尹子文三仕為令尹，無喜色；三已之，無慍色。」

季文子三思而後行。子聞之，曰：「再，斯可矣。」

子曰：「回也，其心三月不違仁，其餘則日月至焉而已矣。」

「子行三軍，則誰與？」子曰：「暴虎馮河，死而不悔者，吾不與也。」

子在齊聞韶，三月不知肉味，曰：「不圖為樂之至於斯也。」

子曰：「三人行，必有我師焉：擇其善者而從之，其不善者而改之。」

子曰：「太伯其可謂至德也已矣。三以天下讓，民無得而稱焉。」

子曰：「三年學，不至於穀，不易得也。」

子曰：「三軍可奪師也，匹夫不可奪志也。」

色斯舉矣，翔而後集。曰：「山梁雌雉，時哉時哉！」子路共之，三嗅而作。

南容三復白圭，孔子以其兄之子妻之。

問「管仲」。曰：「人也，奪伯氏駢邑三百，飯疏食，沒齒，無怨言。」

子張曰：「書云：『高宗諒陰三年不言』何謂也？」子曰：「何必高宗？」陪臣執國命，三世希不失矣。

天下有道，則政不在大夫。柳下惠為士師，三黜。人曰：「子未可以去乎？」曰：「直道而事人，焉往而不三黜！枉道而事人，何必去父母之邦！」

齊人歸女樂，李桓子受之，三日不朝，孔子行。子曰：「父在，觀其志；父沒，觀其行；三年無改於父之道，可謂孝矣。」

這些「三」都表示「多」的意思。在古人的觀念中，「三」就是多數的象徵。

《孟子》也大量使用「三」表虛數「多」的概念。例如：

是畏三軍者也。舍豈能為必勝哉，能無懼而已矣！

孟子之平陸，謂其大夫曰：「子之持戟之士，一日而三失伍，則去之否乎？」

三宿而後出晝，是何濡滯也！

當是時也，禹八年於外，三過其門而不入；雖欲耕，得乎？

孔子三月無君則皇皇如也。出疆必載質。

周公相武王，誅紂伐奄；三年討其君，驅飛廉於海隅而戮之。

匡章曰：「陳仲子，豈不誠廉士哉！居於陵、三日不食，耳無聞，目無見也。

井上有李，螬食實者過半矣，匍匐往將食之，三咽，然後耳有聞，目有見。」

今之欲王者，猶七年之病求三年之艾也。苟為不畜，終身不得。

孟子曰：「不孝有三，無後為大。」

去三年不反，然後收其田里：此之謂三有禮焉；如此則為之服矣。

禹、稷當平世，三過其門而不入：孔子賢之。

萬章曰：「舜流共工于幽州，放驩兜于崇山，殺三苗于三危，殛鯀於羽山。

湯三使往聘之，既而幡然改曰：與我處畎畝之中，由是以樂堯、舜之道。

我們通常所謂的「三家村學究」「孔子弟子三千」「信陵君門客三千」或者成語的「三心兩意、三教九流、三五成群、三令五申、三番兩次、三分醉意」以及《論語》中稱「各位同學」爲「二三子」也都用「三」來表示多數。用「三」來表示多數的觀念來源非常古老。

《史記‧律書》云：數始於一，終於十，成於三。

《老子》云：一生二，二生三，三生萬物。

《易經》的八卦就是用三條線組成，用它來象徵世間萬事萬物。由甲骨文見到的漢字結構，也常用三表多。

例如字形的三角排列：三人爲衆、草之總名爲「卉」、衆庶爲「品」、樹多爲「森」、日盛爲「晶」、石多爲「磊」、火花盛爲「焱」、土高爲「垚」、群車聲爲「轟」。甲骨文的「長、老、首、眉、子」諸字都是用三線條表示多數的毛髮。「木」用三劃表衆多的樹枝和樹根，「屮」用三劃表衆多的草，「桑」用三枝三葉表茂盛生長的桑樹，「又、鬥」以三劃表許多手指，「巢」表枝頭的許多小鳥，「集」的古體有三隹，表群鳥在樹，「雨」甲骨文用三點表無數雨滴，「水、川、州」用三劃表衆多水流。由此可知古人這種以三表多的觀念是普遍而久遠的。

貳、其他數字的虛用

除了「三」之外，表示多數概念的虛數詞還有「九」。所謂三之所不能盡者，則約之以九，以見其極多。例如「九五之尊、九霄雲外、九合諸侯、九泉之下、九牛一毛、九灣十八拐、九死一生、楚辭九歌、九十其儀」。

「七」也是常出現的神秘數字。甲骨文「七」寫作「十」，表示四方的宇宙空間，由此產生「七」的崇拜或「七」的禁忌。《莊子》有「混沌七竅」，鑿後七日而死的神話。《易經.復卦》：反覆其道，七日來復。指出七日是天道運行的週期。習俗喪儀祭奠，也以七日爲週期，直到七七四十九天，這是佛教結合中國傳統以後形成的。又道教友「七傷、七報、七魄」煉丹有「七返靈砂」服食之後，就能超然於九天之上，逍遙乎宇宙之間。又佛塔多爲七級，故云：「救人一命，勝造七級浮屠」。不過，「七」用在語言裡作爲虛數詞的例子不像「三、九」那麼普遍。只有「七手八腳、七上八下、七零八落、七嘴八舌」等幾個。

在兩位數字的虛數詞當中，最常見的就是三十六和七十二。這與古代的占卜巫術、宗教觀念、數術之學、陰陽五行有關係。長期的流傳中，把這兩個數字當成了具有魔力的神秘數字。例如《史記》提到古代封泰山的，有七十二家、劉邦左股有七十二黑子。又傳說老子孕七十二年而生、女媧至神農有七十二姓、明堂設七十二牖、黃帝與蚩尤七十二戰、禮月令七十二候、道家有七十二福地、龜七十二鑽而無遺策、水滸傳有三十六天罡七十二地煞、山東歷城有名泉七十二、曹操逝後有七十二疑塚、孫悟空有七十二變、孔子有七十二弟子。此外又有三十六計。古人著書也喜歡以這兩個數字湊成篇數或卷數。則是把神秘的虛數字變成了實數運用。我們了解了這種現象，才不會把虛數當作實數看，附會式的企圖列舉計算了。

第五節　同形詞和異形詞

同形詞指的是一個相同的形體卻代表不同的幾個詞。是「多詞一形」的現象。例如：「升」這個字形可以用來表示「上升」的升，也可以表示「容量」的升。「行」這個字形可以用來表示「行為」的行，也可以表示「銀行」的行。這些都是幾個不同的詞用了同一個符號表示。它們叫做「同形詞」。

異形詞是「一詞多形」的現象。我們念古文的時候，往往會看到注解說，此字通某字，此字即某字。其實，兩個字相通，還可以分成好幾種不同的情況。有時候是同義字，有時候是通假字，有時候是同源詞，有時候是異體字，有時候是古今字。我們如果只知道兩字相通，而不知道是怎麼通的，仍然不能算眞正了解了這篇文章。

我們這裡要談的，是其中的兩種情況：異體字和古今字。它們可以稱作「異形詞」或「一詞多形」，也就是一個字的兩個寫法。他不是兩個不同的字，而是同一個字。譬如像一個人早上穿公司制服上班，晚上換了禮服赴宴，雖然看起來不同了，但是仍舊是同一個人。異體字和古今字正是如此。

異體字又叫做「或體字」，在《說文解字》中叫做「重文」，意思是一樣的。例如《說文》「雲、云」、「處」和減去上半的寫法都是重文，都是同一個字的兩個寫法。照理說，一個字應該只有一個寫法，如果同時有好幾寫法，並沒有好處，反而增加了學習的負擔。那麼，異體字是如何產生的呢？中國文字的發展，有好幾千年的歷史，使用漢字的人又非常的多，自然而然的在不同的時代，不同的地區，就會產生不同的寫法。有時更換一個義符，如「敕」可以寫成左束右力、「歎、嘆」、左系右夸和左衣右夸爲同一字等；有時更換一個聲符，如「線」改爲左系右戔、「褲」改爲左衣右夸；有時把字的結構位置更換一下，如「慚」改爲上斬下心、「鵝」改爲上我下鳥、「群」改爲上君下羊、「峰」改爲峰字山在上等。

不過，異體字有時是有時間性的，古代的異體字也許到了後世就有了區別。例如「諭、喻」在先秦兩漢是同一個字，到了今天，「詔諭」就不能用「喻」，「比喻」則不能用「諭」;又如「畫、劃」在《說文》中是同一個字，可是今天的「繪畫」就不能用「劃」。

語言學家王力曾指出，有三種情況不能認爲是異體字。

1. 有些字，雖然意義相近，後代讀音也相同，但不能把它們當作異體字。例如「寘」和「置」，就是「放置」這一意義說，二者相通。可是「置」還有一些別的意義是「寘」所沒有的，況且這兩個字的古音也不一樣。同樣的情況還有「寔」和「實」。

2. 有些字，它們之間的關係交錯複雜，有相通之處，也有不通之處，也不能把它們看作異字體。例如「雕、彫、凋」，雕的本義是鳥名，彫的本義是彫琢，凋的本義是凋零。在《說文》裡，它們是三個字。由於它們是同音字，所以在某一意義上常常通用。其他像「游、遊」、「修、脩」都是此類。

3. 有些字通用是有條件的，更不能認爲是異體字。例如「亡」和「無」相通，但不是所有用「無」的地方都可以換成「亡」。又如「沽、酤」，在買酒或賣酒這個意義上是相通的，可是「酤」的對象只能是酒，而「沽」的對象也可以是別的東西，意義廣狹不同。

以上三點其實並沒有嚴格的界限，它們不能視爲異體字的共同特徵，它們都算兩個字，不是一個字的兩個寫法。它們的關係，有的是通假字，有的是同源詞。

下面是幾個異體字的例子：

「祀」寫作「左示右異」，「訛」寫作「左言右爲」，「剪」寫作「⿰身弱」，「攷」寫作「考」，「罪」寫作「上自下辛」，「睹」寫作「左者右見」，「詒」寫作「貽」，「荐」寫作「薦」，「踊」寫作「踴」，「禮」寫作「札改木作示」，「粮」寫作「糧」，「村」寫作「邸改氐作屯」，「卻」寫作「卻改谷作去」，「黏」寫作「粘」。

由此可知，正體和俗體，簡體和繁體之間的關係都是異體字。下面再介紹「古今字」。古代字數比較少，要表達衆多而紛雜的概念，一個字的使用範圍必然就比較廣，像一個「辟」字就兼有了後世的了「避、闢、僻、譬」等字的意義。後來字造得多了，就不再使用原來那個用途過多的字，而改用意義較確定的新字，於是就有了古今字的區別。這種情況往往在古今字之間有字形上的關聯，通常是增加了偏旁。另外一種情況則在字形上沒有關聯，早期的習慣是用一個象形的寫法，後來因爲文字的變化都趨向於形聲的構造發展，於是，這個象形字也改用了形聲的結構。例如「華」字就是古代的「花」字，「華」是象形，「花」是形聲（從化聲）。又如「西」字原本就是「棲」字的象形，象鳥棲於巢的樣子，後來「西」字作了方向字，另外就造了形聲（從妻聲）的「棲」使用。又如「亦」字原本是「腋」的象形，象一人正面形，兩點表示其左右腋下，後來「亦」字作「也」字用，就另外造了形聲（從夜聲）的「腋」使用。所以它們之間的關係都是古今字。

簡單說，古今字就是古代用此字，後代別造一字以代之。這種情況，原來那個字，往往有了別的用途。它和異體字不同，異體字是在同一時代完全相等，可以互相替換的寫法。古今字卻有使用時代先後的不同。

下面是幾個古今字的例子：

女汝　　景影　　然燃　　敖遨　　莫暮　　要腰　　知智

其箕	原源	馮憑	見現	舍捨	責債	大太
厭饜	弟悌	閒間	說悅	孰熟	共供	昏婚
反返	嘗嚐					

字詞之間的關係凡是異體字、古今字都屬於「異形詞」。它們和同義字、通假字、同源詞，應該加以區別。掌握了充分的詞彙知識，不但對閱讀能提供莫大的助益，也能藉此以提昇自己的語文、辨字的能力。

第四章　詞彙的形態音變

第一節　西方語言的形態音變

所謂形態音變是指一個字由於意義、詞性、用法的不同，而有不同的讀音。在訓詁學裡，把這種現象單在聲調上作區別的，叫做「殊聲別義」。這和英文的某些形態變化類似。英文有「內部形態」（又稱內部屈折）和「外部形態」（又稱外部屈折）的情況。後者是常見的，利用加前綴、後綴的方法來改變讀音。例如字根後面加上-ly 表示副詞，加上 -tion 表示名詞，字根前面加上 pre-表示「在前」，加上 un-、dis- 表示否定。至於「內部形態」是在詞根內部改變讀音，以調整詞性的方法。又分三種：

1. 變更主要元音

bleed/blood　feed/food　float/fleet　knit/knot　lend/loan
sing/song　sit/seat　hot/heat　proud/pride　tell/tale　sell/sale

2. 變更韻尾輔音

advise/advice　believe/belief　defend/defense　devise/device
practise/practice

3. 變更重音位置（diatones）

record 重音在前爲名詞，義爲「檔案」。重音在後爲動詞，義爲「登記」。rebel 重音在前爲名詞，義爲「反叛者」。重音在後爲動詞，義爲「造反」。compact 重音在前爲名詞，義爲「契約、小汽車」。重音在後爲形容詞，義爲「擠滿的、密度大的」。contract 重音在前爲名詞，義爲「合約」。重音在後爲動詞，義爲「訂約」。convict 重音在前爲名詞，義爲「囚犯」。重音在後爲動詞，義爲「宣告有罪」。converse 重音在前爲名詞，義爲「相反」。重音在後爲動詞，義爲「談話」。contrast 重音在前爲名詞，義爲「對比」。重音在後爲動詞，義爲「比較」。content 重音在前爲名詞，義爲「內容」。重音在後爲形容詞，義爲「滿意的」。affix 重音在前爲名詞，義爲「詞綴」。重音在後爲動詞，義爲「附加」。annex 重音在前爲名詞，義爲「附件」。重音在後爲動詞，義爲「合併」。ally 重音在前爲名詞，義爲「盟國」。重音在後爲動詞，義爲「與聯盟」。address 重音在前爲名詞，義爲「住址」。重音在後爲動詞，義爲「發表演說」。

第二節　漢語的形態音變

類似的語言手段也存在漢語當中，漢語的形態音變有下列幾種方式：

1. 利用清濁對立別義

見　古漢語念清聲母【k-】表示主動看到，念濁聲母【g-】表示被動看到。

解　古漢語念清聲母【k-】表示動詞，念濁聲母【g-】表示形容詞（後來寫作「懈」）。

干　古漢語念清聲母【k-】表示名詞，念濁聲母【g-】表示動詞（後來寫作「扞」）。

屏　古漢語念清聲母【p-】表示動詞（屏息），念濁聲母【b-】

表示名詞（屏風）。

背　古漢語念清聲母【p-】表示名詞（背部），念濁聲母【b-】表示動詞（背小孩）。

分　古漢語念清聲母【p-】表示動詞（府文切，施予也），念濁聲母【b-】表示名詞（扶問切，本分）。

長　古漢語念清聲母【t-】表示動詞（成長），念濁聲母【d-】表示形容詞（長短）。

傳　古漢語念清聲母【t-】表示名詞（傳記），念濁聲母【d-】表示動詞（傳播）。

中　古漢語念清聲母【t-】表示名詞（中間），念濁聲母【d-】表示形容詞（直衆切，寫作仲）。至於動詞「中獎」的「中」仍是清聲母【t-】。

增　古漢語念清聲母【ts-】表示動詞（增加），念濁聲母【dz-】表示名詞（寫作層）。

子　古漢語念清聲母【ts-】表示名詞（子孫），念濁聲母【dz-】表示動詞（寫作字，志韻疾置切，乳也，愛也）。

2.利用洪細對立別義

昂　古漢語念洪音，形容詞／**仰**　古漢語念細音，動詞
配　古漢語念洪音，動詞／**妃**　古漢語念細音，名詞
納　古漢語念洪音，及物動詞／**入**　古漢語念細音，不及物動詞
雜　古漢語念洪音，形容詞／**集**　古漢語念細音，動詞
生　古漢語念洪音，動詞／**姓**　古漢語念細音，名詞

上面這些例子表面上是兩個字，實際上是同源詞，是一個詞的兩個寫法。

3.利用入聲與非入聲的對立別義

惡 鐸韻烏各切，不善也，形容詞。暮韻烏路切，憎惡也。動詞。

度 鐸韻徒落切度量也，動詞。暮韻徒故切，法度，名詞。

復 屋韻房六切，反也，重也，動詞。宥韻扶富切，又也，副詞。

宿 屋韻息逐切，止也，舍也，動詞。宥韻息救切，星宿，名詞。

塞 德韻蘇則切，隔也，窒也，動詞。先代切，邊塞。名詞。

易 昔韻羊益切，變易，動詞。寘韻以豉切，難易，形容詞。

契 屑韻苦結切，刻也，動詞。契，霽韻苦計切，契約，名詞。

責 麥韻側革切，求也，動詞。債，卦韻側賣切，名詞。

除了上述三種形態音變之外，還有一種最具漢語特色的方式，那就是殊聲別義。這方面的知識在下一節專題敘述。

第三節 殊聲別義

這是一個字形，卻用聲調的不同來區別不同的用法、詞性、意義的現象。跟英文利用重音的位置來區別詞性很類似。都是憑藉語音上的「上加成素」來擔負形態功能。只不過一用音重，一用音高而已。

因爲這種「殊聲別義」現象，比起用聲母、韻母來區別意義要普遍的多，到了宋代便有了這方面的專著出現，運用之廣，達於全盛。從漢語的本質上看，聲調是一個很主要的別義成分，它的別義功能和聲母、韻母沒有兩樣。因此，自有聲調開始，它就擔負著區別意義的作用，這是很自然的。現在的問題是，爲什麼殊聲別義的現象，到了六朝以後大量的出現？主要有三個原因：

1. 聲調知識的普及

由於六朝以來，和梵文的接觸日增，因而發現了漢語有四聲之別，和沒有聲調的梵文顯然不同。而聲調知識又大量的運用到文學創作上，即沈約等人大力鼓吹的永明聲律論。於是文人學士都能辨四聲，也注意到四聲和意義的關係。

2. 標音工具的進步

六朝時代反切盛行，可以精確的把漢字的聲、韻、調都能標示出來。不再像漢代的讀若、譬況，只求近似。因此，六朝以後留存了大量的注音資料，使我們能窺知當時殊聲別義的情況。

3. 文人的理想化音讀

前面兩項，使得早就存在於自然語言中，習焉不察的殊聲別義現象被文人學者認知，而記錄到書面資料中。這一項則是在前項認知之後，有了人爲制定音讀的構想。既然自然語言中有殊聲別義，那麼，使之在念法上也有區別。於是，除了本有的殊聲別義之外，又增加了許多文人制定的理想化音讀。

清代的音韻、訓詁之學很發達，一般學者卻對這些非自然產生的殊聲別義往往不表贊同。例如顧炎武「音論」卷下「先儒兩聲別義之說不盡然」條說：

「先儒謂一字兩聲，各有意義，如惡字爲愛惡之惡，則去聲，爲美惡之惡，則入聲，顏氏家訓言此音始於葛洪徐邈，乃自晉宋以下同然一辭，莫有非之者。余考惡字，如楚辭離騷有曰：理弱而媒拙兮，恐導言之不固，時溷濁而嫉賢兮，好蔽美而稱惡。此美惡之惡，而讀去聲。漢劉歆遂初賦：和叔子之好直兮，爲群邪之所惡，賴祈子之一言兮，幾不免乎徂落，此愛惡之惡，而讀入聲。乃知去入之別，不過發言輕重之間，而非有此疆爾界之分也。凡書中兩聲之字，此類實多，難以枚舉。」

顧氏指出晉以後，學者把「惡」字區分爲入聲（美惡之惡，今讀ㄜˋ）、去聲（愛惡之惡，今讀ㄨˋ）兩讀，其實，原本是沒有這種分別的。

錢大昕「十駕齋養新錄」有「論易之觀字」一條說：

「好惡異義，起於葛洪字苑，漢以前無此分別也。觀有平去兩音，亦是後人強分。易觀卦之觀，相傳讀去聲。彖傳大觀在上，中正以觀天下；象傳風行地上觀，並同此音。其餘皆如字。其說本於陸氏釋文。然陸於觀國之光，兼收平去兩音，於中正以觀天下云：徐唯此一音做官音。是童觀、窺觀、觀我生、觀國之光，徐仙民並讀去聲矣。六爻皆以卦名取義，平則皆平，去則皆去，豈有兩讀之理？」

這裡，錢氏指出「觀」字後人分爲平、去兩讀，既非本有，也無必要。錢氏在另外一條「論長深高廣字音」又說：

「長深高廣俱去音，陸德明云：凡度長短曰長，直亮反。度深淺曰深，尸鴆反。度廣狹曰廣，光曠反。度高下曰高，古到反，相承用此音，或皆依字讀（見周禮釋文）。又周禮前期之前，徐音昨見反，是前亦有去聲也。此類皆出乎六朝經師，強生分別，不合於古音。」

由此可知，把動詞改讀爲去聲，唐朝已經有這個觀念了。這都是受六朝經師的影響所造出來的人爲的區別，也就是文人心目中的理想化音讀。

盧文弨「鍾山札記」有「字義不隨音區別」條說：

「余向讀周易八論，第一篇引易緯乾鑿度云：易一名而函三義，所謂簡易也、變易也、不易也。鄭康成依此義做易贊及易論。……竊疑易簡之易，讀以豉切，變易、不易俱音亦，音不同則義亦易，何以合而爲一？繼而知古人之於字訓，並不因音讀之異，而截然區別也。」

段玉裁「六書音韻表」有「古音義說」云：

「字義不隨字音爲分別，……今韻例多爲分別，如六魚之譽爲毀譽，九御之譽爲稱譽；十一暮之惡爲厭惡，十九鐸之惡爲醜惡者，皆拘牽瑣碎，未可以語古音古義。」

段氏又在說文注「養」字下云：「今人分別上去，古無是也。」可知人爲制定的殊聲別義只是一時的風氣，而且並不是所有學者都贊同的。只有本有的、自然語言造成的殊聲別義才有其存在的意義。」

周法高先生「語音區別詞類說」云：

「根據記載上和現代語中保留的，用語音上的差異（特別是聲調）來區別詞類或相近意義的現象，我們可以推知這種區別可能是自上古遺留下來的；不過，好些讀音的區別（尤其是漢以後書本上的讀音），卻是後來依據相似的規律而創造的。」

這段話把殊聲別義的兩個層次說的很明白。前面顧、錢、盧、段等人，爲什麼反對書面語言中的殊聲別義？因爲自然語言中並無如此複雜的區別，古人也沒有人爲制音之事，人爲制音要到六朝才普遍起來，它流傳在書面語言，和廣大群衆口中的少數殊聲別義在不同的軌道上分途發展著。

人爲制作的殊聲別義到了宋代達於極盛，集其大成的著作是賈昌朝的「群經音辨」和元劉鑑的「經史動靜字音」。

由這兩部書所收的資料分析，可以了解中古學者如何利用不同的聲調去區別詞義，他們依據的標準是什麼。賈書共收詞彙 162 條，劉書收 230 條。從內容看來，劉書大體上沿襲了賈書，而又作了一些增刪。下面可以很清楚的看出他們的淵源關係。（「群」表示「群經音辨」，「動」表示「動靜字音」）

〔群〕王，君也（于方切），君有天下曰王（于放切）。
〔動〕王（平聲），君也，君有天下曰王（去聲）。
〔群〕女，未嫁之稱也（尼呂切），以女嫁人曰女（下尼拒切）。
〔動〕女（上聲），如也，以女嫁人曰女（去聲）。

周祖謨曾把這些資料依其功用的不同，分爲兩大類：一因詞性不同而變調者，一因意義不同而變調者。胡楚生的「四聲別義簡說」也依周氏的分類。

詞性不同而變調者：

1. 名詞變動詞

衣，身章也，平聲；以衣施諸身曰衣，去聲（如論語：衣蔽縕袍）。

枕，藉首木也，上聲；首在木曰枕，去聲（如論語：曲肱而枕之）。

2. 動詞變名詞

釆，取也，上聲；所以取食曰釆，去聲（如左傳莊元年：單伯釆地）。

染，濡也，上聲；既濡而染，去聲（如周禮天官冢宰染人，釋文：染，而豔反）。

3.區別形容詞與動詞

遠，疏也，上聲；疏之曰遠，去聲（如論語：敬鬼神而遠之）。

卑，下也，幫母平聲；下之曰卑，並母上聲（如周禮匠人注：禹卑宮室。釋文：卑，劉音婢）。

意義不同而變調者：

1.有上下之分

養，育也。上育下曰養，上聲；下奉上曰養，去聲。

告，示也，語也。下白上曰告，入聲；上布下曰告，去聲。

2.引申轉變

聞，聆聲也，平聲；聲著於外曰聞，去聲（如詩卷阿：令聞令望）。

喜，悅也，上聲；情有悅好謂之喜，去聲（如詩彤弓：中心喜之）。

在群經音辨的 162 條中，就有 152 條是以變讀去聲的方式來區別詞性或意義，可見宋代的殊聲別義是以創一去聲新讀爲主，易言之，他們的觀念裡，認爲去聲是人爲制定語音的一個主要領域。若依殊聲別義的理論，原則上所有字都有一個去聲讀法的可能，因此，去聲的領域便可以無限制的擴大了。有人以爲聲調改讀去聲，往往是某字用作動詞才如此，其實，由宋代的這兩部書歸納起來，不論任何詞性、意義的改變，聲調都是改讀去聲。例如周祖謨「四聲別義簡說」一文提出的「名詞用爲動詞」例，共有 19 條，而「動詞用爲名詞」例，卻高達 29 條，它們都是變讀去聲。

六朝以來人爲的殊聲別義，是由活語言中早已存在的殊聲別義而得到的啓示，依據活語言中的這種辨義方式加以擴充，因而在書面語言中形成一時的風氣。經史動靜字音中 230 條固然大部分爲文人所制訂出來的音讀，但也夾雜了少數自然語言中一直使用著的殊聲別義，例如：（聲、韻異者除外）

1.冠，平聲，手服也。加諸首曰冠，去聲（衣冠：冠軍）。

2.空，平聲，需也。虛之曰空，去聲（虛空：空閒）。

3.要，平聲，約也，謂約書曰要，去聲（要求：重要）。

4.數，上聲，計之也。計之有多少曰數，去聲（細數：數目）。

各條之末括號內所加入的對比詞，是在大衆語言中一直保留到今天的殊聲別義。此外，存在於現代口語中，而不見於賈、劉二書的殊聲別義還有：

上聲：上班	倒閉：倒掉	背書：背負	門把：把持
吐痰：嘔吐	鋪張：店鋪	噴火：噴嚏	沈悶：悶氣
涼乾：清涼	旋轉：旋風	挑水：挑撥	法律：法國
一撇：撇開	鑽營：鑽石	從容：從來	掃地：掃帚
漂白：漂亮	顛簸：簸箕	荷花：負荷	載重：千載

中古後期，語音的簡併使得同音詞大量增加，於是，自然語言的發展便逐漸用複詞取代了單詞，以彌補同音字太多所導致的辨義困難。像「肢、知、脂、芝」本來都是不同念法的字，中古後期卻變成了同音字，在應用時，勢必要把它們說成「肢體」、「知道」、「脂肪」、「靈芝」，意義才明白。

在上層社會方面，士大夫階級朗讀古籍，面對的是單音詞居多的古代語言，在他們口中多半成了同音詞，於是，爲了使這些字念起來更有區別，就把六朝以來已經有的人爲的殊聲別義，大量運用，並擴充起來。於是，中古後期的語言便在兩個層次分別發展著：百姓的自然語言大量走向複詞的道路，知識份子的書面語言大量使用殊聲別義。

這兩股力量的消長如何呢？在人口結構上，不讀書的百姓們佔了絕大部分，士大夫階級在總人口中十不及一。所以，文人制定的理想化音讀有很大的局限性，始終只有少數人在特定情況下才用到它。所以它對自然語言不會產生任何影響力。倒是自然語言的複詞化發展足以節制殊聲別義，使得殊聲別義的方式在宋代以後逐漸衰落。劉鑑的「經史動靜字音」以後，沒有一部蒐羅殊聲別義資料的書，在量上超過劉書的。這點，證明了殊聲別義的沒落。同時，我們若分析劉書的二百多條例子，幾乎有一半以上是讀書音中不再強調的，像：

麾，平聲，旌旗也。所以使人曰麾，去聲。

冰，平聲，水凝也。所以寒物曰冰，去聲。

熏，平聲，煙出也。所以烘物曰熏，去聲。

輕，平聲，浮也。所以自用曰輕，去聲。

左，上聲，左手也。左右助之曰左，去聲。

卑，平聲，下也。下之曰卑，去聲。

這種現象也說明了殊聲別義的沒落。

面對這樣的歷史背景，也許今日我們該對殊聲別義的問題重新做一個檢討。古代的某一些時候，由某一些學者所造出來的理想化音讀，是否有必要在今日加以推廣？如果我們不採用這些人爲的音讀（如解衣衣之，後衣字變讀去聲），是否會干擾辨義？答案恐怕是否定的。

如果我們要依宋人殊聲別義的理想徹底實踐，那麼，任何一個字都可能念成好幾種聲調。漢語的聲調體系恐怕反而被紊亂了。如果只按劉鑑的那兩百多條來施行，那麼，讀書人也得增加不少負擔，去死記一大堆原來不需要的人工音讀。

舉例說，「養」字的念法，分「扶養一ㄤˇ」、「奉養一ㄤˋ」兩讀。這是宋人「上育下曰養，上聲；下奉上曰養，去聲」的觀念。

可是，這兩讀主要在區別單詞「養」的兩種用法，因而設計出來的。這是古代讀書人處理單詞的一個方法。至於一般民衆，自宋以來根本不用殊聲別義的方法去區別，而是用複詞來確定「養」的含意，說「飼養」、「扶養」和「奉養」，對上對下之意已很明顯。把不同階層的兩套區別方式雜湊在一起，既用了複詞，以「扶」和「奉」限定了「養」的含意，又採用了單詞才有的殊聲別義辦法，把「養」字分裂爲兩個念法，豈不是畫蛇添足嗎？其他例子像「假使ㄕˇ」和「出使ㄕˋ」、「比ㄅㄧˇ較」和「比ㄅㄧˋ鄰」、「泥ㄋㄧˊ巴」和「拘泥ㄋㄧˋ」、「交與ㄩˇ」和「參與ㄩˋ」、「親ㄑㄧㄣ愛」和「親ㄑㄧㄣˋ家」……等等，情況是一樣的，這些字到今天都已經由單詞發展成複詞，當初爲確定單詞含義而設計的殊聲別義，早已失去了它的作用，我們今天把它們念成「出使ㄕˇ」、「比ㄅㄧˇ鄰」、「拘泥ㄋㄧˊ」、「親ㄑㄧㄣ家」並不會使意義混淆。

第五章　詞典學

「詞典」也可以稱爲「辭典」，他是匯聚語言中的詞語，依照特定的次序排列，逐一做成解釋，供人們查檢運用的工具書。它是一位「不說話的老師」，而大型辭典可說是一個國家民族文化發展的標誌。中國歷代的盛世都會有幾部代表性的辭典出現，例如《康熙字典》就是。所以辭典是智慧的淵藪，文化的寶庫。我國的辭典，從《爾雅》到《康熙字典》，超過了一千種。表現了我國傳統對文化事業的重視，對字典的重視。

詞典學就是研究詞典和詞典編纂的理論和方法的專門學問。一方面要研究詞典的性質、任務、和分類，以及各類詞典的特點和功能。一方面要研究詞典的編纂原則和方法。它既是一門專門知識，也是從事文史研究的基本知識。

詞典學是詞彙學重要的部門。從事詞典編纂的人一定要有詞彙學的基本知識。有了詞彙學的訓練，才能對詞典及各種工具書作有效的運用。也能對詞典及各種工具書有選擇與評鑑的能力。

第一節　詞條的構成

壹、詞條的性質

「詞典」是由許多詞條組成的工具書。而詞條的組成，不是任意隨性的，而是具有一定的組成要素。一般來說，詞條應包含符號體（能指）與符號義（所指）兩部分。前者是針對詞條所提出的這個詞本身，其字形字音的訊息部分，後者是這個詞所承載的意義的訊息部分。例如：

目光如豆：眼光像豆子那樣小。（符號體）形容眼光短淺。（符號義）

淡水：台北縣名，古稱滬尾。（符號體）在淡水河口，有漁港，人口……。（符號義）

古代的字典也是一樣，例如《說文》：

拘，止也（符號義）。從手句，句亦聲。（符號體）

朱，赤心木，松柏屬（符號義）。從木，一在其中，指事。（符號體）

所謂符號義又有兩個方面，一是這個詞內在的意義，也就是符號本身的意義。一是這個詞外緣的意義，也就是這個詞在知識體系中的意義。有的詞典重在後者的解說，例如百科詞典、專科詞典（音樂詞典、數學詞典、動物詞典）。有的詞典重在前者以及符號體的解說，例如語文詞典、字形詞典、字音詞典。綜合性詞典則兩者兼顧。

詞條的標目稱爲詞目。一個詞目是不是相等於一個語言學概念中的「詞」（word）呢？並不一定，詞目的範圍大於「詞」，也可以包含「詞素」和「詞組」。

貳、詞條的來源和收詞的原則

編纂一部綜合性的語文詞典，應該從那裡選擇詞條呢？大約有下面幾個來源。第一是編者個人所見所聞，平常生活中傳播於口耳之間的詞彙用語。第二是從書面資料裡獲得的，例如：報紙、雜誌、小說、散文等等。第三是參考其他工具書詞典字典。第四是各學科的專著。

在我們生活周遭這麼多的詞彙，哪些該收哪些不收呢？前面我們已經提出了「社會通用性」這個原則。除此之外，我們還應考慮下面幾點：

1. 字典的好壞不在於收詞的多寡，如果收詞只求量多，滿篇都是早已不用的死詞，雖然量多，反而一無用處。因此，選詞首先應該考慮這部詞典的編輯宗旨，編輯目標是什麼？適用的對象如何？然後在依照字典的性質進行選詞。

2. 所謂「社會通用性」，應當考慮年齡層的問題，不同年齡層，語言上往往會有相當的差異。十五六歲的年輕人和七八十歲的老人雖然可以互相溝通，他們的習慣用詞卻未必完全相同。詞彙是語言中最富於變動性的成分，半個世紀的跨度，社會環境的變遷十分巨大，反映這種變遷的詞彙系統自然也會隨之改觀。在每個人的「詞庫」裡，事實上有兩部分詞彙，一部分是可以領會，平常自己卻不大使用的。另一部分是屬於自己經常活用的詞彙。一位年輕的詞典編纂者，他的語感和一位老年人必然不同，這就影響到選詞的態度。這裡如何求得平衡，如何客觀的選詞，都應當列入考慮。

3.社會在變動，科技在發展，新詞不斷的湧現，任何大型詞典都不可能包含語言中的全部詞彙。因此，專門詞彙可以由百科詞典承擔，語文詞典只收錄那些需要提供符號訊息的詞彙。

4.在古典詞彙和現代詞彙方面，選詞時也應斟酌考慮。如果認為古典詞彙比較有解釋的需要，而過於傾向收錄古代詞語，對於活語言的新詞、方言詞、縮略詞則採較保守的態度，固然未必合宜，但另一方面，詞典是本國文化的一面鏡子，現代詞彙是古典詞彙的延續，二者無法截然切分。因此，忽略了古典詞彙，也會降低詞典的使用範圍。

參、詞條的總數

在詞典的前言或凡例中，通常會註明該字典的詞條總數。不過這個數字卻有很大的彈性，因爲詞目不一定是「詞」（word），也可能是詞素、詞組、或成語。如果只以詞素作標目，相關的詞、詞組、成語都列於其下，則詞條的數目必大爲減少。若分別皆列爲詞條，或把各種異體字、同形詞分開立標目，則數目必大爲增加。英文字典把一個字根的派生詞都收到那個詞條裡，則詞目總數必減少。若把一個詞的各種變體都另立標目，則詞條數必大爲增加。所以，材料相同，處理的方式不同，詞條總數的統計會有很大的出入。

大型詞典的詞多，卻不一定涵蓋小型詞典。一方面受詞典編者選詞時主觀因素的影響。一方面各詞典的性質有不同；一方面由於出現頻率高的詞，未必等於生活中最密切的事物。比如說，眼鏡、提款卡、電話，幾乎每天與我們須臾不離，可是這些詞的出現頻率並不很高。名詞的複合詞中，頻率最高的是「藝術、台灣、作品、世界、生活、廣告、自己、問題、工作、時間、產品、音樂、電腦」等（見教育部《八十四年常用語詞調查報告書・詞頻總表》），都是一些抽象度較高、涵蓋面較廣的語詞。

第二節　詞典的宏觀結構

所謂宏觀結構，指整個詞典編排的狀況。微觀結構則指詞條內部的組織編排狀況。這兩方面的輕重比例，因詞典的性質而有所偏重。

有的重在宏觀結構，則收詞量很大，解說較簡略。有的重在微觀結構，則收詞不多，而每個詞條內部的資料卻十分完備。如，《現代漢語八百詞》即屬此類。有的兩者皆重，一般大型語文詞典屬此類，如《辭海》、《辭源》。也有的詞典兩者都簡略，如學生詞典。一部完善的語文詞典，他的宏觀結構應考慮到下面幾個方面：

1. 平常我們容易產生一個錯覺，認為字典只收那些難的詞，簡單而常見的詞用不著去查字典，因此字典也不需要收入。其實，字典有一個很重要的原則，就是宏觀結構的完整性。難詞固然要收，即使是最簡單的詞，也必須納入。例如像單詞「我、人、天、書」或複合詞「我們、人民、天空、書籍」，如果以為讀者已經了解，而排除了這些基本詞彙，字典的結構就殘缺不完整了。

2. 活在社會中的詞彙數量幾乎是無限的，沒有一部詞典能號稱收錄了某個語言的全部詞彙。因此，從事詞典編纂的，必須得有所選擇，有所淘汰。應該選收哪些詞呢？一般來說，收詞過嚴過泛都不妥，要顧及各類詞語的均衡性。通常「社會通用性」是最高的客觀原則。褒義詞和貶義詞都一體兼收。也不應因為編者個人的喜好或專長，而偏於某一類學科的詞彙。例如：語言學詞彙、文學詞彙、哲學詞彙……等，不能相差太懸殊。每一學科中，也要顧及不同的學派用語。例如：語言學術語，既要顧及中國傳統的用語，也要顧及現代西方語言研究的用語。哲學詞彙既要顧及希臘、羅馬，也要顧及中國、印度。此外，在選詞方面，還應該注意成套的詞彙。例如：「五音、四聲、八病」，不能只收有「宮、商」，而漏收「徵、羽」，只收有「平聲、上聲」，而漏收「去聲、入聲」。

3. 詞典當中用到的任何詞語，都應該在詞條中出現。使讀者在解釋的部分遇到有不懂的詞語，可以在詞條中找到。例如「沈約」條目下提到「主張聲律論」，那麼，「聲律論」就應該另有一個詞條說明。又如「門法」條目下解釋云「等韻學術語」，那麼，「等韻學」

就應該另有一個詞條說明。這樣才能算是完整的有呼應的宏觀結構。

第三節　語文詞典的特徵

所謂語文詞典往往具備下列特徵：

1.提供「符號」本身的大量訊息

如這個詞的發音，書寫形式，詞性、詞義、詞源等。對於那些不需要提供符號訊息的詞條，就不必收入。如「玉山、肯亞、羅斯福」。

2.不同程度地帶有規範性、指導性。

對社會的用詞，並不一定作全盤客觀的描寫。應該收哪些詞，不收哪些詞，會有所取捨。例如某些新詞，過於俚俗的詞語，方言詞，校園用語，行話，黑話等等，收到什麼程度和範圍？

3.語文詞典不是孤立的分析詞義而已

他還要提供用法和如何搭配的具體例子。把這個詞放在上下文中去描述，顯示這個詞和別的詞在色彩意義上的細微差異。

第四節　語文詞典的類別

語文詞典相對於百科詞典而言。是基本的大類。細分則語文詞典還有許多的類型：

1.「描寫詞典」，相對於「規範詞典」。前者重在反映社會的實際用語。後者重在指明正確的用法。

2.常用詞詞典，收錄日常生活中常用的語詞。

3.新詞詞典，專收最近所出現的新詞。

4.分類詞典，依照詞彙的意義分類。

5.成語詞典

6.諺語詞典

7.虛詞詞典

8.方言詞典，如閩南語詞典、客家話詞典。

9.同源詞典，表明詞語的孳乳分化狀況。

10.古漢語詞典，專收古代的詞彙。

11.形體規範字典，表明字形的正誤。

12.異體字字典

13.發音字典，以標示音讀爲主。

14.破音字典

15.近似詞詞典，指出形音義諸方面易混淆之處。

16.韻書，按押韻編排的字典，古代最普遍。

17.同義詞詞典

18.反義詞詞典

19.用法範例詞典，以闡明用法爲主。

20.新聞用語詞典

21.文學用語詞典

22.哲學用語詞典

23.科技術語詞典

24.電腦用語詞典，以上五類屬於學科分類的詞典，相同類型的還有音樂詞典、聲韻學詞典、語法學詞典等等。

25.行話詞典，收錄各行業用語，如股票金融界用語、軍中用語、校園用語、黑道用語等等。

26.鑑賞詞典，例如紅樓夢、唐詩、等文學作品，或藝術品的鑑賞。

27.佳句彙編詞典，專收作品中的佳句，以供讀者寫作之參考。

28.修辭詞典，表明各種修辭格的應用

29.外來語詞典

30.連綿詞典

31.逆序詞典，以每個複合詞的後一個字作歸類。

32.動詞詞典，相關的有形容詞詞典、介詞用法詞典。

33.圖解詞典，以圖形佔全頁，註明各部分名稱。

34.有聲詞典，例如電子詞典，或以磁卡或磁碟片製作，可供檢索。

第五節　詞典的編排法

壹、中文詞典的編排

中文詞典的編排向來有三種方式：

1.形序

依照字形的狀況排列順序，又分作部首排列法、筆形排列法、筆劃排列法三種。

2.音序

依照字音的狀況排列順序，又分作注音符號排列法、羅馬字母排列法、韻類排列法三種。

3.義序

依照字義的狀況排列順序，又分作同義詞排列法、反義詞排列法、事類排列法（如爾雅）三種。

不論那一種排列法，總是以一種爲主，以其他兩類編爲索引附錄。以收相互交叉運用之效。比如你會唸卻不會寫，就查音序索引；如果見到某字，不會唸，則查形序索引；如果想要表達某個意思，卻不知道要用什麼字，便查義序索引。

由詞典的歷史看，義序詞典是最早出現的，其次是形序，再其次是音序。屬於義序排列的《爾雅》出現於漢初，形序的《說文》出現於東漢。音序的最早韻書出現於三國魏李登的《聲類》。

古代最通行的詞典是音序的韻書，現代最通行的詞典則是形序的部首編排法。英文字典看似音序，實則爲形序。因爲它是按照字形的拼寫法排列，而不是按照發音而排列。例如 psychology，不是按發音排在〔s-〕的位置，而是按字形排在〔p-〕的位置。knee 不是按發音排在〔n-〕，而是按字形排在〔k-〕。清代的《說文通訓定聲》是以音序爲其宏觀結構，以字義系統爲微觀結構。

音序和形序的排列比較有個客觀的標準可以遵循。義序似乎比較抽象一點。它應該按照怎樣一個系統編排呢？首先必須解決兩個問題：(1)如何劃分義類？(2)如何組織詞群？

《爾雅》分成十九個義類，前三類是語詞的解釋，接著是親、宮、器、樂、天、地、丘、山、水、草、木、蟲、魚、鳥、獸、畜。這樣的分類，反映了當時的社會狀況，與人們對環境事物的認識。現代的分類應當有個層次，例如第一層可以分：自然、時間、空間、人類、生物、動作、性狀、心理、文學、虛詞……等等。「自然」類的詞語，再分爲：天、地、山、川……等等。生物再分動物、植物，動物再分蟲、魚、鳥、獸、畜等等。在詞群內部，應講求結構。每一個詞群都要有一個帶頭詞（標題詞），作爲這個詞群的核心。怎樣選擇帶頭詞是個需要考慮的問題。他必須是整個詞群意義的聯繫中心。或者和它同義，或者和它近義，或者和它類義。這樣才不會使詞群成為一個漫無限制的開放系統。這個帶頭詞的意義還需要明確而無多義、歧義。必須是常用而比較通俗的。同一詞群的詞，原則上詞性應求一致。

貳、宏觀結構中的圖表資料

字典可以用插圖和表格來補充釋義的不足。插圖有兩種，一種是對所指之物提供訊息，例如車馬器物的圖片。一種是對符號本身提供訊息的，例如一些抽象的詞語，利用具體的情景畫面來詮釋，英文表示空間位置的介系詞，字典往往就會用圖形來顯示它們之間的區別。又「沈思、酗酒、性」這類詞語，字典也可以藉表意的圖畫來輔助文字的說明。

插圖的編排，可以有幾種方式，一是附在正文裡，一是置於頁邊，一是佔一整頁。通常百科性詞典或綜合性詞典使用插圖的機會較多。語文詞典用得較少。語文詞典多半使用表格，例如動詞表近義詞表相關詞表等等。

第六節　詞典的微觀結構

壹、詞條可以提供哪些訊息？

在詞目之下，詞典可以提供的訊息有下列十類，這些構成了詞典的微觀結構：

1.字形或詞形的寫法

2.音讀

3.詞性

4.詞的來源

5.釋義（按義項編排）

6.詞例（詞在具體語境中的用法）

7.某專門學科中的特殊意義（例如語法學、醫學、宗教等）

8.知識性的訊息（百科性詞典或綜合性詞典）

9.這個字所構成的詞組、成語、熟語、諺語等（這些資料有的詞典另立條目）

10.同義詞、反義詞、近義詞、類義詞、派生詞等訊息

以上十項資料並不是一概全收，應當依照詞典的性質，而有所偏重。某些比較特殊的語文詞典也可能只提供其中的一兩項。現代用語詞典不收詞源方面的訊息，中小型詞典不收特殊意義的訊息。完全由詞典性質決定。

這樣組成的微觀結構，有其穩定性。也就是依照本身所定的體例

來排列資料。例如體例是依照「音讀－詞性－詞義－同義詞」的順序，則每一個詞條都應該遵循。每一項資料之下也應有穩定的體例，如釋義的每個義項如何排列，是依照使用頻率定先後，還是依照歷史順序定先後，選擇一種方式之後，所有的詞條都應一致。資料訊息的項目也不能隨各詞條任意增減，否則便破壞了微觀結構。

貳、詞例的運用

詞例在詞典裡具有十分重要的功能，它可以用來證明詞義，可以用來顯示這個詞的起源，以及後來的發展。可以用來說明這個詞的用法。詞例的類型有很多種。若依照語境分，有兩類：一在表明詞性或語法功能。例如「幫助」條：「你要好好幫助他」（表明幫助作及物動詞用），「你對我一點幫助都沒有」（表明幫助作名詞用）。另外一種在表明文化背景。例如「蓮」條：「蓮是花中君子，出污泥而不染」。「環保」條：「國家公園的設立，是邁向環保的一大步」

若依照詞的來源分，有兩類：一是引例，一是自撰例。前者是引用過去文獻中的句例，多半用於大型語文詞典。後者單憑自己的語感造例句，多半用於中小型語文詞典。

若依照詞例的形式分，也有兩類：一是「語段詞例」，一是「句子詞例」。前者是不用完整的句子，而用一個「語段」來完成詞例的功能。如「吃」條：「吃（食物）」表示「吃」字後面的賓語通常是「食物」。「語段詞例」的優點在於有較強的概括性，也比較簡潔。讀者參照「吃（食物）」的詞例，就可以造出許多的句子。

「語段詞例」需要經過設計，把可以搭配的語境抽象概括出來。例如「反對」這個詞條，我們要爲他設計「語段詞例」之先，必須從下面幾個句子進行分析：

1.阿英反對小呆回來。（作及物動詞）

2.我們堅決反對這項計畫。（作動詞，前加狀語）

3.小呆的計畫受到許多人的反對。（作名詞）

4.小呆不顧同學門的反對意見。（作定語）

於是，我們可以把「反對」的用法概括成下面的「語段詞例」：

1.反對（某人、事、物）

2.受到（或不顧）某人的反對

若依照詞例的內容分，有兩類：「語文性詞例」和「百科性詞例」。前者例如：《辭海》「膠」字下：「膠漆，喻交誼之堅也，《後漢書.雷義傳》：膠漆自謂堅，不如雷與陳。」又《中文大辭典》「申」字下：「申旦，謂自夜達旦也。潘岳西征賦：夜申旦而不寐。」這兩條詞例作爲釋義的佐證，與釋義相互印證。後者例如：《中文大辭典》「瑞」字下：「瑞星，謂吉祥之星也。宋《中興天文志》：瑞星有十二，一曰景星，二曰周伯……」又《中文大辭典》「神」字下：「神鴉，巴陵附近之鴉也。《岳陽風土記》：巴陵鴉甚多，土人謂之神鴉，無敢射者。穿堂入庖廚，略不畏。園林果實未熟，耗啄已半。」這兩條詞例提供百科性的知識，而非直接解釋符號本身的意義。

詞例既然有上述的多種情況，那麼我們若從事辭典的編纂，應當如何選擇適宜的詞例形式呢？我們可以考慮幾個方面。首先要考慮我們的著重點如何。例如是要強調詞的來源呢？還是這個詞的文化背景呢？還是企圖指出它的應用場合呢？還是想表明這個詞的搭配狀況呢？還是要顯示它的詞義變化呢？還是重在區別這個詞在句子裡的語音變化呢？其次，我們得考慮這部詞典的類型如何？適用對象如何？再來決定詞例的形式。此外，即使是同一類型的詞例，也有多種選擇。比如說「引例」，要引自文獻，要選哪時代，古典還是現代，要選哪類書，選的範圍要多大，選書面語還是口語資料。只有全盤思量之後，才能訂出最妥善的詞例，才能編出一部理想的詞典。

參、釋義的相關問題

除了詞例之外，詞典的微觀結構中，還有一項重要必備的成分，就是釋義。詞典釋義不同於平常跟朋友解釋某個詞的意義。後者稱爲「日常釋義」。

1. 日常釋義在一定的場合運用，可以一面解說，一面有表情、手勢、音調的協助，而詞典釋義沒有具體的對話者，也不能運用各種輔助手段，所以必須十分精確。

2. 日常釋義只是針對朋友不懂的詞語作解說，通常是自己比較熟悉的詞語。可是詞典釋義要面對的是全部的詞條。

3. 日常釋義不拘形式，可以任意隨性的說解，不必講究結構問題。詞典釋義就完全不同了。需要有一定的體例，需要從屬於微觀結構，各條釋義之間要有呼應。例如「前生，指人的前世。」「前世，即前生。」這兩個詞的解釋就日常釋義來說並無問題，可是就詞典釋義來說則不妥。因爲後條「前世」等於「前生」，前條「前世」大於「前生」。「前生」只限定在人，而排除了動物牲畜。

詞典釋義應在語義分析的基礎上進行。因此，編者應當具備訓詁、詞彙、語法的知識，才能做出精密而準確的釋義。不過，一部詞典有數萬的詞義要處理，難免有照顧不周全的地方。要做到絲毫沒有漏洞疏失，並不容易。大致而言，編者只要掌握「對讀者有用」這個大方向，應該就不會太離譜了。

詞典釋義的方式有下面幾種：

1. 定義式釋義，例如：「國術，我國傳統的武術。」「小姨子，妻子的妹妹。」

*2.*同義詞對釋，例如：「脫卸，擺脫。」「權且，姑且」

*3.*反面式釋義，例如：「迷惑，辨不清是非。」「和解，不再爭執。」

*4.*重疊式釋義，例如：「和善，溫和；和藹。」「肥大，又寬又大。」

李開《現代詞典學教程》把詞典釋義的方式分爲對譯式和解說式兩大類。前者如：「哀矜，哀憐」「老表，表兄弟」。後者又分爲四小類：

*1.*定義訓釋法，例如：「商品，爲交換而生產的勞動產品。」「盪，滌器也。」

*2.*描寫訓釋法，例如：「地窖，保藏物品或住人的地洞或地下室。」「犀，似水牛而豬頭，黑色，有三蹄三角。」

*3.*語素訓釋法，例如：「衣被，衣服和被褥。」「珍玩，珍貴的玩賞物品。」

*4.*探源訓釋法，例如古代的聲訓，王力的《同源字典》、藤堂名保的《漢字語源辭典》都屬這類訓釋法。

詞典釋義可以先設定一批「基礎詞彙」。這是無須釋義的一批詞彙。把它拿來作爲整部詞典釋義的基本用語。正如同幾何學的「公理」，無須再加說明，而一切推理都建立在其基礎上。

釋義往往不只一個義項，各義項應如何排列其先後，也是編者需考慮的。通常有四種排列方式。

*1.*是依照歷史順序排列。例如：「歸，⑴女嫁；⑵返回」「書，⑴記載；⑵書籍」「黨，⑴五百家；⑵政黨」。

*2.*是依照詞義系統排列，先列主要義或基本義或最初的本義，再列引伸義，再按意義的聯繫依次排列。例如《說文通訓定聲》「警」字：「⑴戒也（本義）；⑵警策（引伸義）；⑶借爲驚（假借義）」。

*3.*是依照使用頻率順序排列，按「常用、次常用、罕用」的順序排列。例如：「季，(1)一年的四季；(2)指最後一個」「進出，(1)進來和出去；(2)收入和支出」。

*4.*是依照語法功能順序排列，例如先列出作主語用的義項，然後作賓語用，然後作動詞用，然後作定語、狀語、介詞、連詞等等。通常是先列實詞再列虛詞。例如呂叔湘《現代漢語八百詞》即採用此法。這部書所選的詞條都是詞義已經明白，所以重在詞用方面。

第六章　成語的結構與意義

第一節　成語的定義

成語從字面上說，就是現成的用語。一些詞組或短語，其意義不能只從字面上理解，它有較長時間的來源，也有社會習用性，是人們所熟知的，它的形式簡潔，意義卻深刻，人們引用來表達自己的意思，這就是成語。成語通常具有下面幾個特徵：

1. 在意義上來看，儘管形式上屬於詞組或短語，意義還是單一的。它是一個完整的單位，代表單一的概念，具有概括的整體意義。不是幾個意義的組合。

2. 在結構上來看，成語是緊密的固定結構。通常不能中間插入別的字，或改動其中的字，或變化字的順序。否則就不是成語，而是一般的四字格。

3. 在功能上來看，它的含意大於字面。如果含意等同於字面的，就是四字格，而不是成語。因此，成語具有簡鍊的表現形式。

4. 在詞彙層次上來看，雖然表面是一個詞組或短語，甚至是一個句子，但實質上他相當於一個「詞」。

5. 在形式上來看，一般由四個字組成。少於四字的，是典故，不算成語，例如「推敲、矛盾、弄瓦、棒喝、閉門羹、莫須有、座右銘、露馬腳」等。超過四字的，是俗語，不算成語，例如「樹倒猢猻散、隔山觀虎鬥、風馬牛不相及、迅雷不及掩耳、覆巢之下無完卵、醉翁之意不在酒」等。

6. 在來源上來看，一般都有典故來源。其來源有下面幾個方面：經籍古書（如「不可救藥」《詩經》、「實事求是」《漢書》、「杞人憂天」《列子》、「鞭長莫及」《左傳》）、歷史故事（如「愚公移山、望梅止渴、完璧歸趙、畫蛇添足」）、群衆口語（如「指手劃腳、提心吊膽」）、佛經（如「空中樓閣、不二法門、借花獻佛、四大皆空、六根清靜、曇花一現、恒河沙數、水月鏡花、夢幻泡影、羚羊掛角、拋磚引玉」）、聖經（如「以眼還眼以牙還牙」出自舊約出埃及記第二十一章二十四節 eye for eye, tooth for tooth、「舊瓶新酒」出自新約馬太福音第九章十七節）、西方文學（如「一石二鳥、象牙之塔、天方夜譚、殺雞取卵、火中取栗」）。案：「火中取栗」是說冒險爲人出力，結果發現自己上了當，卻一無所得。典出法國 Jean de la Fontaine,1621-1695 的寓言。原故事爲一猴一貓見爐中烤栗子，猴使貓竊之，貓冒險從火中取數栗，卻都被猴子吃了。

成語是熟語的一種，所謂熟語，包含了成語、俗語、俚語、歇後語。俗語即諺語，是一種通俗化，流傳於民衆口中的用語。他和成語的不同有四：

*1.*成語是一個詞，俗語是一個句子。

*2.*成語有出處典故，俗語多半來自民間，沒有固定的出處。

*3.*成語由四個字組成，俗語往往有五個字以上。

*4.*成語不能在中間插字、不能改字、易序，俗語則不受限制。

俚語是俗語當中，方言性必較明顯的。歇後語由「前語」加「後語」構成。但常常省略「後語」。「前語」是比喻，「後語」點出比喻。例如：「泥菩薩過河——自身難保」「啞子吃黃連——有苦難言」「八仙過海——各顯神通」「項莊舞劍——志在沛公」「司馬昭之心——路人皆知」。有的歇後語由諧音構成。例如「火車拉汽笛——嗚（名）聲大」「木頭人投河——不沈（成）」。

第二節　成語的結構

壹、語法結構

成語的語法結構有五種常例：主謂、動賓、偏正、並列、重疊。兩種變例：賓語前置、詞性變易。成語沒有動補式的結構。

1.主謂結構

旗鼓相當、鷸蚌相爭、愚公移山、塞翁失馬
鋒芒畢露、敝帚自珍、一木難支、黔驢技窮

2.動賓結構

草菅人命、包羅萬象、橫掃千軍、差強人意
直搗黃龍、明察秋毫、獨占鼇頭、拾人牙慧

3.偏正結構

空中樓閣、袖手旁觀、鮑魚之肆、嗷嗷待哺
官樣文章、中流砥柱、蒸蒸日上、軒然大波

4.並列結構

見仁見智、穿鑿附會、郢書燕說、脣槍舌劍
興師動衆、抱殘守缺、驚濤駭浪、銅牆鐵壁

5.重疊結構

期期艾艾、熙熙攘攘、戰戰兢兢、形形色色（這一類較少）

6.賓語前置

寸草不留、舊調重彈、居心叵測、孤注一擲
夜以繼日、文以載道（介詞的賓語提前）

7.詞性變易

不脛而走（「脛」由名詞轉爲動詞）
不可救藥（「藥」由名詞轉爲動詞）
乘堅策肥（「堅、肥」由形容詞轉爲名詞）
新陳代謝（「新、陳」由形容詞轉爲名詞）
急公好義（「急」由形容詞轉爲動詞）
鯨呑蠶食（「鯨、蠶」由名詞轉爲形容詞）
日積月累（「日、月」由名詞轉爲形容詞）
百廢具興（「廢」由動詞轉爲名詞）
二三其德（「二三」由數詞轉爲動詞）

8.成分省略

有些成語在語法結構上，有省略的現象。但是因爲習用已久，意義上並不覺得不完整。例如：

我虞爾詐（主語省略）「我、爾」在此是賓語。

車（ ）水馬（ ）龍、脣（ ）槍舌（ ）劍、咫尺（ ）天涯，這幾個成語的括號處都省略了繫詞（「如、是」等）。

聊以（ ）解嘲、聊以（ ）自慰、以（ ）觀後效，這幾個成語的括號處都省略了介詞「以」的賓語。

禍起（ ）蕭牆、名列（ ）前茅、貽笑（ ）大方、膾炙（ ）人口，這幾個成語的括號處都省略了介詞「於」。

貳、音韻結構

1. 依照平仄分

平平仄仄型　方興未艾、同床異夢
仄仄平平型　錦上添花、暮鼓晨鐘
平仄仄平型　狼子野心、光怪陸離
仄平平仄型　鳳毛麟角、半斤八兩
平仄平仄型　肝膽相照、門戶之見
仄平仄平型　畫龍點睛、閉門造車

2. 雙聲構詞

前位雙聲　欣喜雀躍、猶豫不決、流連忘返、輾轉反側
後位雙聲　八面玲瓏、大氣磅礴、天理昭彰、生靈塗炭
前後皆雙聲　大動干戈、嶔崎磊落

3. 疊韻構詞

前位疊韻　洶湧澎湃、優柔寡斷、雍容爾雅、齟齬不和
後位疊韻　分崩離析、未雨綢繆、頭角崢嶸、歡欣鼓舞
前後皆疊韻　道貌岸然、孤苦伶仃
第二四字為韻　別出機杼、屢見不鮮、聚沙成塔、功虧一簣、力挽狂瀾、辯才無礙、出將入相、孤芳自賞、老當益壯

參、意義結構

1. 反義結構

這種情況都是並列結構，反義字出現在第一、三字，或第二、四字。

正面義：

震古鑠今、除舊佈新、言近旨遠、柳暗花明、否極泰來

反面義：

外強中乾、厚此薄彼、弄巧成拙、三長兩短、眼高手低

中性義：

遠交近攻、截長補短、臨深履薄、綠肥紅瘦、大純小疵

方位詞反義：

上行下效、七上八下、內聖外王、安內攘外、瞻前顧後

跋前躓後、前倨後恭、南轅北轍、聲東擊西、左顧右盼

性別反義：

曠男怨女、善男信女、皇天后土、弄璋弄瓦、金童玉女

夫唱婦隨、才子佳人、匹夫匹婦、嚴父慈母、男盜女娼

此類多半男性在前女性在後，反映了傳統重男輕女的觀念。

天地相對：

天造地設、天翻地覆、天羅地網、天誅地滅、天荒地老

人物相對：

凡夫俗子、妻離子散、父慈子孝、黃髮垂髫、兄友弟恭

生死相對：

生離死別、出生入死、醉生夢死、養生送死、朝生暮死

有無相對：

有眼無珠、有口無心、有始無終、有名無實、有備無患

是非相對：

是古非今、今是昨非、積非成是、似是而非、大是大非

2.類義結構

這種情況也都是並列結構，類義字出現在第一、三字，或第二、四字。所謂類義指意義同類的詞，不是反義，也不是同義。

身體類：

眉清目秀、摩肩接踵、明眸皓齒、捶胸頓足、口蜜腹劍

奴顏卑膝、忠肝義膽、摩頂放踵、牽腸掛肚、虎背熊腰

地理類：

千山萬水、山窮水盡、天翻地覆、峰迴路轉、巖居穴處

3.同義結構

追亡逐北、行屍走肉、文從字順、失魂落魄、狐群狗黨、手舞足蹈、奇珍異寶、閒情逸致、心領神會、冗詞贅句、改頭換面、光宗耀祖、朝思暮想、幸災樂禍、謹言慎行。

這種情況也都是並列結構，同義字出現在第一、三字，或第二、四字。

第三節　成語與古今義的演化

壹、保存古義的成語

駕輕就熟　《說文》：輕，輕車也。在這裡不是「輕重」的輕。

百發百中　《說文》：發，射發也。在這裡不是「發展、發生」的意思。

響應風從　響，應聲也。就是「回音」的意思。不是一般的音響。

聞風喪膽　聞，聽聞也。不是「用鼻子聞味道」。

相知恨晚　恨，遺憾也。不是「憤恨」的意思。

殺人越貨　貨，財也。不是「貨物」的意思。

臭味相投　臭，氣味也。不是「惡味」的意思。

追亡逐北　北，即「背」的本字，不是方向的意思。

狐假虎威　假，借也。不是真假的假。

赴湯蹈火　湯，熱水也，不是食物的湯。

感激涕零　零，落也，不是數目的零。

日薄西山　薄，近也，不是厚薄的薄。

上面這些成語當中都保存了古老的意義，而不是用今天通行的意義。

貳、單音詞易誤為複音詞的成語

身體力行　身體，是親身體驗的意思，由兩個單詞組成。

虛應故事　故事，是舊事的意思。

具體而微　具體，大體內容具備的意思（只是規模較小）。

求全責備　責備，求其完備的意思。

風流雲散　風流，如風一樣的流動散去（這裡比喻人的漂流離散）。

利用厚生　利用，充分發揮物質的作用。

上面這些例子都保存了舊有的詞彙結構，是兩個單音詞意義的組合，不是今天通行的複合詞的意義。

參、用法與今有別的成語

閉門造車　本來指「出而合轍」，原是褒義。今用爲貶義。比喻只憑主觀想像做事，不問是否合乎實際。

每下愈況　指檢驗豬的肥瘦，只需看豬的後腿下節處，愈往下檢驗，情況愈清楚（參考三民書局《新辭典》）。今指情況越來越糟。

上下其手　比喻操控局面，暗中作弊。今也有人用爲「非禮的動作」。

窮則思變　原有「變則通」的意思，今指因困頓而思變天。

逃之夭夭　本作「桃之夭夭」，義爲桃花茂盛。今改爲「逃之夭夭」，是溜走的意思。

朝三暮四　本指事物名目改而實質不變，但愚者爲表象所惑而不察。後變為反覆無常的意思。與朝秦暮楚意義相混。

喪家之犬　原本典出《史記・孔子世家》，敘述孔子到鄭國，和弟子走散了，單獨一個人流落在東門口，樣子很狼狽，被人形容為「喪家之狗」。《史記集解》解釋說：「喪家之狗，主人哀荒，不見飲食，故纍然而不得意」。「喪」音平聲。喪家就是有喪事之家。今天比喻人不得志，或無所依歸，喪音去聲，變成作動詞用。

這些例子說明了成語本來是因襲古代的用語，基本上應保留了古代的語法和語義，但是語言的本質是傾向於變遷的，即使是凝固的成語，也難免於發生一些變化。有些變化事實上是積非成是而造成的。但用的人多了，我們也不得不承認它的存在。

第七章　新詞的衍生與發展

第一節　新詞的定義

語言現象不是靜止的，而是不斷變遷的，不斷新陳代謝的，舊詞淘汰消失，新詞不斷湧現。或者透過語言接觸，或者來自本身內部。一部好的詞典，絕不能是歷久而不變的，必須隨著語言的變遷而修訂。大陸這幾年在新詞研究和新詞詞彙的蒐集編纂上，十分注意。新詞詞典一部一部出現，每年產生的新詞，也都分冊編纂成書。這樣，使得語言的脈動得以有效的掌握，對詞彙的研究，包含其變遷與發展規律，提供了豐富的材料。其中，有許多做法很值得我們參考和借鏡。

「新詞」的定義，應如何界定呢？「新」本來是個相對的概念，有「新」必定有「舊」。在詞彙上，我們認爲「新詞」的「新」不僅指時間因素而言，也牽涉性質的變遷。

「兩岸新詞」一般指的是兩岸隔絕之後，語言上分途發展，各自適應本身環境的變遷，依不同的社會背景所衍生的詞彙，而不包括兩岸未分割之前就已存在的共同詞彙。這些新詞說出來，兩岸的語言使用者都能理解，但在各自的社會中，卻不那麼說。

有些詞，可能很早就存在，看起來並不「新」，但是由於社會的變化，它由一個罕用詞變成了常用語，或者它所指的內涵、範圍有了一些調整，這些，我們也算它是新詞。例如「充電」：原本指電池沒電，再補充電力。現今有些人覺得學識不足，或感到疲乏需要補充體力、休息，或繼續深造，也叫充電。又如「兵變」：不是歷史上曾發生過的軍事叛變，而是正在當兵的男性遭到女朋友變心，要求分手，這類事情，稱爲「兵變」。

語言的演變和發展，首先在詞彙裡反映出來，它「幾乎處在經常變動中」。詞彙學上所說的新詞語，一般指的是爲了適應社會生活的變革和科學文化發展的需要，利用已有的構詞材料，按照漢語的構成規律新創造的詞和語。有些詞語，就外部形式看並不新，是語言所固有的。但是，在新的條件下，固有的詞語產生了新義。

呂叔湘先生曾發表過對新詞新義的看法：「我個人的意見是與其失之於嚴，無寧失之於寬」。這話是很有見地的。因爲新詞語畢竟是要發展，要受時間和語言實踐的考驗的，寬一點比嚴些餘地要大。包括有：

1. 詞典裡沒有，而社會流行的，反映新概念、新事物的，利用既有語言材料，按照漢語構成規律創造出來。

2. 借用外來詞，用音譯或半音半意譯方式構成。

3. 賦予原詞語以新義。

4. 新生的詞綴或原有詞綴的新發展。

5. 簡略形式轉化的新詞語。

第二節　台灣地區的新詞發展

壹、開放多語的社會造成新詞的蓬勃發展

詞彙是語言中變動性最大的成分，他的新陳代謝速度要比語音語法快得多。尤其台灣地區，由於社會的多元與開放，對外的接觸頻繁，以及歷史上移民所造成的方言雜處，使得台灣的語言詞彙形成活

潑豐富而多樣的特色。可以說，台灣是展現現代漢語新詞的櫥窗。這樣的情況提供了我們對新詞研究的大量樣本。從這裡可以窺見語言演變的脈動。

在台灣，不用說老中青三代之間，在用詞上的代溝十分明顯的，就是你離開台灣三年，到國外留學，回來時總會赫然發現報紙上已經出現了許多的陌生詞彙。走進校園，聽聽年輕人聊天，打開 BBS，讀讀年輕人的 talk 欄，你的陌生感就更強烈了。這些新詞有的是富於創造力的年輕人的作品，有的是吸收方言來的，有的則來自於快速發展與變動的商業界、股票界、金融界、電腦資訊界、科技界等等。有的是用舊的模型造新詞，有的甚至出現了前所未有的構詞方式。

台灣地區的新詞調查分析，可以運用的語料來源包括報刊雜誌、電視綜藝節目、商業廣告用語、電腦網路用語、校園流行用語等等。選材的標準是近年來新興的詞彙，普遍通行於十多歲至二十多歲年齡層的青年人口中。我們依照這些新詞的構造模式加以分類，主要區分為意義造詞與聲音造詞兩大類。舉例說，意義造詞當中，新興的後綴「～族」正是一個大家最關注的課題。像哈日族（只追逐日本流行風氣的人）、曬月族（指夜間部的學生）、追星族（指夜裡不睡覺，跑到山上或南部鄉間看流星雨的人）、紅唇族（指嚼檳榔的人）。又如成語的轉化，可以分為「改字」和「轉義」兩類，前者如商業廣告上，要你投資某產業，便使用「錢程似錦」的成語，把「前」改成了「錢」。後者如過年時飛機加班，輸運人潮，使回鄉旅客皆「有機可乘」。聲音造詞例如從方言轉入的新詞：鬥陣（一起）、代誌大條（指事態嚴重）。又如數字諧音詞：520（我愛你）、羅馬字母詞：LKK（很老氣），這樣形成的詞，數量很大，通行度很廣，他不合於傳統的構詞模型，是不是會正式成為漢語構詞的新方式，還是只是暫時的現象，值得我們的注意和研究。

貳、校園新詞研究的價值與研究方法

年輕人最富於創造力，目前台灣的新生詞彙有很大的比例是來自於校園。因此以校園爲研究主題，探索這些新詞產生的種種因素和模式，自有其重要意義。

校園新詞中有一些詞與舊日的詞彙結構很不一樣的。例如從方言轉入的新詞、數字諧音詞等。校園新詞的滋生方式與舊結構的突破，都具有詞彙學上的研究價值。隨著傳播媒體與通訊工具的發達，校園新詞經由節目主持人、記者、報刊雜誌、社團活動種種管道的擴散，對共同語及語言教學產生了很大的衝擊與影響，這也是我們要討論的。詞彙是社會的產物，新詞的產生和變遷自有其社會文化背景的因素。綜觀台灣新詞的整體發展趨勢是循著怎樣的規律，如何的運行，這是我們應加重視的另一項課題。下面我們就分別看看台灣一些新詞的發展實例。本節中的大部分新詞資料來自中正大學學生的口語詞彙調查。

參、進入國語的閩南方言詞彙

一元捶捶　（形容笨笨呆呆的樣子）阿名看起來一元捶捶的，眞是好欺負。

七仔　（指女生，與「馬子」同意）我討厭用七仔來稱呼女生。

三八　（做事可笑）你別三八了啦！瘋瘋癲癲的！

三仙兩文　（指錢很少）就這麼三仙兩文，要我怎麼過日子啊。

大車拚　（使全力來對抗）我決定來大車拚，和他拚個你死我活！

介高尚　（眞高尚）這位老師身上穿的都是名牌的，介高尚耶！

夭壽　（罵人的口頭語）夭壽唷！這死小鬼竟然偷摘我種的水果。

代誌　（事情）你有什麼代誌？

代誌大條　（指事情很嚴重）代誌大條啦！你快回來處理啦！！

加減　（或多或少）別賭氣了，好歹也加減吃一點啊！

幼齒　（生手，年輕的，不懂事的）他專找幼齒的欺負。

打拚　（努力）我要好好打拚，爲父母爭一口氣。

甲意　（中意、喜歡）我很甲意這件衣服。

好康　（有好處的，令人羨慕的遭遇）有好康的要告訴大家唷！

扛爐　（倒數三、四名）他上學期拿扛爐，差點被他老爸打斷腿。

收驚　（一種儀式能安頓人心）奶奶帶弟弟去廟裡收驚。

死忠　（永遠忠心耿耿，不會改變）他對老大是死忠的，別想收買他！

老神在在　（氣定神閒）快考試了，他還一副老神在在的樣子？

作伙　（在一起）我們作伙去吃夜市。

抓狂　（發飆、近乎發狂）我打報告打得快抓狂啦!

角頭　（所在位置）他是這裡的角頭老大。

車拚　（努力或奮鬥）跟她們車拚下去，千萬別洩氣！

卒仔　（小角色、沒有用的人）他眞是個小卒仔，倒了人家會錢只好逃跑。

知影　（知道）要好好唸書，知影否？知影啦！用不著一直重複！

芭樂票 （空頭支票）你每次都開芭樂票，教我怎麼相信你！

虎爛 （胡蓋，亂扯）阿沖最愛隨便虎爛了，可是大家依舊喜歡他。

阿哩不達 （亂七八糟的人，笨的人）他這個人阿哩不達的，很難說喔！

阿達 （腦筋有問題）他老是阿達阿達的，眞讓人受不了。

俗仔 （不上進的小地痞，專司騙吃騙喝）你囂張什麼，充其量你不過是個俗仔。

俗俗賣 （便宜賣）快收攤了，東西都俗俗賣！

俗擱大碗 （便宜又物美）民雄的芋圓俗擱大碗喔！去嘗嘗吧！

哈 （很需要某種東西）小呆很哈那台新出產的電腦。

英英美代子 （閒閒沒事作）你不要整天英英美代子。

破病 （生病）你把你自己搞的一身破病又是何苦了？

秘雕 （又醜又怪的人）他那人活脫脫是秘雕，個性有夠古怪。

衰 （倒楣）最近實在很衰！手氣一直不順。眞是衰透了！

釘孤枝 （指一對一單挑，單打獨鬥）戰帖上邀你到操場與他釘孤枝。

鬥陣 （一起）下課鬥陣到小吃街等喔。又作「逗陣」。

假仙 （假惺惺，不誠實）別假仙！你葫蘆裡賣什麼藥我都知道。

強強滾 （好熱鬧、氣氛濃烈）阿妹的演唱會，即使颱風天，仍是辦的強強滾。

條直　（老實，直爽）阿舅是個條直的人，從不喜歡拐彎抹角。

牽手　（老婆）那邊那個穿紅衣服的就是我牽手啦！很恩愛耶！

牽拖　（說一些無關緊要的話，打馬虎眼，不提正題）別牽拖！有事快說！

脫窗　（眼睛看不到）你眼睛是脫窗啦，就擺在那裡還看不到。

莫法度　（沒辦法）事到如今，我也莫法度了，你自己解決吧！

莫宰羊　（不知道）不用問他啦！問他什麼都是莫宰羊。

逗陣　（在一起）大家歡喜來逗陣。

速配　（指男女相配）我覺得他們蠻速配的耶！

閉數　（害羞）你不要這麼閉數，放開一點嘛。

落跑　（逃跑）一人做事一人擔，我決不會落跑的。

報馬仔　（愛打小報告的人）我最討厭報馬仔了。

無三小路用　（沒甚麼用）要是不快樂，再多錢也無三小路用。

黑青　（瘀血）你的大腿上怎麼黑青一大塊。

嗆聲　（發表意見，通常有挑釁的意味）最近有辯論比賽，到時候我們可以嗆聲。

幹古　（吹牛）他老喜歡幹古，大家都不相信他。

搓圓仔湯　（私下給對手好處擺平）每次招標時，她們公司都搓圓仔湯得標。

搞怪　（冥頑難纏、不聽話）你這個小孩實在很搞怪，總是說不聽。

暗爽　（心中暗自高興）不要在心裡暗爽都不說出來大家聽聽。

碗糕　（什麼東西）你在寫什麼碗糕？

落翅仔　（墮落的女孩）她不過是落翅仔的角色，你也喜歡啊！

電電　（安靜不說話）他今天都電電的，是不是生病了。

摃龜　（泡湯）預定好的計畫，因爲下雨天，一下子全摃龜了啦！

廖背亞　（打小報告意同「爪扒子」）大家都討厭廖背亞。

熊熊　（突然）我熊熊想到一件事，但是給它忘記了。

蝦米　（什麼）這是蝦米東西？

賭爛票　（因不滿一方，而故意投給另一方的票）有些候選人總是靠賭爛票當選。

魯肉腳　（不中用、撐場面的人）他是個魯肉腳，甚麼都不懂，只是吹牛罷了。

撿角　（沒有成就）好好努力，將來才不會撿角。

燒書　（打賭）我跟他燒書，贏了的人請吃牛排。

篤爛　（很看不慣、很受不了對方的意思）我看到他就覺得篤爛，眞不爽！

膨風　（吹牛、誇張）她這個人最愛膨風，老說些有的沒的。

辦桌　（辦酒席請客）今天晚上王伯伯要辦桌，大家快去吃。

頭家　（老闆）頭家，這東西怎麼賣？

頭殼壞去　（腦筋有問題）你今天怎麼的？是不是頭殼壞去啊？

頭路　（指工作職業）最近景氣不好，很多人都沒頭路。

鴨霸　（蠻橫不講道理）你不要那麼鴨霸，明明是我先佔到位子的。

龜毛　（彆扭，優柔寡斷的樣子）阿郎很龜毛，專愛雞蛋裡挑骨頭。

嚇嚇叫　（很厲害、很了不得的意思）他書讀的嚇嚇叫！

藏鏡人　（幕後主使者）這件事一定有藏鏡人在主使。

雞婆　（好管閒事）你不要那麼雞婆行嗎？管好自己的事就好了！

續攤　（指接連的飯局或和下一批人去遊玩）如果現在吃不飽沒關係，反正還有續攤。

鐵齒　（固執，冥頑不靈，態度強硬）凡事都不能太鐵齒，要保留點餘地才好。

顧爐　（倒數第二名）不管考試題目難不難，他總是穩居顧爐。

讚　（很棒，好極了）彰化肉圓眞是讚啊！

鬱卒　（心情鬱悶）你怎麼最近心情鬱卒？

這些詞語進入國語的程度互有差異。有的已經行之於書面語，有的還只用語口中，有的只在年輕族群中流行，特別是在校園用語中。這些例子說明了閩南方言的強大影響力。

肆、外來詞語

台灣和國外的接觸十分頻繁，尤其是美國和日本。因而帶入了大量的外來語詞和音譯詞。近年來，由於政策的影響，日本經濟、文化更是普遍的滲入社會每一個角落，產生了「哈日族」。這些現象反映在人們各種日常休閒活動中，電視廣告也以說幾句日本話爲時髦，於是，來自日語的新詞再度在台灣語言中流行起來。

ㄚ魯巴　（外來語，有一說是緣自非洲土著；現爲男生群中的一種近乎宮刑的遊戲）

卡司　（cast）這部電影的卡司很堅強！

由你玩四年　（university）

血拼　（shopping）今天咱們一同血拼去吧！

秀　（show）快嘛！秀點你拿手的才藝出來瞧瞧！

秀逗　（short 腦筋有問題）你是秀逗啦。怎麼會做這種糊塗事啊！

咕得拜　（Good bye）沒事了，那就咕得拜啦！

奇檬子　（心情）我今天奇檬子不好，不要吵我！

阿李軋豆　（謝謝）多謝你的協助，阿李軋豆囉！

阿達瑪康固力 （水泥腦袋，腦筋笨的意思）你的腦袋眞是阿達瑪康固力了啦！

非力普 （philips 電燈泡）別在這做非力普啦，惹人嫌！

厚德路 （hotel）你們兩個昨晚該不會走到厚德路去逛吧？

很安室 （形容女生的打扮很像安室奈美惠）喂！那個女孩穿著很安室唷！

美麗可累死麥司 （Merry Christmas）願你－美麗可累死麥司！

茶包 （trouble 麻煩）糟糕！這眞是個大茶包！

馬殺雞 （massage 按摩）筋骨酸疼時，不妨來個馬殺雞吧！

殺時間 （kill time）阿呆常打麻將來殺時間。

黑皮 （happy）你最近很黑皮唷！

黑輪 （日式大鍋煮）冬天時，吃個熱騰騰的黑輪，享受啊！

新鮮人 （freshman 指學校的新生或剛踏入社會的人）新鮮人總是充滿好奇。

當 （down）阿聰這學期被當了好幾科。

運將 （司機，日語運轉手）計程車運將其實是很辛苦的。

摩西摩西 （喂，你好啊!招呼語）摩西摩西！過的如何啊？

歐巴桑 （老女人，日語伯母）他才 30 歲，怎麼看起來像一個歐巴桑似的。

這些外來詞語都屬音譯詞。大部分來自英語和日語。特別流行於年輕人當中。另外有一批「字母語」，不用漢字書寫，而用羅馬字母書寫。是低年齡層的通行語言。其來源有的是來自方言，有的來自外語。這種字母詞的盛行，與電子通訊的普遍有關，例如在電腦、BB CALL 等當中經常見到。

ATO （想吐）紅茶店的小妹身材很辣，但「費司」實在讓人 ATO。

ATOS （會吐死，用於對方說了什麼噁心的話時）你別再說了，我 ATOS（此詞來自閩南語）。

BF　（男朋友）改天介紹你的 BF 給我認識吧！

BG　（長得很好笑）新來的王老師很 BG，常遭班上學生欺負。

BMW　（big mouth woman）小呆的馬子是個 BMW，少惹她。

BPP　（白泡泡，指皮膚光滑白皙）那妹妹長的 BPP，眞討人喜歡啊！（此詞來自閩南語）

Call-in　（指觀衆來電，共同參與節目的進行）

CGLM　（酷哥辣妹）

E04　（生氣時，罵人的代稱，若在鍵盤上打出，則爲ㄍㄢ四聲）他眞是討厭，E04!

ET　（外星人）人們一談到 ET，總是煞有其事。

GF　（girl friend）小呆的 GF 很正點。

IBM　（國際大嘴巴，喻常亂說話的人）他眞是個 IBM，到處傳八卦新聞。

K 書　（讀書）

KTV　（唱歌的地方，通常爲包廂）我最大的嗜好就是去唱 KTV。

KTV　（把對方 K 一 K，踢一踢，最後做出 V 的手勢）許多立委都喜歡在立法院唱 KTV。

LKK　（喻與新新人類思想有很大差異的人）你屬於 LKK，不適合跟我們在一起啦。

MAGGI　（美極了！出自雀巢調味專家飲料的廣告台詞）

MPMP　（猛拍馬屁）

MTV　（看影碟的地方）無聊時，我們就去看 MTV 打發時間。

NO-P　（NO PROBLEM 的英語簡說，意爲沒問題）

OCEAN BEER　（喔⋯⋯遜斃了）連這都沒見過你眞是 OCEAN BEER。

PDG （「皮在癢」之意）妳敢偷我的泡麵，眞是 PDG。

PMP （拍馬屁）你不要老是對經理 PMP 好嗎？

SBL （受不了）期末報告好多，眞令人 SBL。

SDD （水噹噹，漂亮）她減肥後變得 SDD 了說。

SPP （很俗氣）他穿成那樣，實在是有夠 SPP。

SYY （極過癮、盡興，很愉悅的感覺）

UMM （幼綿綿細白嫩肉的樣子，形容女生的皮膚很好）那個女孩子 BPP 又 UMM。

YKLM （幼齒辣妹）這個檳榔西施眞是個 YKLE。他最喜歡找 YKLM 搭訕了。

這些字母詞雖然不一定都是外來語，許多是來自漢語方言，但是在書寫形式上，採用了西方字母，採用西方縮略語的構詞方式，顯然也是外來語言形式影響下的產物，它們已經脫離了漢語傳統的構詞模式。

下面這些字母詞是典型的外來語，借用了原有的字母形式，變成爲每一個人都會用或都能懂的詞語，人們使用得十分自然，反而不知道相應的中文名稱是什麼。它們成了漢語的一份子，是漢語中的「外來字母詞」。

3D	CPU	HTML
3W	DIY	internet
APEC	Domain Name	IP
BBS	Download	ISO
BIOS	Driver	JAVA
Call in	E-mail	keyword
CD	FTP	LED 電子看板
CDR	HiNet	MEMORY
CD-ROM	HomePage	MIDI

MO
MODEM
NASA
Netscape
Netscape Navigator
note book
NT
Pentium
proxy
PUB
Server
sound Card
T1 專線
T3
UPS
URL
VCD
VGA
VGA 卡
Video CD
Video CD-ROM
Web
WEB SERVER
Window NT
windows97
Winsock
WWW
ZIP

伍、自創新詞

這是最近時下最流行的用語。本來可能只通行於局部範圍，但經由一些大衆媒體散佈、傳播後，漸漸成爲通俗的詞彙。這類詞彙比較不容易得知來源。

一尺八　（武士刀）他一亮出那亮晃晃的一尺八，其他人都嚇得四肢發軟。

一把罩　（吃得開）他對這方面是一把罩，不用擔心。

一票人　（一夥人）他們一票人是合夥的，我們鬥不過的。

了　（了解的省稱）你說的話我了！

二五八萬　（神氣的不得了）不過幾句讚美，就跩的二五八萬似的，眞是受不了！

八卦　（一些小道消息，論他人的感情生活）他老媽最喜歡蒐集八卦消息。

三貼　（三人擠一台機車）拜託！三貼很擠耶！

上道 （夠義氣）你很不上道耶！連一點小忙也不幫忙。

上道 （熟練）想不到你小小年紀就如此上道，不錯喔！

叉子 （手）你再犯一次，小心我砍斷你的叉子。

大哥 （朋友間的暱稱，帶有事相求的意味）大哥，求求你放過我吧。

大條 （不合群，喜歡擺架子的人）阿廷越來越大條了，大家開始排擠他。

大條 （行爲很跩或心思不細膩）他是一個神經大條的人。

大鍋炒 （多人輪暴一女生）她遭受到大鍋炒的打擊，精神有點恍惚。

小本 （不良書刊）還記得中學時代我們都流行傳小本的看。

小排 （指一百元）我到小吃攤買五碗牛肉麵，付款時發現口袋只有小排。

川 （時髦）你的那件襯衫實在有夠川（此詞來自閩南語）。

中排 （指五百塊）我身上有中排。

公田 （行爲放浪的女生）你怎麼會喜歡他那一型公田的女生啊？

太「兩光」 （笨，反應遲鈍）小東太兩光了，我不想跟他說啦！（此詞來自閩南語）

少條館 （少年隊）那裡有少條館的，快閃啊。

火腿族 （用無線電傳訊息的人）最近火腿族人數狂增。

牛毛捻 （沒啥了不起）我還以爲是什麼大人物啊，原來不過是牛毛捻。

出血 （請客）今天我中大獎了，我出血！

卡 （好看有品味）她穿的很卡！

卯上了 （對上了）這傢伙的態度很差喔，我想我跟他是卯上了。

卯架　（打架）我看很不爽，不禁就卯起架來。

打屁　（閒聊、胡扯）下課鐘聲一響，大家又開始圍成一圈打屁了。

打波　（親吻）公園裡處處都有熱戀的男女在打波兒。

打鼓　（抽煙）一早起來打鼓眞是神清氣爽！

打管　（手淫）昨晚我忍不住又打管啦。

正馬　（正點的馬子）阿美眞是正馬呀，說腰是腰，說臀是臀。

正點　（標致，形容女孩看起來不錯）前頭那個女生蠻正點的喔！

正點　（很棒）這個計劃很正點！

白爛　（耍白痴）你少白爛了！這麼簡單的題目也會答錯！

交水費　（上廁所）等我一下，我先去交水費！

吊橋　（胸罩）看他吊橋若隱若現的樣子，眞是引人無限遐思啊。

吐血　（倒胃口）聽你這樣說，我簡直要吐血了。

好「鳥」　（好菜，好驢）他這人實在有夠鳥的，我受不了他啦。

好矬ㄘㄨㄛ　（很土、很驢、很笨拙的樣子）哈！你穿這樣好ㄘㄨㄛ喔！

扛爐　（倒數三四名）他上學期拿了扛爐，差點沒被他老爸打死！

有一腿　（有親密關係，過從甚密）爲啥他對你那麼好，我眞懷疑他跟你有一腿。

有兩把刷子　（確實有一套本領）小王的確有兩把刷子，眞不是蓋的！

老鳥　（指經驗豐富的人）他在軍中已是老鳥了。

色凱　（釣馬子的凱子）你這傢伙，一副色凱樣，誰要跟你作朋友啊！

克飯 （吃飯）克飯了，不要一直玩電動好嘛？

克藥 （吃迷幻藥）我昨天才克藥過，今天又想的要死。

吸安 （指吸安非他命）這些不良少年常聚在一起吸安。

坐莊 （留級，重修）眞不愧是學長，果然又坐莊了喔！

把 （追女生）阿呆最擅長把美眉。

把天皇 （看電影）我要跟我馬子去把天皇啦，再見。

把風 （看守）幫我們把風，小心點。

扯淡 （胡說、瞎扯、瞎說）我已經沒時間跟你瞎扯淡了。

沒品 （罵人下流低級）你少沒品了！老是愛說低級的黃色笑話。

沒搞頭 （沒意思、無可發展）唉！老師來了就沒搞頭了啦！

沒種 （沒膽量）你很沒種耶！自己做錯事還不敢承認。

沒營養 （一些沒內容，無聊的話）別再說這些沒營養的事了，換個話題吧！

男婊 （午夜牛郎）有錢的女人們夜裡喜歡找男婊。

來電 （男女彼此吸引）他們兩個很來電唷！

兩光 （笨，反應遲鈍）看他兩光兩光的，好像很不可靠啊。

垃圾 （運氣好）你很垃圾耶！竟然撿到一千塊

念郎 （沒錢）最近才出去玩，一下子就念郎了。

性子 （指男朋友）她的性子很帥唷！

拖戳 （打群架）今天經過陸橋，看到有人在拖戳。

抬轎 （選舉時幫助候選人競選）他有總統幫他抬轎，可跩了！

放屁 （吹牛、誇大）聽你在放屁！

放炮 （出差錯）又是誰放炮啊？

放馬後炮 （說一些事後無補的話）你不要老是放馬後炮。

放話 （警告、示威的意思）他已經放話說要來扁你了。

放鴿子　（失約）眞衰！被人放鴿子！

昏倒　（表一時無法招架對方的「幽默」）我快昏倒了，你別無聊了啦！

波霸　（指胸圍很大的女生）她是有名的波霸唷！

泡麵哲學　（速戰速決）這件事當然要採用泡麵哲學來處理才恰當。

炒魷魚　（解僱）老闆把他炒魷魚了。

狗仔隊　（專門挖明星隱私的人）大紅大紫的明星身旁總是佈滿狗仔隊的人手。

狗屎　（表不屑）哼！狗屎！ 我絕不信！！

狗腿　（阿諛奉承）少狗腿了！要錢快說！

長尾巴　（指生日）恭喜你長尾巴了！

便條　（指便衣警察）小心！這附近到處是便條！

削　（佔人便宜）眞倒楣！被人家削了一頓。

勁爆　（穿著火辣）她穿的眞勁爆，差一點認不出是她。

哈一管　（抽一根）心情不好啊，來哈一管吧。

哈拉　（聊天、胡扯）別再胡亂哈拉了，開始我們的正題吧！

哈草　（抽煙）他昨天哈草被他老爸抓到。

很「海」　（⑴很闊、很豪放。⑵大，如：玻璃很「海」；福壽很「海」。）

很破　（很菜、很爛、很不高明）英文老師說的台語眞的很破。

很罩　（很行）小通對車子很罩，我們都喜歡找他討論車子的事情。

很鮮　（很特別、很好玩、很有趣）不錯！這遊戲很鮮喔！

拜碼頭　（覲見拜會老大之意）要在這附近做生意，得先去拜碼頭才行。

星期五餐廳　（有牛郎陪伴的聲色場所）妳有沒有去過星期五餐

廳？

架貨 （帶傢伙）說好單手搏鬥的，不料那小人竟然架貨。

柳條 （一千元）老媽心不甘情不願地掏出張柳條來。

歪馬 （不上道的馬子）那種歪馬，我恨得連碰都不碰。

炫 （光鮮亮麗）他的衣著很炫！

玻璃 （臀部）從高處掉落，我能感覺到我的玻璃快破裂了。

玻璃圈 （指同性戀的生活圈）小呆是玻璃圈的人。

耍寶 （搞笑，也有愚蠢的意思）你在耍寶呀！怎麼會連錢包都弄丟了。

背 （手氣不好）最近手氣很背，玩牌常輸牌。

苦窯 （監獄）你再這樣下去，總有一天會被抓去蹲苦窯的。

苗子 （頭髮）你的苗子閃閃動人，烏黑亮麗喔。

飛象過河 （補考後才及格）眞險！還好飛象過河。

飛機場 （形容女孩胸部平坦）妳眞的蠻飛機場的耶！

屌 （囂張不把人放在眼裡）那個人很屌，看起來就很討人厭。

恐龍 （指長的其貌不揚的女生）他說自己眞倒楣邀到一個恐龍。

晃點 （放鴿子）眞倒楣被人家晃點了！

格 （有個性）這件外套很有格！

氣管炎 （妻管嚴）他是屬於氣管炎啦！別奢望他能跟我們去瘋了。

海K （大打一頓）他要是再欺負你，我就去海K他。

真背 （運氣不好）又輸了！我的運氣眞背！

站台 （知名人士幫候選人競選）李主席幫國民黨的候選人站台。

站衛兵 （指男生等女生）小漢又在女生宿舍前站衛兵了，眞癡心！

粉　（很的意思）你的頭髮粉漂亮！

臭屁　（囂張賣弄）做人別太臭屁！

臭蓋　（亂說）你還是相信自己，別聽他臭蓋了。

追星族　（對於自己喜歡的明星做出瘋狂舉動的人）小花是追星族成員之一。

閃　（逃跑）警察來了！快閃呀！

馬子　（指女朋友）他的馬子很不錯！

馬條　（女警）別看他不過是個馬條，他可是很狠的。

高竿　（厲害）他做的眞是高竿啊！連我都比不上。

鬥嘴　（輕微的吵架）他們兩個就是喜歡鬥嘴。

做蛋糕　（上大號）我今天一起床就去做蛋糕。

剪票機　（打火機）糟糕！剪票機忘了帶。

堅剛　（豐滿）阿鳳眞是堅剛啊，看的讓許多人垂涎三尺。

帶種　（很有膽量）你很帶種唷！敢作敢當。

掃水溝　（打保齡球）我最喜歡掃水溝了！

掃把　（指人不會說吉利話，老帶來霉運）喂！妳很掃把耶！跟你一起眞夠衰的！

掃苗　（理頭髮）你的頭髮那麼長了，該去掃苗一下。

掛　（死或很悲慘）期末考快到了，作業眞多！快掛了！

掛彩　（被人家揍而受傷）他因爲打群架而臉上掛了彩。

掛票　（欠帳）你到底要掛票我多久。

掛順風　（打電話）今天晚上我會掛順風告訴你集合地點。

條子　（指警察）快閃人啊！條子在抓人了。

條子館　（警察局）他對條子館眞是熟的不能再熟了！有事問他吧！

條老　（警察）正當她們打的你死我活時，條老的出現，化解危機。

條頭　（典獄長）這條頭對我們不錯。

混　（做事不認眞）別那麼混！專心一點！

爽　（很舒服痛快的意思）上完體育課喝杯冰可樂眞爽！

蛋白質　（形容一個人很渾蛋、白痴、神經質）阿呆眞的很蛋白質耶！

被滷了　（賭輸了）今天手氣眞背，又被滷了。

釣魚　（打瞌睡）他又在上課時釣魚了。

鳥　（理睬，或取笑人）你怎麼都不鳥我？你剪這什麼鳥頭！

凱　（形容一個人很有錢、很會揮霍）她很凱，常常請人吃飯！

圍爐　（打群架）他們圍爐被抓到了！

富貴窟　（當鋪）我的玉鐲子還在富貴窟呢！

就醬子　（就這樣子）嗯……就醬子啦！明兒見！

帽子　（保險套）你有準備帽子嗎？

悶騷　（外表冷靜內心火熱）她是一個很悶騷的女生。

插花　（參一腳）看你們玩的那麼起勁，可容許我插花一下？

插花　（加入一份）你們也讓我插花嘛！

插蠟燭　（白吃）他又只想插蠟燭，不要讓他跟!

無厘頭　（不按道理出牌、誇張的表演方式）周星馳是無厘頭的代表演員。

猴急　（很著急）慢慢來，別那麼猴急嘛！

痞子　（愛慕虛榮、行爲放蕩）眞倒楣遇到個痞子！

發燒　（罵人腦筋有問題）你有沒有發燒呀！這麼冷的天氣還吃冰！

菜　（不好、不行、笨）喔!你眞是有夠菜的耶！

菜鳥　（指缺乏經驗的新手）對於電腦我只是菜鳥而已。

超　（很、非常）最近的功課實在是超多的！

開天窗　（沒錢）別想跟我要錢，我口袋早已開天窗了。

開扁　（打架，圍毆）大夥！開扁啦！

開堂審問　（幫派間的質問調查）他那傢伙，出賣咱們，明日開堂審問。

黃牛　（不守信用）一言爲定，別黃牛唷！

黑手　（修理機車的人）他老爸是黑手。

幹　（把東西偷走）誰把我的飲料幹走了？

幹古　（吹牛）小呆偶爾喜歡幹古。

搞飛機　（亂來、做出令人不解的事）妳在搞什麼飛機呀！眞是的！

搞笑　（爆笑，喜歡做一些事讓人發笑）她是一個愛搞笑的人。

搞頭　（發展的機會）唉！這件事沒搞頭了！

搬火山　（喝酒）快去拿杯子！我們來搬火山囉！

煙窗　（鼻子）我老爸的煙窗一向不好。

煉丹　（吸強力膠）那段煉丹的日子，眞是如惡夢一場啊。

照子　（眼睛）照子給我放亮一點，這裡可是我的地盤啊。

罩　（幫忙人家）這次考試你罩我吧！

罩一下　（考試作弊，請別人借自己看一下）待會兒要靠你罩我一下！

落跑　（偷跑）你欠債累累別想落跑！

賊了　（賭贏了）經過多日的慘輸，今天終於賊了。

過門　（打過照面，相遇相交）我跟他基本上已經過門了。

電燈泡　（破壞情侶約會氣氛的人）我才不要跟你們去，才不做電燈泡！

嗝屁　（完蛋的意思）期末報告眞多！我快嗝屁了！

跩　（同屌）你很跩唷！

對光　（指眼鏡）最近我老是看不清楚，於是馬上買了新對光。

對嘴　（歌星唱歌時放錄音帶對嘴型）沒實力的人唱歌才對嘴。

廖背亞　（打小報告）他最喜歡廖背亞了！

撇風　（放屁）小心喔，我要撇風了。

撇條　（上廁所）幫我把傢伙顧好，我去撇條一下。

撇輪子　（搭計程車）要到火車站，建議你撇輪子比較快。

敲竿　（打撞球）老哥偶爾喜歡去敲竿，但最怕被老爸抓到。

監介　（尷尬的意思）上課偷吃東西被抓到眞監介！

福壽　（胸部）天啊，他福壽眞大啊。

種芋頭　（上大號）今天早上我一起床，就去種芋頭了！

種草莓　（親吻而留下吻痕）她男朋友在她脖子上種草莓。

舞馬　（舞廳裡的馬子）他新女朋友是他的舞馬。

蓋　（吹牛說大話）你少蓋了！

蒼蠅拍　（成績甲等）我這學期得到蒼蠅拍。

辣妹　（穿著新潮火辣的女子）最近走到街上常看到辣妹。

遜　（取笑別人或罵人很沒用）你眞是太遜了！連這麼簡單的題目都不會。

酷哥　（耍帥不愛說話的男生）他眞是個酷哥！

噴子　（手槍）他私藏一支噴子。

暴走族　（騎摩托車拿刀砍人）晚上出門要小心，這附近常有暴走族出沒。

樑子　（恩怨、心結）她和我結下的樑子可大了！

盤兒　（面子）給個盤兒，別爲難他了。

盤兒　（臉蛋）這女娃兒的盤兒倒是不錯。

磕藥　（吃迷幻藥）他一定是磕藥，不然不會做出這麼瘋狂的舉動。

練功　（看武俠小說）最近每晚都窩在棉被裡練功，當然會失眠。

衝場子　（存心攪和，挑釁）他明明是來衝場子的嘛!

調調　（格調、風格）我就是喜歡他這個調調。

踢皮球　（指推卸責任）政府官員最喜歡踢皮球。

憲條　（憲兵）那邊有憲條站崗，我們還是別過去的好啊。

機車　（很討人厭，看不順眼）他那個人很機車耶！

鴨子　（成績乙等）他每次拿到成績單都得到鴨子。

糗　（不好意思、難爲情）哇！你這下糗大囉！

壓馬路　（指逛街）我最喜歡星期六下午去壓馬路。

擦地板　（跳舞）喂！今天到哪去擦地板啊？

斃　（很、非常的意思）她這條褲子眞是酷斃了！

簍馬　（不怎樣的馬子）她充其量只能算是簍馬罷了。

擺台子　（做場面）我爸他行事最喜歡擺台子了。

擺烏龍　（事情搞砸）你居然把這麼重要的餐會擺了一個大烏龍！

擺道　（欺騙人）眞衰！被人擺了一道！氣死了！

翹　（偷跑離開，如：翹課、翹家……）阿明常常翹課被抓到。

翹頭　（指逃跑）教官來了！快翹頭！

雜八　（撈月，偷竊）他頂多只會幹幹雜八，沒太大能耐啦！

雜碎　（沒出息的傢伙）他在我眼中，不過是個雜碎，沒多大作用。

顏色　（苦頭、處罰）再不聽話，就給你一點顏色瞧瞧！

羅漢腳　（指年紀老大還沒有結婚的男人）他已到不惑之年還是一個羅漢腳。

麗仕　（美女）她眞是一個超級大麗仕！

灌了　（打球贏了）好不容易，終於灌了。

護航　（有作弊的意思）拜託你這次期中考幫我護航吧！

鐵飯碗　（指公務人員）我以後也要找個鐵飯碗的工作。

鰾　（搭上或釣上）他剛鰾上一個金主啊。

驢　（罵人很笨）別那麼驢，連打電話都不會！

盜壘　（男女交往超越正常程序，一下子前進好幾壘。一壘：手牽手階段。二壘：搭肩，摟腰。三壘：愛撫。本壘、全壘打：發生性關係。）

以上這些詞語通行的時空範圍不盡相同。有的已經通行全社會（不一定每個人都使用，但是幾乎每個人都聽過而且可以了解），有的只通行於局部範圍，如校園、黑道、青少年等。有的通行的時間很長，有的則通行一段較短的時間。不論是哪一種狀況，這些詞語都曾經存在過我們的活語言當中，都是我們語言中的珍貴財產，都反映了我們的生活、我們的思維、我們的文化。因此，値得我們重視，需要有人去記錄它、研究它。

陸、BBS（電子佈告欄）詞語

網際網路是最受年輕人歡迎的互動溝通管道，上網路打 bbs，幾乎已成爲「新新人類」的一項主要休閒活動，也因此產生了很多網路用語。包括了兩人在網路上互相對談的 TALK，和一堆人「高談闊論」的聊天（Chat），這些習慣在網路上交談的網友，漸漸發展出一套約定成俗的語言，甚至用一些簡單的英文字母代替一個常用的詞語或句子，網路語言就成了台灣新詞衍生的重要來源。以下是網路上常見的詞語：

881　即 Bye-Bye，再見。

B4　Before。

BRB　Be Right Back，馬上回來。

BTW　By The Way，順帶一提。

F2F　Face to Face，面對面。

IMO　In My Opinion，以我的意見。

JAM　Just a Minute，等一下

MORF　Male or Female？你是男生還是女生？

OIC　Oh！ I See！

OMG　Oh！ My God！我的天ㄚ！

RUOK　Are You Ok？

TTYL　Talk To You Later！

我肥家企了　（我回家去了，網路用語有時頗有台灣國語的味道）

我粉累　（在 bbs 上，「粉」相等於「很」）

素　（是的意思）

偶　（我的意思）

就降子、就醬子　（「就這樣子」的縮寫）就降子啦，先走啦！

掰　（再見）我好想睡了，掰。

掰掰　（BYE -BYE 之意）

愛愛　（性行爲）

逼　（打 bb，玩 bbs）你不要再逼到那麼晚，功課要顧啊！

暴龍　（指在網路上交談甚歡，實際見面才知是醜人）小心喔，別遇到暴龍ㄟ！

潑　（發表文章）這是我潑的第一篇文章。

隨　（誰的意思）

灌水　（指發表一些無意義的文章填充版面）他是灌水王，至今已灌了一千篇了！

網路上常常也使用注音語，例如：

ㄚ　（啊的意思）

ㄛ　（喔的意思）

ㄇㄟ　（句尾請求的語氣）

被ㄒㄩㄝ　（被罵一頓或被糗一頓）別提了！我剛被老闆ㄒㄩㄝ

了一頓呢！

ㄎㄧㄤ （詐取、順手牽羊）我弟最會跟我ㄎㄧㄤ東西，小人！

ㄎㄨㄞ （魁武，塊頭大）他喜歡的是那種很ㄎㄨㄞ的女生！！

秃ㄔㄨㄟ （出差錯，漏氣）小心做，別再秃ㄔㄨㄟ了！

打ㄅㄜ （接吻）偷看他人打ㄅㄜ是不道德的。

ㄎㄡ （很小氣）他是個很ㄎㄡ的人。別奢望他會請客。

N （表多數）我已經看過他N次了！

柒、拆字詞

這也是流行於台灣青少年口中的詞語。它們利用了中國文字可以分解形體的特性，拆開成爲一個新詞。原本是帶著俏皮的意味，後來大家覺得新鮮有趣，具有創意，符合年輕人求新求變的心理，便快速地流行起來了。例如：

人土土 （原組字爲佳，引申爲俗氣）看他的穿著打扮，就知道他屬於人土土那一型的。

水昆 （混）你不要在水昆了，小心被當掉。

竹本口木子 （笨呆子）連這個都不會，眞是竹本口木子。

米田共 （糞）

米臭 （糗）忘了帶書包，這下米臭了。

貝戈戈 （罵人賤）他眞是個貝戈戈的女人。

馬扁 （騙）直到錢財被洗劫一空，我才知道被馬扁了。

馬蚤 （騷）看那馬蚤樣，眞想吐。

捌、棒球術語

台灣的棒球運動曾盛極一時，早年以少年棒球比賽多次獲得世界冠軍，因而帶動了這方面的風氣。這幾年親日風興起，棒球用語就變得愈來愈日式化。例如：

A 啦　日語發音，失誤。

匹甲　投手。

始畢漏　英語 SPEED 的日氏唸法。

紅布浪　即英語 HOMERUN 之意，全壘打。

掩拜　裁判。

傘信　三振。

塌幾　觸殺。

摔ㄍ一　日語發音，好球。

槌子　球棒；又可引申為爆發力。

槌子手　打者。

餵球　報球。

玖、數字詞彙

在前些年，手機大量普遍以前，由於 BB CALL 的方便與價廉，台灣的青少年幾乎是人手一機。利用 call 機的數字來代表彼此溝通的信號，跟著流行起來。形成了一套「數字語言」。這套語言甚至延伸到青少年的日常生活當中，尤其是用作談戀愛的用語。中國人的含蓄保守個性，使得這一套間接的、隱密的代碼，成為最適宜的一套「戀愛語言」。這些數字詞雖然隨著手機取代 BB CALL，逐漸消退，然而它曾經活躍在我們語言當中，已經是漢語辭彙史的一部分了。下面我們就來看看「新新人類」的這套語言詞彙。

1. 用兩個數字表示

bye-bye —— 88
kiss —— 74
老公 —— 69
老婆 —— 68
抗議（閩南） —— 02
沒空 —— 50
抱歉 —— 87
晚安 —— 52
無事 —— 54
傷心 —— 37

2. 用三個數字表示

SOS —— 505
有急事 —— 119
你去死 —— 074
我也是 —— 514
我愛你 —— 520
相信我 —— 345
想死你 —— 340
想聊聊 —— 366
想想我 —— 335
謝謝你 —— 440

3. 用四個數字表示

你在哪裡 —— 0960
你別生氣 —— 0837
你很無聊 —— 2956
你是白癡 —— 0487
你是唯一 —— 0451
我思念你 —— 5460
我眞想你 —— 5940
我睡覺了 —— 5396
依依不捨 —— 1184
速速回機 —— 4457

4. 用五個數字表示

hello（機子倒過來看） — 07734
你不要生氣 —— 08237
你有夠三八 —— 05938
你別生氣啦 —— 08376
你是我盤仔（男友） — 04586
你是神經病 —— 04378

我想聊聊天 —— 53667

就是喜歡你 —— 94730

猜猜我是誰 —— 77543

5.用六個數字表示

一生一世愛你 —— 131420

我想就算了吧 —— 539368

你是我的一切 —— 045017

我愛你一萬年 —— 520160

你是我的最愛 —— 045692

無聊時想想我 —— 564335

我不要你回機 —— 581057

愛我就別生氣 —— 259837

我不想失去你 —— 583470

請你保重身體 —— 709831

6.用七個數字表示

一生一世就愛我 —— 1314925

你是我的巧克力—— 0456976

三不五時想想我 —— 3854335

我愛你生生世世—— 5203344

你是我一生的愛 —— 0451302

想你想到我心痛—— 3036576

你是我今生唯一 —— 0457351

想和你去吹吹風—— 3207778

你是我今生最愛 —— 0457392

愛就愛我久一點—— 2925910

7.其他

I love you —— 1*510*2*3*540*2（*5 代表空格，*2 代表 u 或 v，*3 代表 e）

miss —— 177155（177 = m，5 = s）

下午兩點見 —— {14-00}

不要一起了，沒意思 —— 81176-514

求求你救救我幫幫我 —— 990995885

唱歌 —— 5*50*517*59（5 = s，17 = n，9 = g）

無法回機，對不起 —— 5857-687

愛你一萬年 —— 2010000

這一類數字語最常出現在青少年男女的日常交往中。由於中國人的含蓄保守性格，戀愛時有很多心裡的話不便於直接說出口，正好這些數字詞語具有間接、隱密的特性，就成了年輕人的最愛，因此，它的使用範圍就遠遠超出了 BB CALL 的範圍，成爲年輕人的戀愛用語。它們大約使用在下面幾種場合裡。

1. 約會用語

177	M=麥當勞	7998	去走走吧
765	去跳舞	885	bbs=網路

2. 聊天用語

095	你找我	55646	我無聊死了
1414	意思意思	5776	我出去了
168	一路發	596	我走了
4457	速速回機	6868	溜吧溜吧
456	是我	88	拜拜
5366	我想聊聊		

3. 初戀用語

0564335	你無聊時想想我	520	我愛你
0654335	你若無事想想我	530	我想你
360	想念你	77543	猜猜我是誰
3854335	三不五時想想我	82475	被愛是幸福

4. 熱戀用語

04551	你是我唯一	1573	一往情深
0594184	你我就是一輩子	20184	愛你一輩子
1374	一廂情願	20999	愛你久久久
1392010	一生就愛你一人	220225	愛愛你愛愛我

234	愛相隨	53406	我想死你了
25184	愛我一輩子	53770	我想親親你
25873	愛我到來生	53880	我想抱抱你
3030335	想你想你想想我	5405	我是你某（閩南語）
3344	生生世世	54069	我是你老公
3344520	生生世世我愛你	54076	我是你七仔（閩南語）
3399	常常久久	70	親你
5201314	我愛你一生一世	721	親愛的
52406	我愛死你了	775885	親親我抱抱我

*5.*誤會用語

03456	你相思無用	53719	我深情依舊
0837	你別生氣	5376	我生氣了
08376	你別生氣了	574839	我其實不想走
0856	你不理我啦	587	我抱歉
259695	愛我就了解我	5871	我不介意
51020	我依然愛你	70345	請你相信我

*6.*生氣用語

0748	你去死吧	5252	我餓我餓
098	你走吧	570	我氣你
1487	你是白癡	740	氣死你
245	餓死我	744	去死死（閩南語）
246	餓死了	8006	不理你了
274	噁心死了	8206	不愛你了
282	餓不餓	8716	八格耶魯=混蛋（日語）
4478	煞煞去吧（閩南語）		

第三節　兩岸新詞的衍生和孳乳

本節分兩部分：一方面對大陸學者在新詞研究上的貢獻和研究方法作一分析介紹，一方面把兩岸新詞產生與運用的狀況和特點作一比較。

舉例說，台灣的新詞運用詞綴造詞，就顯現了和大陸的不同。台灣常見的「～秀」後綴，大陸沒有；大陸流行的「～霸」後綴，台灣也沒有。又台灣由校園用語所衍生的新詞，和外來語衍生的新詞、吸收方言而成的新詞，都是大陸較少見的。大陸的縮略語、以數字造語又比台灣普遍。諸如此類若只是排比出兩岸不同之詞例，是不足的。應當進一步探索其中的規律，以及社會文化的背景。因為語言正是社會文化的表徵。兩岸的新詞差異，提供了我們一個語言動態研究的理想樣本。

壹、大陸的新詞研究現況

一、新詞詞典的編纂

目前大陸編寫出版的「新詞詞典」很多，表現了這方面資料的蒐集和研究，已受到相當的重視。其中各具特色，分別反映了大陸新詞發展和新詞研究的現況和成果。例如較主要的有：韓明安主編《新語詞大詞典》，黑龍江人民出版社，1991，哈爾濱。這是聚合了各地七十多位學者，共同編寫的。共選收新詞 7900 條。其選詞包含 1945 年以來，現在還在使用的「活語詞」（至 1990 年），以及各種文獻資料上、影視作品中大量存現的詞彙。此外，也收入舊詞新義的情況。例如「下樓」指檢查錯誤，求得諒解、「抬轎子」指捧場。

普通語詞之外，也收入了各行各業的知識性語詞。全書共 777 頁。詞典正文前冠有「漢語拼音音序索引」，正文之後有「分期分類索引」，把 1945—1990 之間，再細分爲六個階段，再將每階段中的詞目按政治、經濟、文化教育、衛生、軍事、科學技術六類排列。各類中詞目按漢語拼音音序定先後。

此外又如馬國泉等主編《新時期新名詞大辭典》，中國廣播電視出版社，1992，北京。此書收集了到 1990 年底爲止，前十多年間出現的新名詞用語。如；「人工智能」、「一國兩制」、「和平相處」等。共有 6000 詞條。內容包含了哲學、美學、心理學、經濟學、社會學、人類學、法學、軍事學、教育學、語言學、文學、歷史學、管理科學，科技等各方面的名詞用語，共有三十類。正文詞典即依學科分類。各類先後順序依「中國圖書館圖書分類法」。各類內部的詞條順序又依筆畫排列。書後附有「筆畫索引」，使讀者若不知某詞條歸爲哪學科時，可在此索引中查找。正文共有 1216 頁。

再如李行健等主編《新詞新語詞典》，語文出版社，1993 增訂本，北京。該書彙集了 1949 年至今的新詞語，共 8400 多條。原書只 5300 多條。本書提出的「新詞」定義是：

一個最近創造的，代表新概念的詞、短語、或語句；或一個舊詞的新含義。也即詞條性新詞，和語義性新詞。這些詞語的來源是：古語詞的新用、外來詞的引進，行業語和方言詞的借用；詞義分化的成型；原有構詞成分的新組合。

本書的條目依漢語拼音字母順序排列。增訂本不僅僅增加詞條，還包含了下面幾個方面的調整：

1. 增加密集度與系統性。

2. 改善和補充釋義。

3. 注意準確性與專業性的統一。

4. 重視對舊詞的新義項和新詞的舊義素的分別立項和說明。

5. 刪去缺乏穩定性的瞬間詞、隨機詞。

6. 詞語解釋中，增加時效性說明，例如「50 年代用語」、「60 年代用語」。

另外還有李達仁等主編《漢語新詞語詞典》，商務印書館，1993 年，北京。收入 1949 年至今的新語詞，而重點放在近十年上。除新詞、新義、新語外，也包含了重新復活使用的舊語詞。共收條目 4652 條。編寫工作主要由北京語言學院的教師與商務印書館的編輯合作完成。資料主要取自近十年的報刊書籍。詞典分正編與副編兩部分，後者係缺例句或不及收入正編的詞條，收詞範圍較寬。排列皆依漢語拼音字母順序。其下再依聲調排列。同音字則依筆畫爲序。對有新義的舊詞，釋義突出新義，其舊義視其通用程度和與新義的密切關係，酌情選用。正編與副編所收之條目均編入同一個「詞目音序索引」和「詞目筆畫索引」。全書共 794 頁。

又如于根元主編《現代漢語新詞詞典》，北京語言學院出版社，1994 年，北京。本書所收包含 1978 年，大陸實行改革開放，到 1990 年之間的新詞 3710 條。書中把「新詞語」和「基本詞語」相對，後者具穩定性，但數量較少，語言交際中不夠用，尤其是文化較高的層次，需要表達新事物、新思想、新概念的時候。新詞語與基本詞語在生活中各有區別的職能。本書按漢語拼音字母順序排列。後附「筆畫檢字表」。某些條目，除了解釋說明該條本身的意義和用法，還涉及另外一些與該條相關的詞語，並進行對比分析，試圖概括新詞中某些聚合類的特點和使用規律，例如「童農」涉及了「童工、童商、童販、童藝」等。全書共 983 頁。

此外劉配書主編《漢語新詞新義》，遼寧大學出版社，1991年，瀋陽。收錄新詞3600多條。以80年代產生，或廣泛使用開來的詞彙作爲收錄對象。由於中文詞彙的中心義多在後一音節，故本書採用逆序編排，即按末字拼音字母順序排列。全書共348頁。張首吉等編《新名詞術語辭典》，濟南出版社，1992年，濟南。本書收錄1978年改革開放以來，十多年中所產生的新詞共1176條（至1992年5月底止）。包括政治、經濟、文化教育、法制、國防等方面。詞目以筆畫爲序。全書共544頁。沈孟《新詞、新語、新義》，福建教育出版社，1987年。這是較早的一部新詞詞典。共收詞目331條。範圍以1979年出版的《現代漢語詞典》爲上限，所收都是該詞典所沒有的新詞和新義。包括音譯詞和縮略詞。不屬於收錄範圍的有：

*1.*專門的科技用語、行業用語。

*2.*未進入普通話的方言詞。

*3.*超出四字的諺語、歇後語。

*4.*偶發性的詞語。

本書條目依音序排列。其特點是，注明了詞的結構類型，詞性釋義上標明基本義、引申義、比喻義。並指出用法或色彩上的特點。全書共267頁。

更值得一提的是《漢語新詞語》，北京語言學院出版社。此書爲每年度一本之小冊子。由於《現代漢語新詞詞典》收錄到1990年爲止，因此，從1991年開始，改爲編年本。因此這是《現代漢語新詞詞典》的延續。三本的概況如下：

1991　335條于根元主編　109頁

1992　448條于根元主編　145頁

1993　461條劉一玲主編　136頁

呂叔湘〈大家來關心新詞新義〉（《辭書研究》，1984年第一期）指出，口語裡的新詞，沒有受到一般編詞典的人重視，其原因，一是編詞典的是「讀書人」，對生活中的東西不太感興趣，對市場、田野中來的詞彙不敏感，對一般報刊上的詞彙不大理會。二是顧及語言規範問題，態度傾向保守。上面這些新詞詞典正彌補了一般詞典的不足。既記錄了活生生的語言實貌，也提供了我們研究現代新詞衍生和孳乳的基本材料。

二、兩岸三地的比較研究

大陸學者做過許多兩岸的詞彙比較工作，但往往把台港視爲一個系統，忽略了台灣和香港社會和語言背景的不同。好在兩岸交流漸多，這種情況逐漸獲得認知。將來的研究一定能更精確些。

此項研究的論文，例如顧興義《試論港台漢語與大陸漢語之差異及其發展趨勢》列出港台／大陸詞彙的對比：入職／任職；冊包／書包；藝員／演員，事實上，台灣用的是後者，前者完全未見；文中又列：關節／關係，實則在台灣「關節」指的是「膝蓋的骨頭」，不等於「關係」；又列：T 恤／襯衣，實則「T 恤」是一種套頭的輕便衣服，「襯衣」是外加領帶、西裝的正式衣服，並非一物；又：造愛／性行爲，應爲「做愛」。文中又列出一批大陸所無的港台詞語：懸紅、落格、供屋、高買、走鬼，這些都是台灣用詞中未聞的，其中「便當」又是香港不用，而爲台灣專有的，「馬仔」釋爲「黑社會頭目的走卒或老闆的低級幫工」，在台灣卻是「女朋友」的俗稱。再看胡吉成《台港話語彙與普通話語彙的差異初探》，把「台港話」視爲一體，已是完全偏離了實際狀況。所列的港台／大陸詞彙：商場／商業界，實則二者是不同的概念。「商場」指賣東西的地方，「商業界」指整個從商的行業。又：回彈／回升，含義也不相同。前者是受到衝擊的反作用，後者是恢復上升的趨勢。又：貿赤／貿易赤字，台灣的用法裡似無這樣的縮略。又：起出／查獲，用法也不相同。例如

「竊案已經警方查獲，起出贓款二百萬元」。又：卡式帶／錄音帶，實則台灣仍以「錄音帶」爲常，，又稱「卡帶」，二者內涵仍不相等。「錄音帶」分盤式與卡式，錄影帶也是卡式。再看胡士云《略論大陸與港台的詞語差異》，所列港台／大陸詞彙：胸圍／胸罩，實際上「胸圍」是指胸部的尺寸，「胸罩」指遮蔽乳房的衣物，二者並非同一概念。再看黃麗麗《港台語詞的一些特點》所列的港台／大陸語詞，許多是台灣未見的：氧氣喉／氧氣筒；衣車／縫紉機，台灣仍以後者爲常。又：即食麵／方便麵，台灣稱爲「泡麵」。又列「新造詞」：明麗、晴炎、晴亮、關念，事實上都不見於台灣的口語中，也少見於書面語。再看李振杰《略談港台大陸詞語之間的差異》，認爲「在大陸人看來，香港台灣的用語有很多共同的特點，有別於大陸的用語」，然而，若就台灣的觀點，香港的用語和台灣大不相同，分類上也可能把香港大陸視爲一類，有別於台灣的用語。如果再換成香港的觀點，也可能把台灣大陸劃爲同類，有別於香港用語。因此，我們認爲與其作主觀的把三者的詞彙作熟悉／不熟悉的二分，不如客觀的只單就其中的兩者作比較。李文中列出的港台／大陸詞彙，如：保安玻璃／安全玻璃；多國籍公司／跨國公司；低視／弱視；手扣／手銬；車衣業／服裝行業；環球時間／國際標準時間，台灣實際用的反而是後者。

三、理論的探索

于根元《現代漢語新詞詞典》前言指出「新詞」的出現大致經過這麼幾個途徑：

1. 從隱性到顯性。
2. 從方言吸取營養。
3. 一些修辭用法穩定下來，成爲新詞。二者的界線如何劃分呢?

哪個是舊詞的修辭用法，哪個是獨立的新詞呢?測試的方法是：離開上下文，意思比較穩定的，或者還能和別的詞語組合，有一定能產力的，可算是新詞，否則只是舊詞的修辭用法。

4.尋求新色彩，新風格而出現新詞。例如「的士」和「出租汽車」、「拜拜」和「再見」、「小型、微型、袖珍、迷你」各表達了不同的色彩和風格。標題、廣告往往由此途徑創生新詞。

我們研究新詞，必須以詞彙學爲基礎，以詞典學爲輔助。詞彙學與詞典學的關係，一是科學、一是技藝，後者要以前者爲理論基礎。前者也需有後者來加以體現，二者是「理論」與「應用」的關係。
依據沈孟瓔《新詞新語新義》的看法，新詞語的構成大致表現爲七個方面的情形：

1. 句法構詞爲構詞的主要手段

句法構詞指以造句法的方法創造新詞。由於漢語詞彙中大多數的詞其內部結構同句法的結構規則完全一致，所以這種構詞法叫句法構詞。具體的說，是詞根（實語素）與詞根以各種不同方式相互複合在一起。這種句法構詞法所創造出來的詞是合成詞，一般叫複合詞。現階段的新詞以句法構詞爲主要手段，其中以「偏正型」、「聯合型」和「動賓型」的詞爲最多。

2. 新的詞綴化傾向

所謂詞綴化傾向指作爲語素的原來意義逐漸弱化，在構詞中產生某些附加意義的傾向。這種由詞根連接弱化了的語素——詞綴構造出來的詞是派生詞。

3. 三音化日益增加

近百年來，漢語詞彙的語音形式一直是雙音詞爲主。新詞中三音節形式增多比較明顯，其中尤以名詞爲甚。例如：立體聲、生產線。三音詞的增多是爲了提高詞彙表達功能的需要。比如原有雙音詞「衣衫」和「褲子」，隨著穿著的發展，出現新的衣衫、褲子，於是原概念的外延就要修飾限制，出現一些有別於原詞的三音節的下位詞如「滑雪衫、兩用衫、喇叭褲、牛仔褲」等，使詞義趨於精密、細緻。

4.簡縮法構詞的能產性增長

簡縮法的應用是現代漢語構詞的一種手段。漢語詞的雙音化有兩條重要途徑，一是原單音節詞雙音化，一是多音詞語簡縮爲雙音節。簡縮法造詞的發展，一方面適應漢語音節要求簡短，另一方面則是適應現代生活發展的需要。社會生活節奏大大加快，工作效率成倍提高。在語言運用上要求以最小信息量表達豐富的意思，這必然帶來簡縮法造詞的發展。

5.新慣用語發展迅速

慣用語是一種習用短語。由兩個或兩個以上詞組成，結構上有一定的定型性，如「一刀切、踢皮球」，不說「一刀割、踢足球」。一般以三個音節的動賓型結構爲主要類型。慣用語的意義不是短語裡詞與詞意義的總和，常是一個完整的比喻引申義。比如「剃光頭」不是眞指理髮的一種樣式或過程，而是比喻「比賽、評比、考試」無一取勝。

6.新四字格不斷出現

這種四字格能把複雜的概念集中濃縮在短小精悍的形式內，表現力比一般詞語複雜、豐富，有的在造句裡的功能相當一個詞，例如：論資排輩、以偏概全。新四字格有如下幾個特點：

(1)多數是聯合結構，其次是偏正結構。

⑵這類四字格在格調上、用詞上都酷似成語，有不可分割的完整和濃厚的書面語色彩。

7.來去匆匆的新的歷史詞語

不少新詞因無法反映歷史的本質而來去匆匆，還來不及收進語文詞典就銷聲匿跡了，我們只好稱之爲新的歷史詞語了。

貳、兩岸新詞的發展方向

一、構詞的特點

現在我們且看看台灣新詞中較新的一些例子，多半通行於年輕一代的口語中，字典裡也還來不及收入這些詞彙。由這些例子觀察它們的構詞特點。

1.由音譯詞（外來語）構詞的現代新詞

阿莎力　義：形容人答應事情的爽快乾脆，毫不遲疑。例：他是個很阿莎力的人，只要他有空，必定會幫你這個忙的。

奇檬子　義：由日語來，指心情。例：今天別去惹他，他的奇檬子不好。

酷　義：英文 cool 的譯詞，一個人或一件事很有個性。例：他一身勁裝，黑皮衣、黑皮褲再加上墨鏡，眞是酷斃了。

酷斃了　義：「酷」是指一個人或一件事物很有個性，很帥氣，在酷字後加上「斃了」有增強語氣的作用，相當於「很」、「極」等副詞的用法。例：小黑的太陽眼鏡眞是酷斃了。

安公子　義：指吸食安非他命的人。例：看那些安公子一張張憔悴的臉，就知道毒品害人有多深了。

A 片　義：色情影片。即成人（adult）電影之義。例：未滿十八歲的青少年不宜觀看 A 片錄影帶，以免被過度誇張不實的色情情節影響。

2.滋生力旺盛的新後綴與前綴

(1)例如「族」後綴就是一個頗具能產性的成分。

夜貓族　義：指過夜生活的人。例：繁榮的都市常有三更半夜不回家的夜貓族在活動。

頂客族　義：是英文 Double income no kid 的簡稱。指結婚而不生小孩的雙薪夫妻。例：她和她先生兩人都雙薪，結婚後卻不想有小孩，因爲想過逍遙自在的頂客族生活。

新素食族　義：新素食族並非因宗教因素而吃素，而是爲了健康或不爲任何理由而吃素的人之泛稱。例：爲服務新素食族，許多素食餐廳如雨後春筍般在台北各地設立，推出精緻素食佳餚。

公車族　義：公車族乃泛指長期搭乘公車的人。例：身爲公車族的我，在公車上可嚐盡不少的酸甜苦辣。

火腿族　義：指一群使用無線電的人，通常「火腿族」比「香腸族」的儀器大。例：這些火腿族玩無線電玩這麼兇，當心萬一些線路著火就糟糕了。

香腸族　義：指一群使用無線電的人，通常「香腸族」比「火腿族」的儀器小。例：香腸族用無線電聯絡事情，看起來很酷。

銀髮族　義：指上了年紀，頭髮花白的老人。例：銀髮族雖然年紀大了，但仍應和社會多接觸，以免和社會脫節。

上班族　義：指一週五或六天，每天朝九晚五工作的人。例：上班族由於生活經常一成不變，工作忙碌乏味，所以需要在假日時到戶外走走，以調適生活。

電玩族 義：比喻愛玩電動遊樂器的一群人。例：他是標準的電玩族，可以整天玩電玩不吃飯。

暴走族 義：指一群喜歡飆車的人，且常有砍人、搶劫等行徑。例：近來社會上發生暴走族砍人的事件，令人好寒心。

龐克族 義：頭髮只留中間一帶，兩旁剃光的一群人。例：最近學校出現了一群龐克族，每每引起他人的側目。

劈腿族 義：指談戀愛時腳踏兩條船的人。例：她對他一片痴心，沒想到他竟然是劈腿族的，眞讓人爲她覺得不値得。

紅唇族 義：本來是電視媒體上的一歌唱團體。後來此詞彙變化作嚼檳榔的人的代稱。例：那些嚼食檳榔的紅唇族，總是隨地亂吐檳榔汁，既不衛生又有礙市容觀瞻。

⑵「子」是新詞常見的成分。例如：

號子 義：就是股票市場（stock market）的別稱。例：王太太整天都泡在號子裡，關心她的股票行情。

條子 義：警察。例：我們行得正、不犯法，自然就不怕條子了。

⑶「圈」詞尾，例如：

玻璃圈 義：指同性戀的圈子。例：原來他是玻璃圈的，難怪年紀都快四十了，連個女朋友都沒有，還常常帶男人回家。

⑷「呆了」、「斃了」是一個新興起的詞尾。例如：

帥呆了（帥斃了） 義：形容一個做事或長相很帥。例：這部電影的男主角眞是「帥呆了（帥斃了）」。

遜斃了 義：與「酷斃了」相反。指一個人或一件事物很差勁。例：你眞是遜斃了，連這麼簡單容易的事情，你也做不好。

⑸「打」前綴是個近代漢語裡一直都具有旺盛構詞能力的前綴。幾百年來始終活躍在口語裡。例如：

打屁　義：天馬行空的閒聊，有時會誇大其辭。例：你成天只知道找人打屁，不好好念書，怎麼考得上好大學。

打歌　義：指歌星用帶子在電台或電視的播放，甚或本人到場宣傳新出的歌曲。例：很多歌星一上電視便處心積慮的打歌，目的是讓聽衆知道他最近的新歌。

打形象　義：製造形象。例：這些歌星一起爲軍人打形象。

⑹「新」前綴，例如：

新新人類　義：標榜擺脫傳統、不受約束，完全與衆不同的生活理念的人。例：八〇年代出生的新新人類，重視自我，喜歡搞怪，常常和舊人類的父母觀念不同。

3.由方言吸收的新詞

龜毛　義：指一個人行事過分拘謹小心，有時缺乏衝勁，常是團隊行動中掃興的人。也指在金錢上過度保守的人。例：打個保齡球還顧忌這個顧忌那個，全班就你一個人不去，你這人很龜毛。

嗄嗄叫　義：形容事情出人意表或行爲表現出色。例：她不但多才多藝，課業方面也是嗄嗄叫。

鬱卒　義：指心情鬱悶、不暢快。例：今天他一臉鬱卒的樣子，顯然心情不太好。

藏鏡人　義：指人神秘兮兮，不容易見到其眞面目。例：這個商人在商界的影響力一向舉足輕重，但他平日不喜在大衆媒體曝光，故有「藏鏡人」的封號。

蓋仙　義：比喻喜歡說謊騙人的人。例：你可別相信他說的話，他是超級大蓋仙。

肉腳　義：辦事能力很差的人。例：你這一點事情都做不好，怎麼這麼肉腳。

脫線　義：形容某人不細心。例：她做事時常丟三落四，有點脫線，你最好別拜託她幫你做事。

黑手　義：指修理汽機車的人。例：他從小就喜歡分解和組合車輛，因此立志長大要當黑手。

老芋仔　義：指老外省人。例：我的國小老師是個老芋仔，講話腔調很重，學生常聽不懂他講的話。

跑路　義：黑道人物或嫌犯被通緝或追殺時，到處逃亡之意。例：黑道的大哥大被警方通輯，只好四處跑路逃亡。

大條　義：形容人耍派頭，裝一副老大的樣子。例：看他好像很大條的樣子，還不是仗著背後的老大撐腰，才有今天這般場面。

速配　義：意指很適合、很相配。例：他們倆非常速配，眞是天生一對。

菜鳥　義：到任何一個單位的新生（人）。例：看大一那些菜鳥，打扮得眞土。

臭屁　義：形容一個人太自負、自以爲了不起。例：他明明什麼都不懂，還總是愛臭屁。

唬爛　義：是指人說話隨便、胡說八道、騙人之意。例：你別聽他唬爛，他這個人可是胡說八道的高手。

*4.*由比喻形成的新詞

這類佔了新詞的絕大部分。例如：

放鴿子　義：與人有約，卻爽約了。例：我今天被放鴿子了，所以只好一個人去看電影。

羅漢腳　義：逾齡未娶的單身漢。例：他今天結婚，終於可以結束四十歲的羅漢腳生涯（此詞來自閩南語）。

插花　義：⑴指打麻將時加倍押賭注。⑵參加自己沒被邀請的聚會、活動。例：⑴朋友打麻將，他在旁插花下注，結果輸了兩百元。⑵她又沒邀你參加她的生日宴會，你自己何必跑去插花，惹人厭？

三隻手　義：指扒手。例：在公車上人擠人的時候，她的皮包被三隻手扒走了。

壓馬路　義：逛街。例：今天是週末，許多女同學相約去壓馬路，看看有沒有中意的衣服、髮飾……等等。

菲利普　義：一種電燈泡的品牌（Philips）。現指情侶約會時，那個攪局搗蛋的第三者。例：他們情侶正在幽會，我們就別過去當個討人厭的菲利普。

來電　義：指一男一女對對方有好感、情投意合。例：聯誼活動後，他們都各自欣賞對方，有來電的感覺。

充電　義：原本指電池沒電，再補充電力。現今有些人覺得學識不足，或感到疲乏需要補充體力、休息，或繼續深造，也叫充電。例：明星大都以充電爲理由，紛紛出國，逃離是是非非的演藝圈。

太平公主　義：形容女性胸部太平，不發達。例：不要爲自己身材不豐滿，有太平公主的稱號而自卑，最重要的是腦子要有思想有學問才重要。

好朋友　義：指女孩子每月一次的生理週期，即月經。例：據一份研究報告指出，女性同胞在「好朋友」到來的生理期間，情緒較不穩定、容易暴怒。

罩　義：有二義：⑴很行的意思，如「很罩」。⑵保護，做靠山的意思。例：⑴學弟，你很罩喔！學長的馬子你也敢泡。⑵你儘管放手去做，有我罩你，沒什麼好怕的。

殺時間　義：打發多餘無所事事的時間。例：許多人在無所事事時，喜歡用打牌來殺時間。

照子　義：眼睛。例：那個小姐，長得眞不錯，尤其是她那對照子，實在迷人，看來好像會將人魂魄勾走似的。

掛了　義：指人去世、死亡。例：他最近十分悲傷，因爲他老子掛了，只剩下他的母親和他相依爲命。

搞飛機　義：亂來、惹麻煩、搞七捻八。例：你別再整天打架鬧事，你這樣搞飛機，你媽媽一定很傷心。

無殼蝸牛　義：沒有屬於自己的房子的人。例：現在台北房價很高，有的上班族就算用了一輩子賺來的錢也買不到一棟屬於自己的房子，這就是無殼蝸牛的悲哀。

高竿　義：非常擅長之意。例：他在廣告設計方面非常高竿，你可以去請教他。

悶騷　義：表面上很文靜，實際上很活潑。例：別看她那麼文靜，事實上她是悶騷型的人。

窩心　義：說話令人覺得溫馨、歡喜。例：他的這句話讓我感到溫馨和體貼，眞是太窩心了。

抬轎　義：幫別人做事。例：很多作家很後悔爲共產黨抬轎。

頭大　義：很煩，難處理。例：很多父母對孩子的教育常覺得難處理而頭大。

搶手　義：很熱門的意思。例：她有觀衆緣，是目前最搶手的花旦之一。

血牛　義：以賣血爲業者。例：我們血庫目前沒有O型血，可以發錢請血牛來捐血。

0號與1號　義：指同性戀，0號指扮女性角色者，1號指扮男性角色者。例：他們這一對同性戀，張三是0號，李四是1號，兩人出入親密。

撇條　義：上大號。例：我去廁所撇條，你等一下。

有一腿　義：與某人有染，有不尋常的曖昧關係。例：聽說他和某人的太太常常眉來眼去，而且在暗地裡還有一腿。

炒熱　義：比喻一件事經過媒體報導後，連日成爲新聞焦點。例：自從台北市長選舉被炒熱以後，陳水扁曝光率就越來越高。

曝光　義：比喻事情被揭曉。例：自從賄選案被曝光後，人民對某些高層主管就越來越失望。

週日症候群　義：比喻經過週日休息後，週一仍然無精打采，不想上班。例：星期一上班時，同事都無精打采，一付不想上班的樣子，顯然是患了週日症候群。

跌破眼鏡　義：非常驚訝。例：他平時表現很差，這次考試竟然考第一名，眞是令人跌破眼鏡。

拉風　義：神氣之意。例：他昨天騎著新車到處逛，好拉風！

脫窗　義：形容人鬥雞眼，看東西或事情不甚清楚。例：難道你眞是眼睛脫窗？向你揮了半天的手都沒注意到我的存在。

綠色革命　義：素食風潮，爲了自然生態的環保，或爲了宗教，或爲了個人健康，許多人改爲吃素。例：綠色革命已由歐美吹入台灣，引起一陣吃素食的風潮。

撇輪子　義：搭計程車。例：你每天撇輪子上下學，未免太奢侈了吧！

低空飛過　義：對某事只能達到最低標準，而沒有被完全否定。例：原以爲英文準備當了，竟能低空飛過，哇！眞是大快我心。

5.其他類型的新詞

背多分　義：表示只要肯下功夫死背，即可獲得極佳的分數。例：並非所有中文系的課皆能背多分，更重要的是內容涵義是否清楚明瞭。

講光抄　義：音取自電視演員蔣光超，意指學生在課堂上只知抄寫教師板書，而不求了解。例：老師上課時，學生光抄，並不算眞正的學習，因此有不懂之處一定要發問。以上兩條是利用諧音的方式創造新詞。

水昆兄　義：就是「混」這個字。例：水昆兄，你再混嘛！小心被老闆炒魷魚。這是由拆字的方式造新詞。

二手菸　義：別人吸煙時所吐出的菸氣。例：不但自己不要抽煙，也拒吸二手煙，因爲它是肺臟的大敵。

殺價　義：說出降低價格的數字。例：買東西時不但要貨比三家，而且要多殺價，才能買到便宜的東西。

熱賣　義：暢銷之意。例：這唱片才上市一個多月，就非常暢銷，造成熱賣的現象。

死當　義：考試不及格且在 40 分以下者，必須重修。例：他的英文只考了 15 分，看來是要被死當了。

活當　義：考試不及格，分數在 40-60 之間，可補考（現大多學校已無補考制度）。例：他的國文只考五十多分，但只要補考及格，就不會被活當了。

開打　義：展開比賽。例：職籃本季的準決賽，要在嘉市開打。

看俏　義：看好之意。例：這部八點檔收視率看俏，連海外版權也變得分外搶手。

夠炫　義：非常耀眼。例：這位藝人在唱歌、主持方面都很優秀、耀眼，眞是夠炫的了。

第四台　義：獨立於三家電視台之外的另一頻道。例：我家的電視除了可以收視三台之外，也安裝了第四台的有線頻道，否則會跟不上整個時代的資訊腳步。

翹頭　義：帶有開溜，先跑爲妙的意思。例：各位慢慢奮鬥！我還有事要辦，不能再聊，先翹頭了。

牛肉場　義：做色情歌舞演出的地方。例：由於造化弄人，她終於淪落在牛肉場表演脫衣舞秀。

樁腳　義：政治人物在地方鄉鎭負責選舉事務的工作人員。例：某縣議員的樁腳因在選舉期間涉及行賄而被收押禁見，此案正進入司法程序中。

速食麵　義：用熱水沖泡即可食用的麵。例：寒冷的冬夜裡，熱水一沖馬上有碗熱呼呼的速食麵可吃，眞是人生一大享受。

安寧病房　義：提供一種病房，給癌症病人在臨終前心靈上的輔導，以免除心理和肉體上的痛苦。例：若有一天不幸遭遇了重大的病痛或意外，我希望住進安寧病房，獲得心靈的安慰而無所痛苦的死去。

台商　義：前往其他國家或中國大陸投資做生意的台灣商人。例：台商在大陸或外國投資做生意，時常要付出許多局外人不能體會的辛勞。

擺烏龍　義：爲出紕漏之意。例：他常常擺烏龍，總要人替他收拾爛攤子。

明牌　義：玩大家樂、六合彩時，賭徒口耳相傳可以發財致富的數字。例：聽說鄰村的土地公十分靈驗，總能出很多明牌，因此香火一直非常旺盛。

烏龍　義：指行事時出一些很可笑很困窘的狀況。例：媽媽叫哥哥到電信局繳費，結果哥哥竟然忘了帶錢去，眞是烏龍。

人蛇　義：從事大陸偷渡客交易的人。例：近來大陸偷渡客人數激增，警方懷疑背後有人蛇集團在操控，正深入追查中。

霸王車　義：沒有任何代價而坐車。例：他是本地有名的惡霸，開計程車的張三每次都被他坐霸王車，沒拿過一毛錢，心裡當然非常的憤怒。

卡位　義：在適當機會，於工作上搶先爭取職位。例：公司有一個職員離職，經理馬上叫他兒子來卡位，先佔了這個工作，將來有機會即可晉昇。

組頭　義：大家樂或六合彩的負責人，負責聯絡與下注，兼收賭金和發彩金。例：那個大家樂的組頭被逮了，今天要換別人負責。

泡馬子　義：追女朋友。例：他十分花心，見一個愛一個，時常看見他在不同的地方泡馬子。

釣凱子　義：吸引有錢男人的青睞。例：她是個十分拜金的女人，她看不上窮小子，只喜歡釣凱子。

死會　義：指一個人已有男（女）朋友，或已結婚。例：漂亮的小眞早已死會了，你就別再妄想要追她了。

漲停板　義：⑴股票大漲。⑵用來形容一個人的身價很高。例：多金又多情的他，身價已漲停板了。

跌停板　義：⑴與「漲停板」相反，股票大跌。⑵一個人已沒有身價了。例：她結婚以後，對想追求她的人而言，她算是跌停板，毫無身價可言了。

哈拉　義：閒聊。例：我與她不是很熟，沒有什麼交情，只有在無聊的時候，才會找她哈拉幾句，不過如此而已。

正點　義：即漂亮的意思。例：我的馬子很正點。

沒搞頭　義：就是不能有所作爲的意思。例：下次的迎新舞會突然臨時決定取消，這下子那群「舞癡」就沒搞頭了。

瞎掰　義：亂說、閒扯之意。例：當別人問他問題時，只要他不會，他就用瞎掰的。

角頭　義：指一幫派裡的首領。例：龍哥是北聯會的角頭老大，他手下有些人老早想除掉他，然後坐上老大這個位子，看來龍哥的安危是要多加注意。

飆車　義：一種以高速行駛汽、機車來獲得刺激快感的行爲。例：許多青少年血氣方剛，精力過剩，喜歡以飆車的方式來發洩。

以上這些詞彙是從年輕的大學生社群中調查搜集而得，當然不代表台灣新詞的全貌。詞條和詞例很多是中正大學中文系的同學所提供。也許其中一些詞彙的社會通行度還不十分普遍，然而，新詞的衍生往往正是從最富於創造力的青年人口中開始。由這裡最能看出新詞的滋長狀況。

大陸的新詞產生方面，和台灣比起來顯然有幾個不同的地方：

1.政治用語很多，這和政治運動特別多有關。例如「反動」、「紅衛兵」、「地主」等。近年來改革開放，經濟快速發展，又產生大量與經濟有關的新詞。例如「大款」、「創收」、「脫貧致富」、「個體戶」等。

2.受方言詞的影響較少，而台灣則大量吸收了閩南語詞彙。依刁晏斌《新時期大陸漢語的發展與變革》的估計，在新詞中，方言詞佔百分之五，主要來自粵語，如「髮廊」、「爆滿」，來自上海話，如「大亨」、「仙人跳」，來自北京話，例如「火爆」、「沒勁」。

3.外來的音譯詞往往為本土詞彙替代，例如「維他命」、「盤尼西林」、「引擎」、「雷射」大陸稱為「維生素」、「青黴素」、「發動機」、「激光」。而台灣新詞中的外來語成分較多，尤其近年來隨著日本文化的大量輸入，日式新詞不斷滋生。

4.縮略語較多。例如「防近」（預防近視）、「打非」（打擊非法出版物）、「港戚」（在香港有親戚的大陸人）、「危改」（危屋改造）（例見刁晏斌《新時期大陸漢語的發展與變革》，頁 25-26）等。以數字構成的縮略語尤其普遍，例如「三反」、「三好」、「四化」、「四舊」、「五講四美」、「五七幹校」、「六五計劃」、「八大」等。台灣也有一些縮略語不見於大陸，如「公車」、「化纖」、「超市」、「關愛」等。

大陸新詞構成方式中，很多是以「仿造」方式形成的。刁晏斌《新時期大陸漢語的發展與變革》認為，所謂仿造，就是模仿原有的詞語，採取其中一部分，換上與之意思相反或相關的詞語的方法。例如「熱銷」轉為「冷銷」；「國策」轉為「市策」；「學風」轉為「教風」；「托兒所」轉為「托牛所」；「酒醉」轉為「飯醉」（指飯後昏昏欲睡）；「速效」轉為「遲效」；「合拍」轉為「失拍」；「義演」轉為「商演」。

就語體色彩而言，仿造詞大都有詼諧幽默以至於調侃的意味。在

《1991 漢語新詞語》中，335 個新詞中，由仿造構成的共 51 個，佔 17.3%。可見這是大陸新詞構成的一個重要方式。台灣此類詞只見於廣告裡，遠不及大陸普遍。

至於兩岸新詞發展相同的地方：

1. 是詞綴的興盛。這是近代漢語的共同特色。像「性」、「化」後綴兩岸都十分普遍，「族」後綴盛於台灣，現也逐漸流行於大陸。「秀」後綴則是台灣獨有的，如「脫口秀」「穿幫秀」等。大陸獨有的後綴如「霸」：「景霸」、「電霸」、「房霸」等。「盲」後綴也是大陸特有的，如「科盲」、「舞盲」、「音盲」、「法盲」、「愛盲」、「路盲」等。

2. 是比喻性新詞兩岸佔的比例都很高。伍民《五四以來漢語詞彙的一些變化》（中國語文，1959.4）指出近四十年來詞義的變化主要是詞義的擴大，縮小和轉移比較少見。擴大也就是產生了比喻義的新詞。

李振杰《台灣新詞語管窺》分析，兩岸新詞的差異在：

1. 用數字組成的新詞台灣很少，大陸甚多。

2. 新詞中的四字格和成語，台灣很少，大陸甚多。如「論資排輩」、「揚長避短」、「求同存異」、「又紅又專」、「安家落戶」、「文山會海」等。

3. 新詞中的外來詞台灣多於大陸，其中的音譯詞比較多。

二、與社會文化背景的關係

詞彙是社會文化的最直接反映，新詞的產生總是取決於特定的社會背景，因此，透過這些新詞，我們可以看到兩岸不同的社會面貌。從上列台灣新詞的例子中，正呈現了台灣的社會景況。例如「樁腳」反映了台灣的政治文化；「牛肉場」反映了台灣的民間習俗，十分普及於村里的各類婚喪節慶中；「活當、死當」反映了台灣學生考試制度的變遷；「第四台」反映了台灣電視業的發展實況；「速食麵」反映了台灣生活步調的緊湊；「安寧病房」反映了台灣癌症比率的升高，已居於十大死亡原因的第一位，這和生活緊張、環境污染有密切的關係；「台商」反映了兩岸分割，經濟上互補的特殊現象；「明牌」、「組頭」反映了台灣社會賭博風氣興盛的逐利現象；「釣凱子」、「泡馬子」反映了台灣青年男女的開放觀念和社交生活。

同樣的，大陸新詞也充分反映了社會文化的變遷，例如較先的政治性詞彙充斥到近年來經濟性用語的大量滋長，正是社會轉變的必然結果。例如由「紅小兵」、「大躍進」、「雷鋒精神」、「樣板戲」、「牛鬼蛇神」等詞彙轉而為「大款」、「創收」、「電子一條街」、「個體戶」、「合資企業」等。

參、兩岸詞彙異同舉隅

（前為台灣用語，後為大陸用語）

三八／十三點
大型公車／大巴
大減價／大甩賣
介面／接口
太太／愛人
太妹／女流氓
太空站／宇宙站
太保／男流氓
卡帶／盒式錄音帶
叫車／打的
打工／作工
打拼／拼搏
交流道／立交橋
印表機／打印機
安全島／交通島
尖峰時段／高峰時期
位元組／字節
低價位／低檔
吸塵器／電帚
快鍋／高壓鍋

把握時間／抓緊時間
育幼院／保育院
夜間部／夜校
底片／底版
拍檔／搭檔
放牛班／慢班
空大／電大
空中大學／電視大學
保險套／避孕套
洋煙／外煙
炭粉／色粉
耍大牌／拿架子
飛彈／導彈
個人電腦／微機
原子筆／圓珠筆
家庭計畫／計畫生育
展售／展賣
留職停薪／脫產學習
缺貨／斷檔
記憶體／存儲器
訊息／信息
高價位／高檔
副業／第二職業
國語／普通話
教宗／教皇
涼麵／冷面
貨櫃／集裝箱
軟體／軟件
通學生／走讀生
連線／連網
速食麵／方便面
陸橋／天橋
單親家庭／半邊家庭
報導文學／報告小說
智障／弱智
游標／光標
硬體／硬件
視窗／窗口
超市／自選商場
郵差／郵遞員
量販／賣大號
黃牛／票販子
黑函／匿名信
塑膠／塑料
愛人／情人（大陸的「愛人」指配偶）
解碼器／破碼器
資料庫／數據庫
資優班／快班
過期食品／超儲食品
雷射／激光
蕾絲／花邊
電腦磁碟／電腦磁盤
榮民／退伍軍人

管道／渠道	優酪乳／酸奶
寮國／老撾	聯考／統考
影碟／激光視盤	隱形眼鏡／無形眼鏡
箱型車／麵包車	點滴／輸液
閱卷／評卷	爆裂物／爆炸物
機車／摩托車	蹺班／曠工
錄影帶／錄像帶	蹺課／逃課
錄影機／錄像機	觀光客／旅遊者

肆、兩岸新詞的研究原則

從上面的討論，我們可以歸納出幾點看法：

1.新詞的研究是傳統訓詁學所忽略的，也沒有受到一般詞典學者的重視，一直到九零年代，大陸上才有一批新詞詞典產生，記錄了詞彙產生的過程和發展的方向，使我們可以逐漸觀察和掌握詞彙的衍生和孳乳。這是一項語言教學、詞彙學、詞典學、理論語言學、和語言規範的重要基礎工作。然而，很可惜這方面的工作，在台灣還沒能積極的開展。因此，很需要一方面多吸取大陸上的經驗，一方面還應該積極的鼓勵和培養年輕學者投入這個領域的研究。

2.兩岸三地的分隔，使其語言在不同的環境下發展，因而也提供我們難得的觀察和研究的材料，由比較中去了解一個語言如何在不同的社會和文化條件下，分途發展的過程。在研究方法上，必須精細，不能籠統，要兩地相比，不能把不熟悉的就姑且歸成一類處理。

3.比較的工作，初期自然只能做到羅列詞彙，作成對照，呈現其間的異同。若只是停留在這個層次上，而沒有進一步的分析與探索，那是不夠的。應該還要尋求詞彙衍生孳乳的規律，分析和社會文化的關聯性和互動性，同時，也要了解兩岸三地間詞彙互相滲透，互相吸收的狀況。

這三點是我們應該共同努力的目標，我們希望不久台灣也能出現一部高水準的，能反映當前台灣詞彙面貌的新詞詞典。我們希望看到兩岸三地的學者能合作共同進行詞彙的比較研究，因爲只靠一方的語感是無法作精確比較的。這還需要有關單位的積極促成，因爲這是文化建設的重要一環，其重要性決不亞於科技和經濟的發展。

第四節　兩岸音譯詞的差別

壹、兩岸音譯詞形成的概況

本節介紹的主題在兩岸外來語詞彙，特別是音譯詞。近五十年來，兩岸分別引進了許多外來詞，卻往往用不同的方式翻譯。或用音譯，或用意譯，音譯的方式又各具不同的特色。這些都是值得觀察和研究的。

自從兩岸開放之後，往來漸多，也就注意到雙方語言上的差異。這種差異表現在形、音、義各方面，特別是詞彙，原本就是語言中最活潑、最具變動性的成分。經過近半世紀的隔絕，一旦交流的門戶大開，這些詞彙上的不同，立刻就被察覺到，引起人們的關注。語言學者可以從比較當中，了解語言分途發展的種種現象，也可以利用這些材料去了解它所反映的社會、文化背景。

外來語又稱爲「借詞」。由於不同語言、不同民族、不同文化的接觸，語言就會產生「移借現象」，也就是互相吸收對方的詞彙成分，充實自己的詞彙內涵和表達系統。借詞多半是採取音譯的方式。它存在於全世界各種語言裡，也存在於古代的語言中。例如漢語中的外來語，就有著悠久的歷史。

近世由於科技的發達，科技用語大量產生，多半是翻譯外來詞而成，這方面兩岸也形成各自發展的局面，例如電腦用語：「位元」大陸稱「字節」、「資訊」大陸稱「信息」、「界面」大陸稱「接口」、「記憶體」大陸稱「存儲器」、「硬體」大陸稱「硬件」、「磁片」大陸稱「磁盤」。

諸如上述的各項異同，就詞彙學的立場，應該作全面的資料搜集和分類。這樣的研究工作，在消極方面說，可以減少兩岸語文上的隔閡，消除交流過程中的種種不便，以及溝通上的誤解。在積極的意義上說，它可以提供我們語言研究的很好材料，使我們可以了解語言分途發展的種種現象，雙方在翻譯外來詞時，所遵循的原則和規律，詞彙差異背後所反映的社會、文化、意識諸方面因素。

翻譯用語通常分爲音譯和意譯兩類。音譯比較容易理解，意譯的定義是：用來翻譯的符號，受原文影響的，才是意譯。例如熱狗對譯 hot dog、信用卡對譯 credit card、代溝對譯 generation gap、機關槍對譯 machine gun、介面對譯 interface。至於電腦（computer）、火車（train）、小提琴（violin）等，雖是外來的事物，卻不是「外來語」。而是利用本民族的思維方式、造詞方式所產生的漢語詞彙。也就是說，事物是外來的，詞彙卻不是外來的，也絲毫不受原文符號形式的影響。這是必須加以區別的。「外來語」必然是「語言」的移借，而不是任何外來的事物都是外來語。外來語指的只是符號形式的摹擬。

有些外來語是音譯和意譯的混合體。例如冰淇淋（ice cream）、劍橋（Cambridge）、綠卡（green card）、登革熱（dengue fever）、沙拉油（salad oil）、蘋果派（apple pie）等。

有些外來語，表面上很像這類音譯和意譯的混合體。實際上卻是音譯詞。類似意譯的部分，並非原文所有，而是爲了使意義更明確，另外加上去的。例如卡車（car）、卡片（card）、卡帶（cassette）、卡賓槍（cabine）、來福槍（rifle）、啤酒（beer）、愛滋病（AIDS）、奇異果（kiwi）、爵士樂（Jazz）等。這類詞事實上是「土洋合璧」詞。它是外來語本土化的一種產物。

還有一些外來語，表面上好像意譯詞，實際上仍是音譯詞，例如：百事可樂（Pepsicola）、標緻（Peugeot，汽車廠牌）、飄雅（Pure，洗髮精）、拍立得（Polaroid）等等。這些多半是商品名稱，爲了形象及廣告效果，在音譯時，力求意義上的貼切。而其翻譯的主要依據仍是原文的發音，所以是純粹的音譯詞。

外來語若依來源分，最多的是來自英語的借詞，其次是日語。近代的日語詞彙大量傳入中國，始於十九世紀末。1894年甲午戰敗，引起了向日本學習的高潮，在翻譯用語上受日本的影響尤大。梁啓超在橫濱出版《清議報》和《新民叢報》，就大量使用日語詞彙。

二十世紀初，留日學生所創的《民報》也引入大量日語詞彙。現代漢語中的日語借詞又存在著大批的科技術語。例如「加答兒」、「俱樂部」、「淋巴」、「瓦斯」是根據日語的音譯詞再音譯爲漢語的。

又如「手續」、「味素」、「借方」、「貸方」、「場合」、「引渡」等等原是日語詞彙；「甲狀腺」、「前列腺」、「膣」、「癌」、「哩」、「吋」、「瓩」等等也都是日語詞彙。

日語借詞在兩岸的外來語中，台灣顯得特別豐富。主要是台灣經過日本半個世紀的殖民統治的緣故。例如「歐巴桑」、「便當」、「車掌」、「玄關」、「榻榻米」、「壽司」、「天婦羅」、「便所」、「料理」、「看板」、「坪」（土地面積）等等。這些都是大陸比較少見的。

有些日語借詞保留在台灣的一些方言中，例如麵包稱「胖」、打火機稱「來打」、摩托車稱「歐多麥」、卡車稱「拖拉庫」、西裝稱「西米落」、奉承稱「烏西」、全盤皆輸稱「槓龜」、情緒稱「起毛」、乾脆稱「阿沙力」等等。這些形成台灣借詞的特色。

大陸方面的外來詞也有其特色，例如謝米納斯〈海峽兩岸外來語比較研究〉指出：台灣用音譯法較多，大陸則採音譯與意譯兼顧，或更重意譯的方式。大陸學者不傾向直接音譯外來詞，認爲意譯更符合漢字的構詞系統，有利於識記生詞。王鐵昆〈漢語新外來語的文化心理透視〉從統計上說明大陸近年來的外來語中，占有絕對優勢的，還是半音半意的外來語：（近十年新詞中）

構成形式	純音譯	半音譯半意譯	外文參與
條　數	24	26	8
百分比	41.4%	44%	13.8%

所謂半音譯半意譯的，例如「愛滋病」、「桑那浴」、「打的」（搭乘出租汽車），其中的「病」、「浴」、「打」都是本土化之後加入的漢語成分。又如紐西蘭、紐奧爾良、紐澤西、大陸「紐」都譯作「新」，也表現了這種半音半意的特色。

所謂外文參與，例如「卡拉 OK」、「T 恤」、「BB 機」等。這種外文參與的情況，恐怕台灣還更普遍些，例如「K 書中心」、「巴比 Q」、「Seven Eleven」、「KTV」、「MTV」、「CD」、「LD」（雷射影碟）、「PVC 材料」、「PU 跑道」、「PC」（個人電腦）等等。

在人名、地名方面，大陸較講究把每一個音都譯出，因此一般譯名都比較長。例如艾森豪／艾森豪威爾、戈巴契夫／戈巴爾喬夫、薩伊／扎伊爾、辛巴威／津巴布韋、千里達／特立尼達、捷克／捷克斯洛伐克、布加寧／布爾加寧、希奧塞古／齊奧塞斯庫、麥納馬拉／麥克納馬拉、謝瓦納茲／謝瓦爾德納澤、索忍尼辛／索爾仁尼琴等等。

貳、探索兩岸音譯詞的方法

欲了解兩岸音譯詞到底有什麼差異，進行的步驟和方法是這樣的：首先是廣泛蒐集與譯名有關之各類工具書和詞典，包括：

1.兩岸出版之語文類工具書。

2.兩岸之報刊、雜誌、學報。

3..科學及專科用語詞典。

4.人名、地名譯名詞典。

進行詞彙比較時，可以從幾個方向來思考：

1.兩岸譯名的差異是語感不同？還是以方言對譯的結果？還是外語原發音就有歧異？

2.兩岸對音譯詞語音的密合度，有怎樣不同的看法和處理方式？

3.對於漢譯後音節的長短要求，兩岸的觀點如何？若需省略某些原文的音素，其規律又如何？

4.兩岸對音譯詞兼意義上的妥適性，有如何的差異？

5.兩岸對音譯詞的本土化，形成「土洋結合詞」（如「冰淇淋」、「卡車」）有怎樣的處理方式？

參、如何進行音譯詞的分類

兩岸不同的翻譯用語，依照其本身的質性以及被使用的社會場合之不同，可以把兩岸音譯詞有差異者，概分爲六類：

1.人名。

2.地理國家名詞。

3.藝術類名詞。

4.科技用語。

5.日常用語。

6.其他。

分類的原則是求其寬，以涵蓋較廣、概括性高的大類爲前提，目的在避免因分類過細而造成詞條在分類上有兩可難從的困擾。「日常用語」一類，詞條數雖不多，但因使用頻率高，具有特殊的研究價值，故專立一類。少數零星的詞條，不歸於前五類者，一律置於「其他」項中，其中包含了宗教、經濟、礦物、植物、古代建築、種族、單位、醫藥、社會學、心理學、天文學……等。

肆、兩岸音譯詞彙具體差異的分析

翻譯用語是整個詞彙系統的一環，如果延伸來看，兩岸詞彙所呈現的差異，也是一個值得注意的問題。

外來語在漢語詞彙中，佔的比重有多大呢？依據曹聰孫〈漢語外來詞的數量增加與結構變化的取向〉一文，新的外來詞大約爲 5%左右。其中不包括日語引進的「漢字詞」如「經濟」、「政策」、「幹部」、「環境」等。古代的外來詞則只在 1%至 2%，明顯地說明了現代漢語中新加入的外來詞，速度極快。

另外，王鐵昆〈漢語新外來語的文化心理透視〉統計 1949～1988 的幾十年中所產生新詞 5300 條，其中外來語有 81 條，占新詞的 1.5%。又以 1978 年爲界，統計前 30 年和後 10 年間，外來語增加的狀況：

	新詞	外來語	百分比
1949-1978	3600 條	27 條	0.75%
1979-1988	1700 條	58 條	3.4%

可知近十年的改革開放政策，促成了外來語的急速增加。不過，外來語的數量比起其他語言來，仍然是很少的。例如英語中的外來詞大約接近50%，遠遠超過漢語。這說明漢民族的語言創造力具有較大的獨立性。

對兩岸詞彙進行討論、比較的論文很多，各自提出了心得與見解，綜合這些看法，我們可以更深入的歸納出兩岸詞彙發展的特點。

伍、兩岸外來語的音譯傾向

姚榮松先生曾在〈海峽兩岸新詞語的比較分析〉一文中指出，由於台灣四十年來與西方政經文化的關係不斷，因此在吸收西方新知方面，顯得比大陸積極而大量，創造的新的外來詞也特別多。在與西方接觸的方面，由於歷史的淵源，台灣特別偏向美、日等國，主要從這些國家吸收外來語，而大陸則特別偏向前蘇聯，從這些國家吸收的外來語特別多。

湯廷池先生在〈新詞創造與漢語詞法〉一文中對漢語外來詞的趨勢有精闢的分析：

*1.*外來詞以譯義詞居大多數；譯音詞與音義兼用詞都居少數。

*2.*外來詞以雙音節居大多數；三、四音節次之。

*3.*外來詞的偏正式複合詞佔極大多數；述賓式與述補式複合詞次之。

*4.*外來詞以名詞佔絕大多數，形容詞和動詞較少。

5.外來詞多半屬於國名、地名、人名、商標名等「專名」以及指稱科技、文化、休閒等各方面的新事物、新觀念。

姚榮松先生更加以補充指出：

1.純粹的譯義的外來詞和新詞的創造很難劃分，例如：馬力、超人、電視、電梯、導體這些詞，已經變成漢語的一般詞彙，如果都算外來詞，並不符合一般人的語感，因此應以音譯或半音譯的詞爲主要對象。《國語日報外來語詞典》只收音譯詞，正合乎這個定義。

2.譯義詞固然以雙音節爲主體，與漢語的雙音節化有關，但新生音譯詞則似不受此限，以蘇培成等編《文字工作者實用語文手冊》所收常用外來詞 234 個（只限於音譯詞或譯音加表意成分與半譯音半譯義的混合詞）加以統計，其中單音詞 4 個，雙音詞 96 個，三音詞 98 個，四音詞以上 36 個，說明音譯外來詞以 2 至 3 音節爲常態。

3.台灣的新生外來詞以音中帶義爲基本導向，固然是傳播媒體追新求異的結果，其實與漢字音中有義的特點有關，至少合乎語用者的心理需求，例如：培基（Basic）、引得（Index）、聲納（Sonar）、脫口秀（Talkshow）、幽浮（UFO）、愛滋病（AIDS）、迷你裙（mini-shirt）、拍立得（Polaroid）、烏托邦（Utopia）、霓虹燈（neon）、維他命（Vitamin）、香波（Shampoo）都可視爲音譯中的上乘。相形之下大陸仍以譯義詞爲規範目標，如雷射改稱激光、漢堡則稱漢堡包、幽浮仍用飛碟、卡通或稱動畫片、迷你則仍稱超短（小）、紐西蘭譯爲新西蘭（半音半義）。但也有少數音中帶義者，如達克龍（Dacron）大陸則譯爲的確良。

4.由於大陸上少數民族衆多，漢語與非漢語的接觸較頻繁，因此有不少借自非漢語的民族外來詞，如：冬不拉（哈薩克弦樂器），又作東不拉（因哈薩克在西部，更傳神）、鍋莊（藏語，藏族和部分蒙古族人民表示敬意和祝賀的長條絲巾或紗巾）、浩特（蒙語，城、村寨、居民點）、胡同（蒙語，小巷）、金達萊（朝鮮語，杜鵑花）、坎兒井（維吾爾語）、喇叭（蒙古語）、喇忽（滿語，疏忽、粗心）、門巴（藏語，醫生）、摩雅（傣語，醫生）、袷袢（維吾爾、塔吉克等族男子所穿的一種無領對襟長袍，維吾爾語）等。這些詞彙在台灣難得一見。

從本書收集的語料進行分析，也可以得到以下一些較鮮明的傾向：

1. 在音譯詞方面，大陸譯詞的音節數大多多於台灣譯詞的音節數。一般來說，大陸音譯詞傾向全譯，輔音亦對應譯出；台灣音譯詞多捨繁就簡，譯名以二至三音節居多。例如：尼日爾／尼日（國名），埃塞俄比亞／衣索比亞（國名），肯尼亞／肯亞（國名），戈爾巴喬夫／戈巴契夫（前蘇聯總統），艾森豪威爾／艾森豪（Eisenhower 二次大戰之聯軍統帥）。

2. 在音譯詞原本語言的追究上，大陸較台灣精確得多。大陸在翻譯原則中有「名從主人」一條，規定要回到原語言中去譯其音；台灣則大都就美式音標來對譯其音。例如：卡斯特羅／卡斯楚（古巴總統）。

3. 在與西方國家的接觸上，大陸特重與俄國的關係，所編的漢俄詞典特多；台灣幾乎沒有俄語譯名，所有俄語人名地名都是轉從英語譯進來的。

4. 在音譯的用字上，兩岸各有特色，大致說來，大陸音譯用字傾向通俗化，台灣音譯用字傾向典雅化。如：撒切爾夫人／佘契爾夫人（英國前首相）。另外，關於外國人姓氏的譯法，台灣往往把首字譯成如中國人一樣的姓氏，大陸則較少這樣做。如：里根／雷根（Reagan 美國前總統），克林頓／柯林頓（Clinton 美國現任總統）。

5. 在地名的翻譯上，兩岸音譯、義譯互見。例如：新西蘭（音意混譯）／紐西蘭（音譯）（New Zealand 國名），巴布亞新幾內亞（音意混譯）／巴布亞紐幾內亞（音譯）（國名），塞拉利昂（音

譯）／獅子山（意譯）（國名），科特迪瓦（音譯）／象牙海岸（意譯）（國名）。

6. 意譯詞彙不易說明其傾向，兩岸各自選用其熟悉的意象，但總的來說，大陸用詞傾向儘量明白，台灣則較靈活。例如：半邊家庭／單親家庭，電傳機／傳眞機，超常兒童／天才兒童、資優兒童，低常兒童／低能兒、智障兒，城市群／衛星城市，首腦會議／高峰會議。

陸、兩岸的術語標準化工作

翻譯用語和術語標準化的工作息息相關。新聞媒體往往需要作最快速最有效的報導，有很多新的外來事物或觀念，就必須及時翻譯爲中文。在不及約定俗成的情況下，記者或新資訊的報導者或傳達者往往就憑個人的語感進行翻譯。於是就形成同一事物，各人的譯名不同的情況，甚至每一個報導者都不一樣。於是就形成了分歧多樣的局面。

另外一方面，同實譯名的情況會使讀者感到不便，甚至產生誤解。例如說：「伊拉克強人海珊如何如何……」和「伊拉克總統胡塞因如何如何……」。也許聽的人會以爲那是不同的人。在這種情況下，術語的標準化，就成爲學者和政府有關單位必須要做的事。

海峽兩岸的翻譯用語差異很大，目前雖沒有一個統一的機構來做規範整理的工作，可是雙方對各自內部的術語使用，都各有專責機構處理。

我們先看看大陸方面。大陸術語標準化及音譯詞規範有「中國標準化與信息分類編碼研究所」（簡稱 CCICCI）及「全國術語標準化技術委員會」（簡稱 CNTCTS）研究及負責。

在音譯詞方面，新華社專設有「譯名室」，對譯名問題聘請專家學者進行研究，訂出原則，以求劃一。在 60 年代，周恩來即指示，「外國人名譯名以新華社為準」，可見大陸對譯名工作之重視。

新華社每天負責翻譯和統一大量的國際新聞和各類國際信息資料中出現的世界各國人名、地名、組織機構名、政黨社團名、報刊雜誌名、通訊社名、電台名、公司企業名、飛機名、船艦名、衛星名、各類武器名、部族語言名、條約名等各種專名的工作。其譯名室目前積累各類譯名卡片三十萬餘張，並存入電腦譯名庫。此外還出版了一系列供翻譯使用的譯名工具書，如《英語姓名譯名手冊》、法語、葡萄牙語、意大利語、羅馬尼亞等語言之譯名手冊，《世界姓名譯名手冊》、《世界報刊、通訊社、電台譯名手冊》、《世界地名譯名手冊》、《世界工商企業譯名大全》等。

大陸翻譯用語的規範工作遵循了下列幾項原則：

1.「名從主人」，所謂「名從主人」就是譯名要盡可能地根據不同國家或民族語言的語音來定名，因為外文字母相同的名字在不同的國家具有不同的讀音，比如：西班牙語和葡萄牙語中都有 Jese 這個名字，因讀音不同，就分別譯為「何塞」和「若澤」。

*2.*在同一種語言中堅持同名同譯，同姓同譯。

*3.*一名多讀或同名異音的現象也是時有發生的，這是因為規則與習慣不一致造成的，大陸堅持只用一個漢譯名的原則，如：利比亞領導人卡札菲的名字拼寫形式達七種之多，Quaddafi， Daddafi，Dhadafyy，Gathafi，Gaddafi，Kazzafi，Geddafi，不管以哪種形式出現，大陸只給它一個漢譯名「卡札菲」。

*4.*對於歐美國家一些源出拉丁文的人名，儘管其字母拼寫各具本國文字特點，但只要發音相近，漢譯名採取求同原則。如：德語的 Wilhelm 和英語 William 均譯為「威廉」。

*5.*音似與形似相結合，以形似為主。這裡要特別強調所謂音準是相對的。如，英語的 Plate（普拉特）、Satterly（薩特利）。

6.因漢字具有表意功能，所以選用漢字時要避免使用貶義字。

7.同音漢字甚多，選用漢字時要避繁就簡，切忌用生僻字，以方便認、讀、寫、記。

8.譯女子教名時，注意盡量選用具有女名特徵的漢字。如：莉、婭、娜、妮、娃、琳、莎、瑪、黛、絲、麗、蕾、芙、芭、夢等。這些字只適用於女子教名，若用在姓一節裡就不妥了，因爲一般來說，一位女子的姓也就是她父親或丈夫的姓。

9.「約定俗成」。所謂「約定俗成」，即凡在大陸已有通用或慣譯姓名的譯名，要沿用。這樣既是爲了尊重歷史，同時也是爲了避免混亂。如美國的 Martin Luther King，Jr.（1929-1968）「馬丁·路德·金」，雖然現在都將 Luther 譯爲「盧瑟」，但「馬丁·路德·金」這位知名人士的名字卻不能再改。再如，美國作家 Agnes Smedley（1894-1950）「史沫特萊」等等，均屬此種情況。

10.對一些外國駐華或來華使節、企業家、記者等自己起的中國名要照用。如：美國駐華大使 James Roderick Lilley「李潔明」。

台灣農業科學資料服務中心吳萬均先生也對兩岸科學性音譯詞彙的標準化工作提出一些看法。指出目前科學用語的紛歧，如 Diode，大陸譯爲「二極管」，台灣稱爲「二極體」，On-line 大陸譯爲「聯機檢索」，台灣譯爲「線上檢索」。因而建議：

1.由兩岸學術團體，組織專家學者，試行學術術語標準化工作。

2.兩岸共同建立學術術語數據庫。

3.除遵守國際上通行的術語標準化原則外，還應編制中國學術術語制定原則，使我們的術語標準化工作，更具傳統文化個性。

4.術語的時效性很強，應經常修訂，保持其時代意義。爲此，兩岸應設立「術語制定協調系統」，透過固定管道，保持經常聯係。

目前大陸 CNTCTS 開展中的主要工作項目包括：

1.術語工作原則與方法的研究和有關國家標準的制定。

2.術語學理論與應用的研究。

3.辭書編纂原則與方法的研究和有關標準的制定。

4.計算機輔助術語工作的研究（主要是術語數據庫的研究與開發）和有關標準的制定。

5.漢字術語的國際協調（包括港、澳、台和日本、韓國以及東南亞其他一些使用漢語、漢字的國家或地區，和世界各地的漢語漢字用戶、漢學家等），我們正在與聯合國教科文組織的國際術語信息中心、國際術語研究學會等機構協生籌備建立「國際漢字術語研究協會」或「東亞術語研究中心（也逐步包括其他種語）」，有關工作正在進行之中。

6.中國少數民族術語標準化工作，第一步先在蒙、維吾爾、藏、朝鮮等條件較爲成熟的語種內進行，進一步擴大到其他語種，還將與境外相應民族的有關機構逐步建立聯系，例如朝鮮語種與北韓和南韓的有關機構建立聯系，蒙語與蒙古的有關機構建立聯系等。

7.術語標準化體系的研究和制訂，包括原則與方法體系、學科體系、專業技術體系和一些實用應用體系等。

8.綜合術語信息系統的開發，已納入大陸與奧地利兩國科技合作協定〔奧地利是國際標準化組織術語工作（原則與協調）技術委員會秘書國，國際術語信息中心和國際術語網也設在維也納〕。

9.術語工作信息網絡的建立。

大陸已發布的術語標準總計 700 餘項，十萬條術語。其中有相當一部分是根據國際 ISO 的標準對應過來的。在信息處理的大字符集（ISO 10646）兩岸已有合作，這方面技術上的交流不成問題。

大陸負責術語標準化工作的單位，除了上述新華社譯名室負責新聞稿的譯名外，還有中國科學院下的「全國自然科學名詞審定委員會」，專門從事自然科學名詞的定名工作，相當於台灣「國立編譯館」十多年前曾委託正中書局出版過「各科翻譯名詞」所做的工作相類似。此外，大陸上還有一些專業技術委員會、學會等，例如「中國地名委員會」（1977 年成立）。

大陸方面編有《世界地名翻譯手冊》，1988 年由知識出版社出版，全書達一千六百多頁，五百萬字，爲大陸重要的譯名資料。附錄有「世界各國首都和行政區名稱一覽」，此外，第一次大戰後部分外國地名更名資料也編輯整理收入書中。中國地名委原會曾制定「外國地名漢字譯寫通則」，本書資料皆準用此通則。共收中外地名三十萬條。

聯合國經設理事會「地名標準化會議」要求國際地名標準化要以各國地名標準化爲基礎，各國地名羅馬字母拼寫法的標準化，以各國範圍內地名的羅馬字母拼寫形式作依據。漢語拼音地名的聲調符號則省略。

關於大陸術語標準化工作的現狀與展望，CNTCTS 的易昌惠先生作了介紹。從八十年代開始，有了術語學和術語標準化原則、方法、和基礎理論的研究。1988 年制訂完成 GB10112《確立術語的一般原則與方法》和 GB1.6《標準化工作導則、術語標準編寫規定》等文件，使術語標準化工作逐步納入正軌，有章可循。九十年代又開展了術語標準化體系研究、電腦輔助術語工作的研究，術語數據庫的開發。

大陸此方面的工作由「國家技術監督局」負責管理，下設「標準化司」、「ISO ／ IEC 中國總秘書處」、「全國術語標準化技術委員會」、「中國標準化與信息分類編碼研究所」、「各省市地方技術監督局」等。其中「全國術語標準化技術委員會」下設三個分委員會：「一分會」負責術語學理論與應用，秘書處設於「中國大百科全書出版社」；「二分會」負責辭書編纂，秘書處設在漢語大詞典出版社；「三分會」負責電腦輔助術語工作，秘書處設在國家語委。該委員會共有八十多位委員，包含各方面之學者專家。由各大學及學術機構教授兼任。

我們再看看台灣方面的術語標準化工作。姚榮松《台灣現行外來語的問題》對此作了介紹。姚氏認爲在科技用語方面，大多數的科技術語，在學術圈內，成爲各種專業的共同語言，因此各行各業，都有專門的術語詞典。1982 年美國 Chinese-English Translation Assistance Group 出版的「中文詞典目錄廣編」，收有北美十一個圖書館所藏的中文詞典 2736 條，其中專科詞典佔了 1750 種，可見專科術語在現代中文辭庫中所佔的比重。這些譯詞，只有極少部分經由媒體轉用或商品廣告進入口語，成爲新詞，經過一段時間才進入語文辭典，當代辭書對這些「譯詞」在辭目之下附有外文原文，中華書局的《辭海》是典型的代表，例如「馬」字下有：

馬力（Horse Power） 物理學名詞。

馬珂（Mactra sulcataria） 動物名，屬軟體動物瓣鰓類。

馬賽（Marseilles） 都邑名，在法國南部。

馬雅人（Mayas） 中美民族之一種。

馬奴法典（Code of Manu） 印度古代之法典。

馬拉松競走（Marathon race） 長距離競走之稱。

馬賽曲（Chant de Marseillaise） 法國革命時期馬賽地方的進行曲，今為法國國歌。

這些譯名，包含音譯的人名、地名及由半音半義的混合詞（馬賽－曲；馬克斯－主義；馬拉松－競走），構成詞典中的外來詞彙，它已流行長久，而且多數已經過規範，寫法穩定，《辭海》（1972 年台灣第六版）之後並附錄有「譯名西文索引」，是一種進步的編輯方式。1980 年增訂本《辭海》（台灣中華書局）、1985 年台灣三民書局《大辭典》、1980年台灣商務印書館《重編國語辭典》（教育部重編國語詞典編輯委員會）都有同樣的附錄，這是台灣地區外來語規範工作的一部分。

姚氏認爲譯名最大的問題是不統一，同詞異名，或同一詞數譯者比比皆是，除了辭典（包括語文及專科辭典）進行規範之外，最常見的規範方式是分類譯名手冊的編輯及審定，關於人名、地名需要音譯的語音對應規範之外，各類義譯及音義混譯詞，都須要匯集而後審定專名，提供學界參考，這是外來語規範的第二項工作，「國立編譯館」承襲大陸時期的工作，關於「科學名詞」的出版截至 1990 年的目錄上有七十八種。

姚氏認爲名詞的不同，對台灣海峽兩岸的科技交流產生有形的障礙，在漢字文化圈的東北亞（韓國、日本）地區，對於中文的學術用語，在選擇上也必有一些困擾。因此中文科學譯名，有必要先謀求內部的統一，在規範的過程中，也應該參考鄰邦的譯名，或編輯類似《日漢語言學常用詞匯手冊》（王起瀾、林玉山編譯，*1987*，吉林教育出版社）的對照手冊，以方便兩種語文之間的譯名交通。

此外，中央通訊社出版了《標準譯名錄》，也是台灣術語標準化的重要指標。其序文中提到：

外國人名地名的譯名統一工作，是一件極爲艱鉅的工作，因爲要統一，必須先有譯名的標準，而這個標準卻不易建立。中央通訊社受全國大眾傳播同業的委託，擔負起統一譯名的工作，歷有年所，至今還不能圓滿達成這一項任務，其最主要的原因，便是由於譯名標準問題的困擾。中央社自民國四十一年起曾經多次集體或單獨向國內外各有關機構以及若干專家學者們，請就譯名標準提出意見，由本社整理出大家可以接受的原則，再進行細部作業，目前這上下兩冊的「標準譯名錄」，便是這種努力的成果。

又在〈前言〉中指出：外國人名與地名之中文譯名需要統一，各方早有定論，不待贅言，因爲譯名不統一之結果，往往同一人名或地名會有好幾種不同譯名同時出現在不同的報紙上。這不但使報紙讀者感到迷惑，而且也使報館編輯感倒諸多不便，因為目前台灣的報紙，全為中央通訊社之定戶，均由中央社供稿，倘中央社所供稿件中之譯名有與編輯自己所屬報館慣用之譯名不同者，勢必要將中央社之譯名改為自己報館慣用之譯名，實不勝其煩。譯名一旦統一則此種困擾即可盡除。故統一譯名，實為各方所翹首企盼之事。

然而自從民國四十一年，中華民國編輯人協會制定外國人名地名漢譯公約以來，迄今已有二十七年，台灣地區各報譯名之不統一，不但一如往昔，而且有變本加厲之勢，揣其原因，不外下列數端：

1. 原公約僅列舉外國人名與地名漢譯之一般原則，並未提供一套標準譯名供所有有關方面採用與遵守，以致各有關方面於擬定譯名時，仍感無所適從，祇得各自為政。

2. 原公約有關人名部分第九款雖規定過去所譯人名有不合其所列舉之各項原則者，應酌量予以改正，但並未設立專門機構，對舊譯名加以整理，其中有許多應改而未改，以致難為使用譯名之機構所接受。

3. 原公約有關人名部分第四款雖規定某一姓或名原則上只有一種譯法，但事實上，此一原則已成具文，從未實行，因同一部分第三款規定，為使人名譯名簡便計，通常僅以其姓氏為代表。各報為求簡便，大抵均僅採用外國人之姓氏而捨其名，為使同姓之人有所區別而避免混淆起見，往往故意將同一姓氏作不同之譯法以適應需要。例如 Kennedy 這個姓氏，用於前美國總統 John Kennedy 及其兄弟身上，均一律譯為甘迺迪，用於前美國財政部長 David Kennedy 身上卻改譯成甘乃狄了，類此情形，不勝枚舉。

4. 原公約僅泛泛指導擬定譯名時應注意那些方面，並未硬性規定譯名應求統一，亦未規定擬定新譯名與修正舊譯名之程序，以致遇有新人名或地名出現，各報均自行擬定譯名，一旦擬妥並予使用，即不願再改，使譯名永遠無法統一。

針對前述缺失，中央社國外新聞部特擬定「譯名改革暨統一方案」，首即決定實行姓與名全譯，並分別就外國人之姓氏與名字擬定標準譯名，外國人之姓氏與名字之發音，均以韋氏人名字典（Webster's Biographical Dictionary）所列之音標發音爲準，而音譯則以馬修茲（R.H. Mathews）之華英字典所用漢字羅馬化拼音爲準。每一姓氏與名字，均先查韋氏人名大字典，找出其每一音節正確之讀音，然後再查馬修茲華英字典，找出每一音節之羅馬化拼音。並根據羅馬化之拼音找出適當之中文字音譯，作爲標準譯名。如此，每一姓氏與名字祇有一個標準譯名，以達到統一之目的。凡一姓氏或名字爲韋氏人名大字典所無者，則根據英文一般發音原理發音。

爲求以後遇有新見外國人姓或名而尙爲標準譯名所無者便於擬定其中之標準譯名起見，特根據工作中所獲得之經驗，訂有發音與音譯指南及舉隅，以供參考。其次決定趁擬定標準譯名之機會，將中央社所存人名卡片徹底加以整理。凡卡片上之譯名與前述讀音與音譯標準相去太遠，認爲應予訂正者，均一一加以訂正，力求使中文譯名與原名之發音相近。爲免發音相同之姓氏與名字之中文譯名雷同起見，凡依韋氏人名大字典發音，有兩個以上姓氏或名字發音完全相同者，均特以不同之中文字譯出，以資識別。此外，此次擬訂之「譯名改革及統一方案」，除包含標準譯名錄外，並有擬訂新見人名標準譯名程序及修正舊譯名程序，使以後遇有標準譯名中所尙未收集之人名須訂定其譯名，及發現舊譯名不當須予改正時，有一定之程序可循。

此書之編輯方式，把標準譯名分爲兩大部分，一爲姓氏部分，另一爲名字部分。標準譯名所收集之外國人姓氏與名字，包括中央通訊社國外新聞部歷年積存之普通外國人名卡片上之姓名及韋氏人名大字典（Webster's Biographical Dictionary）與國際名人錄（The International Who's who 1978-79 ）中之姓名。日本人、韓國人與泰、越、棉、寮等國人之姓名卡片，中央社國外新聞部一向將其列入專櫃儲存，另行處理，故不收入。

標準譯名之發音係以韋氏人名大字典註音符號之發音爲準，而音譯則以馬修茲之華英字典所用漢字羅馬化拼音爲準，凡原有人名卡片中之譯名，其發音與之相差過大者，均一一據以改正，例如 Noskev 原卡片譯爲諾斯柯夫，標準譯名改爲諾斯基夫，Nuanbutsa 原卡片譯爲紐布沙，標準譯名將其改爲紐旺布扎，均係依據韋氏人名大字典中之註音符號予以改正。

惟國際名人與歷史上之名人其已習用之譯名雖與韋氏人名大字典註音符號所標示之發音相去甚遠，但仍予保存，不加更改，例如以色列總理比金之英文姓氏爲 Begin，若依韋氏人名大字典注音符號所標示之發音，應讀爲貝強，然因比金這個譯名已用慣，故祇得保存，不予改變。第二次世界大戰後法國風雲人物戴高樂，若按韋氏人名大字典註音符號所標示之發音，應讀爲德戈，然因戴高樂這個譯名已成爲歷史名詞，故祇得保存，不予改變。

原有人名卡片中之姓名雖爲韋氏人名大字典所無，但其中文譯名顯與英文拼音之一般發音原理不符，仍根據英文拼音之一般發音原理予以改正，例如 Alatiki，原卡片譯爲阿提西，標準譯名中改爲阿拉提基。Paltridge 原卡片譯爲派屈奇，標準譯名中改爲派屈里奇。

惟有若干人名之中文譯名雖與其英文拼音之一般發音原理不符，而在韋氏人名大字典中又無可考，因恐該人名之英文拼音有特殊之發音方法，仍暫時保留，以待將來發現其正確發音時再改正。例如前印尼共黨頭目 Ruslan，原卡片譯爲魯南，雖與其英文拼音之一般發音原理不符，但因韋氏人名大字典無可考，又恐該人名之英文拼音有特殊之發音方法，祇得保留原譯名，以待將來繼續考證。

實行姓與名全譯時，仍依照韋氏人名大字典之排列方法，名字在前，姓氏在後，中間以一句點加以隔離，例如 Amos Kendall 譯爲艾摩斯．肯德，Pierre Perignon 譯爲匹爾．裴瑞農。凡人名超過兩個字以上者翻譯時僅譯其第一個名字與父系之姓氏，餘均略去，或僅書寫其爲首之一個字母。例如Marcus Jullius Cicero譯爲馬卡斯．塞西羅，或馬卡斯.J.塞西羅。Winston Leo- nard Spencer Churchill 譯爲溫斯頓．邱吉爾，或溫斯頓.L.S.邱吉爾。

在同一則新聞中，每一人名僅在其第一次出現時，姓與名全譯，在第二次及其以後出現時，仍僅譯其姓氏，而略去其名，惟同一則新聞中，有二人以上同姓時，所有同姓之人，均應姓與名全譯，而不論其出現多少次。

姓氏爲單音節之人名，自始至終，均應姓與名全譯而不論其在同一則新聞中出現多少次，且姓與名之間不加句點隔離。例如 Allen Poe，Poe 爲單音節姓氏，中文音譯即譯爲坡，姓與名全譯，即譯爲愛倫坡，如出現在新聞中，此人即一直譯爲愛倫坡到底，且名與姓之間不加句點。

許多國家人名，各有其特殊之結構，翻譯時不可不察。例如西班牙人與葡萄牙人及西葡裔拉丁美洲人之人名，第一個字爲名，其次爲父系姓氏，父姓之後，通常會附帶母系姓氏，故西班牙人名，由三個字組成者，中間一個字爲父系姓氏，由兩個字組成者，第二個字爲父系姓氏，而母系姓氏則被省略。

又許多國家人名往往有其特殊發音，而不能按照一般人所知之英文拼音發音，例如西班牙與葡萄牙人姓名中之 j ，往往作爲 h 發音，故 Joaquin 譯爲華金，而不譯爲裘金，Juliao 譯爲胡利奧而不譯爲朱利奧。瑞典人名中之 k 往往作爲 ch 發音，故 Kerstin 譯爲恰爾斯汀，而非譯爲克爾斯汀，Kellgren 譯爲傑爾格倫，而非克爾格倫。

又外國人有自定中文姓名者，翻譯時，遇此等外國人之姓名，均採用其自定中文姓名。

《標準譯名錄》又擬定了「新見人名標準譯名程序」，其原則包括下列各點：

1. 擬定新見人名標準譯名，以中央通訊社國外新聞部爲聯絡中心，三位譯名服務人員分別於早、午、晚班，擔任有關譯名之連絡與服務工作。

2. 各報社與電台在處理新聞過程中，遇有標準譯名中所無之新見人名時，請即以電話與中央社國外新聞部當班之譯名服務人員連繫，該譯名服務人員當參照「發音與音譯指南及舉隅」，暫依新見人名英文拼音之正常發音，選擇適當之中文字譯出，作爲暫定譯名。

3. 當班之譯名服務人員應即將暫定譯名通知領班人員，然後由領班人員通知編譯人員在處理新聞時採用，並於稿末發一暫定譯名通知將新見人名之原文與暫定中文譯名一併列出。

4. 各報社與電台如因時間緊迫，來不及與前述譯名服務人員連繫或譯名人員請假或不當班，可參照「發音與音譯指南及舉隅」暫依新見人名英文拼音之正常發音，選擇適當之中文字譯出，惟發表時請以括弧註明暫譯二字。

5. 暫定譯名於當晚或翌日之正式譯名在新見譯名表中出現後，應即廢止，並由正式譯名取代。

6. 負則新聞發布之政府機關，發佈新文稿時，如涉及新見人名，請參照「發音與音譯指南及舉隅」所定適當之譯名，並將新聞稿一份，註明原文，送中央社國外新聞部參考。

7. 一般民間機構發佈新聞稿時，如涉及外國人姓名，不論是否新見，均請將新聞稿一份註名原文，送中央社國外新聞部參考。

8. 中央社國外新聞部譯名服務人員每日除將當天收到之新見人名及其中文譯名在新見譯名表中發表外，並應將新見人名及其中文譯名製成有特殊顏色之卡片，插入標準譯名專櫃中之適當位置，以供日後查考。

對於譯名的修正，也擬定了下列程序：首先，各報社與電台於處理新聞過程中，如發現標準譯名不妥，可向中央社國外新聞部譯名服務人員建議修正。譯名服務人員於收到修正標準譯名建議後亦應由國外部負責人決定是否修正。

如建議修正之標準譯名，以前未嘗用過，或雖用過而並不常見，且其讀音與原名之正確發音相差太遠，即可決定修正，否則須與各報紙及電台編譯主任協商後決定。

如決定立即修正，中央社國外新聞部應即在當天或翌日之新見譯名表中發出標準譯名校正通知。

若協商結果，大多數報紙與電台編譯負責人贊成修正，應即決定修正，並發譯名校正通知。

標準譯名一經修正，應即從標準譯名卡片櫃中取出原卡片，並將修正後之標準譯名改製成有特殊顏色之卡片，放回原處。

在處理新聞過程中，若發現某一人名之英文拼音與標準譯名中同一人之英文拼音有異，應另製一新卡，並註明與×××（英文拼音）同並在新見譯名表中通知各報社與電台。新卡之顏色須與修正標準譯名卡片之顏色同，以便查考。同一人名之英文拼音雖有不同，其中文標準譯名必須統一。

若有人非在處理新聞過程中發現某一標準譯名不妥，並向中央社國外新聞部建議修正，而該標準譯名並不在當時之新聞中出現，可暫不採取行動，而僅將該項建議保存，留供將來準備再版發行標準譯名錄重新審核全部標準譯名之參考。

由此可知，台灣的術語標準化工作，設想是相當周到的。

柒、兩岸音譯詞舉隅

（前爲大陸用語，後爲台灣用語）

一、人名

阿登納《辭海》／艾德諾《大辭典》（Adenauer, Konrad 1876-1967。西德政治家）

阿尤布·汗《辭海》／阿育汗《大辭典》（Ayub Khan, Mohammad 1907-1974。巴基斯坦領袖，1958-1969 年任巴基斯坦總統，後因喀什米爾問題及學生暴亂而辭職。）

巴赫《大百科·音樂舞蹈》／巴哈《歌劇的饗宴》（Bach, Johann Sebastian 1710-1784。德國作曲家。）

柏遼茲《大百科·音樂舞蹈》／白遼士《歌劇的饗宴》（Berlioz, Hector 1803-1869）

勃拉姆斯《大百科·音樂舞蹈》／布拉姆斯《歌劇的饗宴》（Brahms, Johannes, 1833-1897。德國作曲家）

加爾文《漢語外來語詞典》／喀爾文《重編國語辭典》（Calvin 1507-1564。16 世紀法國宗教改革活動家。加爾文教派的創始人）

笛卡兒《漢語外來語詞典》／笛卡爾《重編國語辭典》（Descartes。法國傑出的理性主義哲學家，主張二元論。）

亨德爾《大百科·音樂舞蹈》／韓德爾《歌劇的饗宴》（Handel, George Frideric 1685-1759。英籍德國作曲家）

基馬爾《漢語外來語詞典》／凱末爾《重編國語辭典》（Kemal 1881-1938。土耳其的政治家）

萊布尼茨《外來語》／萊布尼茲《大辭典》（Leibniz, Gottfried Wilhelm1646-1716。德國十七、八世紀的哲學家、學者。）

門德爾松《辭海》／孟德爾頌《大辭典．三民》（Mendelssohn, Felix。德國作曲家演奏家兼指揮家，19 世紀浪漫樂派的重要作家）

畢加索《辭海》《漢語外來語詞典》／畢卡索《大辭典》（Picasso, Pablo1881-1973。西班牙畫家）

蓬皮杜《辭海》／龐畢度《大辭典》（Pompidou, Georges 1911 -1974。法國政治家，1962-1968 任總理，1969 至其逝世時任法國第五共和總統）

薩特《辭海》／沙特《大辭典》（Sartre, Jean Paul 1905- 1980。法國存在主義者，小說家兼劇作家，1964 年獲諾貝爾文學獎）

華生《辭海》／華特生《大辭典》（Watson, Hohn Broadus 1878 -1958。美國行爲學派心理學家，爲二三十年代美國新理學派的主流）

兩岸對當代其他重要人名音譯的不同：

布什／布希（Bush 美國前總統）

克林頓／柯林頓（Clinton 美國現任摠統）

卡斯特羅／卡斯楚（Castro 古巴總統）

艾森豪威爾／艾森豪（Eisenhower 美國二次大戰歐洲統帥，曾任美國總統）

戈爾巴喬夫／戈巴契夫（Gorbachev 前蘇聯總統）

薩達姆／海珊（Hussein，Saddam 伊朗總統）

里根／雷根（Reagan 美國前總統）

撒切爾夫人／佘契爾夫人（Thatcher 英國前首相）

葉利欽／葉爾欽（Yeltsin 俄羅斯總統）

二、地理國家名詞

1. 兩岸純用音譯的外來語

阿布扎比《辭海》／阿布達比《重編國語辭典》（Abu Dhabi 阿拉伯聯合大公國首都，位於國境北部，瀕波斯灣）

阿塞拜疆《漢語外來語詞典》／亞塞拜然《重編國語辭典》（Azerbaijan 波斯語，蘇聯的加盟共和國，在亞洲外高加索東南部）

伯利茲《世界地名翻譯手冊》／貝里斯《新辭典》（Belize 位於中美洲，濱加勒比海）

貝寧《世界地名翻譯手冊》／貝南《新辭典》（Benin 位於西非）

博茨瓦納《漢語外來語詞典》／波札那《重編國語辭典》（Botswana 國名，在非洲南部，首都為嘉柏隆里）

埃塞俄比亞《漢語外來語詞典》／衣索匹亞《重編國語辭典》（Ethiopia 非洲東部國名。北瀕紅海，西界蘇丹，南界肯亞，東界索馬利亞，面積一百二十二萬二千平方公里，首都為阿迪斯阿貝巴）

岡比亞《漢語外來語詞典》／甘比亞《重編國語辭典》（Gambia 國名，在非洲西部）

危地馬拉《世界地名翻譯手冊》／瓜地馬拉《新辭典》（Guatemala 位於中美洲）

肯尼亞《漢語外來語詞典》《世界地名翻譯手冊》／肯亞《重編國語辭典》（Kenya 國名，位於非洲東部，濱印度洋）

利比里亞《漢語外來語詞典》《世界地名翻譯手冊》／賴比瑞亞《大辭典》（Liberia 非洲西部的一個國家，在非洲西海岸，是非洲最早的獨立共和國）

馬爾代夫《漢語外來語詞典》／馬爾地夫《大辭典》（Maldives 印度洋上的一個島國，經濟以漁業及航運爲主，盛產熱帶水果）

毛里求斯／模里西斯《大辭典》（Mauritius 島嶼及國家名，位於馬達加斯加以東 800 公里的印度洋中）

尼日爾《世界地名翻譯手冊》／尼日《新辭典》（Niger 位於非洲西北部內陸）

尼日利亞《漢語外來語詞典》／奈及利亞《大辭典》《新辭典》（Nigeria 國名，位於西非，是幾內亞灣沿岸的最大國家）

卡塔爾《辭海》《漢語外來語詞典》／卡達《大辭典》《重編國語辭典》（Qatar 國名，位於西南亞波斯灣南岸的卡達半島）

盧旺達《漢語外來語詞典》／盧安達《大辭典》（Rwanda 非洲中東部的一個國家，1962 年獨立）

沙特阿拉伯《辭海》／沙烏地阿拉伯《大辭典》（Saudi Arabia 位於西亞，占有阿拉伯半島的絕大部分，石由儲量及產量居世界首位）

斯威士蘭《世界地名翻譯手冊》／史瓦濟蘭《新辭典》（Swaziland 位於非洲南部）

悉尼《辭海》／雪梨《大辭典》（Sydney 澳洲最大都市商港，觀光文化事業發達）

坦桑尼亞《辭海》／坦尚尼亞《大辭典》（Tanzania 國名，位於東非，東濱印度洋）

湯加《辭海》／東加《大辭典》（Tonga 國名，南太平洋玻里尼西亞的一個島群，漁業旅遊業發達）

特立尼達和多巴哥《世界地名翻譯手冊》／千里達《新辭典》（Trinidad and Tobago 位於東加勒比海小安地列斯群島向風群島之南端）

扎伊爾《辭海》／薩伊《大辭典》（Zaire 國名，位於非洲中部剛果盆地中，1960 年獨立爲剛果民主共和國，1971 年改稱爲薩伊共和國。）

贊比亞《辭海》／尙比亞《大辭典》（Zambia 國名，位於非洲中南部，爲一內陸國）

桑給巴爾《辭海》／尙西巴《大辭典》（Zanzibar 海島及港市名，坦尙尼亞尙西巴島首府及重要港口）

津巴布韋《辭海》／辛巴威《大辭典》（Zimbabwe 非洲國家，舊稱羅德西亞）

2. 兩岸純用意譯的外來語

黑林山《辭海》／黑森林《大辭典》（Schwarzwald 西德境內山區，著名的觀光勝地和冬季運動場地）

3. 兩岸譯法混用的外來語

阿德米勒爾提群島《辭海》／海軍部群島《大辭典》（Admiralty Islands 位於新幾內亞北部的西南太平洋中）

科特迪瓦《世界地名翻譯手冊》／象牙海岸《新辭典》（Cote d'Ivoire）

弗里頓《漢語外來語詞典》／自由城《重編國語辭典》（Freetown 獅子山共和國首都）

新西蘭／紐西蘭（New Zealand）

巨港《辭海》／巴鄰旁（又稱巨港、舊港）《大辭典》（Palembang 港名，位於蘇門答臘島東南岸，爲蘇門答臘第一大城及大港）

波多諾伏／新港《重編國語辭典》（Porto Novo 葡語，貝南人民共和國的首都）

塞拉利昂／獅子山（Sierra Leone 位於西非海岸）

三、藝術類名詞

巴羅克／巴洛克（baroque 十七、八世紀時期的歐洲藝術文化）
曼多林／曼陀林（mandolin 一種樂器）

四、科技用語

1. 兩岸純用意譯的外來語

絕對位置／絕對位址；絕對地址（Absolute Address）
文摘分類／抽象分類（Abstract Classification）
文摘編輯工作／摘要編輯（Abstract Editing）
情報研究成果／資訊研究成果（Achievement of Information Studies）
適配器；銜接器／整流器；協調器（adapter）
地址段；地址字段／位置欄；位址檔（address field）
放大器／擴大器（Amplifier）
匯編語言／組合語言（assembly language）
漢字信息交換碼／中文資訊交換碼（CCCII（Chinese Character Code for Information Interchange）
只讀貯存密集型光盤／唯讀記憶光碟（CD ROM （Compact Disc Read Only Memory））
光標／游標（Cursor）
磁盤／磁碟（disk）
軟磁盤／磁片（Diskette）
情報循環／資訊流通（Information Circulation）

打印機／印表機（printer）

2. 兩岸譯法混用的外來語

盒式錄音帶／卡式錄音帶（Cassette）

激光／雷射（laser 物理學名詞，由 light amplification by stimulated emission of radiation 五字拼成，意爲「由激發輻射所加強的光」。）

外圍設備／周邊裝置（peripheral device）

硅／矽（silicon 元素符號 Si）

硅片／矽晶片（silicon wafer）

軟件／軟體（software）

航天工業／航太工業（space industry）

電視唱片／碟影片，影碟（video disc）

五、日常用語

1. 兩岸純用音譯的外來語

克勒／克拉（carat 法語.寶石的重量單位）

迪斯科、的士高／迪斯可，狄斯可（disco 一種流行的舞步。）

羅爾斯；羅伊斯／勞斯萊斯（Rolls-Royce（汽車名)）

2. 兩岸純用意譯的外來語

圓珠筆／原子筆（ball-point pen）

立交橋／交流道《新辭典》（crossing line 連接高速公路與交叉道路間的匝道。）

信息／資訊（information）

3.兩岸譯法混用的外來語

三點式泳裝／比基尼（bikini）
抵制／抵制，杯葛（boycott）
花邊、飾帶／蕾絲（lace）
表演／作秀（Make a show）
微型／迷你（miniature）
飛碟／幽浮、飛碟（UFO 不明飛行物體）

六、其他

五角大樓／五角大廈（Pentagon 美國國防部的辦公大樓，1943 年建於維吉尼亞的阿靈頓，呈五角形。）

海灣戰爭／波灣戰爭（波斯灣戰爭）（Gulf war 波斯灣地區伊朗、伊拉克等國家間的戰爭）

閃米特人、閃族／閃族（Semite 類高加索人種的一支，膚色較黑，今特指猶太人）

捌、兩岸音譯詞彙的整合

語言文字是人類溝通意念，交流情感的主要媒介。語文的歧異不但增加交往上的不便，也容易引起誤會。兩岸的人民有著共同的文化和血統，原本也有相同的文字和語言。然而，由於政治的原因，使兩岸同胞隔絕了四十多年，使語言文字形成了互不相謀，各自發展的局面，造成了相當的差異。這幾年，政治的對立有了緩和，民間的交往逐漸增多，於是意識到這樣的差異有必要進行整理和整合。本計劃正針對這個趨勢，在外來語的翻譯方面，作了比較研究的工作。

事實上，兩岸語文的統一，詞彙要比文字容易，翻譯用語又比一般詞彙容易。關於這個問題，黃長著〈從某些外語專名的漢譯看海峽兩岸語言使用的同與異〉一文提出三點看法：

1. 在兩岸分別組織一些人員，就社會科學、自然科學、文學藝術領域，和日常生活的詞語（包括各類外來語）進行系統和廣泛的調研，分別列出對照表，然後進行綜合分析，爲進一步研究提供語料準備。

2. 如有可能，建議兩岸建立統一的協調機構，吸收各有關方面的人士和學者參加。提供縮小或消除差異的建設性意見。對今後新出現的術語採取定期分析研究的方式，及時提出統一術語的方案，防止差異繼續擴大。

3. 實事求是地認識現有的差異。兩岸的差異，若不影響交流的，可以並用下去。在實際使用過程中採用自然淘汰法。工作重點在首先統一那些差異最大，足以影響交流互通的詞語。包括日常生活用語、地名、人名、科技術語等。

姚榮松〈葉爾欽 VS 葉利欽——兩岸外國人名地名漢譯分歧初探〉一文指出，據國立編譯館《外國地名譯名》第二版，和大陸《外國地名譯名手冊》（中國地名委員會編，*1989*，商務）對照，統計前十頁中譯名有各種形式之不同者，約五十多個，平均每三十個地名，有五個不同，佔六分之一。因此，姚氏在＜海峽兩岸新詞語的比較分析＞一文中強調：兩岸在人名、地名、國名及專業術語方面，由於長期隔閡，有不少分歧，不利於兩岸人民的交往，尤其不利於學術交流，有關當局應在常用譯名方面謀求統一，再共同研訂譯音與譯名的共同原則。關於譯音譯名的原則問題，歷來學者就十分注意這個問題，例如 1958 年高名凱＜現代漢語外來詞研究＞，曾提出兩項原則：

1.「三一原則」，即一詞一音一字的原則。下分「通行原則」、

「語音原則」（有語音對應規律）、「簡易原則」（字形簡易）、「歷史原則」（由來已久）、「語義原則」（可以兼顧表義）、「語法原則」（適合漢語構詞規律）等六項子原則。

2.「二並原則」，即「異形並存原則」（如馬達／摩托）、「異格並用原則」（外來詞和固有詞同義，但風格不同。（如「費厄潑賴／公平」））。

1979 年中國地名委員會又公布了「各國地名漢字譯寫通則」。1993 年商務印書館出版《英語姓名譯名手冊》第二次修訂本。1982 年商務印書館的翻譯參考資料中，又有《俄語姓名譯名手冊》。台灣方面，則有中央通訊社的《標準譯名錄》。

這些資料，都可以作爲日後兩岸共同研訂翻譯用語的參考。石立堅〈翻譯學、專名學和術語學〉說：外國人地名，尤其是外國人名的漢譯規範化是一項長期的十分艱巨的任務，不能急於求成。譯名統一和規範的基本條件有：⑴一定要有全國性的機構；⑵一定要有章可循；⑶還需要合社會不同部門的通力合作，特別是大單位之間的合作，其中包括港台與大陸之間，以及整個漢語地區的交流與協作。

下列幾點方向是未來可行的途徑：

1. 台灣外來用語的翻譯，實際是由報紙、電台進行的，待行之有日而成習。因此，是多元性的創造，是各自爲政，互不相謀的情況。台灣內部的各種譯法尚且不易統一規範，兩岸的譯語標準化就更爲不易。

2. 在各類譯語中，日常生活用語較不易整合，電腦資訊術語則較易統一，因爲其間有經濟實用的誘因存在。因此，初期的整合工作，可以挑容易做的先開始。

3. 翻譯用語的規範整合，應考慮資訊界的要求，邀約資訊界參與，提供意見。

4. 翻譯用語涉及各學科領域，如科技、音樂……等，因此，其規範統一的問題，應與各類專家作討論，交換看法，而不能由詞彙學者獨自閉門造車。

5.譯名的精確性和實用性固然重要，若必有所偏重，應更重視實用性。譯名不必每個音節都譯出，音譯的目的不在語音重現，而在使人知道辨別何名指何人，達到辨識的目的即可。過於講求精確，有時反而流於繁瑣。

6.兩岸譯名的差異，不見得每一條都要統合，舊的譯名，雙方都已習慣（如布希／布什，雷射／激光），不妨並存，留給社會作自然的選擇淘汰。至於新的譯名，還未定型的，應可兩岸協商定名。

7.譯名的規範與標準，往往研究歸研究，公布歸公布，使用的人往往並不理會。因此產官學界應密切配合，並結合媒體與政府的力量，例如教育部、中央標準局、資策會、陸委會等，共同推動，才能落實。

國家圖書館出版品預行編目資料

漢言詞彙學/竺家寧著.--初版.--臺北市：五南圖書出版股份有限公司, 1999.10

面； 公分.

ISBN 978-957-11-1910-6（平裝）

802.2　88012537

1XJ4 語言文字學系列

漢語詞彙學

作　　者 — 竺家寧

發 行 人 — 楊榮川

總 經 理 — 楊士清

總 編 輯 — 楊秀麗

副總編輯 — 黃惠娟

責任編輯 — 吳佳怡

出 版 者 — 五南圖書出版股份有限公司

地　　址：106台北市大安區和平東路二段339號4樓

電　　話：(02)2705-5066　傳　　真：(02)2706-6100

網　　址：https://www.wunan.com.tw

電子郵件：wunan@wunan.com.tw

劃撥帳號：01068953

戶　　名：五南圖書出版股份有限公司

法律顧問　林勝安律師事務所　林勝安律師

出版日期　1999年10月初版一刷

　　　　　2022年1月初版十刷

定　　價　新臺幣560元